夜半鼓声

西宇 著

洪水与人性
金钱与善恶
如何抉择

敦煌文艺出版社

图书在版编目（CIP）数据

夜半鼓声 / 西宇著. -- 兰州 ：敦煌文艺出版社，
2020.9（2022.1重印）
ISBN 978-7-5468-1931-0

Ⅰ．①夜… Ⅱ．①西… Ⅲ．①长篇小说－中国－当代
Ⅳ．①I247.5

中国版本图书馆CIP数据核字（2020）第127993号

夜半鼓声

西 宇 著

责任编辑：王 倩
封面设计：金国亮

敦煌文艺出版社出版、发行
地址：(730030)兰州市城关区曹家巷1号
0931-8152315(编辑部)
0931-8773112 0931-8120135(发行部)

三河市嵩川印刷有限公司印刷
开本 710 毫米×1000 毫米 1/16 印张 16.75 插页 1 字数 260 千
2020 年 9 月第 1 版 2022 年 1 月第 2 次印刷
印数：3001~5000 册

ISBN 978-7-5468-1931-0
定价：50.00 元

法治宣传绽奇葩

——写在《夜半鼓声》付梓之际

夏建华

"七五"普法正在如火如荼地开展之中。

高擎"七五"普法的大旗，遵照习近平总书记"加大全民普法力度，建设社会主义法治文化"的号召，我市上下开展了轰轰烈烈的普法依法治理工作。各级领导带头学法守法，强化行政推动力度，不断完善工作机制，为法治宣传提供了强有力的组织保障；各普法单位不断搭建法治宣传教育平台，创新法治宣传教育方式，通过创建宣传基地、举办法治讲座、开展法律竞赛等形式，以"法律八进"活动为契机，以法治文艺演出、多媒体宣传普法和法律知识考试等活动为载体，有效扩大了法治宣传面，提升了法律知晓率；依托全面从严治党的一系列学习教育活动和"扫黑除恶"专项斗争，深化了法治宣传的效果。自落实普法规划以来，我市干部群众的法治素养不断提高，尊法、学法、守法、用法的良好法治氛围正在形成。

法治无形，漫漫浸润生活。在全面落实普法规划的同时，我市各县（区）和各部门结合实际，锐意创新，探索总结出一系列丰富多彩、行之有效的法治宣传好做法、好经验，为法治宣传工作开拓新途径，创造新亮点。渗透着法治精神的法治文化广场，已在全市各县（区）遍地开花，广场上形象生动的法治文化元素，正在潜移默化着广大公民的法治意识，起到"法治细雨天天下，点点滴滴润心头"的效果；

积极适应新媒体时代发展需求，依托"互联网＋"的效应，拓展"互联网＋普法"新阵地，建立微信公众号、微博，向群众源源不断地传送与其生产、生活息息相关的法律知识；创编法治微电影，不断在新媒体推送，使法治影响力得到全面提升；全面落实"一村（居）一法律顾问"工作，协调执业律师与各村（居）签订法律顾问协议书，组织广大律师定期不定期进村入户，为群众开展法律服务和法治宣传教育工作，还通过律师在线解答方式，为群众提供法律咨询；组织法治文艺宣传队，编导法治宣传快板、三句半、小品、表演唱等文艺节目，巡回各村社演出，以群众喜闻乐见的方式，把法律法规送到基层。这些做法，各具特色，开拓了法治宣传新途径，极大地丰富了我市法治文化建设的内容。近日，西宇先生结合自己的成长经历、工作经历创作了长篇小说《夜半鼓声》，为法治宣传开辟了一条新的途径。在法治宣传的百花园里，它无疑是一朵新绽的奇葩！

20 年前，我有幸在成县黄渚矿区工作了四年，矿区绝大数群众的身上有小说主人公"雕子"的影子。那个年代，有人通过本分守法勤劳致富，也有人通过非正常渠道一夜暴富。法治宣传小说《夜半鼓声》讲述的就是一个与"矿"有关的普通故事：在一个叫"严河"的偏僻落后的小山村里，有人不经意间发现了金矿。一夜之间，受利益驱动，满山遍野布满坑道。与此同时，父子失和、兄弟反目、夫妻离心、亲邻生隙、开发商与当地居民交恶……接踵而至。在疯狂争夺利益时，法律被粗暴践踏，人性的贪婪暴露无遗。等政府制止乱挖滥采后，未料企业老板又与当地村民为了争夺利益纠纷不断，甚至大打出手，新的矛盾冲突又随之而来。最终，一场百年不遇的暴洪灾害为接二连三的冲突画上了句号。在自然灾害面前，村庄几乎被夷为平地。侥幸逃生的村民望着整个村庄破碎的惨象，陷入了沉思……在这个普通的故事中，小说的主题显而易见：人类如果肆意破坏法治生态和自然生态，必然会受到惩罚！

滴水入海，熠熠折射光彩。《夜半鼓声》反映的时代背景为 20 世纪 90 年代初期。这一时期正是我国社会转型的重要阶段。在我国法治建设进程中，这一时期重点解决的是"无法可依"的矛盾。于是，在法律法规的普及和实施上，自然会无可避免地出现一些复杂的矛盾和问题，体现了法治社会进程的艰难性和复杂性。《夜半鼓声》中，作者运用了大量充满生活气息的细节，塑造了几个个性鲜明的边远偏僻乡村农民形象，通过他们的言行，形象地揭示了这一特殊历史阶段法治建设的曲折和不易，警示人们法治建设任重而道远，需要持续不断努力；同时，也揭示了一味贪婪地追求利益无视自然法则必然会对生态环境造成严重破坏。而小说的悲剧性结局，又恰好从反面证明了强化法治建设和保护自然生态的必要性。这正是这部作品价值所在，也是这部作品对于促进法治建设和保护自然生态的意义所在。

《夜半鼓声》的作者西宇同志，是我市司法行政战线的一名老兵。他有县乡基层工作和企业工作的经历，熟悉乡村生活，熟悉基层群众，也熟悉法律法规。所以，作品中渗透着生活气息，渗透着法治思考，也渗透着人类因为违背法律违背自然规律而付出代价的沉重叹息。这种运用文学作品开展普法宣传的做法，值得我们点赞！

我们期待西宇同志写出更多更好的法治题材文学作品。我们同时期待成县司法局探索出更多更有意义的法治宣传新途径，创造出更多的工作新亮点，让法治建设的百花园中，绽出一朵又一朵的奇葩！

己亥年初冬于白龙江畔

目录
CONTENTS

第一章　怨由矿生

一

那一刻，雕子很兴奋，他抱住睡在身旁的妇人连亲了三口。雕子的妇人荷包儿睡意正浓，她推了推雕子，说："死价，你！"雕子说："嘿嘿，不死！不死！"说着又朝荷包儿粉嫩的腮帮子伸过嘴去，一股口臭味从荷包儿耳旁散出来，使她顷刻间肠翻胃倒。荷包儿说："臭烘烘的，过去！"雕子还是不甘罢休，竟然手脚并用，直逼得荷包儿东躲西闪，喘不过气来。

荷包儿嫌厌雕子。从雕子去荷包儿家相亲，荷包儿看见了雕子满嘴黄牙时就嫌雕子。媒人问荷包儿："你跟他啊不跟？"荷包儿闭着嘴死不开口。荷包儿大问荷包儿："问你话哩你死了？跟他啊不跟？"荷包儿就说："要跟你就跟去，反正我看不上！我心上……有人哩！"荷包儿大就伸手在荷包儿脸上扇了一巴掌，说："你跟也要跟，不跟也要跟，由你就上天了！自古以来，儿女的婚姻都要遵从父母之命、媒妁之言哩！实话对你说，我已经接了人家的一千元彩礼，把事情应承下了……"于是，荷包儿就成了雕子的人。但荷包儿从不正脸跟雕子睡觉。

雕子还在动手动脚，荷包儿只给他一个冰凉的脊背。雕子就抓住荷包儿滚圆的肩，死死地扳，荷包儿硬是不转过身来。扳疼了，荷包儿说："你疯了？不吃饭不成，不弄那还不中用？"雕子说："嘿嘿，嘿嘿，有个好话哩。"荷包儿来了精神，说："啥话？"雕子说："你不转过来我就不说！"荷包儿就转过身来，将两只圆圆的乳凑到雕子肌块分明的胸脯前，睁着亮亮的眼睛等着雕子说话。雕子不说话了，荷包儿捣了他一下，说："你死了？说呀！"雕子说："嘿嘿，嘿嘿，我今儿个在圆坡子上翻地时，发现了一个……新情况！"荷包儿说："啥情况？"雕子说："正耕着哩，石头把铧打了。我害气地撂下犁，想把石头掏出来，一掏，你猜掏出来了个啥？"荷包儿顿时兴趣大增，两只圆乳在雕子手里骤然一跳，说："金砖！"雕子嘿嘿一笑，说："你做梦娶媳妇哩，想得美啊！掏出来的，还是一块石头。"荷包儿蔫了下来。她失望地叹了一口气，说："你算放了一颗屁！"说完转身要去睡，雕子急忙扳住她的肩膀，说："哎哎，你莫急嘛。那不是一般的石头，是……矿石！"荷包儿的圆乳又在雕子手里一跳，她说："真个？"雕子说："真的，黑红色的，掂在手里沉甸甸的，一砸，里头还明灿灿的。顺茬再往地底下掏，都是那号石头。我前几年到黄渚关矿山上背过矿，认得货！"荷包儿惊喜地说："啊呀你，咋不早说哩！"她的胖拳头在雕子的胸脯上擂了几下，又说，"咋弄了，你？"雕子说："我埋了。"荷包儿说："认下地方了没？"雕子说："我打了记号，谁都不知道。"荷包儿说："明早起领我去看看。"雕子说："对！"

圆坡子上仅有雕子的三分地，土质是那种连草都长不高的红斑斑土。那年雕子和他哥刚子分家时，刚子问婆娘月娥子，圆坡子上的三分地咋弄。月娥子说，给老二算了。那三分地就给了雕子。那时荷包儿刚迎进门，她对雕子说："你看你，尽收拾连草都不长的红土子地。"雕子说："糊里糊涂种上算了，瞎好人家是老大。"这地就种到了现在。

荷包儿跟着雕子来到圆坡子上。在地中间，雕子找到那块当标记的土坷垃，再搬开土坷垃，顺着疏松的红砂土往下刨，就刨出一块暗红色的石头。

雕子拿起那石头，对荷包儿兴奋地说："你看就是这!"荷包儿感觉眼前一亮，说："真个!"漂亮的双眼中遂透出了亮晶晶的光。她抡起镢头背，在那石头上使劲敲了敲，石头发出响亮的金属撞击声。荷包儿说："嘻嘻，真个。"雕子说："你看里头，还明灿灿的。"荷包儿俯下身去，看到镢背敲过的地方，砸出几个暗红色的小坑，小坑隐约闪亮。荷包儿白净的圆脸上便出现两个动人的酒窝，她说："嘻嘻，真个明灿灿的。"雕子说："是矿!"荷包儿说："是矿!"雕子说："要发洋财了!"荷包儿说："真个要发洋财了!"雕子看到荷包儿腮上的酒窝儿越来越圆，双唇间还闪现出两排细碎整齐的糯米白牙，他感觉到荷包儿从没笑得这样好看过。荷包儿说："赶紧挖，你说哩?"雕子点了点头，荷包儿问道："这一斤能卖多少钱，你知道不?"雕子眼盯着荷包儿，故意沉吟不语。荷包儿急迫地催问："我问你矿石的价钱哩，你看我的脸咋哩?"说完迫不及待地捣雕子一拳，"多少?你快说!"雕子用舌头舔了舔黄牙，满脸神秘地说："前几年我到黄渚关背矿，就有些贩子拿上现钱收着哩。我都偷捡过几回，这摊钱得很!"荷包儿又急不可耐地捣了雕子一拳，说："看把你能的，知道个矿价就能上天了!"雕子又嘿嘿一笑，说："妇人家头发长见识短，我害怕你……对别人说漏嘴哩。"荷包儿生气地挥了挥胳膊，说："你把我当外人哩，不想对我说，你想对谁说就说去!"雕子连忙扯住了她，说："嘿嘿，说哩说哩，一斤一角!"荷包儿又绽出笑脸来，惊喜地问："就这石头，一斤能卖那么多钱?"雕子说："这还是矿贩子开的价，贩到北道埠去，怕比这价钱还大!"荷包儿漂亮的眼内又闪现出光彩。"我的娘娘!"她叹道，"赶紧挖!"雕子这时却皱起眉头，"拿啥挖哩?"他说，"炸药，雷管，要啥没啥!往进挖还要打洞子哩，拿啥挖哩?"荷包儿说："要不就把猪先吆上卖了。"雕子低头思量了半晌，说："把猪卖了，买些炸药雷管儿，能弄一阵子，就怕撂了本钱又见不了矿!"荷包儿说："咋，你是说……不敢弄?"雕子又低头思量了半天，说："弄哩!舍不得娃娃套不住狼，成哩不成，先试一试再说!还要别人莫知道哩，知道了，没好事!"荷包儿说："对，悄悄冥冥的!"

二

第二天傍明时,雕子套好架子车,荷包儿吆出猪来。雕子在猪的前后腿上拴上绳子,然后狠劲一拉,猪跌倒在地,嗷嗷地号叫起来。雕子怕人听见,对荷包儿喊:"快寻半截儿绳去,把猪嘴绑住!"荷包儿就找出了绳,绾了个活扣儿,套到猪嘴上,将绳两头死死地扯紧了。猪吱吱地低吼几声,被雕子和荷包儿拖到了车上。雕子说:"再拾两麻袋洋芋去,也捎上卖了。"荷包儿说:"咋,这……还不够吗?"雕子说:"够屁哩,跌到矿里头,潭大海深的事,指望一头猪的钱能咋?说不定,后头还要抬家具溜瓦片哩。"荷包儿犹豫了半晌,说:"我的老天爷!"说完便慢腾腾地去拾洋芋。

路上望不到几个人影,天色还暗淡,褐灰的路面模模糊糊。雕子在前头拉,荷包儿在后头推,车轱辘碾得尘土扑扑响。已到了秋季,顺着河坝走,风荏子很硬。可走完十多里山沟,荷包儿已热汗涔涔。这时,遥远的东天上渗出了血红。雕子长出了一口气,扭过半面绯红的脸,对荷包儿说:"我哥听信妇人的话,心私得很!分家的时候嫌红土子地不长粮食,硬给我塞哩。"荷包儿说:"他要知道红土子地有矿,咋都给你不分!"雕子说:"幸亏要了那地,要依你,说啥都不要,就没发财的机会,女人家到底是眼光短浅些!"荷包儿说:"就你能就你能!你又不是神仙,咋就知道地里头有矿哩?"雕子说:"这就叫'横财不发命穷人'!"荷包儿听了扑哧一笑。

又绕山梁走了十多里,才顺坡而下,下坡就是进城的大路,雕子和荷包儿要在这大路上走四十多里才能进城。路上的人很多,都朝县城的方向流动。有好多年轻人骑了自行车,后座上带着一个女子,在人流中穿梭。荷包儿捣捣雕子的背,说:"啧啧,看人家,神气的!"雕子不以为然地笑一笑,说:"坐个烂自行车,神气屁哩,等我挖出了矿,掏钱雇汽车让你坐!"荷包儿说:"死谝!还没见一块矿哩,看把你能的！"雕子说："不能不能，可谁也没用铁圈把我雕子的头箍住，人嘛，三十年河东，三十年河西哩！"荷包儿说："好好好，你有本事，就显出个黑白来，让我也过几天好光景呀！"雕子说："你瞅着，我非翻身不可！"说着车子就飞快地奔驰起来。

城里人更多，背篓挤满了街道，雕子和荷包儿好不容易赶到集上，卖了猪，又卖了洋芋，就拉着架子车向县化工厂走。

化工厂就在城郊那绿树葱茏的小山包下。荷包儿没来过，那山上绿荫间的褐灰色飞檐吸引了她。她看到一条小道依山而上，直伸入浓荫深处，就问雕子："山上那是啥房？看气派的！"雕子说："是萨爷庙。听说萨爷灵得很，磕头烧香的人密匝匝的。"荷包儿就说："你买炸药雷管去，我上去磕个头，让老人家保佑你我打出矿来。"她顺着小道上了坡，雕子拉车进了化工厂的大门。

荷包儿磕完头下山，架子车静静地躺在院里，不见了雕子。荷包儿挨门儿去寻，几个女子从门口探出了头，用画得乌黑的双眼好奇地望着她。老远地，荷包儿就闻出一股香气。她朝前赶几步，听到其中一个女子恶声恶气地问她："你寻谁哩？"荷包儿说："我寻我家掌柜的哩，他来买炸药雷管儿。"那女的说："你说的那丑里吧唧的年轻人，是个'乡棒'！"荷包儿红了脸，又问："咋哩？"那女的答："买炸药雷管儿要证明，他没。我们不开票，他还骂人哩。现今叫我们的保管收拾着哩！"那女的朝对面房里指了指，荷包儿急忙奔过去。

赶到门口，荷包儿听雕子在里面嚷："你打！你打！"另一个声音说："打就打，你敢咋？"听见拳头在雕子身上咚的一声。雕子又嚷："你把我打死！打不死就不是你大的儿！"那人又说："打死就打死！"荷包儿一把推开了门，那个挥舞拳头的年轻人转过脸来，目光顿时沉重地落到荷包儿身上。"……是你？"荷包儿惊叫了一声，"马向前！"那马向前便惊疑地眨了眨眼，收了拳头，换上一张嬉笑的脸，说："是……荷包儿？"荷包儿说："是我。"马向前热情地招呼荷包儿坐下之后，指着蜷缩在墙角的雕子说："我正收拾这人着哩，他要买炸药雷管，连规矩都不懂，还张嘴骂人哩。"雕子从墙角挪过来，申辩说：

"我没骂人，开票的女的说我是'乡棒'，我只说一句'乡棒是城棒的先人'，她就叫来了这人，帮那几个女的打开人了！"马向前说："还说没骂，小心我再拾掇你两下！"荷包儿说："他是我男人！"马向前问："你说啥？"荷包儿又说："他是我男人！"马向前愣住了，他上唇那撇小胡子不自然地跳了跳，脸上红一阵白一阵。半晌，他说："你咋不早说哩，你看这这这……我一点都不知道。"荷包儿说："你能嘛，你能打人就再打几下！"马向前不好意思地笑了笑，说："嘿嘿，不知不降罪么！"荷包儿让雕子去看看车子，雕子出了门。荷包儿对马向前说："其实你也是乡里人，我男人骂的是那些婆娘，有你显得啥能哩？"马向前说："一个单位的人嘛，叫我帮忙哩，总不能看着挨骂；再说，你这男人没脸色，还嘴硬得很！啊呀！这么漂亮的你，最终跟了个这样的男人？"荷包儿叹了口气说："我的命！那次我到云华山看戏认了你，跟你一搭看了几天戏，走的时候，糊里糊涂地跟上你到荞麦地里……回去就天天等你来娶我哩，谁知道让你哄了，不见了你的音信，我只好跟了雕子！"马向前说："谁叫你那么性急的！刚开始我忙着寻工作哩，没顾上寻你来，后来打听到你出嫁了，我就死了心！"荷包儿说："谁知道你安的啥心！快给我开炸药雷管去！"马向前说："好，寻领导签字的手续我给你办去！"说完就颠颠地跑出门。

回去的路上，雕子问荷包儿："你咋认得那个人哩？"荷包儿沉吟了半晌，撒谎说："我舅庄里的，小时候一搭耍过。"雕子说："今个你算立了个头功，不过，出头露面的事，今后你女人家少弄！"荷包儿说："咋哩？不放心我，你就莫要我出门，有本事你就跑去嘛！"雕子就低下了头。

三

雕子在圆坡子上掘出个大坑。他把红土翻起来，绕地边筑一道高堤，人钻到堤后，在那零乱的红石间敲敲打打。圆坡子右侧的那道小土坎隔了庄里人的视线，而红土子地的那道高堤，又刚好将雕子和荷包儿隐蔽起来。

　　就在这天黄昏，雕子和荷包儿炸响了第一炮。装好了炮眼，荷包儿扛起大锤钢钎，跑下山包。雕子点燃了导火索，看见一股青烟散发出来，融进暮色中去，他便快步跑下山坡。刚刚翻过小山包，他的身后就传来一个沉闷的声音。他感到脚下的小路隐隐约约抖了抖。他回过头去，看到圆坡子上空被一团迷雾紧紧包裹，模糊朦胧，便满怀欣喜地赶回了家。

　　第二天一早，雕子和荷包儿扛着大锤钢钎来到圆坡子上。大坑里躺满了暗红色的石头，他俩欢叫了几声，就把那散乱的石头搬到一起。雕子又操起大锤，荷包儿揩揩眉角的汗水，拖着疲倦的身子重新拾起钢钎来。圆坡子上又响起了叮叮咣咣的响声。

　　这时，同庄的碎蛋子吆着一群羊从土坎后面钻出来。看到雕子两口子古怪的举动，便诧异地问："雕子哥，叮里咣啷的，挖地道哩咋哩？"雕子和荷包儿听到声音，敷衍地一笑。雕子说："挖啥地道哩，是想……挖些石头哩。"荷包儿附和道："想把猪圈墙垒一下哩，挖些石头。"碎蛋子眼睛得溜圆，盯到那堆红石上，说："看雕子哥，河坝里青杏儿石滚得跟羊一样，又近近儿的，你不砸去，硬要弄这活哩？"雕子支支吾吾说不出话来。碎蛋子拾起了一块红石，在手里掂了掂，又细细地看看那石头的纹理，便咚一声丢在石堆子上。"哼！"碎蛋子冷笑了一声，"哼哼！"他又古怪地冷笑了一声，便转身去撵他的羊。雕子被他的表情弄得惴惴不安，忙朝碎蛋子刮得乌青的后脑勺喊："碎蛋子兄弟，你莫乱说，噢！"碎蛋子又转过脸来冷笑了两声："哼哼！"走了。

　　碎蛋子走后，雕子当的一声撂下了大锤，一屁股坐到乱石间，说道："这一下事情瞎瞎的了，还弄屁哩！"荷包儿问："咋哩？"雕子说："碎蛋子这娃嘴不牢，是非多得很！"荷包儿说："不管他，先弄着，反正迟早要叫人知道哩，边走边看！"雕子说："要是我哥知道了，怕有麻烦哩！"荷包儿说："有啥麻烦哩？分家的时候他嫌红土子地不好，硬给你塞哩，现今他想咋？没门儿！"雕子支支吾吾道："怕不好说，人家是老大。"荷包儿生气地说："你是屎捏的？他老大咋哩？老大比谁都心私！"雕子低头不语，荷包儿提起大锤，捣捣他的胳膊说："快弄！"雕子慢慢吞吞地接过了大锤。

一夜之间，话就走了风。荷包儿到坎塄外面去解手，刚走到地埂下，就发现坡底下来了一个人。她慌忙提上裤子，奔到坎塄后面，对雕子说："哼，爷爷还没塑好哩，拔胡子的人就来了！"雕子一惊，问道："谁来了！"荷包儿大声吼道："你哥！"

刚子趾高气扬地走进红土子地。霞光映着他瘦长的脸，脸上的那片青痣十分醒目。雕子胸内惶惶地跳动了几下，就听刚子扯着长腔问道："我咋不知道哩！"雕子说："我也不知道！耕地哩，耕出来了，就想挖着试一下。"刚子背着手，淡淡地说："好嘛！"他走到那堆红石边，用脚踢了踢，又说："好嘛！"他蹲下身去，捡起一块，在阳光下翻看着。"嗯，"刚子边看边说，"就是的！"他抛了红石，站起来拍了拍手上的土。雕子望着他哥的瘦脸，看到他那片青痣不自然地跳了一下。刚子抬起头来，面向雕子，"到底成色咋样？"他问。"还不知道！"雕子说，"挖着耍的，成色咋样不清楚！"刚子拉下脸来说："不清楚你挖啥哩？这是胡耍的？赢了，好说！输了，咋弄哩？"雕子说："先糊里糊涂地弄，反正这一向也闲着哩！""哼！"刚子脸又一沉，说："你力气多你弄嘛。"雕子再无言语。刚子又到打炮眼儿的地方看了看，用钢钎捣了捣那泛着猩红色亮光的岩石，慢腾腾地说："我拿上一块子，过几天到城里请个行家观掂观掂！"站在一旁一言不发的荷包儿这时候硬邦邦地说："我看就不请人观掂了，糊里糊涂地弄算了！"刚子愣愣地望着她。雕子捣了捣荷包儿说："好嘛，哥请个人观掂观掂好得很嘛！"荷包儿生气地盯住雕子，还想说话，雕子又暗暗地捣捣荷包儿，并狠狠地瞪了她一眼，荷包儿再未张嘴。

刚子又转了几圈，才揣着两块石头离开了红土子地。

刚子一走，荷包儿就坐到乱石间吵嚷开了。"咋样？"她说，"我说爷爷还没捏好哩，拔胡子的就来了，就是啊不是？"刚子说："人家也没说啥嘛，只是看一看。看一看有啥不对哩？"荷包儿说："哼，看一看？他是夜猫子给鸡拜年哩——没安好心！"雕子说："你咋能说那号话哩？他现时又没说啥话嘛。"荷包儿又说："哼，等着他说啥话就迟了！你说，他要收回这红土子地哩，你答不答应？"雕子说："不答应！"荷包儿说："好！他要合伙开矿石哩，你答不答应？"雕子说："也不答应！"荷包儿说："这就对，到时候我就看你的了！"

晚上回家，荷包儿浑身散了架。好不容易吃完晚饭，她就扭身上炕，让雕子给她捶背。雕子嘿嘿地上了炕，骑上荷包儿柔柔的后背，轻快地用拳头捣着她的双肩。窗户大开着，方格的亮窗里，映入月亮的清辉，荷包儿浑圆白嫩的肩头像镀了一层水银，光熠熠闪闪。这时，篱笆大门吱的一声，接着便有人啪嗒啪嗒地走了进来。荷包儿说："谁来了？你听。"雕子慌忙起身，从窗格里头一望，望到月光下刚子那张瘦长的脸。"是我哥！"雕子说。荷包儿一怔，忙扯过墙角的衬衫套上。刚子在院当中响亮地干咳一声，走进门内。

看见刚子，荷包儿只在炕上挪了挪身，背靠墙角坐下，没有下炕。刚子见弟媳妇没动，只好屁股担在炕沿上。雕子怕荷包儿插嘴，说岔了嘴，忙提示性地咳嗽几声。刚子开了腔："那石头我细细地看了，还有些名堂哩！"雕子说："能弄成？""弄成是能弄成——"刚子拖着长腔说，"就怕你一个人力太单！"雕子眨眨眼，疑惑地问："你的意思是——"刚子威严地咳嗽一声，接过他的话头说："伙开！"雕子又吧唧吧唧地眨眼睛，问："伙开？"刚子点了点头。荷包儿急匆匆地说："我家人力不单，不愿意跟谁伙开！"听到荷包儿硬邦邦的声音，刚子吃了一惊。他干笑了两声，望着坐在炕沿另一头的雕子，雕子含糊地"嗯啊"了一声，就低下头去。刚子一时来了气，对雕子说："你看你，一个男子汉，说话嗯嗯啊啊的，啥意思嘛！"荷包儿又插言："我家不想伙开，能忙过来！"雕子连忙又干咳几声。刚子说："红土子地是分到我名下的，不伙开，想吞独食？"荷包儿打断刚子的话说："算了，算了！不提红土子地还不惹人伤心，一提那地，谁都知道你安的啥心！"刚子问："安的啥心？"荷包儿说："安的不要天良的心！坝里的地咋不给哩？""好好好，"刚子一摆手，说，"把坝地给你一块子，能行不?"荷包儿厉声说道："不成！老早咋不给哩？知道红土子地里有矿，就打主意来了?"刚子恼怒地站起身来，说："我不跟你拌嘴！"他指了指雕子，"你的家到底是妇人当着哩，还是你当着哩?"雕子一言不发。刚子胳膊一甩，愤愤地走了。

雕子起身去送刚子，见刚子已经走远，便又回来。荷包儿还在唠叨："我就知道他没安好心，迟早要打主意来哩。"雕子说："你也太毒了，几句话就把人家说得下不了台！"荷包儿气呼呼地瞪着雕子，说："跟了你，算我倒了八辈子的霉！"雕子嘿嘿地干笑，不再接话。

这天雕子和荷包儿收工回家时，天空已铺满了晚霞。雕子和荷包儿下了坡，走进那片白杨林，看到刚子的女人月娥子正坐在树下歇缓，一背篼洋芋紧靠着她的背。荷包儿径直上前招呼道："嫂子，挖洋芋去咧?"月娥子鼻孔里"哼"了一声。荷包儿望望背篼里的洋芋，又说："洋芋还长得大！"只听月娥子冷笑一声，阴阳怪气地说："洋芋大是大，就是心朽了！"听到她将"心朽了"这几个字咬得很重，荷包儿站下了。"你说啥?"荷包儿问道。还未等月娥子回答，雕子就急急赶上来，捣捣荷包儿，拉着她急急地走出了树林子。

第二章　梦断山野

一

　　这天，雕子对荷包儿说："眼看炸药没了，把碎蛋子叫上，吆上骡子，你跟他进城买一回去！"荷包儿问："你咋不去哩？"雕子说："我一见姓马的小伙子，头皮就发麻。你跟他是老熟人嘛，你去。"荷包儿又问："你放心得下？"雕子说："放心！放心！你要跟人走了，矿卖了，我一个人享受哩！"荷包儿说："把你想得美！现今有了矿，就想撵我走？"雕子说："嘿嘿！说的，说的，谁舍得撵你？"

　　荷包儿就跟碎蛋子上了路。

　　走到进城的大路上，有好多汽车往城里的方向开来。荷包儿看到汽车走过，扬起的灰尘一散尽，大路上便遗下点点滴滴的灰色泥浆。再有汽车过来时，荷包儿仔细一看，车里拉满了泥浆，一摇一颤，那泥浆就从车厢缝隙里漏出来，遗到路上。荷包儿就说："这是不是矿粉啊？"碎蛋子说："是矿粉！把矿石挖出来，再放到机器里磨细，就成了这！"荷包儿诧异地问："浮选厂里出来的矿粉，就这样的？"碎蛋子说："我在黄渚浮选厂里见过，都是这！"荷包儿更加诧异了，又问："像我家挖出的红矿石，浮选不成这颜色吧？"碎蛋子摸着脑壳说："怕不是一个矿吧？"他支支吾吾地说不清了。

　　到了化工厂，马向前的门锁着，荷包儿到处打问，没有人知道。

上次跟雕子吵过嘴的几个女人看见她，将几颗画红描眉的头颅挤在门口，嘻嘻地笑。荷包儿心里暗暗骂道："狗日的，过上一半年，你再看你老娘来！"

等了半天，不见马向前的影子。荷包儿抬头一看，太阳已经挨近了西面山梁，正要离去，却见化工厂门口忽然飞进一辆自行车来。那车子飞到仓库门前，停下了，车上跳下一个人，正是马向前！荷包儿像盼到了救星，赶忙奔上去，说："马向前，我当你死了哩！"马向前抬起头来，唇上那撇短髭跳动了几下，目中透出了欣喜的光。他说："转了一天，刚回来！"荷包儿问："干啥去哩？"马向前叹了一口气，说："你不知道，这厂里生意不好，两个月发不出工资了。我不倒腾倒腾，没法过！"荷包儿立刻想到嘲笑她的几个女子，她轻蔑地撇了撇嘴。马向前问道："咋，你又开炸药哩？"荷包儿点点头。马向前又问："到底弄啥着哩，一回又一回地开炸药？"荷包儿说："炸石头！"马向前说："怕不是炸石头吧！"荷包儿笑了笑，没有开口。马向前又说："今晚夕走不脱了，开票的人下班了，要明早上才来哩！"荷包儿赶忙问："咋办？"马向前笑了笑说："只有住下了！"荷包儿说："还有碎蛋子哩。"马向前说："登记个店住下么，便宜！"荷包儿红了脸，低下头，嗫嚅道："叫碎蛋子住店去，我想住个不掏钱的店哩，看你把我往哪搭安顿！"马向前一听，笑着站下了。

吃完晚饭，马向前把碎蛋子安排到小店里，天已黑了下来。进了化工厂那间房子门，马向前就一把搂住了荷包儿，把她抱到了床上。正想开灯，荷包儿一把扯住他，不让他开。荷包儿这时鼻腔很酸很涩，沉重地说："马向前，你可不能把这事情说出去！"马向前说："我又不是瓜娃，咋能胡说哩？"荷包儿又说："我买炸药的事你也莫乱说！"马向前忙问："怕啥哩？你炸石头的嘛。"荷包儿叹了一口气，说："唉！跟你说实话吧，我家的地里挖出了矿，买炸药是为炸矿哩，攒了好些钱了，不知道能弄成不？"马向前连忙说："啊呀，你咋不早说哩！我正贩矿着哩。"荷包儿惊问："真的？"马向前说："真的，你下一回带一疙瘩，我看究竟咋样？"荷包儿高兴地连捶了他几拳。半响，荷包儿鼻腔里又酸涩起来。"唉，雕子要是变成你就好了！"她在马向前耳边轻轻地叹息道。

二

荷包儿刚从城里回来，雕子就对她说，在她进城的这两天，他哥刚子闹腾过两回，说要跟他伙开，他还未开口，他哥就发了火，骂他是女人当家。他说女人当家就女人当家，气得刚子一跳三丈高。荷包儿听完，说："明明讹人哩，凭啥要跟他伙开哩？"雕子说："就是不伙开！"荷包儿对雕子说："你要刚强些哩，他不过就是你哥嘛，又不是你大，怕啥哩？"雕子说："不怕不怕！"

荷包儿就让雕子先去圆坡子上，她要担一回水。荷包儿走到了水泉湾，远远地，看到水泉边蹲着一个肥硕的女人，背影很像刚子的女人月娥子。荷包儿想避开那满脸横肉的婆娘，但她犹豫片刻，还是硬着头皮走上前去。快走近那胖婆娘时，婆娘臃肿的身子扭转过来，望了荷包儿一眼，接着又转回去，将前半身深深地探入水泉，朝走近水泉的荷包儿撅起一个肥硕圆大的臀。荷包儿正在诧异，只听水泉里哗哗响了几声。等那胖身子从泉边站起时，荷包儿看到泉水已被搅得浑浊不清，几团醒目的唾沫正在水中急速地转圈儿。霎时间荷包儿被一种挑衅激怒，她身嘶力竭地怪叫一声，"咚"地放下了水桶，抬头直视月娥子。

月娥子就站在水泉的另一头，挂着水担，嘲弄般望着直喘粗气的荷包儿。她腮上的横肉跳动了一下，半响，鼻孔里喷出一个冷冷的声音："哼！"这时荷包儿身子颤颤地抖了几下，她咬咬下唇说："你把水弄脏咋咧？"月娥子扁担在地上撅了撅，气鼓鼓地说："想弄脏就弄脏！"荷包儿气愤不已，手指月娥子说："你——泼妇！"月娥子顺手抛了扁担，像一团肉一样滚动过来，撕扯荷包儿。"你泼妇！你泼妇！"她尖声叫骂起来。荷包儿趁势扑过去，与月娥子撕扯到一起。月娥子抓住荷包儿的脖子，狠狠地抠了一把。荷包儿感到脖子上火辣辣的，一摸，见了血，便捏住月娥子的软腰拧了一把。月娥子尖叫一声，又来抠荷包儿的脸，荷包儿拨开她的胳膊，顺手抓住她的领口，嗞的一声，月娥子胸前开了一个大口子，白花花的肥肉露了出来，那两疙瘩羊脬子一般的软肉灵活地欢跳着。接着，月娥子的身子便如一口袋粮食一样栽倒在泉边。荷包儿就势抓住她的头发，狠狠地向水泉按下去，气愤地说："脏水你喝！你喝！"淹得月娥子早憋不住了，咕咚咚连喝了几口脏水，荷包儿才松开了手。月娥子从水中抬起头，跪在泉边放声大哭。荷包儿又朝她高撅的肥臀上狠踢了几脚，便担着水桶离开了泉边。"哎哟哟，刚子——你死啦！快出来看来，你的女人叫人打死了！哎哟哟，庄里人——都来看来，遭下人命了……"月娥子撕心裂肺地哀号起来。

荷包儿回家放下桶子，就直奔红土子地。她把刚才发生的事对雕子说了。雕子便撂下钢钎，坐到石堆上一言不发。过了一阵，坡下探出刚子的头颅。他手提一根顶门杠，风风火火地从坡下爬上来。荷包儿望了望雕子，说："不要害怕，雕子！"雕子慢腾腾地从地上站起来，捡起那根钢钎，提在手上，死死盯着坡下。

刚子走进红土子地，见到凶神一般的雕子，兀自吃了一惊。他站在石堆旁，用手掀了掀搭在眉角的帽檐，粗气长喘："你说，你女人为啥打我女人哩？"他眉角那片丑陋的青痣正在闪闪发亮。"打的是讹人的人！"雕子扬了扬钢钎，气咻咻地说。"要打你也来打，把我打死！"刚子说。"打的是讹人的人！"雕子又提高了声音。刚子当的一声丢了顶门杠，紧赶几步，一头撞进雕子的怀里，连连说："你打！你打！"雕子猝不及防，被撞得后退了几步。好不容易才稳住身子，他便丢开钢钎，跟刚子扭打在一起。荷包儿站在一旁，看着两个人你搡过来，他推过去，无从下手。忽然，刚子腾出手来在雕子脸上响亮地扇了一巴掌，说："你妇人当家，败坏门风！"雕子也腾出手在刚子胸前沉重地捣了一拳，说："你倚大欺小，不是好货！"刚子又扇了雕子一巴掌，雕子也就又捣了刚子一拳。这时，刚子脚下一绊，跌倒在石堆上，他恼怒地爬起来，抓住了雕子，气愤不已地骂："我日——"

雕子扭住刚子的领口，追问道："你日谁哩，你说!"刚子自知失言，吞吞吐吐，情急之下，跺脚骂道："我除过我的半个娘，日你的半个娘哩!"雕子也厉声骂道："我除过我的半个婆，日你的半个婆哩!"刚子气得脸如紫茄，顺手操起地上的镢头朝雕子狠狠砸去。雕子躲避不及，后脑勺上立时皮开肉绽。荷包儿见雕子跌倒，尖叫一声，拾起那根顶门杠，趁刚子不备，扫向他的眉角。刚子号叫了一声，手紧捂眉角那片青痣，跌倒在石堆上。

三

刚子的伤势不重，只是眉角撅起个青疙瘩。雕子的后脑勺却翻开了一道口子，到村卫生室的田成子跟前缝了三针。就在那天晚上，刚子跟月娥子商量了一夜。第二天，月娥子便提着家里的二十个鸡蛋，溜进了社长土改子家。社长就是原来的生产队长，土地承包到各家以后，生产队改成了生产合作社，当了多年生产队长的土改子走路再也挺不起胸来。这次，月娥子来求他，他又尝到当年被众人抬举的滋味。"我帮你说去!"听完陈述后，土改子说，"这雕子两口儿太过分了，给谁连个招呼也不打，就胡闹哩!明明红土子地是包给你刚子的嘛，我亲眼看着划的，我还能不知道?我帮你说去!"

土改子走进雕子家时，荷包儿正扶着雕子从厕所里出来。雕子头缠绷带，满脸惨白，见土改子从篱笆大门里走进来，强咧开嘴笑了笑，又有气无力地说："土改哥，你来得好!"土改子忙过来扶着雕子进门去。"你看弄的，弟兄两个嘛，你看弄的!"他一声连一声地说。一旁的荷包儿这时嘤嘤地哭起来，她揩了鼻涕揩泪水，说道："土改哥，你要给我家做主哩!你是社长，你要给我家做主哩!"土改子说："做主就做主，我还有说的哩!"荷包儿又响亮地擤了把鼻涕，听土改子慢悠悠地说："事情弄成这样了，才记起我这个当社长的了?早的时候，咋记不起?你给谁打过招呼哩?"雕子和荷包儿默然无语了。土改子又说："不是我说你们，寻着寻着闯麻搭哩嘛!土地承包了，还有个集体在哩嘛，总不能越过集体行事！"雕子说："土改哥，我怕打不出矿，说出来丢人得很。要真打出矿来，谁敢越过集体行事？我想，到时候，还有你一股儿哩。"土改子说："你雕子是老实人，我信你的话哩，不过你越过你哥刚子，怕也不对！"雕子说："啥？有他的啥哩！"土改子说："红土子地是划到他名下的，就是分了家，你也不能把账算得太清，弟兄嘛，总是弟兄！"荷包儿一旁说："没他的，谁说也不中用！"土改子见雕子两口儿态度强硬，怕顶起来下不了台，便低头不语了。半晌，他敷衍道："亲兄弟嘛，不要这样！"说完就起身走了。

土改子走后，雕子垂头丧气地躺在炕上，长长地叹息一声，说："羊肉没吃哩，反倒惹了一身膻气！这也打主意哩，那也打主意哩，看来，弄不成了！"荷包儿说："你莫发愁，我有一个主意哩。"雕子问："啥主意？"荷包儿说："对严主任说！我就不信他土改子还比村主任牛！"雕子说："把那号滑头！见人说人话，见鬼说鬼话，有啥作用哩？"荷包儿说："把他好好地招待一顿，我就不信没作用！"雕子无可奈何地说："好好好，听你的！把他请来，杀上一只鸡，招待得好好的，再对他说！"

严主任叫严解放，曾当过七社的社长，后来又成了村主任。自从年前头老支书去世后，村上暂无支书，村主任严解放就成了村里的"一把手"。

严解放家在堡墙颓败的旧堡子旁，那是一座不知建于何年何代的堡子，由于年代久远，又一直有人从堡墙上取土填圈，早已显得破烂不堪。堡墙上长满齐腰深的野草，墙缝里垒满红嘴鸦的巢穴。每到傍晚，那墙缝的红嘴鸦，就会映着晚霞，在堡墙上空盘旋飞舞，随着叽叽喳喳的叫声，将白色的粪便洒落到堡墙上。天长日久，堡墙上挂满鸟粪，白森森一片。由于七社的村民大多围绕堡子居住，这里便形成一个自然村落，叫堡子背后。

这天，荷包儿正要到堡子背后去请严主任，刚走到堡墙下面，就见严主任吃完午饭，剔着牙缝，披着一件洗得发白的蓝制服，肩膀一抖一抖地出了大门。荷包儿说："解放爸，我正要请你去哩！"喜欢跟年轻媳妇开玩笑的严主任，一见荷包儿，就笑嘻嘻地开起了玩笑："心疼媳妇，你请我咋哩？"荷包儿就说："请你给我主持公道哩！"严主任怪腔怪调地吆喝道："哎哟！青天大白日的，谁把心疼媳妇欺负了？说！我给你做主！"荷包儿一听，眼泪就不由自主地流了下来，把刚子和社长土改子找麻烦的事情一五一十地告诉严解放。严解放当即说道："你打矿是好事情么！庄里人正愁着没有一条致富门路，你把矿打出来，发了财，给大家引了一条好路啊！他两个为啥要给你寻麻烦哩？"荷包儿就邀请严解放去屋里坐坐，严主任答复道："严河里最心疼的媳妇子请我哩，我能不去吗？一定去！"

做好饭，荷包儿等来了村主任严解放。他还是披着那件蓝制服，肩膀一抖一抖地进了门。雕子一看到他，咧开满嘴黄牙，招呼严主任上炕就座。荷包儿穿一件粉红色上衣，搭配着腿上的浅灰色直筒裤，步履轻盈地飘出飘进。不多时，严主任眼前的饭桌上就摆好一盘炒鸡蛋、一盘炒腊肉、一盘蒜苗炒豆腐和一盘凉拌四片，还有一瓶酒，惹得他馋涎欲滴。"到底不一样了嘛，"严主任说，"这当了企业家到底就是不一样嘛！"雕子愁苦地叹息道："唉，不一样啥哩，你不知道我家的难肠！"严主任不以为然地说："就是刚子闹腾的事情嘛，荷包儿对我说了。"雕子说："还有哩，老大正闹腾时，土改子又打主意来了！"严主任说："荷包儿都说了，莫管，有啥话我跟他说！"雕子听到一句安心话，高兴地斟满了一杯酒，"喝！"他对村主任严解放殷勤地说。

这天下来，严解放对刚子谈了一次话："弟兄两个这样闹腾惹人笑话哩！雕子发了财，你当哥的该高兴，不应该心上不平复！再说了，雕子打矿还是镜儿里头的娃娃——才照着哩！谁知道弄个啥眉眼。"刚子却总是咽不下那口气。"雕子把严主任请了一顿，他立马跟上雕子转开了！"他对月娥子咬牙切齿地说。"难道再没有办法治他了？"月娥子问。"有办法哩，非把他的摊子倒腾垮不可！"刚子说。月娥子看到他说这话时，眉角那块青痣幽幽闪亮。月娥子问："再有啥办法哩？"刚子咬了咬牙，说："有一步棋，叫'引狼入室'！叫两个大烟鬼儿去，非把他倒腾垮不可！"月娥子问："到哪搭叫去哩？"刚子眼睛血红地说："到城里！"

四

这边雕子两口儿还在硬撑着打矿，天却下起雨来。这年的秋雨很大，疯疯癫癫地下了几天，红土子地里积满了水，淹了洞口。雕子在高处搭了草棚，日夜和荷包儿守着那矿。好不容易老天停止了疯癫，红土子地里的积水却迟迟不退。雕子和荷包儿白天望着那一潭死水愁眉不展，晚上斜躺在草棚里，唉声叹气。

这天夜里静得出奇，连蟋蟀的声音都消隐到地层深处去了。偶尔一阵风来，吹得草棚上的荞麦叶子唰唰作响。荷包儿不由感到心惊肉跳，难以入梦。她捣了跟前鼾声呼呼的雕子一肘子，说："唉，死猪，我害怕得很，你起来看看去！"雕子从睡梦中惊醒过来，坐起身，揉着眼，迷迷糊糊地问道："你说咋哩？"荷包儿又说："今晚夕，我觉得不对劲，外头常唰唰地响啥哩，你看一看去！"雕子听了一会儿，说："神经病嘛！"他刚要躺下，荷包儿拦住他道："你提地里的大锤钢钎去，我今晚夕害怕得很！"雕子便伸伸懒腰，披了衣裳，极不情愿地走出草棚。

雕子朝天空望了望，没望到一颗星星，遥远的天边，有一大片乌云张开翅膀恶狠狠地扑过来，像要吞掉他。雕子突然感到头皮一阵发麻。他响亮地干咳几声，努力镇定下来，又低头辨路，朝放大锤钢钎的地埂边走去。这时候，雕子吃惊地听到几步之外的地埂下啪啪响了一声，他站下了。雕子疑心自己没听清，竖起耳朵，静静地捕捉着。那边又啪啪地响了一声，雕子胸内惶惶鼓动起来。他再一次响亮地干咳几声，随即厉声问道："谁？"没有听到一丝声音。他又问了声："谁？"半晌，还是没有声音。他朝地埂边抖抖索索地走去，猛然间，地埂下腾起两个黑影，直直地向他逼来，同时，两把硬硬的物件抵住他的胸口。

雕子大吃一惊！

雕子的双腿瑟瑟抖动起来，两个硬物顶得他胸口生疼。天很黑，雕子看不清黑影的面孔，只觉得黑影喷出的气息烤得他腮帮上火辣辣的。"听说你是个企业家，求你帮点盘缠！"这时雕子听其中一个说。那人的嗓门很粗，声音有些嘶哑。"我两个做生意赔了本，你腰缠万贯的人嘛，给帮衬帮衬！"另一个说。这个声音有些尖细。雕子嘴唇哆嗦着，半天说不出话来。其中一个忽然抡起了胳膊，朝雕子腮上啪的一巴掌，雕子捂住了脸。"答应不答应，你给个声气？"那嘶哑着喉咙的说。雕子双腿抖得更凶，结结巴巴地说："矿……才开始打哩……我……穷干的！""胡说！"粗嗓子的骂道，"你拔一根毛比我们的腰都粗，能说穷干的？"那人手中的硬物抵得更紧，雕子感到胸口猛然像扎进一块玻璃，疼得"哎哟"叫一声。"真的没，谁哄你，就是……驴日下的！"雕子的声音里带了哭腔。"不信！"粗嗓门的说。"就是的，不信！"尖嗓的也说。"不信你搜嘛！"雕子战战兢兢地说。"走！"粗嗓门的推了推他，扑嗒扑嗒地向草棚走去。

走近草棚，里边的荷包儿咳嗽一声，问道："雕子，有啥哩？"雕子刚要回答，嘴被跟前的一个捂住，另一个则猫了腰，贼贼地蹿进草棚。荷包儿听到声音不对，正想起身，一把尖刀直抵在她胸口上。"啊——"荷包儿惊叫了一声。"不准动弹！"那人对荷包儿说。这时外面的一个把雕子推了进来，让他并排跟荷包儿坐下。然后，一人逼住一个。"到底寻不寻？你说！"粗嗓门的说。"真的没，饶了吵，师傅！"雕子哀求道。荷包儿嘤嘤地哭起来，哽咽地说："虽然背了个打矿的名，还没见一分钱哩，连猪也卖了，洋芋也卖光了。过几天，炸药用没了，就只得溜瓦片、抬面柜，谁知道啥时候矿石才变成钱，呜呜……"荷包儿说不下去了。"矿真的没卖？"粗嗓门的问。"唉，师傅，真的没卖成钱哩！"雕子说，"屋里除了两只柜，连值钱的家具都没，不信你跟上我看走。"粗嗓门的又说："胡扯啥哩，跟上你还能寻着钱？身上有啊没？就伸手去掏雕子的衣兜。"另一个执刀的对荷包儿下了手，他的手很重，专拣荷包儿软处捏，捏到胸脯上迟迟不肯挪开。荷包儿歪了歪身子，想甩开那手，却感觉那人如蛇一般缠过来，紧紧地箍住了她。荷包儿说："身上没啥，你过去！"那人的胳膊箍得更紧。粗嗓门的在雕子身上掏了半天，没掏出东西来，就对雕子说："有人说你卖了矿，好几万元哩，看来你比我还穷！"雕子说："谁说的？"那人说："不认得，光说你有钱，他清楚的！"雕子说："矿要卖了，有钱大家花哩，贪财没好报！"粗嗓门的收了刀子，拍了拍雕子的肩说："就算你说得好，今晚夕打搅你了！"他回头招呼另一位，此刻那个正箍住荷包儿不放。他踢了踢那个的腿，说："还有那兴趣哩，赶紧走！"声音尖细的兴致正浓，他浪言乱语地说："大哥，没捞下钱，不能白来一趟，这妇人软绵得很！"粗嗓门的又踢了那个一脚，说："你屋里缺的是钱财，妇人好歹有一个哩，就莫做损德事了，快走！"声音尖细的就松开了荷包儿，懒懒地站起身。雕子扑通一声跪到地上，连磕了几个头，说道："好人啊！好人啊！"那两个黑影便闪出了草棚。雕子回过头来，看到呆坐一旁的荷包儿软软地倒了下去。

这次遭劫吓晕了荷包儿。几天后，红土子地里的水旱下去了，但想起那晚的事，荷包儿始终心跳肉颤。"我知道勾引抢贼的是谁！"她对雕子说。雕子对她摆摆手，说："就不提了，我们赶紧打！"荷包儿说："有人放害哩，弄不好还要把命都搭上哩，我看莫打了！"雕子说："不打正中了刚子的心意，我争口气也要打出个名堂来，让人看一看，我雕子绝不是屎捏的！"荷包儿说："再往下打，本钱都没了，你说，咋办哩？"雕子说："把这些矿卖了，不是就有本钱了？"一句话提醒了荷包儿，她抹抹眼泪，对雕子说："噢！我几乎忘了，马向前贩矿着哩，我寻他去，叫他帮忙把这些矿卖了算了！"雕子望了望她的脸，什么也没说。

荷包儿带着几疙瘩矿石，进城找到了马向前。她对马向前说了采矿过程，马向前说，没有本钱打什么矿！荷包儿说，她带着几疙瘩矿样来了，想把打出来的化验一下哩！马向前接过矿石，在手里掂了掂，又细细地看了看说，矿倒是矿，但不像铅锌矿，颜色也不对，好像氧化了。荷包儿赶紧问是啥矿，马向前说，是啥矿他也说不清，品位也不清楚，化验一下就知道了。荷包儿便央求道："向前哥，就麻烦你帮一把！"马向前说，他到厂里寻个熟人，让化验一下去，看都是啥成分。但化验结果明天才能出来，要荷包儿住下等哩。荷包儿不由得鼻孔一酸，低下头说："住下就住下。"

第二天，化验结果出来了。马向前拿着化验单，嘿嘿地冷笑道："简直是瞎胡闹！"荷包儿赶忙问："你说啥？"马向前把化验单塞过去，冲荷包儿说："你自己看哕！"荷包儿说："都是字母，我看不懂，你说我听！"马向前说："不是铅锌矿，是氧化了的铁矿，从化验单上看，只有几个品位，弄不成！"荷包儿着急地问："咋弄不成？"马向前冷笑一声说："铁矿本来就没铅锌矿贵重，这还是氧化了的，品位又低，要下能做啥？"荷包儿鼻梁上渗出了汗珠，又问："你是说，这矿再便宜也没人要？"马向前说："白送也没人接收！不摊钱么！白送给谁，拉到厂里还要多少运费哩！怕连运费都抵不住！"荷包儿眼前顿时晃过一道炫目的闪电，"我的娘娘哟，这下倒糟了！"她喃喃地说。

荷包儿不清楚她是如何走到严河的。她只感觉头晕目眩，双腿也十分沉重。从太阳还未升起，一直到红日西沉，她走了整整一天。走到庄边石嘴子下，她实在抬不起腿来，便坐到一块石头上喘息。这时候，太阳已经彻头彻尾地扑入了群山的怀抱，仅在西天上扯出一缕血红的颜色。庄里的房屋影子被一团酱紫色的雾气包裹，已隐没到一片迷茫恍惚之中。荷包儿听到几声稀疏的鸟啼从崖头的枯枝败叶间溅落下来，便愈发激起她内心的悲凉。她真想哭几声，眼里却没有泪流出来。她又想躺在那冰凉的石头上摊开身子，好好歇缓歇缓，却听到远处隐约传来熟悉的咳嗽声。"雕子！"荷包儿有气无力地唤道。那边响起雕子喜出望外的答应声。荷包儿挪了挪身子，想迎上前去，双腿竟僵硬得迈不开步子。"雕子！"她又唤了一声，便看到雕子匆匆奔到她跟前。"先人，你把我急死了！"荷包儿听雕子说。她疲软无力地靠在雕子肩头，眼泪珠一串一串涌了出来。"雕子……我俩的命不好！"荷包儿声音微弱地在雕子耳边喘息道。雕子的身子震动了一下，就如木头桩一样呆立在原地。半晌，荷包儿感觉雕子的热泪滴满了她的脸。她刚想张口说话，雕子却搂紧了她的肩，连声说道："你莫说了，你莫说了，我啥都猜得出来！"

第三章　峰回路转

一

日子像水一般流逝。雕子和荷包儿渐渐将打矿的伤痛忘却。但是，谁又料到，过了半年时间，事情又出现新的转机。这天，突然出现的马向前，将一个天大的好消息带给了他俩。

那时候，荷包儿正在做午饭。她将一颗洗净的洋芋放到案板上，"当当当"地切出一堆粗细匀称的洋芋丝。切完，她将洋芋丝往一起拢了拢，回头冲炕上喊道："雕子，起来！"雕子听到喊声，嘴里嘟哝一声，翻了翻身子。脏不拉儿的被子下，看得见他宽厚的背脊。阳光从亮窗纸上透进来，照着他如一堵墙般横起的身子。

自从圆坡子上打矿攒了钱后，雕子老睡到第二天日光大照。望着亮窗里照进的日影子，荷包儿就会捣捣他牛腿一般的粗胳膊，说："起，赶紧起！日头照尻子上了！"雕子就会翻翻身说："照尻子上就照尻子上了，睡饿了再起！"这时候，荷包儿就会一脚踢到雕子的屁股上，骂骂咧咧地起身。

荷包儿用菜刀将切好的洋芋丝铲进锅里，刺的一声，滚热的油锅里蹿起一股火苗。她麻利地操起铲子，在锅里不停地铲动，屋里立马缭绕出馋人的香味。荷包儿回头又喊："死猪，起来！吃毕还有活计哩！"雕子又翻了翻身，将脸朝向了窗户。

这时候，窗外响起了一阵摩托车声。

骤然响起的摩托车声使雕子睁开了眼。他顿了顿，抬起身子，从亮窗底部的玻璃中朝院子里望。半截被子搭在他肌肉分明的肩膀上，胳膊肘子压得荞皮枕头沙沙响。他看到一辆红色的摩托车缓缓进了篱笆大门，突突两声熄了火，停到当院。一个穿深蓝色西服的男人从摩托车上跨步而下，摘掉红色头盔，又用手拢拢压乱的分头，抬腿进屋。炉子里的火苗烧得锅里丝啦丝啦响，正在挥铲炒菜的荷包儿没有听到摩托声，她正专注地翻炒着洋芋丝，摩托上那人就腾地进了屋。

看到那人进了屋，雕子瞪大惊恐的眼睛。"雕子!"那人一进门，就笑嘻嘻地叫了一声，雕子眼睛瞪得更圆。他望着炕下那个似曾相识的面孔，迷迷糊糊地在沉睡的记忆里翻腾着他的姓名。"你是……马……"雕子似乎想起了化工厂里的那张面孔，张了张嘴，却叫不出他的名字来。那人望着他圆瞪的大眼，又嘻嘻一笑说："贵人多忘事嘛!"

这时，荷包儿听到了声音。她先朝炕前头看了看，看见了那个头发理得整整齐齐的后脑勺，随即，放下炒菜铲，从隔墙的厨房门里跨出来。"天爷哟! 这不是马向前吗?"荷包儿吃惊地叫一声。那个头发齐整的后脑勺唰地转过来，看见了荷包儿。"啥风把你给刮来了?"荷包儿惊奇地问。马向前抖抖上唇的短髭，对她神秘一笑，说："没想到是我?"荷包儿顺手提过窗台的笤帚在炕沿上扫了扫，说："确实没有想到啊! 赶紧坐到炕上!"马向前顺势坐到了炕沿上。

雕子仍然胳膊肘倚着枕头，斜着身子，疑惑地看着炕沿下。听荷包儿叫声"马向前"，他才想起那人的名字，也想起化工厂挨的重重的几拳。他掀开被子，取下炕柜上的衣裤，散乱地往身上套。荷包儿连声责怪雕子说："你看你，人家马向前六七十里路都走下了，你还没起身哩，懒得烧着吃哩!"雕子正套衣裳，闻到一股菜煳味儿，急忙冲荷包儿喊："快点快点，菜煳了!"荷包儿"哎哟"一声，脚底下如拌蒜般进了厨房。

雕子匆匆穿好衣裤，又叠了被褥，不好意思地对马向前说："你往炕后头蹴！我去洗漱。"马向前脱鞋上炕，背靠窗台坐下，抬头打量着雕子家黑乎乎的房子。这是一幢不知建于何年的安架房。房顶上没有仰尘，望得见乌黑发亮的大梁、椽檩和竹笆子。墙壁上方挂满蜘蛛网的黑串儿，下方顺炕糊了一圈花花绿绿的炕围纸。在人脊背常靠的地方，炕围纸已经变了颜色。炕沿下面的炕厢门边上，堆放着几口袋粮食，上面散乱地卷放着几件旧衣服。正堂位置上，挂了幅中堂，由于多年烟熏火燎，上半部分字迹已经难以辨识。中堂前，端端正正摆着一张黑亮的团桌，桌上的灯壁子隐隐泛着亮光。

这时，隔墙上，厨房的门帘一动，荷包儿端着一盘洋芋丝、一盘炒鸡蛋笑盈盈地走出来。马向前说："饭做得又快又丰盛啊！"荷包儿说："你是要紧客人么，屋里正好有几颗鸡蛋哩，就炒上了！"她招呼雕子往炕上摆好饭桌，将两盘菜摆到了饭桌上。

雕子上了炕，面对马向前坐下，捉住筷子说："吃！吃！今个没酒，慢待你了！"马向前跳动着上唇的短髭，客气地笑了笑，说："菜慢慢吃，今个我有个好事情说哩！"雕子和荷包儿正要夹菜，听了这话，停下筷子，疑惑地望着马向前。马向前上唇的短髭又欢快地跳了跳，说："去年你俩地里挖出来的，是金矿啊！"雕子胳膊抖了抖，放下筷子；荷包儿骤然身子僵硬，愣住不动了。马向前笑嘻嘻地看着俩人眼睛圆瞪张口结舌说不出话来，又说："你俩挖出来的氧化铁矿，里头有金哩！"雕子和荷包儿起先以为自己听错了，这时候，他俩才听了个真真切切。"真的？"他俩异口同声地问。马向前肯定地答应了一声，点了点头。"你咋知道哩？"荷包儿急切地问。马向前捉住筷子说："吃饭！听我慢慢说！"

他们慢慢吃起了菜。马向前一边搛菜吃，一边向两个人叙说原委。他说："年前头，我寻了个浮选厂的熟人，化验你的矿样，结果那化验室只能化验铅锌和铁矿，其他成分化验不出来。最后，化验结果一出来，不含铅锌，是铁矿，但品位太低，没有开采价值。我就给荷包儿把化验结果说了！"荷包儿点头说："对的对的！"马向前又说："我也当这矿再没啥价值了，就再没追问去。"荷包儿顾不上搛菜，连声追问："那后头咋弄了？"马向前又夹一口鸡蛋喂到嘴里，说："结果，前几天，我到北道章工的化验室去了，一看，章工那里李子园的金矿矿样，跟你送去的矿样一模一样，就猛然想起那矿里是不是也有金哩。回来，我就把跟前一疙瘩的矿捎给章工，让他帮着化验哈。上一次我幸亏收拾了一疙瘩。很快，章工给我捎来个话，让赶紧到北道埠去一趟。当天我就搭车到了北道。一见面，章工没有多说，拿了张化验单让我看！"说着，马向前掏出那张化验单，指着化验单上的字说，"你看！这上面写得清清楚楚，严河一号矿样，金品位每吨3.6克！"荷包儿一把接过那张化验单，盯着上面的数字看了半天。雕子也歪着头，看了那数字一眼。听马向前又说："这就证明，严河的矿是铁中含金，而且这种氧化矿里头的金，成分单纯，好回收，不需要多复杂的工序，家家都可以搞。"荷包儿激动得手指颤抖起来，不由惊叹道："唉——老天爷！这是真的啊！"

听到荷包儿韵味十足的惊叹声，马向前和雕子都被惹得笑出了声。雕子舌头舔舔外突的黄牙，掩饰不住满脸的兴奋。他问马向前道："这3.6个品位，是高品位还是低品位？"马向前说："我一说你就清楚了！这个品位不算太高，私人用氰化技术处理这矿，肯定回收不了多少金子，有点划不来！但是，这个品位比天水李子园的品位要高哩！"雕子问："李子园的品位是多少啊？"马向前回答："章工说李子园的矿跟严河的矿一样，都是铁中含金，但李子园的矿每吨才3.2克，也就是一吨矿石里头，含3.2克金，严河的含3.6克哩！"雕子又问："李子园的矿有人开哩？"马向前说："李子园我去看了，人家那里现今已成了'小香港'！矿点一家挨一家，还有人想开个坑道，根本插不上手了！"雕子说："你不是说这个品位私人划不来弄嘛？"马向前说："这个品位，适合于有实力的单位大规模开采，搞上万吨的大型堆场。私人小打小闹，就要顺着这种低品位矿的苗头，找高品位矿哩！"雕子问："高品位矿咋找哩？有没有？"马向前说："你莫担心，有低品位矿，就能寻着高品位矿！我今个就是为了寻高品位矿来的。章工跟我说了寻好矿的办法，吃毕就上山。如果有财运，肯定能找到好矿！"荷包儿听到这话，叹了口气，双手合十，放在胸前连连祈祷道："啊！阿弥陀佛，阿弥陀佛！老天保佑！老天保佑！"惹得马向前和雕子又笑起来。在笑声中，马向前吩咐道："荷包儿准备一个装矿样的碎袋子去，上山的时候，带上大锤、钢钎、洋镐、铁镢，还有矿蜡！"荷包儿和雕子点点头。马向前又说："这次进坑道，是按章工说的办法寻高品位矿，再采个样，到北道再化验一回！这事情一定要保密哩！"听马向前说得十分神秘，荷包儿和雕子沉沉地点点头。

二

马向前的身影第一次出现在圆坡子上。

马向前的目光诧异地在圆坡子上游动。这是一个跟他家乡的自然风貌迥然不同的地方。他的家乡在县城东头的乡村，虽然处于远离县城的重重群山之间，但一年四季流淌着绿意。山坡上密密匝匝的松树林子，把满天的松香扬洒开来；树下的草丛野花间，不时扑棱棱飞起几只五彩的野鸡和红腹锦鸡，冲出几只仓皇奔逃的野猪；树林子下的小沟里，常年流动一条小溪，溪水里有虾米游戏，有螃蟹横行，清清的溪流，摇晃着岸边的野花和野草……而此刻间，他站在县城南边这西汉水上游的大山里，想起每次暴雨过后，流经县城的西汉水就变成一只浑浊不堪又散发腥臭的野兽，原来是这里光秃秃的野山和遍布山间的纵横沟壑，为肆虐的河水披上狰狞的外衣，为暴戾的河水增加了骇人的野性。在这个刚刚掏了洋芋收了荞麦的季节，褐灰色土地块块相连，一直延伸到远方的迷茫中。荒僻的山坡，像正褪色的癞皮狗，褐黑色裸岩和正枯萎的野草斑驳杂陈。混沌的迷雾，若即若离地浮动在山坡表面。隐在迷雾后那个午后的太阳，如同一颗浑黄的蛋黄。

眼前的圆坡子上，猩红的土地却异常醒目。踩到猩红的沙土里，马向前感到坚硬的石砾正透过鞋底，硌得他脚底生疼。走上一个巨大的红石堆后，他的脸前出现一个肮脏的红石坑，三只老鼠从坑底蹿上来，仓皇隐没于散乱的石缝里。一具黑色的鸟儿尸体，双爪朝天，僵硬地躺在乱石中，翅膀下蠕动着一堆令人作呕的白蛆。一堆发黑结块的粪便，摊在乱石中间，招惹得一群绿头苍蝇嗡嗡乱舞。马向前捂着鼻子绕开那臭气熏天的粪便，从乱石间磕磕绊绊地走到石坑底部，热热的气流便紧紧包裹了他。

马向前向站在石堆顶部的雕子挥了挥手，说："下来!"雕子扛着工具，跨步下了乱石坡。马向前环顾四周，说："哈! 你这工作量大! 干了多长时间?"雕子放下工具，擦着额头的汗回答："大半年哩! 我记得刚开始时，才收毕麦，一直干到立冬了! 这才歇下半年多时间么!"马向前又望望周围问："这么深的坑，矿渣咋翻上去的?"雕子指了指石坑的一侧，说道："你看，那里有条斜坡路，我用背篼背上去的!"马向前顺他指的方向看过去，果然看到一条即将被土埋没的斜坡路。雕子又回头指着身后说："坑口在后头哩!"马向前转了身，看到顺着山坡延伸下来的方向，有条五尺左右的裂缝，宽不盈尺，仅能伸进一条胳膊。马向前问："坑口埋了?"雕子说："没埋，是坡上溜下来的土给封住了!"马向前就走到坑口前察看。见封得不深，他对雕子说："刨开!"雕子就挥动洋镐，两下三下刨开坑口的封土，脸前出现一个圆圆的坑口。这坑口一人来高，站起身子可以随便出入。马向前探头向坑道里张望，黑咕隆咚的，看不了多远，一股浓浓的腥臭味，从坑道涌出来，熏得他肠翻胃倒。他捂着口鼻，吭吭地咳嗽几声。那咳嗽声传进坑道，发出嗡嗡的回声。雕子说："进吗?"马向前摆摆手说："等一下，里头缺氧，还不能进!"雕子说："没啥! 只有二三十米深么。"马向前就说："等荷包儿拿来矿蜡，照上进。"

荷包儿为了避开众人的目光，有意在马向前和雕子走后出门。她扛一把铁锨，出门后没有往圆坡子上走，而是绕到刚子家门口。她要看看刚子的动静，不能让他有所察觉。刚子家门口挂着锁，她突然想到嫂子月娥子问她借了一只笼子，说是去淘酸菜，就径直到了水泉湾里。远远地，荷包儿看到有个肥臀在水泉边晃悠，她赶上前去。这时候，月娥子双臂正在竹笼子里一前一后地揉搓，一身肥肉随着揉菜的动作，呼噜呼噜地颤动，竹笼子缝隙间，绿森森的菜水缓缓地涌流出来。听见身后脚步声响，月娥子停下手里揉搓的动作，缓缓起身，看着走上前来的荷包儿。“嫂子，还没淘完?”荷包儿问。“正淘着哩!”月娥子回答，“你做啥去?”荷包儿放下肩头的铁锨，停下脚步回答：“这天气闷热得很，怕一半天要下雨哩！我把水泉湾里洋芋地的水渠挑开去！洋芋挖毕，再没管过，害怕山水把那一拃厚的土淌光哩!”月娥子说：“咋不让雕子挑去哩？又死哪搭去了?”荷包儿回答：“吃毕就走了，不知道死哪搭去了!”月娥子就笑着说：“可能和刚子一样，去黑脬子家掀牌了！到底弟兄俩是一个裤腿子里抖出来的，没一个好屄!”荷包儿说：“真个！真个没一个好屄!”妯娌俩即在水泉边扬起了一串笑声。

荷包儿离开水泉，上了地坎，又绕开水泉湾，往圆坡子上走。荷包儿想起去年她和月娥子在水泉边打架的事，就想，这次要是红土子地里真出了金矿，再也不能走漏了风声，让刚子两口儿知道。

荷包儿走进了红土子地，见没有人注意她的行踪，就跨步从矿渣上走进坑去。圆坡子上那堆猩红的矿渣掩住几个人的身影。荷包儿喘着粗气，擦擦头上的汗，掏出矿蜡、火柴和矿样袋，递给雕子。雕子问：“咋这么长时间才来?”荷包儿说：“我有意绕了路，看刚子两口子在不在，结果刚子掀牌去了，月娥子在水泉边淘酸菜着哩，我就从水泉湾里绕过来了!”马向前看着她被汗水贴到脸上的黑发，竖起大拇指称赞道：“对的！荷包儿的脑瓜子够数儿的!”荷包儿苦笑着说：“唉，逼出来的！你不知道去年那两口子咋闹腾的！月娥子今年过年时，才跟我说开话了。原来一直不说话啊!”马向前说：“知道的！亲弟兄之间，也一家见不得一家啊!”

雕子点着了矿蜡，交给马向前，他手提着工具，躬身往坑道里钻。荷包儿匆匆赶过来，说：“我也想进去哩!”马向前伸手阻挡道：“荷包儿，这有忌讳哩！自古以来，女人家不能往坑道里钻!”荷包儿疑惑地问：“那为啥哩!”马向前说：“我贩矿时跑过好些矿山，都说女人家阴气重，坑道里也阴气重，女人家进去不避邪!”雕子也给荷包儿说：“你莫进去了，外头等着!”荷包儿就极不情愿地噘着嘴，看着他俩猫着腰，抖抖索索进了坑道。见那团模模糊糊的烛光渐来渐暗，听俩人说话的声音也渐来渐弱，荷包儿就长跪在坑口，朝着幽深的坑道连磕了三个响头，喃喃道："严门殿上的家神爷啊，你老人家要保佑他们平安无事，要保佑我们一家发财致富哩！"头磕下去，又抬起来，她的额头上就沾满猩红的矿渣。

三

马向前和雕子在坑道里点完了三根矿蜡，手持最后半截蜡烛走出坑道时，已是傍晚时分。

晚霞透过西山梁顶的迷雾，用昏黄的氛围装点着这个大山窝子。在严家大山三面合围的山窝子里，迷迷沌沌的黄雾像浓稠的液体，把光秃秃的山峁、深邃的沟壑、散乱的房屋、崖畔里的酸刺和崖穴里红嘴鸦的叫声都浸泡到里头。浓稠的黄雾漫延到圆坡子上，在猩红的矿渣映照下，变成一片凄迷的酱紫色。

马向前左手举着蜡烛，右手提着矿样袋走在前面。远远地，他看见了那个昏暗天光映衬下的圆圆的洞口，心头已涌出抑制不住的喜悦。往前走，那洞口渐渐清晰起来。快出洞口时，他看到荷包儿焦急的面孔正浸泡在浓稠的酱紫色里。"出来喽！"马向前朝洞口的荷包儿喊了一声，声音里充满了欢欣。回音在坑道里嗡嗡地响，洞壁上有细碎的矿渣簌簌抖落下来。随即，荷包儿咯咯的笑声银铃一般从坑道里滚了进来。她说："进去一下午了，把我急死了！"出了坑道的马向前抖抖鼓鼓囊囊的矿样袋，兴奋地说："满载而归啊！"荷包儿又发出一连串的笑声。雕子咚一声撂下肩头的工具，一屁股坐在地上，长长地出一口气，说："我的老天，乏死了！"望着雕子满脸乌黑的汗痕，荷包儿问："咋进去这么长时间哩，寻不着矿吗？"马向前说："倒不是寻不着矿，进去二十多米，就是采矿的掌子面，前后左右一片红，都是矿石。"荷包儿说："那咋还这么长时间？"马向前说："章工给我交代过，让我寻破碎带哩！"荷包儿疑惑地问："啥叫破碎带？"马向前说：

"破碎带就是夹层的朽面子矿。掌子面都是上回化验过的红铁疙瘩，含金量不高。只有找到那种夹层里的朽面子，才是高品位矿。颜色越深，品位越高啊！"荷包儿又问："寻着破碎带了？"马向前说："费了这么长时间，肯定要把它寻着哩！"雕子缓过了气，抬头对荷包儿说："我俩原先不懂，只顾着挖红铁疙瘩哩。人家马师这回寻的是红铁疙瘩里头的夹层，跟白间石混一搭着哩！只要寻着白间石，就寻着了高品位的红面子夹层矿。马师要的就是这种矿啊！"雕子说话间已经把马向前叫成了"马师"，惹得荷包儿合不拢嘴。她偷瞥一眼马向前，马向前对她抖动短髭笑了笑，接着打开手里的矿样袋，说："你看来，这就是章工说的高品位金矿！"荷包儿凑上前去，满满一袋鲜红的细末呈现在她面前。她伸手抓了一把，摩挲一阵，又松开，泛潮的矿末又滑落到袋子里。她伸开手掌一看，巴掌上红艳艳一片，像沾满了猪血。她轻轻地惊叫一声，用另一只手掌去揩那红色，结果颜色又涂抹到另一只手上，怎么也擦不掉。她问："这就是好矿？"马向前用两个指头捏了点矿末，捻一捻，指头上也染上醒目的红色。"要发财了，荷包儿！"马向前激动地说。荷包儿俏丽的圆脸上即刻绽开一朵诱人的金菊。"走，回家吃饭！"她的声音里透满了抑制不住的喜悦。

四

这个夜晚对于马向前和雕子两口子来说，注定是个不平静的夜晚。

吃过荷包儿擀的鸡蛋臊子长面，他们就在光亮的院落里乘凉，并商量合伙经营和北道化验矿样的事。马向前问雕子说："如果这矿品位好，你说我俩咋合伙哩？"雕子在地上磕着旱烟锅，露出黄牙，笑嘻嘻地说："唉，马师！你也清楚我的光景，要说合伙，我只有力气，要掏钱，身无分文啊！"马向前说："你放心，我不让你再掏一分钱了，你把高品位矿挖出来就对了。今后所花的资费，都由我出！"雕子兴奋地说："嘿嘿，只要有资金，事情就是成的，我负责把矿馱院里来。"马向前说："那就只有技术的事情没落实！再找个懂技术的，让人家也入一股，三个人弄有些划不来啊！你说咋办哩？"雕子说："你看，我听你的安排，嘿嘿！"马向前想了想说："要不这样，化验结果一出来，我就到李子园朋友跟前学技术去，争取一个礼拜学到手！"雕子又说："嘿嘿，你想得周全得很，嘿嘿！"荷包儿这时插话说："先要看矿石品位咋样哩，要没品位，就等于白商量了一场！"马向前哈哈笑起来，"说了半天，我俩还把最关键的给忘了！"他说，"明天先走北道，你俩也要去见个人哩，谁去？"荷包儿急呼呼地说："我去哩！我瞧好是个初中生，雕子连小学都没念出来。"雕子瞪了荷包儿一眼，荷包儿嫌雕子瞪了她，红着脸说："你瞪我咋哩？你就是个只认得自己名字的瞎货。"雕子低了头说："我俩都跟上你浪一回走！"马向前连声说道："这是个好主意！明天一搭转走！"

这时候，沉闷了一天的山窝子里起了风，给院子里带来一阵凉凉的快意。院里墙角处，那树缀满青梨的梨树上，叶子发出欢快的沙沙声。微风中，突然飘来一阵袅袅的笛声。笛声低沉而悠长，似在倾诉着哀怨，又似在悲叹着凄苦，揪住了马向前的心。他诧异地问："这是谁吹的笛声？"雕子说："谢牛儿，他没事的时候，常常坐着瓦窑台台上，拿上长笛吹哩，吵得人泼烦的！"荷包儿又数落雕子道："你莫说谢牛儿了，谢牛儿算是严河庄里最有故事的人。他虽然没文化，但他肚子里装的东西多，说古今，编段子，掐指头算个日子，甚至能驱邪捉鬼，庄里人都离不开他。他人缘也很好，给谁都帮忙哩！"雕子也点头说："对的！这人是个外乡人，几十年以前，单身一人流浪到严河里，就住下了，给生产队里喂牛着哩！只知道他姓谢，不知道他叫啥名字。后来他一喂牛，大家就'谢牛儿、谢牛儿'地叫开了。"马向前说："从这人的笛声里，能听出来他是个有思想、有内涵的人。我上高中的时候也在学校的音乐队里吹过笛子，算是个音乐爱好者，能听出这人心上的苦楚啊！"荷包儿就说："对的！到底要有文化的人听哩，雕子就听不出来啊！"雕子就嘿嘿一笑，不言语了。

月牙儿上来了。嫩嫩的月牙儿斜挂在严家大山的上空，静静地瞅着这个山窝子。田野里，黑蚜轻轻吟唱起来，似乎在为那个悠悠的笛声伴奏……

晚上睡下后，挤在一个炕上的马向前和荷包儿都翻来覆去入不了梦。虽然中间隔着像堵墙一样的雕子，但他俩似乎都能感觉到对方的心跳。恍惚之间，马向前又来到那个万头攒动的云华山庙会戏场。每年一度的云华山庙会，是个神秘诡异、充满暧昧的盛会。戏场设在云华山半山腰的一个大场里。每年庙会之际，男女老少都会以祭祀大仙为名，云集云华山，或满足情欲，或缔结姻缘。在历时五天的庙会里，伴随着大戏的锣鼓唢呐声，不知上演了多少折颠鸾倒凤的风流事，不知续写了多少回信誓旦旦的情约。所以，云华山庙会古来就有"采花大会"的戏称。和所有孤男寡女们一样，戏场里，马向前的目光不停地在着装艳丽入时的女人群里游走。在两腮酡红、腰身粗壮的"红二团"女子中间，他看到一张肤若凝脂、眉若柳丝的圆脸。此后，他的目光再没有离开过那张脸。那个女子似乎也看到了他的目光，在目光碰撞里，两个身子互相靠拢……他恍然记起第一次牵了她的手的感觉。在满戏场遮遮掩掩又情不自禁互相揣摸的人群里，他终于跟她挤到一起。他伸手去牵她的手时，感到她的身子发出打摆子一般的战栗。他清楚地记得，她的手第一回随他的手走出戏场，来到麦场边上那棵杨树下。就在那棵杨树下，他知道了她的名字和她所在的村庄，她叫马荷包，马台子人。她也知道了他的名字，叫马向前。当时毒辣辣的太阳烤得他们口干舌燥，他就请她到场边摊子上吃了碗凉粉儿……此后几天，他在云华山戏场边那棵高大的白杨下，给荷包儿亲口许下了诺言。他让荷包儿等他，他会请媒人上门提亲。也许是有了这一诺言，他最后一次拉着荷包儿的手走进荞麦地时，荷包儿再没有拒绝他……他又恍然记得，他是在午后的太阳下拉着荷包儿走进荞麦地的。由于当时满山遍野的窑窊里和塄坎下，到处都是响亮的咂嘴声和令人心跳的呻吟声，他便拉着荷包儿的手，一路狂奔，来到云华山后的荞麦地里，荷包儿身下的荞麦秆成了他俩爱情的温床。吻着荷包儿如花瓣一般微启的朱唇，搂着荷包儿如鱼一般扭动的软身子和细腰肢，他第一次进入了人生中的癫狂状态。那一刻，他感觉荷包儿彻底成为他的女人。在此后千方百计打通关节，进入化工厂当工人的整个阶段，他都把娶回荷包儿当作重要的人生目标。然而，在费尽九牛二虎之力成为化工厂的职工，有了娶回荷包儿的资本后，荷包儿已随着迎亲的队伍成为别人的媳妇……他恍然想起，知道荷包儿已经嫁人的那天是一个阴云密布的日子，他骑着摩托去马台子提亲。到了村口，有人就告诉他，荷包儿年前就出嫁了。他当时差点在马台子村头的那棵老槐树下吼叫几声。乌云密布的天空中，似乎晃过几道炫目的闪电。他顿时想道，命啊！这就是命！那揪心的痛楚，伴随了他好些日子……此刻，云华山蕃麦地里的那种感觉，又在纠缠着马向前，使他身子发胀，情难自抑。他连忙起身，一次次地去院里小解。

荷包儿还是恍如回到那春情无限的云华山上，回到那个令她销魂的蕃麦地里。此刻，她多么希望马向前能像在蕃麦地里那样，抱住她柔软的身子，疯狂地进入，而后俩人疯狂地呻吟扭动啊……雕子却在迷迷糊糊中伸来胳膊搂住了她。她扭扭身子，挣脱了雕子的搂抱。雕子又翻身去睡，随即，鼾声大作。荷包儿便强压着心口的欲火，强装入睡。

就在马向前第三次起身小解时，严家大山上空的天色，已开始泛白。也许是马向前起身惊动了雕子，等马向前反身进屋，雕子起身下炕，去院里小解。见雕子出门，马向前的身子就如蛇一般，向荷包儿被窝里快速蠕动过去。随即，荷包儿紧贴过来，与马向前紧紧搂抱到一起。马向前在她耳边轻轻说道："我一晚夕没睡着啊！"荷包儿也轻轻地说："我也没睡着啊！"

第四章　情迷北道

一

开往天水市北道区的班车，在崇山峻岭间穿行。

第一次走出县城的荷包儿，被车窗外的情景刺激得异常兴奋。起初时，班车在平川大坝上疾驰，她看到班车走入一条左右排着齐齐整整树的马路，一棵棵树在玻璃车窗里一闪而过，又一闪而过。细看树的叶子，如同一片片梳子，细细的叶齿密密排列；叶子缝隙间，夹杂一朵朵粉色的小花，如同一把把小巧的伞。后来，班车走过一马平川的原野，紧贴着盘山路上了一座高峻的山。一环接一环的盘山路下面，是齐如刀削的悬崖，一眼看不到底。在山上盘了一圈又一圈，班车终于上到山顶上，层层叠叠的大山就如脚下奔涌的浪涛，一波接一波，延伸到遥远的地方。此刻东面的山巅上，太阳正像一颗圆圆的猪心，把淋漓的鲜血漫天挥洒开来……荷包儿不由得"啊"地叫了一声。

正在一旁丢盹的雕子被荷包儿激动的声音惊醒，他抬头看见荷包儿正面对着车外汹涌的群山，惊奇地张着大嘴。她的脸庞被霞光映得通红，灵动的大眼睛里，熠熠跳闪着两颗红红的太阳。荷包儿喃喃地说："看这太阳，咋跟严河的太阳不一样啊！"雕子诧异地望着她，没有听懂她的意思。坐在前排的马向前听到荷包儿的话，回头说道："只要走出严河村，看到的啥都是新鲜的！这多少年，你俩定定地守着屋里,人都守瓜了!"荷包儿轻轻叹息道:"唉!没钱啊,等手上有了钱,我也要周游世界哩!"马向前说:"只要今个化验的矿样品位高,很快就有钱了。"荷包儿兴奋地说:"好!托你的福啊,我要有了钱,先把你带上周游世界去!"马向前哈哈大笑起来。雕子在一旁冷冷地搐着鼻子,没有表情。

中午时分,班车经过了天水市,再往前走几十公里,才是其下辖的北道区。骤然增加的人流车流使班车减缓了速度。荷包儿的目光在陌生的街衢上游移,感到走进一片高楼的密林。她抬头望望天空,感觉天空就像飘带一样宽;她又看看街道,发现街道上姑娘的脸蛋,一律又白又嫩,眉毛都又弯又细,就觉得这些姑娘跟一个模子里倒出的一样,分不清你我。更为可笑的是,她看到有些姑娘,竟然穿着破烂的裤子,露着雪白的大腿。她痴痴地笑着说:"这些娃娃咋搞的,裤子都烂成那样了,还穿哩!难道没钱买?"雕子看着街道上那些雪白的窟窿,也疑惑不语了。马向前却嘿嘿笑着说:"人家那叫乞丐服,故意把新裤子磨烂穿哩,最时兴的!"荷包儿自知少见多怪,惭愧不语了。马向前又说:"你看这些娃娃脸上都白得很,这与天水的水土有关,娃娃脸上都是天生的白,大家说的'天水的白娃娃',已成天水的名牌了!"荷包惊叹道:"我还当脸上擦了啥哩!"马向前说:"其实你皮肤跟'白娃娃'一样白,身材也跟她们一样好看,就是没好衣裳打扮。"雕子望着荷包儿,舔着黄牙嘿嘿笑了。荷包儿突然红了脸,轻轻叹着气说:"唉,我咋能跟人家比哩!"马向前说:"你不要自卑,荷包儿,她们有的,你也会有。就像电影上说的,牛奶会有的,面包也会有的,一切都会有的!"荷包儿抬头望着他,不停地眨闪着美丽的大眼。

二

北道也称北道埠,古来就是人流物流比较集中的商埠旱码头地带。后来,这里建起了天水火车站,就更显得热闹。有了火车站的客运和货运业务，自然带动了相关行业的发展，矿石化验就是其中的一项。为了服务火车站的矿产品运销业务，火车站货场附近，就开设了好几家矿样分析的门店。

火车站货场位于北道火车站西侧。这里虽然没有火车站那么繁华，却也人来人往，热闹非凡。

荷包儿看到，在火车站货场那个偌大的大门里，一辆接一辆的大货车、双桥车频频出入，喇叭连天。进去时，车辆都是满拉满载的，有好多矿石都高出了车厢。有的拉着灰色的矿，有的拉着红色的，还有黑色矿、黄色矿、白色矿等，荷包儿看得眼花缭乱。这时一辆车拉着灰色矿浆，车厢缝隙间吧嗒吧嗒滴着灰泥点子，她就想起县上见过的矿粉车。

荷包儿又伸长脖子，向货场里面看去，见货场大得看不到边，各种颜色的矿石，一堆接一堆，快要高出三层子大楼。在矿堆缝隙间，她隐约看到有辆黑色的火车，停在一堆红色的矿堆旁，几个民工正手舞铁锨，往车厢里装矿。

等货场门外的车辆全部入场后，荷包儿看到门卫室旁一个人挥了挥手，场内排队等待出场的车辆才一辆辆开出来。在一辆加长的双桥车后，跟出一辆崭新的墨绿色"黑金刚"猎豹。那车缓缓而行，引人注目。车前排坐个肥头大耳戴着墨镜的老板。荷包儿正痴痴地注视着那车，却见那车缓缓停到路边，车上那老板拉开车门，夹个小皮包，微笑着走过来。"哎！马老板！马向前！"那老板边走边叫。听到叫声，马向前急速回头，诧异地望着他。等那人迎上前来，与他亲热握手时，马向前才认出那人，高声叫道："哎呀，是单老板！"那老板呵呵笑起来，墨镜片上亮光闪闪。马向前说："才几个月没见，你就发财了，猎豹都坐上了？"单老板说："几个月不见你，干啥去了？"马向前指指雕子手里的矿样说："取了个样，想化验一下哩！"单老板问："啥矿？"马向前回答："金矿！"单老板惊奇地说："咋哩？打金矿去了，不贩矿了？"马向前说："亲戚家地里刨出来的，给帮个忙。"单老板接过矿样，一面看一面说："有啥好事，把老哥也要记着哩，莫忘了！"马向前赶紧说："那当然了，有钱大家挣么！"单老板就与他握手道别。望着走远的猎豹，马向前冷冷地说："这老板前几年连饭都吃不上，北道街上挡住我，问我借钱吃饭哩，看他现在这牛样儿！"荷包儿说："他能坐上小车，你就能坐上小车！"马向前咬咬牙说："走，化验去！"

化验室就在货场斜对面，跟着马向前过了街道，荷包儿看到一块"206 地质大队矿样分析室"的牌子，醒目地悬在一间白墙门店上方。马向前推开玻璃门，与雕子和荷包儿跨步进门，一个戴着金丝边眼镜的中年人，笑着迎接了他们。"这就是我说的章工。"马向前给雕子两口子介绍道。章工望着他俩，迎上来握着手问："他俩就是严河村的？"听到章工陌生的外地口音，雕子和荷包儿显得局促不安，直直地站在桌前，不知所措。"坐！坐！"章工指着沙发说。雕子两口子拍拍身上的灰尘，抖抖索索地坐到沙发上。

章工让工作人员去倒茶，一位穿白大褂戴眼镜的女子麻利地端来几杯热茶，放到他们面前。马向前对雕子和荷包儿说："喝茶！章工人很好，他是东北人，是老牌大学生，在 206 队当了几十年化验室主任，是化验矿石的专家！"荷包儿向章工投去敬佩的目光。章工指着雕子手里的样品袋说："拿来我看！"雕子才记起手里的矿样，赶紧提给章工，解开样袋口的绳子。章工手伸进口袋，捏了点矿样，放在手里捻了捻，手掌上立刻出现一片血红。他看着手心那片红，点点头说："嗯，对！一看就是破碎带上的矿样，这个品位高！"他拍了拍手，又问："这种矿的矿带有多宽？"马向前指指雕子说："你跟章工说。"雕子见是问他，伸着脖子咽口唾沫说："这种矿不宽，最多有两拃！"章工说："哦，对！品位越好，量就越少嘛！"说着他合上样袋口，看看手表，给工作人员安排道："赶紧把这个样做上，争取在下班之前做出来！"戴眼镜的女工作人员接过矿样，进了里间。

荷包儿低头喝了口茶，嗅到一股浓郁的花香。那香来自于茶。淡黄的茶水中，几瓣浅色的花瓣正在起伏旋转，把奇异的茶香扩散开来，那茶就变得奇香无比。她从未喝过这种奇香的茶。每天一早起来，雕子都会围着火盆，用烧茶罐儿煮茶喝。大肚子烧茶罐儿被火燎得乌黑，下上茶，倒上水，咕嘟咕嘟煮一阵，再端起茶罐，将煮好的茶水，倒到茶盅里，雕子就端起那盅子，仰头一口抿了，再舒坦地发出长长的一声"啊"。有时候，雕子会给荷包儿递来一盅茶，荷包儿喝了，又苦又涩。今天喝了这种花茶，她才知道这茶里还有别种味道，也才知道喝这种花茶的尊贵与舒爽。她抬头打量起章工的办公室来，办公桌的一侧散乱地摆了几本书，另一侧放了几只烧杯和试管；墙上贴着几张图表，上面画满红色和绿色的线条；在那把棕色真皮老板椅后，挂着一幅巨大的书法作品，写着"鹏程万里"四字，显得气派十足。

就在荷包儿兴致勃勃地欣赏办公室时，章工眉飞色舞地为马向前讲述着金矿的知识。他说，在远古时代，随着地球上的火山爆发，把大量的金元素从地核深处沿着裂隙带到地壳中，形成富集的黄金矿床。由于大自然的不断变迁，这些矿床又分化成岩金、沙金和伴生金三种形态。严河的金矿，就是典型的伴生金，容易被当成铁矿，而忽视了金的存在。除了铁矿外，金矿还有一个伴生因素，就是脉石英，也就是人们说的"白间石"，它正是金矿重要的成矿标志。还有，岩石破碎最严重的地方，就是火山喷发时热液活动最为活跃的地方，也极有可能是金矿最富集的地方……听章工绘声绘色地讲述着，马向前满脸含笑，频频点头。雕子和荷包儿也跟着点头微笑。

讲得口干舌燥的章工正要起身喝水，戴眼镜的化验员一挑门帘，兴冲冲地走了出来，激动地说："结果出来了！"章工接过化验单，微笑着看了一眼，递给马向前。马向前接过化验单，定睛一看，双手不由得颤抖起来，"哈哈！每吨25.6克！"雕子和荷包儿听到马向前的声音也兴奋得有些颤抖。

三

傍晚时分，激动难抑的马向前在门市部买了两瓶最为流行的陇上名酒金红川，带着雕子和荷包儿，昂首走进"老秦州火锅城。"

这是一家味道很有特色的火锅城，虽位居于城中的繁华地带，但它完整保留了秦州传统建筑和饮食文化特色。在这个阁楼套四合院的建筑群里，雕子和荷包儿被曲折的回廊、凌空的飞檐、镂空的窗棂和精巧的栏杆看得眼花缭乱。在一个装潢考究的小包厢里，三人围着一只乌黑锃亮的雕漆圆桌落了座。两个脸白如雪、身姿婀娜的服务员穿着开叉很高的旗袍，进门为他们服务。马向前被脸前晃动的大腿晃花了眼，不由得去偷看。雕子看一眼白白的大腿，裂开满嘴的黄牙暗自窃笑。荷包儿看一眼那大腿，连忙将脸移向窗外。坐在那只宽大的雕漆太师椅上，荷包儿极不自在地挪动着身子。她又瞥一眼马向前，见他还在偷窥服务员的白腿，瞅着他咯咯地笑起来。马向前发觉荷包儿是在笑自己，难掩窘态，不自然地说道："这些天水的白娃娃，果真名不虚传啊！"荷包儿调侃他道："你要看好，赶紧到这里做招女婿算了！"几个人一齐笑起来。

　　点好菜，服务员扭动腰肢去报单。马向前说："现在关键就是把泡矿的技术学到手，我明天就去李子园，你俩先回。"荷包儿问："那技术好学吗？"马向前说："我原先到李子园看过几次，一星期应该能学会。"雕子问："我俩回去，做啥哩？"马向前说："你回去主要的任务就是采矿，要挑品位最好的采。"雕子说："知道的！破碎带么，掺杂了白间石的破碎带上就有好矿哩！"马向前说："对对！你要特别注意保密哩，先把所有人都防住，不能让任何人知道！白天采矿，黑了驮矿，先驮院子里倒下。"荷包儿说："正式弄开，矿山上叮里咣啷的，怕防不了几天，人都灵得很。"马向前说："能防几天是几天，万一有人发现了，就说采矿生产涂料哩，红色涂料。"荷包儿瞅着雕子说："你哥的鼻子是最灵的，他要一闻着，就跟狗一样地摸来了！"雕子撇撇嘴说："不管他，先弄着！"

　　服务员端着菜走进包厢，他们不再谈论泡矿的事。马向前打开酒盒，掏出一只鲜红的酒瓶，荷包儿和雕子的目光便一齐被酒瓶吸引。荷包儿问："啥酒？这么亮豁的瓶子。"马向前指着瓶子上的标签说："这酒叫金红川！是陇南、天水两个地区最推崇的名酒。你今个也尝尝。"荷包儿说："一定尝尝哩,见红是喜么!"好酒的雕子一见那酒,口水都流下来了。他舔着黄牙,吸溜着口水,笑嘻嘻地盯着酒瓶。马向前拧开酒盖,边倒酒边说："希望我们的事业如同这鲜红的金红川酒瓶一样,红红火火!"

浓郁的酒香满屋里飘散开来,荷包儿闻到那酒香,搐着鼻子说:"果然是好酒!"马向前说:"那当然!这是正宗的纯粮自酿。"他为每人斟了一杯,雕子忍不住端起酒杯,一口喝干了。等马向前端起酒杯要碰杯时,雕子说:"我已经喝干了!"惹得几人齐声笑起来。马向前又为他倒满一杯,说:"今晚夕我们几个心情都好,干脆给他来个一醉方休!"荷包儿说:"我从不喝酒,我不敢多喝!"马向前说:"女人家不强求,雕子要放开喝哩!"雕子兴奋地端起酒杯,说:"喝!"

这时候,包厢门哗啦一声开了。人还没进来,就听一个女人刺耳的声音传进门:"噢哟,这不是马向前兄弟吗?"随那声音,进来一个妖艳的女人,一进门直奔马向前,紧紧握着他的手,用力地摇。"我从门缝里见是你,咋在这里碰着你了?"那女人拉着马向前的手不放。马向前亲热地说:"是你?路姐!我亲戚有个事情,一搭来办事哩!"说着指指雕子和荷包儿。那个路姐扭头看看他俩,上前又捏住荷包儿的手,使劲摇起来。"噢哟,这里还有个美女哩!"她尖声叫道。荷包儿不好意思地笑笑。马向前问:"路姐最近生意可好?"路姐摇着头说:"你路姐是个穷命么,好哩不好哩都要刨挖哩!"马向前说:"路姐是大老板了,还谦虚得很!"路姐说:"啥大老板么,拾人馍馍渣吃的!"马向前说:"一回就往北道货运站拉十几车锌粉哩,还拾馍馍渣的?"路姐捣了马向前一拳,说:"莫胡说了,你!"俩人一齐笑起来。她看见桌上的酒瓶,问马向前:"有好事哩,还喝酒!"马向前提起酒瓶,对路姐说:"遇得好不如遇得巧!路姐,今个兄弟要给你好好敬几杯哩!"他倒满一杯,端给路姐。路姐接过酒杯,说:"我今儿个有个重要接待,那边客人等着哩,跟你们碰三杯就对了,算互敬互爱!"马向前说:"行啊!"就示意雕子和荷包儿端起酒杯,与路姐碰。碰完三杯酒,路姐放下杯子,给马向前说:"今个不能陪兄弟尽兴,失陪失陪！改日再给兄弟补课。"她又握握马向前的手，还双手合十，给雕子和荷包儿作了个揖，才扭动灵活的腰身出了门。荷包儿紧盯她脑后圆圆的发髻和雪白的脖颈，惊得说不出话来。

马向前送走了她，回头对雕子和荷包儿介绍道："这女人叫路彩霞，也是陇南农村出身的，现在是有名的矿老板啊！"荷包儿说："我纯粹看不出她的年龄来！"马向前说："你看她有多少岁？"荷包儿说："顶多三十几！"马向前说："再加上十岁。"荷包儿惊得吐出了舌头，说："哎哟！看人家！"

包厢里亮起了灯光。荷包儿连干几杯，面色绯红，艳若桃花，放下酒杯不想喝了。马向前望着她生动而姣好的圆脸说："你再喝三杯吧，这纯粮自酿，喝大头不疼，嘴不干，你放心喝！"荷包儿又干了三杯，感觉脚下飘轻，头脑发晕，硬是放了酒杯。马向前和雕子换了大杯，连连干杯。透过火锅缭绕的雾气，雕子看到对面的荷包儿突然成了两个身子，他揉眼一看，又成一个，过一会，又成两个。他冲荷包儿古怪地一笑，竖起大拇指，怪腔怪调地喊道："打硬的！"荷包儿看着雕子奇怪的举动，说："嘿嘿，喝醉了！"雕子大手一挥，脸前的雾气飘散开来，硬着舌头说："我没喝醉！打硬的！"又摇摇晃晃地竖起了大拇指。马向前也摇晃着身子站起来，拍拍雕子的肩说："真个打硬的！"他又举杯与雕子碰，雕子端起杯子仰头又干了。喝完放下杯子，雕子又舌头僵硬地说："马师，老弟，确实是打硬的！"他再次竖起了大拇指。

从火锅城出来，几个人搀扶着往宾馆走。荷包儿脚下飘飘悠悠的，走不稳步。雕子的身子就如一口袋粮食一样斜搭在她肩头，脚步散乱地随她挪动。从雕子满嘴黄牙间喷出的酒气，喷到她的腮帮上，使她忍不住翻肠倒胃。她斜扭着头，刻意回避着雕子的酒气，拖着他的身子，机械地挪步。雕子靠在她的肩头，嘴里不停地喊着"马老弟"。马向前听他喊一声，就声音怪怪地答应一声。他一答应，雕子就又说声"打硬的"，惹得街上行人驻足观看，捂嘴偷笑。好不容易到了宾馆，雕子的身子已软成一根面条。马向前递给荷包儿一张房卡，顺手在她脸上摸了摸。荷包儿看着马向前迷离的目光和跳荡不已的短髭，对他会意一笑。马向前又对她怪腔怪调地说："你知道的啊！"就摇晃着身子进了房间。荷包儿抬眼一瞅，记住了他的房号，又搀着雕子往前走。

荷包儿打开房门，将雕子的软身子缓缓放到床上。雕子嘴里仍在含混地嚷道："马老弟，打硬的！"刚一说完，就鼾声如炸雷般响起来。荷包儿见他大嘴洞开，混合着酒气的涎水从嘴角挂成了线，不停地流到枕头上，就恶心地扭转了头。见雕子再无反应，她起身出门，来到马向前的房间门口。回头一看，见四下里无人注意，她推了推门。那门竟然没有反锁，她闪身进门。屋内一片黑暗，她正在门后摸索着开关，身子就被马向前紧紧抱住。"莫开灯了！"马向前在她耳边轻轻地说。她胸内骤然腾起一股火来，反手搂紧了马向前的腰，喃喃叫道："向前哥！"

第五章 美梦又启

一

回到严河里，雕子正式拉开采矿的序幕。

采矿是秘密进行的。雕子一大早起身的时候，家家户户还都没开门，山窝子里正笼罩着一层薄雾，东山顶的天空上还没有扯起那抹红霞，而雕子就起身匆忙地往圆坡子地里赶。

圆坡子的红土子地里，微微泛着潮气，地里星星点点的马齿苋、苦苣、艾蒿都在那潮气中挺着身子，随着大清早空气中游荡的冷气，微微摇晃。雕子踩着草丛的露水走进红土子地，又走上铺满潮气的矿渣，细碎的深红色矿渣上，出现一串暗白的脚印。他一直走到坑道口，那串暗白的脚印就延伸到坑道口。他在坑道口放下背篼和肩上的工具，探头向坑道里张望，一股温热的气浪伴随浓浓的硝烟味从坑道里涌出来。他稍稍平息了一会喘息，就戴上刚买回来的矿灯帽，扛起工具，进了坑道。

坑道里，温热的气息包裹着雕子，他头顶上的矿灯射出一道惨白的灯柱，在幽暗而逼仄的洞壁上晃动。他小心翼翼地走到了坑道尽头，眼前出现一片空阔的掌子面。就在这个区域，他和马向前取到了高品位矿样。他借着头顶的灯光，朝上次取样的地方看去，只见一条一米左右的深红色矿带，夹在暗红的铁矿中间，显得格外分明。在深红色矿带边缘，夹带了一层薄薄的石英石，在灯下熠熠闪光。他想起章工说过的"石英脉"，便伸手抠了抠，有一串细碎的矿末，簌簌滚落到他手里。他又抬头去看，那矿带从顶部延伸下来，一直到他脚下，像一堵墙一样嵌入山体。他心中大喜，目光里跳荡着奇异的火苗，卸下背篓，抢起手中的洋镐，向深红色破碎带挖去。随着洋镐起落，他的脚下很快溜下一堆深红色矿末。

中午时分，雕子开始往坑道外背矿。他用背篓一回一回地往出背，坑道外的空旷场地上，很快就堆出高高的一堆。太阳照射下，那矿的颜色异常鲜艳。

就在这时，荷包儿进了矿场。她手提一只黑色瓦罐，脚步匆匆地从矿渣上走下。几点汤汁从瓦罐上漾出来，顺着罐壁往下流。看到矿场上小山一样的矿堆，她好看的眼睛里顷刻间亮光闪闪，兴奋地问："出矿了？"雕子回答："嗯。这是破碎带上的矿，跟朽了的一样，都是面子矿，一洋镐抢过去，唰唰地淌一堆哩，根本不需要打炮眼炸！"荷包儿的脸庞被那堆矿末映得通红。她给雕子递过了瓦罐，用脚去踩场上的矿末，白色的鞋帮顿时被那矿粉染得通红。

雕子接过瓦罐，瓦罐里的清汤表面漂着一层绿色的韭菜叶；韭菜叶间圆圆的油花正在转圈，一股饭香扑鼻而来。雕子咕地咽了口唾沫，用筷子挑起罐底的面条，狼吞虎咽地吃起来。雕子挑起一筷子面，吸溜一口吃下去，长发蓬乱的脑袋在瓦罐上不停地拱动。他一面吃，一面仰起瓦罐喝几口清汤，然后"啊"地出一口气，显得无比舒畅。等他再次抬起头，瓦罐已见了底。"牲口咋弄了？"他用手背擦着油亮的嘴角，问荷包儿道。"我想明个一早回娘家去，把娘家的骡子借来。"荷包儿望着雕子黄牙上那片酸菜叶片回答道。雕子说："那我明晚夕就开始驮矿，过两天怕要雇个人帮忙哩，我一个人忙不过来！"荷包儿说："先莫叫人了，要保密哩！"雕子说："那我一个人先凑合着干！"荷包儿说："先凑合着干，马向前回来就要建泡矿池哩！"

说到马向前，雕子想起了一件事，他对荷包儿安排道："噢，对了！你先抽空把耳房收拾干净，到时候搭一张床，马向前住哩！"荷包儿说："我今早起收拾了一气子，还没弄整齐哩！"雕子又说："你再把院里两间柴房收拾好，到时候骡子占一间，泡矿池占一间！"荷包儿笑着说："这些心我都帮你操了，正收拾着哩！"雕子也笑着说："好！我在坑道里，把出矿的事情经管好，你在屋里，把泡矿的事情经管好！"荷包儿说："你放心！"

二

荷包儿的娘家在马台子村，虽然距离严河村只有十五里路，却要连翻两座小山，而且都是羊肠小道，极不好走，所以荷包儿一大早就出发了。

走在通往娘家的路上，荷包儿怎么也忘不了那一回走在这路上的情景。那是两年前的春天，她骑在一头枣红色的高头大马上，她弟弟旺旺轻轻扶着她。路边缀满烂漫的山花，空气中流淌着扑鼻的花香，她却把凄伤的哭声抛洒了一路。这条路是她大一巴掌扇出来的。她还没有等来心上人，却被她大的一巴掌扇得晕头转向。这一巴掌后，她就成了雕子的人。人家女子的哭嫁是为了装给人看，怕人笑话寻了男人忘了父母；她的哭嫁是疼在心内，叹息自己的命苦。嫁到严河后，她把痛苦埋在心底，踏踏实实地跟雕子过着光景，不想让娘家人看出她的难肠。逢年过节时，雕子置办好礼当，催她转趟娘家，看看父母，她推脱再三，才勉强回一趟娘家。每次走到这条路上，她就伤心不已……

灰白的山路上，覆盖着一层厚厚的浮土。荷包儿走在浮土里，扑腾起一股袅袅的土雾。不一会，她的裤腿上，就涂满灰黄的一层。山路两侧，猫儿草伸长渐枯的身子，在微风中摇晃；车前草耷着几只耳尖，似在谛听路上的动静；辣辣根儿的细叶紧抓着路面，如胆小的孩子离不开父母的呵护；艾蒿挺直泛白的长身子，似在迎接着远客。一颗颗乌黑的羊粪蛋儿，星星点点缀在草丛里，像是铺洒在草丛间的小黑花。几只蹦跳不了几天的野蚂蚱，在草丛间急速地跳窜……秋天土地的气息掺和着山坡上浓郁的野艾味,一直紧随着她。快到娘家门口时,她突然想到要不要把借骡子的实情告诉她大,又想着如果不告诉实情,她大万一知道了根由,肯定怪罪她。正在纠结着,她就到了娘家大门口。

嗅到她身上熟悉的气味后,娘家那只大黄狗从门缝里挤了出来,亲昵地为她摇着尾巴,喉咙间发出吱吱的叫声。她拍了拍大黄狗的脑袋,朝大门里高声喊道:"大,娘,我回来了!"声音传进院子里,正在院里簸粮食的她娘听到叫声,颠颠步儿迎了出来。看到多日不见的荷包儿,她娘激动地问候道:"我娃来了?"脸上笑成了一朵花。见她娘满脸汗珠,浮土盖面,头顶上又增加了一些白发,荷包儿喉咙里像堵了个东西。自她记事起,就没有听到过她娘在她大跟前大声说过话,而她大不时地斥责她娘,还对她娘挥拳捋袖,吓得她娘不敢抬头。屋里头的事,她娘从不敢做主。

此刻,见她娘一个人在家,荷包儿问道:"我大哩?"她娘回答:"背蕃麦秆去了,背回来烧炕哩!"荷包儿就提过院里的簸箕,开始簸麦。簸箕在她手里熟练地翻飞,簸箕中的麦皮、浮土随一股风飘出去,在空中缭绕,又将她的身子紧紧包裹。她娘赶紧进屋,拿出块顶巾,苫到女儿头上,说:"你看你,把头发衣裳弄成啥了,不多,我一阵就簸完了,你硬要弄哩!"荷包儿说:"我簸,你歇着去!"她娘就说:"你要簸,我就给你做饭去!"

荷包儿大背着蕃麦秆到大门口时,荷包儿已经簸完了麦,开始扫院。听到门外响起蕃麦秆的唰唰声,她放下扫帚,出门去迎接她大。门外平坦的场地上,码着一堆干枯的蕃麦秆。荷包大正背了一背夹蕃麦秆,往那堆子跟前走。荷包儿见她大背上的蕃麦秆缓缓摇晃,两条沾满灰土的后腿在地上扑腾,就紧步上前,高声问道:"大!你背蕃麦秆去咧?"他大听是荷包儿的声音,缓缓转过身来,望着荷包儿说:"哦,你回来了?"荷包儿帮她大卸下了背夹,又解开绳子,将背夹上的蕃麦秆一捆一捆往堆子上码。她大说:"你好长时间没回来了,做啥着哩?"荷包儿回答:"这几天才挖了洋芋收了蕃麦么,再没做啥!"

她大抽出背夹，将散乱的绳子往上缠，只听荷包儿问："你背去了，旺旺干啥去了？"她大回答说："唉！忙前头就跟上人打工去了。开年想把他的婚事给办了哩，没钱啊！"荷包儿惊问："哪搭打工去了？"她大说："山西的煤矿上挖煤去了，人家都说工资高啊！"说完提着背夹往院里走。

荷包儿跟着她大进门，听她娘在厨房里喊："荷包儿，吃饭！"荷包儿进了厨房。案板上，已放好两碗热气腾腾的浆水面。她端碗进了正堂，与她大围着炕桌吃起来。又薄又宽的浆水面，被她大吸溜了一大碗。她端着饭碗，调了盐，又调了辣子，然后不停地用筷子搅，浆水的馨香袅袅飘散，她却没有心思吃。她在思谋着借骡子的事，却不好张口对她大说。正思谋时，她大问道："雕子这一向干啥着呢？"她抖然抬头，望着她大说："我正想给你说哩，雕子这几天在圆坡子上挖出了一种红面子矿，说是能制造红涂料。现今矿倒了一山，我想借骡子去驮几天哩！"她大诧异地盯着她，问："谁说能制造红涂料？"荷包儿回答说："我认识一个老板，他是专门倒腾矿的。他到严河里取走了矿样，专门到北道化验了一回，回来说跟我家合伙弄哩！"她大又问："真的？"荷包儿点点头。她大沉默不语了，半晌，抬头对荷包儿说："骡子你拉去。制造啥涂料的事，要小意哩，再莫让人给骗了！"荷包儿说："嗯，我知道，骗不了。我家不投钱么，你放心！"她大又说："骡子给操心经管好，一天饮一回水，黑了拌一回料，加一撮勺麦麸！"荷包儿说："好！"

三

几天后的一个傍晚，马向前出现在雕子和荷包儿面前。

那时候正是掌灯时分，开始烧炕的人家都正手持簸箕，对着炕眼门，吧嗒吧嗒地扇，山窝子里飘荡着一股炕烟的气味。吃完黑饭的雕子正把骡子拉到院里，提起鞍子，要往骡子背上套，篱笆门吱的一声开了，进来一个身影。雕子借着屋里透出的灯光一看，是马向前。他吃惊地"啊"了一声。听到声响的荷包儿也从屋里快步走出来，看到笑脸盈盈的马向前站在面前，她惊喜地问道："你来了？"马向前嘿嘿笑道："满载而归啊！"听到他的声音里充满欢欣，荷包儿兴奋地说："我给你做饭去！"马向前说："半路上吃了！"见院墙角落里堆了高高一堆矿，他连声说道："很有成效，很有成效啊！"听到夸赞的雕子说："一晚夕要驮几吨矿哩！"说完又要吆牲口出门，马向前叫住了他，说："今晚夕，你的任务是驮材料。"雕子问："啥材料？"马向前说："泡矿的材料，拉了满满一四轮拖拉机，司机这阵子在河坝里等着哩！"雕子就说："我驮去！"说完吆着骡子去了河坝里。

材料一直驮到半夜时分。荷包儿照着购货清单，一样一样地清点。那圆圆的几只铁桶里，装着剧毒药品氰化钠；几只大塑料桶里，装着危险品浓硫酸；几只蛇皮袋里，装着白生生的片碱。听马向前介绍，这些都是泡矿的重要药剂，不能重压，还有彩条布两捆、塑料布两捆、洋瓷盆两摞、焦炭两袋、绷砂一袋、锌丝一袋、潜水泵一只、水管一盘、煤炉一只等。荷包儿提着几只白色的瓷器，在手里掂了掂，对马向前说："这个瓷碗我认得，叫坩埚！化学课上老师用这做实验哩，烧不烂！"马向前说："对的！那是提炼黄金的器皿，最后一道工序用哩！那里头出来，就成了黄灿灿的金块。"荷包儿用脚踢了踢一只铁皮焊接的箱子，说："这跟猪槽一样的，干啥用的？"马向前说："那叫置换槽！用锌丝吸附黄金的程序，就是在这个槽里头完成的。"荷包儿吐着舌头说："我娘娘，这还是个要紧物件，我还把它当猪槽哩！"几个人就欢欣地笑起来。

马向前这时候才顾得上察看自己的卧室。他看到这耳房靠窗户的一面，摆着一只木板床，床上铺着粉红色床单，一床红色缎面的被子，整齐地叠放在床头；被子上，端端正正摆着一只绣着鸳鸯的枕头。他用手拍了拍床单，嗅到一股浓郁的樟木香气。一旁的荷包儿说："这些被褥，都是娘家给我陪过来的嫁妆，新的，从没用过！"马向前说："很好很好！有个地方睡就行了。"荷包儿说："你是贵人，不能叫你受亏啊！"马向前笑着说："搭伙求财么，啥贵人！不要这么客气了。"

荷包儿又说:"人跟人遇到一起,是缘分,我们有缘分哩!"马向前也说:"对的,对的!可遇不可求,确实不容易啊!"雕子也笑着附和道:"对的对的!"马向前又回头问雕子道:"屋里有没有砖头?"雕子舔着嘴唇,不解地问:"要砖头干啥哩?"马向前说:"砌氰化池哩!可能要几百片哩。"雕子满脸愁容,说:"没有砖头啊,咋办?"荷包儿捣捣他的肩说:"房背后有几百片土基子哩,能用成吗?"这一下提醒了雕子,他说:"对的!春上我打的基子,想盘炕还没盘哩,已经干透了,能用成吗?"马向前就说:"基子也能用,氰化池砌好,反正里头要衬彩条布、塑料纸哩,不会渗水。"荷包儿就说:"把基子用上算了!"马向前回头对雕子说:"明个坑道里歇一天,我俩要赶紧把氰化池先砌好哩,这是眼前头最要紧的!"雕子回答:"好!"

四

雕子家院内,靠院墙一侧有两间石棉瓦苫顶的柴房,原先里面堆放着镢头、铁锹、连枷、犁头、铁耙之类的农具,还有填炕的烂柴烂草。荷包儿利用两天时间,把这些杂物清理出来,全部堆到院子的另一个角落,腾出了柴房。氰化池就砌在了柴房里。

马向前量了量柴房的面积,计算了一下方量,算出一间房内,刚好建个泡十吨矿的氰化池,就决定占满一间房,砌个十吨的池子。他在地上画好线,就让雕子去搬基子,荷包儿去和泥提泥。他手提瓦刀熟练地砌起来。

马向前先将基子一片片整齐地平铺到地上,铺满了一间房,算是砌好了池底;又将基子竖起来,顺几面墙而立,达到一米五的高度,算是砌好了池帮;后在两间房的中间位置,横垒上基子,砌了一道墙,高度也是一米五,算是池埂。砌好氰化池的雏形,马向前对雕子说:"施展出你的手艺,把这个池子内外都用泥粉一遍,咋样?"雕子说:"那是我的拿手活计!"说着就让荷包儿去提烂泥。

荷包儿用塑料桶提来烂泥,雕子就手提泥抹子,开始粉那池帮。

雕子认真而专注地粉着池壁，像在布上绣花一样。他把烂泥摊到池壁上，又用抹子均匀地抹开。池壁和基子之间的缝隙很快被抹掉，基子高低不平的粗陋表面很快被抹平，雕子仍来回地刮抹，直到池壁上泛出油油的明光。粉完池子内层，他又跳到池外，开始粉池子外层。这时候，马向前拿进一根一米左右的棕红色胶皮水管，指着池子左下角的位置，对雕子说："你在这里打个眼子，把水管穿进去，外头亮出来一尺左右，再把池子内外粉好。"雕子心领神会地按照他的吩咐去粉，不一会，粉好的褐黄色池帮上就能看到几个人的身影晃动。

砌好了池子，马向前又指着池外水管伸出的位置，问雕子道："你会不会挖洋芋窖？"雕子知道马向前调侃他，嘿嘿地笑而不答。荷包儿嬉笑着说："他一辈子只学了个打洋芋窖的手艺啊！"马向前就说："看好，管子下面的这个位置，挖个一米深的洋芋窖，也用烂泥粉了。"雕子熟练地抡起了镢头。荷包儿问马向前："洋芋窖挖这里咋哩？"马向前说："我故意跟雕子开玩笑哩！这个坑是淌循环水的坑，跟洋芋窖有点像啊！"荷包儿又问："啥循环水？"马向前说："这氰化池的水，通过这根管子排出来，先进了这个坑上头的置换槽，就是你说的那个猪槽！槽里有锌丝，把金子的成分全部吸到锌丝上了。等槽里水一满，就自动溢到这个坑里，再用水泵将坑里的水抽到池子里，反复循环。这就叫'循环水'！"荷包儿恍然大悟了。

雕子挖着循环水池，马向前吩咐荷包儿去生火："这氰化池刚砌好，湿的！你把火笼得大大的，放这屋里，把门关上，一晚夕就能把池子烘干！明天一早，就往池子里上矿，开始泡矿！"听完吩咐，荷包儿眼里已经绽放出奇异的光来。

五

一大早，荷包儿就打开柴房门，一股令人窒息的热浪，顷刻包围了她。本来褐黄的氰化池，经过一夜烘烤，已灰中透白。借着门外的亮光，隐约可看到池壁的热气丝丝缕缕地散发出来。"干了！"荷包儿惊喜地叫道。从门外赶进来的马向前揿着鼻子，嗅着屋里浓浓的泥味，又抠抠池壁，在坚硬的池壁上划出几道暗痕。"真的干了！"马向前也说，"赶紧叫雕子，把彩条布和塑料纸抱来，往里头铺！"荷包儿急忙出门，去对雕子说。

雕子抱来彩条布和塑料纸，马向前和他先按尺寸把彩条布裁好，又脱鞋进池，缓缓地将彩布条铺到池中，一直铺到高出池帮的部位，又用寸钉套上纸皮，顺着彩布条边缘密密地钉了一圈。铺好彩条布，他俩又裁好塑料纸，按照铺彩条布的办法，将塑料纸铺到池子里。马向前光脚在塑料纸上走了几步，感觉光滑平展，伏在塑料纸下的空气，被他踩得缓缓蠕动。他将气泡儿逼到墙角边上，才顺墙壁溜出去。马向前又用手压压塑料纸说："这怕还不结实，万一被矿渣扎烂，药水就跑光了。我看再铺一层！"雕子说："那就再铺一层！"俩人又下手，在池子里铺了第二层塑料纸。铺好氰化池，他俩又铺了循环水池，回头看时，白色的塑料纸已将本来昏暗的柴房映得亮亮堂堂。

随后，几个人开始往氰化池里背矿。荷包儿用铁锨将矿铲进背篓。刚为雕子铲满一背篓，马向前又背着背篓站到她跟前来。荷包儿不好意思为他铲，红着脸说："你就不背了，让雕子一个背去！"马向前说："十吨矿哩，一个人背到啥时候去？"荷包儿笑着说："你就是世下的老板命，雕子就是世下的背矿命！"马向前说："老板啥哩，没挣下钱么，还敢当老板？"荷包儿说："北道见的单老板、路彩霞都成了大老板，你比他俩都攒劲，迟早要当上大老板哩！"荷包儿盯着马向前说这句话时，眼里闪动着亮光。马向前响亮地笑起来，说道："其实，每个老板，他的奋斗历程都是一本辛酸的血泪史啊！没有经过捶打，没有吃过苦，他不可能走到成功的一步。"荷包儿双目含笑，思量着他的话。马向前又将背篓伸到荷包儿铁锨下，对她说："十吨矿要背两百回哩！两个人背，每人才平均一百回。一天就背完了，一个人要背两天哩！你赶紧铲。"荷包儿见说不动他，就劝他道："要不这一百回，你背五十回，我背五十回，咋样？"马向前笑着说："能行能行！你铲吧！"荷包儿就慢腾腾地举起了铁锨。

太阳落山时分，装满了氰化池。马向前让雕子把氰化钠和片碱搬到院里，要兑药水。雕子去搬药，马向前去提水。等药和水都摆到院里，马向前取出一只口罩戴上，去打开那只圆桶。雕子见状，欲上前帮忙，被马向前拦挡。马向前说："你没戴口罩，不能碰这剧毒药物！"雕子问："这药毒性大吗？"马向前说："氰化物是剧毒品。书上记载，最毒的氰化物，只要 0.05 毫克就能置人于死地！你离远点，我要开始倒药了！"雕子看见那只圆桶上，印着一个白骨森森的死人头，那深凹的黑洞眼眶和龇裂的牙齿，满透着狰狞。他不禁头皮一阵发麻。

等兑好了药，马向前和雕子提着水桶，一桶桶地将药水倒入氰化池。池中的红色矿末上，顷刻间浮起一层白色的泡沫。渐渐地，那泡沫一个个哑哑地碎裂，药水缓缓地渗入了矿池，在矿末中慢慢回落。经药水浸泡的矿末又红又艳。直到掌灯时分，池子左下角的排水管中滴出了第一滴液体，随即又接连滴下来，越来越密集，很快便连成一条线。那液体的线条，带着清亮的响声，滴入置换槽，将槽中蓬松而散乱的锌丝慢慢浸泡到药水里。药水中混杂的黄金成分，变成肉眼很难分辨的黑色粉粒，很快就被吸附到槽中的锌丝上，与锌丝凝结在一起……

第六章　家怨再生

一

雕子做梦也没有想到，他家金矿的入池，竟是自己梦魇的开始，更是严河村灾祸的开始。

曾经与雕子结怨的刚子，与雕子再生冤仇，大打出手，并拉开严河村悲剧的序幕。

那几天，刚子家死了一头猪。刚子满腹伤悲地站在死猪前，想把那猪拖出去埋掉。面对二尺多长的死猪，刚子却无从下手。他用脚踢了一下那猪，看到猪圆臀上那块后墩肉不停地跳晃，就犹豫了。他突然想剥掉猪皮，把那瓷瓷的后墩肉剐下来，炒成肉片吃掉。馋欲强烈诱惑着他，他把猪皮剥下，蒙到墙上去风干，又将后墩和里脊的红肉旋下，高高吊到房梁上，还把一疙瘩精肉剁细，包成水饺，狼吞虎咽地吃了。就在这天晚上，死死沉睡的刚子，被浑身的瘙痒咬醒。像有无数只虱子和跳蚤爬遍全身，他迷瞪双眼，狠狠地去抠，抠得皮肤唑唑作响，从上到下，从前到后，身上抠出了道道红印，身下抠出了一层皮屑，仍然奇痒难耐。正抠时，肚里又翻腾出一阵咕噜噜的声音。他急忙起身往厕所里跑，到半夜时分，已连跑了三趟。就在他第三趟厕所刚刚上完，正起身系裤带时，听到院墙外面，有匹大牲口沉重地喷了一声响鼻。

牲口的响鼻声吸引了刚子。他即刻岁起耳朵，继续听那墙外的动静。随即，又传来一声响鼻。寂静的深夜里，那声音十分清晰。随着响鼻声，还响起一串杂乱的蹄声。蹄声中，夹杂一个低沉的嚷骂牲口的声音。刚子顿时满腹狐疑，匆匆提好裤子，溜出大门去看。

刚子刚出大门，只见一片黑影，顺着他家院墙走来。他立即靠近墙根，站到黑影地里，定神去看。这时，他看清前面晃动着一匹高大的牲口，牲口背上驮着一个鼓鼓囊囊的东西，蹄子踩得地皮微微颤动。牲口后面，紧跟着一个人。就在离他很近的地方，那牲口背上的东西在墙上擦了一下，接着，听到后面的人在牲口屁股上"啪"地拍了一巴掌，压低嗓门骂道："往边里靠，吃屎的他大！"他听出是雕子的声音，即刻屏息静气，在黑暗中观望。等雕子和那牲口刚一走过，他即从黑暗中钻出来，轻手轻脚地跟了上去。

看到雕子吆着牲口进了篱笆大门，刚子紧赶几步，悄无声息地来到雕子家大门旁，从篱笆缝隙间往院里看。正堂里亮着灯，灯光从门口照出来，正好照到院内墙角处。借着模糊的灯光，刚子看到墙角里高高地堆着一堆东西。等牲口走到那堆东西旁，雕子上前，一把掀下牲口背上的货，又抱起一抖，哗啦一声，倒到堆子上。有股呛人的味道，从墙角处散溢开来。刚子搐着鼻子嗅了嗅，即刻想起了圆坡子上那堆矿石。

刚子悄悄地溜了回去，炕上的月娥子也正翻动着胖身子，双手不停地抠。见刚子上炕，她迷糊着双眼问："刚子，这是不是死猪肉吃过敏了，身上咋痒人得很！"此时的刚子已顾不上痒，他推推月娥子的肩，说："有情况了！有情况了！"月娥子听他声音不对，骤然睁开眼问："啥情况？"刚子说："雕子往院里驮矿着哩！我才看见哩！"月娥子疑惑地问："啊？他这阵子驮的啥矿？"刚子说："估计就是红土子地里那矿！他半夜三更地驮，怕是不想让人看见，躲人哩！"月娥子更加疑惑了，问道："不是说那红铁疙瘩品位太低，没开采价值吗，又驮它干啥哩？"刚子也疑惑不解了，说："就是啊，他到底驮那干啥哩？"月娥子抠着身子，想了想说："我看荷包儿这几天也有些不对劲啊！前天路上碰着她，问她借个筛子哩，她推说有事情，头低下走了。"刚子说："我看这两口子心上有鬼哩！"月娥子说："怕有鬼哩，背过人弄啥着哩！"刚子沉吟不语了。半天，他对月娥子吩咐道："你明个到雕子家偷看一回去，看他到底弄啥着哩！"

第二天，月蛾子去雕子家，被紧闭的篱笆门挡在门外。月娥子推推门，门里上了锁，就知道屋里有人。月娥子手抓篱笆，哗啦哗啦摇起来，大声喊道："荷包儿，开门来！我借个筛子哩！"听到门内有人在说悄悄话，却无人应答，她又连喊几声，门内说话声却戛然而止，突然静得出奇。月娥子不再叫喊，抬块石头垫在脚下，站到石头上，透过篱笆门缝隙，往院里看。刚站上石头，就见一个穿着西服的年轻人从柴房里匆匆奔出来，朝大门口慌慌张张看了一眼，进了正堂。年轻人上唇的短髭和整齐的分头，被她看得清清楚楚。顷刻间，她像做贼似的心惶惶地跳动起来，赶紧跳下石头，从那大门口匆匆离开。

回到屋里，刚子在等着她的消息。见月娥子面色绯红地进门，刚子急切地问："看着啥了吗？"月蛾子支支吾吾地说："怕是荷包儿不学好……钻了个野男人！"刚子吃了一惊，问："你说啥？见着啥人了？"月娥子说："大门从里头锁着哩，我大声叫荷包儿，没人喘，从门缝里看着有个年轻人从柴房里跑出来，日急慌忙地进了上房。"刚子又问："咋样的年轻人？"月娥子说："那人看起来很精神，穿的黑西装，留着分头，还长了一撮小胡子！"刚子紧皱了眉头，半晌，对月娥子说："依我看，事情没你说得那么简单！年轻人可能是个合伙人，不是啥野男人啊！"月娥子反问："合伙挖矿的，锁了门干啥哩？"刚子一时语塞，又半晌，自言自语地说："锁门就有名堂哩，可能是害怕人进去看哩！他又为啥从柴房里跑出来哩，是不是柴房里有啥鬼八卦哩？"月娥又问："那咋办？人又进不去么！"刚子低头想了想说："我去圆坡子上看一下！"

二

中午时分，刚子出现在圆坡子上。

刚子顺着那条曲折的山路往圆坡子上走时，视线就被路上的情景吸引了。这路上原本只有上地和放羊的人走，没有多少浮土，路侧的猫儿稗子、鸡肠蔓儿、野棉花、铁杆蒿和剪子刺都长得疯疯癫癫，延伸到路上，黑黑的羊屎蛋儿，一颗一颗，撒满路面。而现今，路上浮土横生，个别地段一脚踩下，土能掩住脚面。一会儿，刚子的裤腿上就涂满浑黄的灰土。绿色的野藤野草，已被踩得面目全非，铺满了灰尘。未被浮土掩埋的羊粪蛋儿，已被踩成灰黄的扁颗儿，偶尔还能看到路侧刺架上挂着的牲口鬃毛。就在灰黄的浮土和扑满灰土的草丛间，刚子还隐约看到一些红色的粉末，一路扑撒，随处可见。刚子就判断出雕子暗地里从圆坡子上往回驮矿，已经好长时间了。

刚子走上红土子地里那道矿渣堆成的坎塄，顿时被眼前的景象惊呆。就在他脚下，那个大大的矿场里，红色的矿石堆积如山。阳光正透过层层黄雾，将昏暗的光晕映照到矿堆上，那矿堆就如巨大的红花，灿然怒放。从坑道钻出的一股浓浓的腥味，正在矿堆上丝丝缭绕。一串红色的脚印，从矿堆的位置一直延伸到坑道里面。刚子走下坎塄，走进空无一人的矿场。他先围绕矿堆转了一圈，又走到坑道口，伸长脖颈向里头窥探。

远远地，刚子看到，坑道里一点灯光晃动着向坑口走来。渐渐地，那灯光愈来愈亮。快到坑口时，他看到雕子正背着一背箄矿，低头躬腰地往出走。"雕子！"刚子叫了一声。雕子抬起戴着矿灯帽的头，见是他哥刚子，咧嘴笑了笑。"出矿着哩？"刚子问道。雕子朝刚子抬起沾满红色矿粉的脸，又咧嘴一笑，"嗯"地答应一声。答应完，他紧赶几步，出了矿洞，背箄一翻，将矿石倒到堆子上。刚子紧赶过去，踢着堆子上的矿石，问雕子道："不是说这铁矿品位低，没有开采价值么，你咋又采着呢？"雕子擦擦脸上的汗，冷冷地回答："生产涂料哩么!"刚子疑惑不解了,问:"用这矿……生产涂料?"雕子鼻孔里答应一声,用脚尖跐跐地上的矿末,说:"你看这,磨细后红艳艳的,粉墙的红涂料就是用这生产出来的!"刚子望着他问:"你会生产?"雕子又"嗯"了一声说:"有人会,跟人合作哩!"刚子见雕子不想多说,就说:"要小心上当哩!你刚栽了个跟斗,再一上当,你连个哭的声气都没啊!"雕子"嗯嗯"两声说:"好!"刚子见雕子脸色冰冷,知道也引逗不出来几句话,就背搭双手,围着矿堆转圈。雕子此时一屁股蹴到背篓上,从裤腰带解下一只水杯,咕嘟咕嘟地喝。刚子踱到雕子面前,突然阴沉了脸,说:"我今个来,也是明人不说暗话!这红土子地是先人留下的,我给你让了。你生产涂料也罢,干啥也罢,只要挣下钱,都要有我的一份哩!"听刚子说话的口气坚决,雕子霍地抬了头,盯住刚子的脸,半晌说:"我要是不答应哩?"刚子额头那片青痣跳闪起来,厉声说道:"要不答应,我就闹腾,让你吃不了独食!"这时候,雕子腮帮的肉棱子又硬硬地鼓起来,鼓了一阵,他牙缝里挤出两个字:"随便!"见雕子眼里冒火,刚子鼻腔里重重地"哼"了一声,走出了红土子地。

刚子绷着脖子上的青筋,径直去找年初刚由主任转任支书的严解放。

见脸色乌青的刚子进门,严支书吃了一惊。刚一进门,刚子就粗声大气地说:"解放爸,你提拔成庄里的支书了,新官上任三把火哩!你要给我好好做个主哩!"严支书皱着眉头问:"咋哩?"刚子说:"去年雕子在圆坡子上打矿的事,你是知道的!"严支书说:"不是说铁疙瘩品位太低,雕子白白打了一气子吗?"刚子说:"雕子还弄着哩!他背过人,黑天半夜里偷偷摸摸地把矿驮回去,大门锁上,说是加工涂料哩!"严支书疑惑地问:"那矿还能加工成涂料?"刚子说:"不管他加工啥,反正是我给他让了的地,我不想让他吃了独食!"支书沉默起来。刚子就把他和月娥子见到的情景一五一十地告诉了支书,严支书对他摆着手说:"你先莫闹腾哪,我看一下去,弄清楚了再说!"刚子说:"你看去人家不开门,里头锁着哩!"严支书说:"你莫急，我自有办法！"

<h1 style="text-align:center">三</h1>

听到有人"哗啦哗啦"摇动篱笆大门时，马向前和荷包儿正在置换槽前观察锌丝。马向前用一根柴棍将槽里那团散乱的锌丝轻轻挑起，锌丝滴着淋漓的液体，置换槽里便激起一串清亮的声音。马向前的短髭跳动着，对身旁的荷包儿说："颜色应该越黑越好！越黑，说明吸附的金元素越多！你看这颜色，你看！"荷包儿凑上前去，见本来暗白的锌丝，此刻就像染了墨汁一般，变成一团乌黑的乱麻，荷包儿双眸中即刻闪出欢欣的亮色来。马向前又将锌丝挑进置换槽里，对荷包儿说："这一看就知道比李子园金矿的品位好啊！"就在这时，门口响起一阵摇动篱笆的声音。

听到摇动大门的声音，荷包儿竖耳静听，不知所措。听大门摇得十分急切，篱笆门哗啦哗啦地响，门内的锁子也哗啦哗啦地响，似有什么急事，荷包儿就问马向前道："咋办？"马向前摇着头说："莫管！"俩人屏住呼吸，静静地站在柴房里听。见没人开门，大门外那人突然开了腔："雕子开门来！"荷包儿还在静静地听，门外又叫道："荷包儿，开门来！"荷包儿这时听清了来人的声音。马向前问道："是谁？"荷包儿回答说："是严支书！严支书的声音！"马向前顿时慌了神，低头思量了一番，说："这人得罪不起啊，干脆开门去！"荷包儿说："这人爱跟我开玩笑，对我还好着哩！不会给我使绊子，我给他开门去。"就仰头答应道，"来了！来了！"颠着小跑儿去了大门口。

马向前锁了柴房门，径直进了上房。荷包儿开着篱笆门，门外严支书说："做啥着哩，一天里锁个大门，神秘兮兮的，是不是没干好事啊？"荷包儿笑道："你胡嚼舌头哩！"严支书进了院，笑眼眯缝地瞅着荷包，从头瞅到脚。他说："呵呵，看光堂的！几个月没见，一下咋这么光堂？"荷包儿听他话茬子不对，对他说："屋里有人哩！"严支书又问："雕子在哩？"荷包儿说："雕子出去了，屋里……一个朋友!"她的语气有些含混，严支书说："呵呵，有朋友哩，我看是谁。"他抖抖肩头的制服，进了上房。

见支书进门，马向前双手向他伸来，与他友好地握手。荷包儿向支书介绍道："这是雕子的朋友马向前。"严支书眼睛在马向前身上溜了两圈，"哦"了一声，接过递上的纸烟，响亮地咳嗽了两声。他顺势坐到团桌旁的椅子上，问道："这朋友是做啥的？"马向前接过话茬，连声回答："嘿嘿，倒腾点小生意！嘿嘿！"他连忙为支书打火点烟。严支书喷吐了一口烟，说道："小生意？怕是大生意，你怕是个大老板啊！"马向前连连又说："算不上！算不上！嘿嘿！"严支书又拖长声调问道："听人说，你到严河里生产涂料着哩？"马向前指着院里的矿末说："对对，生产涂料，粉墙的红涂料！"严支书看着院内墙角处的一堆矿，就问："你咋生产着哩？"马向前语气模糊地回答说："化学反应！嘿嘿！化学反应的过程！"严支书颇感兴趣，连连催问道："咋反应着哩？我看一下！"马向前犹像片刻，极不情愿地打开柴房门。

进了柴房门，严解放眨动眯缝眼睛，仔细地看着矿池、置换槽和循环水池，满腹狐疑。见一池红矿泡在明汪汪的清水里，池下那根胶皮水管中，流出一丝清亮的液体，铁槽里又在咕嘟咕嘟地冒着小气泡，严支书就拍拍矿池帮，问马向前道："就这样生产涂料哩？"马向前咧嘴笑笑，结结巴巴地回答："这是过滤池！先把矿里的杂质过滤掉，泡软再挖出，磨细，就成了涂料！"严支书说："这样生产的涂料能用？我辨不来！"马向前说："能用能用！都这样生产着哩！"严支书又指着置换槽问："这是干啥的？"马向前说："那里头加了药剂，跟池里出来的水产生化学反应，就能把矿里的杂质除掉！"严支书皱着眉头说："我还是辨不来！"他又看见槽下的水池，指着水池问："这里是啥？"马向前回答："那是循环水池，里头水满了，放水泵抽到矿池里，又自动淌下来，来回循环着哩！"严支书看了半天，摇着头说："我真个辨不来！"说完慢腾腾地出了门。

在院子里，严支书对马向前说："你先弄着！有啥事情要给村上多汇报哩，莫这么偷偷摸摸的了！"马向前连忙点头道："一定一定！

还要村上多支持哩!"严支书又眯缝着笑眼说:"企业搞成了,还要回报村上哩,莫忘了!"马向前又连连点头道:"一定一定!"将他送到了大门口。严解放回头与荷包儿打招呼,眯缝的笑眼又将她从头到脚溜了一个来回,说道:"看心疼的,越来越洋气了!"荷包儿冲他努了努嘴,说:"你又胡嚼舌根着哩!"他笑着出了篱笆门。

一夜之间,雕子再次偷偷打矿和制造涂料的消息,就像一股风,在严河庄里扬开了。正当大家议论纷纷时,突然返回庄里的包家娃带来一个更为震撼的消息,即刻揭开了雕子打矿的真相。

刚从天水李子园走亲戚回来的包家娃,一进庄就听说起雕子打矿造涂料的事,他当即便问:"这是听谁说的?"议论的人就回答:"听雕子他哥刚子亲口说的。"包家娃又问:"刚子说雕子生产的是红涂料?"那人回答:"对的!把圆坡子上的红铁矿驮了一山,在屋里偷偷地请人弄着哩!"包家娃说:"啊?那是哄人的,人家泡金着哩!"那人疑惑地问:"你咋知道泡金着哩?"包家娃说:"天水李子园就有红铁矿哩,一化验,里头含了金,就家家挖着泡开了!"那人又问:"你说雕子挖的是金矿?"包家娃说:"雕子要是在泡矿,就肯定泡金着哩!我刚从李子园走亲戚回来,我亲戚家也泡着哩。我还给亲戚家帮了几天忙,把泡金的都学会了!"那人恍然大悟了,拍着大腿说:"啊呀!这么说,严家大山里也有金矿哩,赶紧提上镢头寻走!"

包家娃就径直到了刚子家。

听了包家娃带来的消息,刚子猛吸了几口烟,半天没有说话。缭绕的烟雾中,刚子的鼻孔里扯着长音,急促地出气。半响,他恶声恶气地骂道:"狗日的!把谁都当瓜娃哩!"他额头的青痣又跳起来,手抖得拿不稳烟锅子。包家娃这时说:"他雕子一弄开,家家就都提上镢头,到严家大山里挖去了,只要把雕子坑道里矿的走向一看,就能寻着矿。"刚子又狠狠地吸几口烟,说:"我没进去看过,去年雕子就在圆坡子上挖哩,挖挖又撂下了,说是没品位。今年啥时候开始挖的,没人注意。"包家娃又说:"你咋不到坑道里看一下哩?"刚子说:"看啥哩?为了地的事,我跟雕子闹几回了。"包家娃说:"要能进去,一看就清楚了！我在李子园亲戚家帮忙时，知道咋看哩！中间一块地里有矿，靠上手靠下手就有矿哩，看它是啥走向就对了。"刚子喷着烟，自言自语地说："看来，我跟雕子还要大战几场哩，我要让他安安然然地弄不成哩！"

包家娃一出门，刚子又来到支书严解放家。严支书对刚子说："我正想寻你去哩！雕子家里我去看了。"刚子问："你看着啥了？"支书就把看到的情况告诉了刚子，还疑惑地说："不过我始终辨不过，不知道他的涂料到底咋制造着哩！"刚子听罢支书的话，冷笑着说："哼哼！看来你也让那狗日的哄了。"支书骤然抬脸，不解地望着刚子。刚子语气重重地说："那狗日的不是在制造涂料，泡金着哩！"支书没有听明白，连声问道："你说泡啥？"刚子再次提高了声调说："泡黄金啊！"支书惊问："你咋知道的？"刚子就把包家娃从李子园带来的消息告诉了他。顷刻间，支书的脸色由白变红，又由红变青，一口将纸烟吸下去半截，气愤地说："看来这狗日的真我日弄了！"刚子说："咋办哩？我想继续闹腾去哩！"严支书说："你闹腾归你闹腾，村上也要有村上的办法哩！"刚子见支书再说不出个所以然来，就要告辞。严支书对他说："你顺便把土改子叫一下，让他来一趟，我有个事情给他安顿哩。"

四

接到社长土改子的通知，说支书叫他马上去村委会一趟，马向前立马预感到大事不妙。

一大早，雕子推开篱笆大门，往圆坡子上走时，马向前就被惊醒了。他睁眼一看，天还没有大亮。从那一刻起，马向前再无睡意，他在计算第一池矿入池的时间。一算过了十天，又想想置换槽里锌丝的颜色，他觉得该是锌丝出槽的时候了。这阵子，他突然感到右眼皮突突跳动起来。他揉揉眼睛，那眼皮却接连跳动不已。他更加烦躁不安，便起身去洗漱。

听到响动，荷包儿出门，见马向前在院里刷牙，问道："天色还早着哩，你咋不多睡一会儿哩？"马向前吐了嘴里的泡沫说："这一大早的，眼皮咋跳哩，跳得我睡不踏实。"荷包儿笑着说："你还迷信得很！"马向前就说："信哩不信，反正人心烦得很，就起来了！"正说着话，篱笆大门突然哗啦哗啦摇起来。随着摇门声，一个声音传进门："哎！雕子，荷包儿，开门来！"马向前疑惑地去望荷包儿，荷包儿说："好像是社长的声音！"马向前惊问："他有啥事？"荷包儿说："他不常来，一来肯定有事哩。咋办？"马向前念叨道："这些地头蛇，都是惹不起的祸啊！"他就示意荷包儿去开门。荷包儿答应一声，开了大门。马向前听社长在问："你的朋友，那个马师，起来了没？"荷包儿回答道："起来了，正在院里刷牙着哩！"见社长进了院子，马向前冲掉牙膏泡沫，对他点头笑笑，问候道："你起得早！"土改子也对他礼貌地点点头，说："我来捎个话！支书让你一早到村委会去一趟，有事情说哩！"马向前心里咯噔的一声，便强装笑脸，给土改子装了根烟，就送他出门。

从这一刻起，马向前心里就产生了一种不祥之感。他对荷包儿说："我说咋一早眼皮跳哩，你看，这是不是应验了？"荷包儿说："啥应验不应验，他能把你咋了？你胆放正去就对了，怕啥哩！"马向前说："去了怕他……刁难人哩！"荷包儿说："你莫害怕！他这人就是奸猾些，但人还好哩！有啥麻烦事，我能……对付他！"听荷包儿语气含混，马向前满腹狐疑，吃惊地望着她问："莫非，你跟严支书，有……见不得人的事哩？"荷包儿立马变了脸，语气硬硬地说："你也胡嚼舌根哩！"马向前见她生了气，就手拍着她的肩，连声道歉说："对不起，亲爱的，我胡说的！"荷包儿顿时满脸娇羞，凑到他跟前，柔声细语地说："我有你哩，还能看上个他？"马向前双眉舒展，短髭跳动起来，说："你要是跟这人有啥事，我就跟你不要了！"荷包儿就望着他笑。

出门的时候，马向前装了一包软中华烟，又在一个信封里装了一千元，叮嘱荷包儿锁好大门和柴房，起身去了村委会。

村委会位于河坝边上，与那个没有学生的小学校紧紧相连，一墙之隔。马向前看了"严河村村委会"的牌子一眼，径直走进了村委会办公室。

　　支书严解放正披着制服，坐在办公桌后的椅子上，等待他。见马向前进门，他并没有起身，只是应付性地与马向前拉了拉手，就示意马向前坐到对面椅子上。马向前先掏了烟，递给支书，又点着了火。严支书接过那烟，吸了一口，又凑到眼前去看，说："哈！到底是大老板，吃的是中华烟么！"马向前连忙掏出身上那烟，放到支书面前，说："你吸去你吸去！"严支书吸着烟，慢腾腾地开腔道："马老板，昨天我过去，你为啥要哄我哩？"马向前疑惑地看着他："你的意思……我哄你了？"严支书弹了一下烟灰，说："你确实哄我了！你把我这个支部书记没放在眼里么！"马向前兀自一惊，欲言又止。严支书说："明明你泡金哩，为啥要哄我说制造涂料着哩？"马向前顿时明白了他的用意，脸上一红，说："支书，这你就不知道了，行有行规嘛！泡金毕竟是泡金么，到哪搭都要保密哩。大家都知道了，就没泡金的价值了！"严支书说："你保密啥哩？包家娃去李子园转亲戚，一回来就把啥都抖明了，你保密啥哩？"马向前充满歉意地笑道："这就有点对不住你了，严支书！对你没说实话，实在不好意思啊！"严解放说："我说你根本把我这个支书没放眼里，你能说我怨错你了？"马向前又歉意地笑道："怨我怨我！支书，你大人不计小人过，能给个方便就给个方便么！"说着，他随手掏出那个信封，朝四下里看看，起身塞到支书怀里。严解放拿起信封又推过来，说："这是啥？你咋能这样哩？"马向前又将信封塞到支书口袋里，说："支书，你也莫把兄弟当外人了，以后在这里长期干哩，还要靠你上天言好事，下凡降吉祥哩！"严支书骤然舒展了眉头，笑着说："你把我说成灶神爷了，呵呵！"马向前也笑着说："你比灶神爷大，灶神爷是一家之主，你是一村之主啊！"两人哈哈笑起来。

五

快走到那个篱笆大门时，马向前远远就看见门口站着一男一女两个人。那女人的胖身子正俯到门上摇，那男的正背搭双手在门口转来转去地晃悠，就知道又有麻烦事上门。

马向前疾步赶到门口，篱笆门旁的一男一女诧异地望着他。那胖女人看看他熟悉的头型和背影，就对身旁的男人说："他就是雕子请来的师傅！"那男的紧盯他的脸，问："你就是马师？"马向前点点头，听那人又说："你没见过我，我是雕子他哥刚子，这是他嫂子月娥子。"马向前说："哦，我知道了，站这里有事情么？"月娥子说："叫门哩，屋里有人哩，硬不开，假装听不着！"马向前问："你俩有啥事情嘛？"刚子气咻咻地说："哼！啥事？我寻他两口儿闹腾来了！"马向前看他说这话时，额头有块青痣在跳闪，就安慰他说："亲弟兄嘛，有啥闹腾的哩？慢慢说哩嘛！"刚子又气咻咻地说："哼！还慢慢说？慢慢能说，老早就说成了！我今个是闹腾来的，再不开门，我就把这门踏烂哩！"他朝篱笆门狠踢了一脚，那门哗啦摇晃了一下。马向前赶紧拉住刚子的胳膊说："莫踏了！莫踏了！啥事情要慢慢商量哩！"刚子望着他，粗气直喘地说："啥事情你不知道？雕子把先人留下的红土子地霸了，采矿泡金着哩，你不知道？"马向前说："这事我还真不知道！你看，这阵子雕子不在屋里，要不他来了再商量？"刚子胳膊一抡，甩开马向前的手说："不行！今个不把事情说清楚，我就把大门踏烂，把泡金池砸了哩！"他又踢一脚大门，篱笆门又哗啦响一声，绑门的木桩微微倾斜了。马向前又去拉刚子的胳膊，连声说："小心把门踢烂了！我叫我叫，让荷包儿把门开开，屋里慢慢商量走！"马向前扒到门口叫："荷包儿，开门来！"荷包儿正在上房里生气，听马向前在叫，赶到院里问："你一个人，我就开门，还有人，我就不开！"刚子在门外高声又喊："开不开，再不开，我就把门踏烂！"荷包儿黑血上头，浑身颤颤地说："偏不开，要踏你就踏！"门外刚子连连踏着篱笆门。马向前想再次去拉刚子，旁边月娥子却死死扯住他的衣裳说："你莫拉，没你外人管的！"刚子如同一只疯狂的野兽，一脚比一脚踢得厉害。随着刺耳的哐当声，门桩断了，露着白生生的茬口。篱笆门哗啦一声，倒进院里。

刚子和月娥子粗野地踩着倒地的篱笆门，凶神恶煞一般扑进院子。荷包儿手提一把铁锹，脸色乌青地站在院子当中，与进院的刚子夫妇对峙。随后赶进的马向前站在双方之间，不停地劝解。月娥子拱动肥胖的身子，指着荷包儿骂："你严家门上来了两年多了，尻子后头连根蒿棍儿都不长，眼看雕子都绝后了，你还坏良心着把先人的祖业霸占下，吃独食，干缺德事哩，把你吃屎的！"刚子一跳三尺高，在院里转着圈子吼："你两口子，去年把我打了，把月娥子打了，给我连一颗屁都没放，既欺人，又欺天！今年又想在我一家子头上屙屎哩？"荷包儿说："就没你的！分地的时候，你倚大欺小，把春地里的坝地都留下，给雕子分了三分红土子地，现又要来了？就没你的！"刚子奔到荷包儿面前，指头指着她的鼻子说："没我的就让你弄不成！"荷包儿轻蔑地撇撇嘴，厉声说道："我还偏要弄哩，你想讹人？"刚子咆哮如雷："你想弄，我就砸烂你的池子，偏让你弄不成！"他回头对月娥子说："砸！月娥子，砸去！"月娥子朝柴房跟前靠拢，荷包儿一个箭步，跃身柴房门口，将手里的铁锹横在胸前，说："狗日的你砸来！"她的五官扭曲变形，手里的铁锹刃寒光闪闪。刚子脸如猪肝，青痣跳闪，对月娥子说："莫害怕，放心砸！"荷包儿浑身抖动，又扬扬手里的铁锹，说："你来！"这时候，月娥子从柴房跟前提起一个烧炕的拐耙儿。荷包儿还没有反应过来，她的脑后就有道影子闪过。伴随一声尖利的风声，那影子重重地落到她的后脑勺上。她在隐约间看到马向前圆张的大嘴和惊恐的双眼，随即，身子就像一口袋粮食一样，栽倒在柴房门口。马向前惊叫一声，扑到荷包儿身边，只见荷包儿脑后血流如注。望着柴房门口殷红的血，刚子扯扯月娥子的衣袖，月娥子面无人色，撂下手里的拐耙儿，与刚子悄悄地溜出大门。

马向前赶紧从屋里拿出块毛巾，包了荷包儿的头。随后，背起荷包儿向村医室赶去。那淋漓的血流到荷包儿背上，又流到马向前双手上，马向前只觉得荷包儿的身子软成了面条，他一口气赶到村委会院里的村医室。

村医田成子看到浑身是血的荷包儿，吃了一惊。马向前告诉他伤口在后脑勺上，他即解开包扎的毛巾，在荷包儿后脑勺看到一个不规则的三角口子，正在咝咝地冒血。田成子用止血钳往伤口探了探，没发现伤及头骨，随即进行了缝合处理。伤口一共缝了三针。刚刚缝完，荷包儿缓缓睁开了眼。她在呻吟中看到马向前焦急的面孔，张了张嘴，想要说话。马向前凑近她的脸，听她有气无力地问："我在哪搭哩？"马向前告诉她："在村医室里哩，田大夫给你把伤口缝了。"就见两串明亮的泪水，顺着她的眼角流了出来。

下午时分，雕子从圆坡子上回来，看到荷包儿头缠绷带睡在炕上。马向前告诉了刚子两口子来打闹的事，只见雕子腮帮子上顷刻间鼓起两道棱棱的肌肉。

雕子没有说话，径直朝厨房走去。马向前诧异地望着他的背影，还没有回过神来，就见他手执劈柴的利斧，从厨房里奔出来，杀气腾腾地向院外奔去。马向前惊呼一声，紧随他出门。

雕子直奔刚子家门口，见一把门锁冷冷地挂在紧闭的大门上，雕子原地跳起来，吼出一个骇人的声音："严刚子，你要是严家老先人的种，你就莫跑！"大门口，只有他的声音在回响。

雕子见无人回应，径直奔到门前，抡起利斧，朝着门扇奋力砍去。马向前疾步上前，抱住他的胳膊。大门上即刻出现三道惨白的砍痕。雕子还在疯狂地挥舞利斧，随着呼呼的风声，空气中闪动着道道寒光。

第七章　荒山惊魂

一

雕子家的氰化池，这天晚上出了第一槽金。

吃完黑饭，马向前让雕子歇一晚夕，不要去驮矿，给他帮忙把第一池金提炼出来。

马向前先看了看池中的矿渣。原本红如鸡血的矿末，由于多日浸泡，已变成暗暗的深红。从表层看，细碎的矿末蓬蓬松松，满是密密的小孔，就像发酵的面团。似有若无的气体，丝丝缕缕从矿末间散发出来，袅袅腾起一股浓腥的药味。他又看看池下那根出水的橡皮管，原本扯线一般流淌的液体，只剩下点点滴滴。这时候，马向前就让雕子把脸盆拿到矿池跟前。

马向前从置换槽里捞出那团纷乱的锌丝，轻轻放到脸盆里，又端着脸盆，到灯光下观察。电灯下，乌黑的锌丝缓缓舒张开来，就像一团蠕动的黑色毛球。又薄又窄的锌丝上，黑色的附着物十分明显。双手端盆的马向前，不由惊讶地喊了一声。

马向前将脸盆端到院里，让雕子提出了一壶浓硫酸。马向前拧开塑料壶盖，小心翼翼地将浓硫酸倒到脸盆里的锌丝上。随着一股刺鼻的氨水气味，盆里的锌丝刺啦一声响起来。随即，又咕嘟咕嘟冒出了无数气泡。眼睁睁着，黑黑的锌丝在气泡中神奇地销蚀掉。一股青烟升起来，在院里翻腾缭绕。等盆中的青烟和气泡消失，盆里出现了半盆浓黑的墨汁水。

这时候，马向前又让雕子提来一只干净的塑料桶，放在院里。他绽开一卷卫生纸，撕下一截，让雕子双手绷展，伸在塑料桶口。他端起那盆墨汁水，缓缓倒到卫生纸上。他对雕子说："这是过滤哩，过滤到卫生纸里头的，就是混合成分。桶子里的稀硫酸没用了，要倒掉哩！"过滤完，马向前将卫生纸里黑乎乎的混合粉包好，放到院里一堆草木灰中。顷刻，混合粉中的水分从卫生纸里渗出来，浸湿了草木灰，被灰吸干水分的混合粉成了一块薄饼。马向前从灰中捡起那块卫生纸包裹的薄饼，放入盆中。随后，他又往盆中倒入一些浓硫酸。

浓硫酸再倒入盆中后，马向前示意雕子将墙角那只炉火熊熊的煤炉提来。雕子颠颠地提来那炉子，马向前就将脸盆架到炉子上，又将另一个脸盆倒扣在那盆上，在炉上煮。红红的炉火在脸盆底部疯狂晃动，脸盆里咕嘟咕嘟发出一连串沸腾的声音。随着那声音，一股黑烟滚滚翻腾起来，在院子上空久久不散；一股强烈的氨水气味也缭绕开来，满院弥散。渐渐地，脸盆里沸腾的声音消失了，滚滚黑烟变成了淡淡的青烟。马向前就从煤炉上端下了脸盆。

待脸盆冷却下来，马向前将盆子端进上房。在明亮的灯泡下，马向前揭掉那只倒扣的脸盆，在脸盆底部，看到一层香槟色的粉末。马向前惊叹道："嘎！看来比我想的还多啊！"荷包儿从炕上抬起身子，将她包着绷带的头凑来，看着盆底的粉末，惊奇地问："咋是那颜色哩？"马向前说："这里头既有金，又有银，是混合粉么。"荷包儿又问："还要咋弄哩？"马向前说："现在的程序就是破酸，通过破酸，就能把金和银分开！"说罢，从桌子下提起一电壶开水，缓缓倒入那盆里。浸了水的粉末，顷刻像点着的鞭炮，在盆子里啪啪作响，吓得雕子不敢靠近。马向前笑着说："你莫害怕，不会爆炸，一下就好了！"等响声结束，水里出现一层暗白的粉末。马向前端起脸盆来，将盆里含着白色粉末的液体缓缓逼到另一只脸盆中，随即，盆底现出一层金黄的亮粉。他在黄粉上铺上一层卫生纸，又放到火炉中烘干。黄粉中的水分很快蒸发干净。马向前即用上敷的卫生纸包住黄粉，又将卫生纸拧成一颗鸭梨的形状，在手里头掂着分量。"这就是金粉！那只盆里的白色粉末就是银粉！"马向前说。荷包儿看着他手里鸭梨形状的金粉，又疑惑地问："下一道程序是啥?"马向前回答："下一道程序就是用坩埚提炼！"

提炼的工序是在电灯下完成的。暗白色的坩埚在焦炭的熊熊火焰烧烤下，很快就变得通红透亮。马向前将鸭梨形状的卫生纸团投进坩埚里，卫生纸瞬间化为灰烬，从坩埚口飞出来。黄色的粉末在高温作用下很快就化成液体，在坩埚底部聚为一团，圆圆的，像一颗嫩嫩的蛋黄。马向前用镊子夹起坩埚，摇了摇，那圆圆的蛋黄在坩埚底部悠悠晃动起来。马向前说："再打点火硝和硼砂，提高点温度，取掉些杂质就可以了！"他将坩埚又放到熊熊的焦炭上，先捏了一撮火硝，用力甩入坩埚，一股烈焰在坩埚中腾起。他又捏一撮硼砂，胳膊一甩，甩进坩埚里，火苗又蹿起。在腾起的火苗中，杂质燃烧得噼噼作响。他连续甩了几次硼砂后，看到部分杂质与硼砂一起凝结成泡沫，浮在那蛋黄的上部。他即用镊子搅动了一下，将蛋黄表层的泡沫状杂质轻轻夹出来，丢到地上。又反复几次，马向前欣喜地说："好了！杂质清理干净了！"这时候，通红透亮的坩埚里，那圆圆的蛋黄晶莹剔透，鲜嫩无比。他即夹着坩埚，一下投入水桶中。随着一个吱的声音，水面上冒出一股白烟。白烟散尽，他将降温的坩埚提出水面，就看见一块灿黄灿亮的金子，静卧在坩埚底部。灯光照耀下，那金子熠熠生辉。马向前又用手中的镊子猛敲一下坩埚，坩埚碎裂，黄灿灿的金子就从坩埚碎渣中滑落，攥在他手心里。他掂着金子的分量，说："这一块，随便有两百多克哩！"荷包儿也欣喜地接过那金子，顺手去掂。掂着掂着，她的眼睛里就现出金子般的光来。

二

就在雕子家炼出金子的第二天，平日里沉寂而荒凉的严家大山上，突然出现许多寻矿者的身影。这天一早，严河里人都扛着镢头铁锨，背着大锤钢钎，纷纷向山上蜂拥。远远望去，他们蠕动的身影犹如密集的蚂蚁，串成了一条线。等爬到山上，他们又零零星星分散开来，占据严家大山所有的沟岔和梁峁。他们在满山遍野寻找着红铁矿露头的地方，叮里咣啷地敲打着每一块疑似矿石的石头。仅仅半天时间，就在严家大山挖出了一堆堆暗红的碎石和褐黄的土块，就像人脸上一道道受伤的疤痕，丑陋不堪。

寻矿者的身影，惊扰了严家大山千古沉睡的酣梦。

寻矿者的疯狂，撕开了严家大山聊以遮羞的地衣。

下午时分，山上寻矿者的身影，都像土拨鼠一般，神秘地遁入那些碎石和土堆后，不断地往深处掘进。随意倾倒的碎石和土层，拥塞了排水行洪的沟渠，掩埋了野坡的草皮和刺丛，仿佛那闪闪发光的金子，就埋藏在距离表层不远的地方。于是，人们拼了老命一般掘进。严家大山，这座严河人祖祖辈辈赖以生存的母亲之山，默默承受着子民们的疯狂挖掘，宽厚地忍受着子民们的暴戾和残忍。

到了傍晚，探矿者都把一捧捧炸药塞入炮眼，点燃蛇信子一般咝咝冒烟的导火索，匆匆跑出了坑道。满山遍野的爆炸声震彻人的心扉。随着接连不断的爆炸声，空气中弥漫着浓浓的硝烟味，当那一股股浓烟腾起后，满山遍野便浓烟滚滚。这时候，晚霞正在西边的天际燃烧，严家大山的滚滚浓烟在那晚霞的映照下，变成了浓稠的酱紫色。寻矿者的身影搅动那浓稠的酱紫色，从山坡上走下。

第二天，寻矿的队伍又涌上山，清理着爆炸的碎石。那些轰出了矿带的寻矿者，满怀欢喜地摆开采矿的架势；没有炸出名堂的寻矿者，垂头丧气地骂着娘，又开始搜寻新的布点位置。几天过后，找到矿点的探矿者都将工棚建在坑道口，有的还将架子车扛到山上，开始疯狂采掘；没有找到矿点的探矿者，只能自叹命苦，收摊走人。

至此，严家大山自东往西四条沟、六道湾、十面坡的区域内，大大小小共摆布了两百多个坑道。

　　最东头的黑湾里，由于是七社村民土子、补子、哼子的承包地，几个人就顺着同一条矿带连开了一串坑口。在他们承包地以上的荒坡上，五社村民大录子、二录子、三录子兄弟找出了一条矿带，又连开一串坑口。

　　紧邻黑湾的一条沟叫东河沟，常年淌着一条淙淙的小溪。小溪的源头处，蹲踞一块大如房屋的卧牛石。顺着这卧牛石平缓的一侧，可以攀缘到石头顶部。在坦荡如砥的石头顶部，常年野草萋萋。即便是干旱年份，两面山坡草已枯萎，但那石顶上依然绿意盎然。放牛娃娃有时爬上石顶，常常会惊飞一两只野鸡。石顶上有个巨大的坑穴，看起来深不盈尺，却时常积满了水。奇怪的是，此穴可以预知天气。如果坑穴里积水干涸，就会大雨倾盆。雨后，东河沟里洪水滔滔，直淹到卧牛石顶部。有时候，娃娃们会爬到石顶，看坑穴积水，判断天气变化。而今，在东河沟的卧牛石以上，三社村民根生子、根正子、根才子弟兄各占了一块，大大小小开了十几个坑口；再往上，二社的杨选民、杨选生、杨连选弟兄各占了一块，开了近十个坑道；东河湾的较高位置，五社和六社的建设子、更儿子、金会子、长才子等人各自为政，顺着山坡布满坑口。再往上，就是山顶，也是严家大山的主峰——有名的东河崖。从下往上看，那东河崖高不可及，直刺云霄；从上往下看，那崖直如刀削，壁立千仞。过去常有人因为心生怨恨，纵身跳下东河崖，血洒荒坡。故当地人常说道，啥事情心上想不过，就跳东河崖去啊！如今，巍巍东河崖下，坑口密布，宛若蚁穴。东河沟卧牛石右侧的山坡上，跟黑湾里仅隔了一个鼻梁，开采着同一条矿带，坑口位置与黑湾矿点一一对应，五社的袁生子、袁怀子、袁亮子、袁孪子弟兄与六社的任铁匠、马各子等人捷足先登，共布矿点十余个。卧牛石左侧，坡势陡峭，乱石嶙嶙，坡上生满低矮的刺丛，没有谁家的承包地。那些山上没有承包地的农户，都选择在这面坡上探矿。最终，一社和二社村民春牛儿、有娃、千槐子、管仲子、鱼儿子、祥子等人找到几条矿带，从坡底到坡顶，共布坑道十余个。

东河沟西侧，就是盘山沟里。要到山背后放牧的人，必须沿着盘山沟里那条曲曲折折的盘山路上山。盘山路经过的地方，都是卧满怪石的陡坡。那草丛掩映下的褐灰色怪石，一看就与含金的红铁矿石相去甚远。而在盘山沟顶部，三社里人的承包地扯了两道湾。由于地势较广，土质又都是红沙土，每年只能种一些胡麻和洋芋。等到胡麻和洋芋开花的季节，那蓝色的花朵就会招惹大群蝴蝶嬉戏其间，煞是好看，当地人就把这里叫胡麻湾里。如今，三社的近十户人家在这里找到了矿，坑道布满胡麻湾里。色彩斑斓的彩条布帐篷，与淡蓝色的胡麻花相映成趣，把这里装点成一道美丽的风景线。

与盘山沟相连的碾子沟，是严家大山自东向西延伸时，又向南扭曲形成的一条夹沟。它虽然与盘山沟里比肩相接，但从方位上看，这沟转了个方向，将沟口朝向盘山沟的右侧底坡，与盘山沟口正好形成一个直角。这碾子沟更是严河里有名的地方，它的有名与它的神秘和恐怖有关。自古以来，这里常年棺木森森，烂茬子背篼交错，尸骨枕藉。那些年幼夭折进不了祖坟的少儿，尸体都被弃置到这里。早年，这里野狼成群，每晚都要爆发争夺尸体的激战。据说夜深人静时，这里常常听得到阴森的鬼叫。更有神奇的说法，说深夜听得见一群小儿在啼闹。这回，有个探矿者壮着胆子，手提洋镐在沟里刨挖了半天，没有挖到坑口，就撤出碾子沟。而在碾子沟的上部，三面坡上热闹非凡。正面湾里叫大湾里，每年七社的人都要把最好的洋芋籽儿点到大湾里的红沙地里。等到秋后，出土的洋芋都带着红土的颜色，又圆又大，宛如婴儿的脑袋。来庄里收购洋芋的老板，点名要收大湾里染成红色的、个大面饱的洋芋。就在大湾里刚刚掏了洋芋的地里，十几户七社的农户都探寻到矿脉，布满坑口。左右两侧的山坡上，分别让二社的援朝子、土地子、和平子、仁义、新仓子、高儿子和三、四社的王保儿、跃进子、改改、劳儿子等村民开了坑口。由于碾子沟狭窄，左右两侧的人在巷道口说话，互相都能听见声音。有时候，这边巷道一放炮，就看见一股浓烟直喷而出，如同炮弹出膛，裹着碎石和尘灰，直冲对面巷道而去，令人胆战心惊。

碾子沟口的右侧，就是圆坡子上，都是七社村民的承包地。除了雕子外，包家娃兄弟和选民子兄弟都将坑口开到这里。包家娃估摸着雕子巷道里矿带的走向，在雕子承包地上部位置新开了洞口，一炮见矿。其他兄弟都连着开口，一直接到碾子沟口。选民子兄弟将开口位置选在雕子下部自家的承包地里。由于两个坑道相距较近，选民子巷道里放炮的时候，雕子能明显地感到脚下在颤动。

大沟里是严家大山最西头的一道沟，与圆坡子紧紧相连，这道沟的坑道开口较低，位于大沟沟口不远处。二社村民杨超娃、杨建成、杨满才兄弟占据了这个有利位置。沿着大沟进沟上坡，就是西山里。一社、七社的土地互相交错，一社的黑娃、引生子、丑蛋儿、李改林和七社的漏儿、能娃兄弟及高台子、黑脖子兄弟在这里布了点。

严家大山就像一块人见人爱的唐僧肉，正在残忍地遭受亘古未遇的千刀万剐。

严河的村民就像一群失去理智的疯子，恨不能一头扎进大山深处，用无数触角，将大山体内的一切抽干吸尽。

三

刚子在严河村消失了几天后，终于又出现在村子里。

刚子是利用夜幕掩护，偷偷潜回严河的。他没有直接回家，而是径直到了堡子背后，来到支书严解放家里。

这时候已是掌灯时分。堡子背后家家开了灯，灯光透过各家院子的梨树、杏树和桃树，掠过院墙，照着朦胧的路面。刚子手提一只塑料袋编织的笼子，里头装着一百来个鸡蛋。他轻手轻脚地到了支书家门口，推开虚掩的大门，进了上房门。

正在看电视的严支书招呼刚子坐到椅子上，眯缝着笑眼，望着他说："我就知道你迟早要寻我来哩！"刚子说："唉！我闯祸了么！"严支书说："你是个冷哥子么！你想，把荷包儿一拐耙子打死了，你要抵命去哩！"刚子说："那是月娥子哩，失手了，下手太重了！"支书嘿嘿笑着说："都胡闹哩么！你冷的，遇了个雕子也冷的么！他寻你算账去哩，提的斧头！见你跑了，害气地把你家大门剁了三斧头！"刚子吃惊地"啊"了一声。严支书又说："其实，泡金吃饭哩，不泡金也吃饭哩！我本来山上也没地，娃娃又到县交警队当协警去了，没人上山寻矿去，我就不眼热它！"刚子说："现今，严家大山上钻成了个马蜂巢，有地没地的，都上山刨挖去了！圆坡子上还有我的份哩，雕子为啥不给我让点？"严支书说："雕子这娃太心重了！现在的人，都灵得很，你编谎去能瞒几时？你看么，才瞒了这几天，严家大山上就让人吃了乱饭了！雕子这娃心太重了！"刚子说："雕子没头脑，我看事情瞎到荷包儿身上喽，他是妇人当家着哩！"严支书说："现在的年轻人，都心重得很啊！"刚子说："再心重，咋不能把严家大山一尻子霸下哩？"严支书说："那他霸不下啊！"刚子俯身把刚塞到团桌下那篮子鸡蛋往灯下挪了挪，对严支书说："你是支书，又是长辈，他雕子啥事情都要给你一个面子哩！我想求你再跟雕子说一下，我弟兄两个先把关系和解了哩！"严支书连声说："应该和解！应该和解！"他又低头想了想，说："我试着说去！不过，你两口子把荷包儿的头都打烂了，没啥表示也不成！"刚子问："我咋表示哩？"严支书低头瞅了瞅那笼子鸡蛋，说："要不是这，我帮你把这笼子鸡蛋提去！"刚子笑着说："看我解放爸说的啥话么，这是给你的！要给她提，我还有哩！"支书说："好！明个一早我就帮你说去！去的时候，我替你把鸡蛋提上！"

严支书一早就去了雕子家，雕子家的篱笆门半开半掩，没有上锁。严支书推开大门，进门就喊："雕子，人在哩吗？"随着一声应答，雕子从柴房里奔出来。他热情地迎接着严支书，说："解放爸来了？"严支书说："我来看一下荷包儿！"听到院内支书的声音，荷包儿下炕来迎接。见支书提着鸡蛋进门，她脸色绯红地说："啊呀，你来还提啥礼当哩？"严支书见荷包儿头缠绷带，连声说："你莫下炕了么！定定地在炕上睡下，缓着去！"荷包儿说："你来了，我还敢睡下？"说完就起身为支书泡茶。

马向前从门里进来，用毛巾擦擦手上的水，与支书笑着握握手。严支书问："马老板忙啥着哩？"马向前为支书递根烟说："柴房里想再砌个氰化池哩，我跟雕子正弄哩，你来了！"严支书说："马老板的生意越做越大了！"马向前为支书点着了烟，说："才出了一池矿么，还算凑合啊！"严支书问："一池子出多少克金啊？"马向前含混地回答："可能就是百十克，品位还能弄成！"严支书吸着烟问："这几天金子啥价？"马向前说："可能就是八九十元！比去年还涨了些，年前头才七八十元钱一克。"严支书眯缝着笑眼说："怪不得庄里人都疯了，真个是揽金子哩！"

荷包儿端着茶杯过来，放到支书面前。严支书看看她的后脑勺问："好些了没？"荷包儿摸摸伤口说："伤口没啥了，头还晕哩！"支书随口说："刚子两口子都是二杆子么，看他们做的啥活，差点出人命了！"荷包儿说："当时我根本没有反应过来，只听呼的一声，就栽倒了！"严支书说："事情出下了，那两口子也后悔了，还托我给你两口子道个歉哩！让我给狠狠地训了一顿！"荷包儿脸色一变，说："哼！当时想把我一拐耙子打死哩，还是道歉的人？"支书说："月娥子在气头上，失手了么！"荷包儿气呼呼地说："我跟她还没了结哩！"支书劝说道："你看你，肚量放大些！舌头和牙齿时常在一搭哩，有时候闪脱了还咬一下哩！毕竟是亲弟兄么，有啥记的仇哩？"荷包儿又气呼呼地说："谁稀罕她道歉哩？"支书说："伸手不打笑脸客么，你看你！人家两口子让我提着鸡蛋来道歉，你还能这样？"雕子看了那鸡蛋一眼，说："谁把鸡蛋没吃过，我把这提上，摔到他家大门上去哩！"他俯身去提鸡蛋，马向前拉住他的胳膊，眼瞪着他说："你咋能做这活哩，算不算个男子汉？"雕子就退到一边，不再作声。严支书说："你看，你们是一个娘裤腿子里抖出来的，从今往后，要拉和哩！不但要拉和，还要在圆坡子地里给让个坑道哩！不能你吃肉，刚子连汤都喝不上！"雕子一听要让个坑道，拧着脖子说："偏不给他坑道，叫他到别的地方挖去！"荷包儿也憋红了脸，刚想发作，看马向前冲她使眼色，即闭了嘴。马向前拍着雕子的肩膀说："你也莫激动了！听我的，给刚子让个坑道，在你坑道的下面，让他挖去！"雕子还想争辩，荷包儿向他摆摆手，他才低头不语了。严支书呵呵笑着说："那就把这个事情定下，今后，兄弟俩要莫让人笑话哩！"

送走了严支书，雕子和荷包儿愣愣地望着马向前。马向前笑着说："你两口子是不是要怨恨我，嫌我替你们做主了？"荷包儿说："我要说话，你为啥给我摆脸哩？"马向前说："其实，趁早给刚子让个坑道，是好事。现在坑道上下都有人开了口子，都往同一条矿带上打着哩，迟早要打透哩！他刚子要是跟脚底下选民子家坑道打透，就是他的事了！"雕子眨着眼问："你是说，让刚子在我脚底的位置上挖去？"马向前说："让挖去，但有一条，必须给他说清楚，他只能往下挖，不能朝上挖，更不能放透了咱坑道的地板！"雕子若有所悟，轻轻点点头。

第八章　一波三折

一

雕子刚把一背篓矿倒到堆子上，就听到矿渣堆外面有人说话。他一抬头，看见马向前和刚子从矿渣堆上走下来。

走进场内的刚子满脸尴尬，雕子抖抖背篓里残存的矿末，就将脸扭到一边去，没有正眼瞅刚子。马向前看着雕子满脸红粉，笑着说："哈哈，像个戏架上的关公。"雕子用袖子擦擦脸，对马向前说："没办法嘛！坑道里头，到处是矿渣，一转脸就弄一身啊！"马向前问："今个矿出得好？"雕子说："能背个几十回！坑道里头刨下来的矿不多了，再背十来回，就要重新刨哩。这夹层里的朽面子矿好挖，根本不需要打眼子炸，洋镐一刨，就是一堆啊！"马向前拍拍雕子肩上的矿末，说："好，你辛苦！今个刚子来，是想从坑道里进去，看一下矿带的走向和方位哩！"雕子突然沉了脸，硬邦邦地说："哼！有啥好看的哩？"马向前一听他的口气，赶紧制止道："莫吵了！你哥么，今个你当兄弟的，要有个样样哩！"雕子鼻孔里哼一声。一旁的刚子面色绯红，表情不自然地笑笑说："我和月娥子也商量过了，你既然让了我一步，春地里那块子蕃麦地，就一家一半种上算了！"雕子又冷笑一声，说："哼！不稀罕！"马向前连连拍着雕子的肩劝说道："对了对了！再莫耍娃娃脾气了，不老练！"雕子这时转了脸，对刚子厉声说道："坑道你开在我家坑道底下，坑口尽量离我家的远点，只能往下采矿，不能往上采矿。要是挖透了我的地板，不客气！"刚子说："这话马师都跟我说了，我知道的！"雕子胳膊一抡，将背篼套上，头也不回地进了坑道。马向前对刚子摆摆手，就与他一前一后跟着雕子，进了坑道。

跟在后头往坑道走的刚子，突然感到胸脯里憋得慌，脚底下就有些东倒西歪，好不容易走到了掌子面。见眼前一片红艳，刚子左看右看，看不出名堂来。马向前故意问他："你看矿带在哪搭哩？"刚子气喘吁吁地说："这咋跟黄渚关的铅锌矿不一样啊，铅锌矿坑道里进去，明灿灿的，一看就知道是矿带。"马向前手指着坑道壁，对他笑道："你看这里一样吗？"刚子凑上前去，仔细一看，见岩石完整的地方，颜色黑中带红；岩石破碎的地方，颜色又红又艳。马向前指着颜色红艳的矿，对他说："你把这矿抠一点！"刚子伸手一抠，矿末纷纷掉落在他手心。马向前说："这就是矿带！"他又指指头顶，对刚子说："你再往头顶上看！"刚子又抬了头，看到头顶出现一个巨大的采空区。马向前说："看清了吗？矿石已采空了！"刚子点着头，用手比画着，对马向前说："这下我看清了！这矿带从这里开始，到这里结束，一共这么宽的！"马向前点头。刚子又侧着身子，模拟着矿带的方位，问马向前："是不是这个走向？"马向前点头答应一声。刚子嘿嘿地笑起来，说道："这矿带宽着哩！"听到他的笑声，雕子心里像刺扎了一下。他背起一背篼矿，粗声粗气地说："看完就走，莫耽误我背矿了！"刚子和马向前又随着雕子，一步三回头地出了坑道。

走出矿场，马向前和刚子去选择坑道的开口位置。

雕子家的三分地，上头宽，下头窄，大致是个倒三角形。雕子的坑道开口位置选在三角形的宽部，矿渣又占去大部分地块。实际上，刚子能够开口的位置，仅剩了三角形下部的尖头处。马向前目测着尖头处与雕子坑道之间的距离，估计超过了二十米，就指着尖头处，对刚子说："看来你的坑口，只能开这里了！"刚子看了看地形，见雕子地的下面，就是选民子家的地，选民子将坑道开口选在距离两家地界不足十米的地方，就觉得与选民子的坑道离得太近，要求将开口位置提高五米左右。马向前又四下看了看，答应提高位置，对他说道："你的坑道正好处在上下两家的正中间，你一定要注意，往前采往下采都行，但千万莫往上采。"刚子说："这我知道！打折的胳膊往里弯哩，雕子给我让了个坑道，我不能再让雕子受损失了！"马向前问："你打算啥时候动工哩？"刚子说："我打发月娥子去谢牛儿跟前问日子了，选个黄道吉日，把山神、财神和土地神答报一下，就动工啊！"

二

探矿时，捐着洋镐在碾子沟里转了一圈的，是三社社长七斤子。

七斤子当干部多年，从大集体时的生产队长，到包产到户后的社长，在三社里算个呼风唤雨的角色。划分责任田时，他让会计揉纸蛋蛋，让大家抓阄儿，选择地块。结果，他家全选成坝里的好地，没有一分山地。这次，山上有地的，都在自家承包地里探矿，唯有他没地，就想起这块公用地。因为这块公用地距离三社人的承包地不远，他觉得这块公用地也归三社管。于是，他捐着洋镐到了碾子沟里。

一走进碾子沟，七斤子就嗅到一股霉潮的气息。他像狗一样地搐了搐鼻子。这条宽不及二十米的深沟幽涧，常年被一股阴气笼罩。两侧山坡陡峭，坡上积满从高处滚落的褐黑色溜脚石，使人不敢攀缘。在溜脚石的缝隙间，夹杂着低矮的酸刺和猫儿刺丛，还有一些灰叶绿秆的野棉花。早晨，阳光仅仅在沟门口一晃，就匆匆掠过坡顶，沟里笼罩着恐怖的阴影。进沟右侧，有一条毛毛糙糙的小径，一直延伸到沟里。由于鲜有人走，小径两旁的鸡肠蔓儿、牛蒡叶子、辣辣根儿、车前叶子已深深罩住路面，仅能辨出小径模糊的踪影。左侧位置，腐朽垮塌的棺材横叠竖压，散乱堆放。靠近沟底的部位，棺木发潮变黑，已和沟中泥土混为一体。棺木上部，隐隐泛白，雨水冲刷的痕迹十分明显，在泛白的棺板上密布。垮塌的棺木缝隙间，圆圆的骷髅、森森的肋骨和直挺的腿骨交叠枕压，横七竖八。散乱的棺木间，夹杂着数不清的散架背篼。背篼顶部已风化破烂，背篼茬如犬牙一般交错，背篼底部褪色发白，腐朽的窟窿间，透露出看不清年代和颜色的破衣烂衫。这些遍沟狼藉的杂物之间，疯狂地生长着一种野菊花草。这草生得细叶长茎，精精瘦瘦，扎根于棺底的石缝中，又透过零乱的棺板和烂茬子背篼生长出来。等长到高出棺材的时候，结了花骨朵，到秋天里，开出一朵朵淡淡的小黄花。这时候，正是野菊花盛开的季节，只见棺板和烂背篼顶部，浮满淡淡的黄花，偶有微风拂过，黄花微微晃动，如缓缓浮动着一抹黄云。碾子沟的正中位置，被沟中山水冲出一道深深的沟渠，渠里常年流动一条细小的山溪。寂静的夜晚里，听得见小溪淙淙作响，蟋蟀低吟浅唱。沟渠里，填满了枝叶肥硕的水荷包叶子、绿中透青的水蒿、枝条纤细的猫儿稗子和浑身毛发竖立的断续草。抬头望去，不见沟渠踪影，只见草叶摇晃。就在七斤子脚下，针尖状的细草铺成绿莹莹的地毯，踩上去，又绵又软。七斤子响亮地干咳几声，棺木间窜出几只灰兔，惶惶地向沟里头奔去；还有些不见身影的小动物，顺着草根，钻入石缝间，摇得草丛唰唰响。

七斤子踩着软软的绿草，仔细察看着草底的土质。他用洋镐刨了刨草，细草卷成了卷儿，露出褐黑的泥土。他又挥镐刨刨那泥土，泥土里散发出一股浓郁的淤泥味。七斤子失望地摇了摇头，又将目光移向沟中水渠。他用洋镐搂开水荷包叶子，刨挖着渠帮的沙土。正在刨挖，水荷包叶子底部露出一件蓝底白花的破烂衣裳。那是一件颜色褪尽腐烂发霉的小孩棉袄，胸前和衣袖上窟窿洞开，透出的棉花上绿苔斑斑，他头皮上即刻有一丝麻痒的感觉乱窜。他连连在渠帮上挖了几镐，红色沙土翻滚下来，顷刻掩埋那污浊的衣物。他连吐了几口唾沫，想驱赶那晦气，目光却停留在挖出的红土上。就在那里，一股有如铁锈的红土，向杂乱的棺木底部延伸而去。

七斤子仔细观察着那条褐红沙土的走向，又抬头向碾子沟外的圆坡子上望望，感到雕子坑道的那条矿带正向沟里延伸过来。他纵身越过沟渠，跟踪着这条矿脉。他用洋镐刨开一块棺板，出现了一具散架的白骨。那圆圆的骷髅上，两只黑洞洞的眼眶正骇然盯着他。他胸内惶惶跳动几下，又呸呸地唾了两口，大吼一声："让开——娃娃！你压着我的金子了！"随即挥动洋镐，一阵乱刨，棺材底板的尸骨纷纷掉落到草丛里。他又撬起那棺材的底板，腐朽的底板即刻七零八落，散落一地。他将散乱的底板一一刨开，一群脚趾甲盖儿一般大的土鳖虫迅速向四下里逃遁。等密密匝匝的土鳖虫一哄而散后，他看到潮湿的砂土鲜红如血。

三

黑脖子死活也不明白，看起来同在一条矿带上，别人都打出了矿，他偏偏见不了矿的影子。

黑脖子家的矿点位于西山里。这西山里有条矿带，在漏儿家地里露了头。红红的氧化矿，醒目而分明地向斜上方延伸，进入漏儿兄弟能娃家的地里。这两家不用打进尺，就可直接采矿。在能娃家地上头，是高台子家的地。高台子掘进不到十米，也打到那条矿带。再往上，就是高台子弟弟黑脖子家的地。黑脖子见他哥高台子打出了矿，就顺着那矿带的方位和走向开了坑口。他估计坑道能在十五米左右见矿，谁料想打到五十米上，坑道的岩石竟然连颜色都没有改变。黑脖子先卖了洋芋，后卖了猪，又卖了牛，咬紧牙关，苦苦支撑着。

第一回卖洋芋的时候，坑道才打了十几米深。黑脖子的妇人米兰子就问："一共掏了五千多斤洋芋，光屋里人吃，一年都要三千斤哩，到底卖多少才够哩？"黑脖子说："你算下账么，这坑道一天要用上百元的炸药哩，矿打出来，建氰化池，买药剂，买材料，最少要几千元哩，五千斤洋芋卖了能顶个啥？"米兰子就含泪挑出五百斤自家吃的，将其余的全卖了。

第二回卖猪的时候，坑道打了三十几米。米兰子的眼泪一直在眼眶内打转，因为那是她留的过年猪。每到过年时，她家娃看到谁家杀猪就守谁家，眼睁睁地守着，碰到个好心人，还能给娃夹口肉吃，临走时给娃一个猪尾巴。没碰到好心人，娃就空手而返，惹得米兰子心里难受好多天。今年，米兰子发誓要让娃儿过年时吃自家的猪肉，谁料年猪却被卖掉了。看来，今年过年时，娃又要到旁人家等猪尾巴去了。

第三回卖牛的时候，坑道打了五十米。本来米兰子要跟上黑脖子进城，结果两人刚把牛吆上明理子的蹦蹦车，她就死活不上车了。黑脖子就问："你说好的要去哩，咋又不去了？"米兰子突然大放悲声，哭了起来。黑脖子跳下三轮车去哄她，米兰子仍然大哭不止。黑脖子就独自随着三轮车进城。牲口集市在县城北面的白水河桥下，黑脖子吆着牛到那桥下，立刻有几个人围拢过来。有人说，这是今天集市上最亮豁的一头牛！又有人说，你看那毛色，啧啧！跟前就有人对黑脖子说："来，摸下手！"那人捏住黑脖子的右手，将一件外套搭到手上，遮住摸着指头。那人说："你出个价！"黑脖子在衣服下先出了一个指头，说："这个的整数！"又出一只巴掌，说："这个的零头！"那人摇了摇头说高了。黑脖子说："你还个价么！"那人就在衣服下伸手出了大拇指和食指，说："这个整数！"黑脖子摸清那人的两个指头，像拨浪鼓一样地摇起了头。见两人没有成交，跟前众人就暗暗议论起牛价。有人问："这牛多大的口？"黑脖子说？"今年才整五岁，正是最攒劲的时候。"有个牛贩子就说："不管你的牛多大的口，只看能出多少斤肉。这牛虽然滚瓜溜圆的，但骨架子不大，估计出不了三百斤肉。"黑脖子一听那贩子要杀牛卖肉，连连说："你走你的路！我的牛只卖给耕地的，不卖给煮牛肉的！"那人悻悻离去。黑脖子望着他的背影，愤愤地说："还敢当着我的面说这话？你出多少钱我都不卖你！要不是遇上要紧事，我根本舍不得卖牛！"有人问他遇了啥事，黑脖子就说，庄里挖出了金矿，他跟前的人都打到矿带上，唯有他的坑道不见矿，他把牛卖了，凑些本钱，继续挖矿。这时，一位陕西口音的牛贩子开了腔："你请个工程师看看嘛！"黑脖子说："请工程师也要钱哩！再说，我连工程师的门门都摸不着啊！"陕西牛贩子突然说："工程师的事好说，我是陕西凤县的，我舅舅就是铅锌矿的工程师，我给你介绍过来！"黑脖子来了兴趣，问："真的？"那牛贩子说："肯定能办到嘛，你留个联系方式！"黑脖子就把联系方式告诉了他。那牛贩子说："干脆你出个价，我把牛买下算了！"又和黑脖子在袖筒里捏起了指头。黑脖子又要了一千五，那人直接出了一千。商量了几个回合，那人给到一千三上。黑脖子咬咬牙，点头答应了。那牛贩子牵走牛时，黑脖子把缰绳送给了他。黑脖子又问："你舅舅会不会来？"那人说让他放心，他舅保准来，说完还拍了拍黑脖子的胸脯。

黑脖子卖了牛回家，疯狂地进行坑道掘进。为了加快速度，他咬牙买了辆二手架子车，用架子车出渣。他叫来娃他舅常大头帮忙掌钎，他提上大锤，叮叮咣咣，一天打一排炮眼，放一遍炮，再将矿渣清理干净。掘进到六十米左右的时候，黑脖子算了笔账，炸药、雷管只能坚持三天了！从矿渣上看，岩石结构还没有一点变化。这时候，黑脖子动摇了。

然而，突然出现的一个人，使事情出现了戏剧性的变化。

这天下午，黑脖子和小舅子常大头正在出渣，负荷过重的架子车啪的一声爆了胎。黑脖子骂骂咧咧地卸了车胎，让常大头下山去补胎，他则坐在坑道口吸烟等待。正午的太阳暖暖地照着坑道，洞口的矿渣微微散发着潮气。满身乏气的黑脖子刚丢掉烟头，就被一股睡意困扰，双目紧闭，扯起了鼾声。不知道过了多久，酣睡的黑脖子隐隐听到有人在说话。好像有人问他哥严黑脖在哪里，听那声音是个外地人。高台子说："你看，上面坑道门上正睡觉着哩！"黑脖子骤然起身。他抬眼一看，他哥高台子正远远地指着他，跟面前的两个人说话。那两个人也抬头看到了他，随即跨上坎子向他走来。黑脖子看到前头是位中年人，眼镜片正在太阳下闪光，中年人身后是一位五大三粗的年轻人，肩头上晃动着一只黑包。

顷刻间，黑脖子感到机会正向他靠拢过来。

第九章　香烟烛影

一

农历八月初八，是刚子择定坑道动工的良辰吉日。

一大早，月娥子就左手提一只小饭桌，右手提一只大竹笼，竹笼里装着香蜡黄表纸和一只大鸡公，轻快地往圆坡子上走。适逢驮矿的高峰时刻，驮矿的牲口上的上，下的下，挤在一条狭窄的山路上，缓缓蠕动，过往行人只能挤在坎边，侧身而过。路上积满了浮土，成群结队的牲畜踩在浮土上，腾起浓浓的土雾，直往人的鼻孔里钻。月娥子在驮矿的队伍缝隙里左冲右突，艰难行进。有人见她提着家什，就问道："咋哩！月娥姐，你提这些东西，是敬神去哩吗？"月娥子随即回答道："今个日子好，我的坑道里动工哩，行个规程去！"那人又问："呵呵，坑道开在哪搭了！"月娥子就说："在圆坡子上的红土子地里哩，老先人留下的地么！"正巧雕子也吆着骡子，在驮矿的队伍里缓缓前行，听到月娥子得意的声音，他心里头怪怪的，说不出来的难受。他在骡子背上猛抽一鞭，生气地骂："赶紧走！看吃屎的他爷！"

日影子照到圆坡子上时，刚子陪着戴顶黑色瓜皮帽的老阴阳侯先生来到红土子地里。老阴阳的圆砣儿茶镜上跳闪着太阳亮光，稀疏的山羊胡子微微一翘，对刚子吩咐道："你的坑口想开哪搭，就把桌桌子摆哪搭！"刚子朝前后望了望，就把桌子摆到尖角地当中的平缓位置。在老阴阳的指挥下，他往桌桌上摆牌位，献贡果，点香蜡。

刚子先提过大竹笼，把三个牌位帖子翻出来，又取出三支筷子，分别在每支筷子一头插个拳头大小的洋芋，又将筷子另一头穿过牌位帖子。随后，把插了洋芋的一头摆到小圆桌上，摆成一排的牌位帖子上，分别写着"福禄财神关圣帝君位""本境山神土地里域等神位""家堂香火合案尊神位"。牌位前面，刚子又摆上一盘苹果、一壶酒、一杯茶，还摆上一只装满粮食的小碗，将点燃的香蜡插在里面。一切准备停当，老阴阳吩咐道："跪香！"刚子又点燃一炷香，捏在手里，毕恭毕敬地跪在牌位前。

老阴阳侯先生端端正正地站到牌位前，双手交叉放到腹部，满脸庄重，双目微闭，响亮地清清嗓子，扯长声调，朗声祈祷起来："哦！上叩天地，口呼神灵！今天是公元一九九三年农历八月初八，二十四节气里头的秋分之日。姓氏严刚子卜取良辰，选择今日为坑道动工开口、开工大吉之日。由于动工之前，不敢冒犯神祇，姓氏严刚子遂命请弟子借口传言，向神灵哀告！姓氏严刚子在此地打矿求财，望神灵默佑，保佑他吉星高照，凶煞远退，矿源丰富，平安无灾，钱财广进，日进斗金，禄马扶持，贵人拥护，迎财进喜，招财发旺，心想事成，万事亨通！"

侯先生一气道完，伸手捋了一下胡须，回头对操刀在手的刚子小舅子曹月亮点点头，示意他杀鸡。曹月亮从竹笼里提出那鸡公，将雪亮的刀刃伸到鸡脖上，来回使劲锯了几下，那鸡咕咕地扑棱着双翅，一股殷红的鸡血就从脖子下涌出来。一旁的月娥子忙从竹笼里取出一叠黄表纸，伸到鸡脖下接那鸡血。鸡血淋漓地洒到黄表纸上。那鸡扑棱几下翅膀，双爪一蹬，再无声息。月娥子就把淋了鸡血的黄表纸放到小圆桌上。

侯先生蹲下身来，从身上掏出两片卦钱，双手紧捏，在圆桌腿上响亮地磕了两下，又朗声说道："哦！姓氏严刚子诚心举义，向各位神灵供奉高头凤凰、鸣鸡生灵一只，立即宰杀，将生办熟，供在神前。望神灵显应，领受享用！这阵子打个灵灵的神卦！"老先生双手一掷，两枚卦钱划着弧线落地，在地上打个滚儿，一枚朝上，一枚朝下。老先生又说："一卦不准，千卦不用！看起来确实有神灵哩，一下就打了个神卦啊！"

跪在地里的刚子伸手取过桌上的酒壶和茶杯，一一在地上浇奠。老阴阳又站起身，毕恭毕敬肃立桌前，双目微闭，开始诵经。他先诵起《太上元始天尊演说土地护佑灭罪真经》。听他韵味十足地诵道："哦！本山土地显威灵，身披金甲保清平，祈福祈生皆灵应，降吉降祥保安宁！尔时，太上老君同尹喜真人及诸天大众游于西天竺国华盖山中，见一老人，身长六尺，头戴三山帽，眉须发白，身穿白衣，腰系皂绦，足穿皂履，手执曲木之杖，大众咸惊。是时，太上问老人曰：是何方圣者？何得独在山中？有何道德？老人答曰：吾是华盖山土地，久住人间，上通天界，下察地理……"

诵完一段，老阴阳双手合十，打躬作揖。刚子又提着酒壶茶杯浇奠。侯先生清清嗓子，又开始诵《南无大慈大悲帝母收录真经》："哦！慈悲渡厄天尊，吾生混元鸿蒙仙，金母地母掌衡权。掌世古佛尽凭母，世人谁能知根源？自古大道传下世，才把圣会留人间。家家虔诚须恭敬，至期庆祝福无边……黄金本是西方宝，想坏世上多少人。金银财宝从我出，看来不离我一身。各国王子把我占，累代帝王把我争。国王为我动干戈，弟兄为我丢了情。争下土地你何用，哪个敬我地母神……"

诵完第二段，侯先生又诵《福禄财神关圣帝君经》一部，用以答谢财神。谢完财神，听老先生骤然提高了声调说："哦！经功完满之后，人有诚心，神有感应，坑道即日开工。开工动土之后，百事顺意，万事吉祥，四方进财，八方进宝！赶紧向神灵叩首，焚化资财，奠茶奠酒！"刚子遂烧掉桌上的毛血黄表纸，又一次浇奠了酒茶，随后，连连顿首。

曹月亮点响了地里铺展的鞭炮，密集的鞭炮声在山窝子里回响。听到鞭炮声，山上每个坑口和山路上驮矿的人都将目光投向了圆坡子的红土子地。按照刚子的吩咐，曹月亮抢起洋镐，在坑口的位置挖起来。刚子掏出包着利市的红包，塞到侯先生口袋里，笑嘻嘻地说道："给你老人家一个月月红啊！"老阴阳假意拦挡了一下，再未拒绝。他用手压了压装钱的口袋，高声说道："好好好！常发常有啊！"

二

从碾子沟里回家后，七斤子就感到有些不适，但他当时并未在意。看到院里铺满烂柴烂草，他提一把扫帚清扫起来，唰唰唰才扫了几下，鼻腔里突然一阵发痒。阿嚏！他打了几个响亮的喷嚏，随后，又接连打了几个，他还是没有在意。扫完院，他端起一碗酸菜拌汤喝，两股子清涕突然在鼻腔里打转转，像要流出来。他擤了鼻涕，喝着酸菜汤，背部像有股凉风吹。那凉风透过背心，直凉到前胸。他让妇人艾花儿寻件夹袄披了，背心还是嗖嗖的凉。他喝完糊汤，到院里去透气，脚在门槛上响亮地绊了一下。艾花儿说："你看你，打闷了的猪么！"七斤子扶着门扇喘了几口气，对艾花儿说："我咋头晕乎乎的，真个像打闷了的！"艾花儿望望他的脸，惊叫说："你咋脸红得很？"七斤子摸摸脸，感觉有些发烫。院里转了几圈，他头晕得走不稳步，脸上像烤着大火。一股风吹来，院里的梨树上落下几片黄叶。他浑身一阵哆嗦，径自进了屋。

进屋时，七斤子又绊得门槛响了一声。正收拾碗筷的艾花儿惊奇地瞪着他，说："你今个咋不合适啊！"他看到七斤子脸红如布，大口喘气，急急地奔过去。七斤子喘喘地说："这一猛子，头晕着站不住了！"艾花儿摸摸他的额头，连声惊叫："啊呀！这头烧得很，发烧着哩！"即将七斤子扶上炕，她去点炕。

艾花儿点着了炕，一股浓烟滚出炕眼门。艾花儿正用簸箕吧嗒吧嗒地扇炕，只听七斤子连声吆喝道："艾花儿，冷冷冷，冷得很啊！"艾花儿说："你说冷得很，咋满脸通红的？"七斤子浑身抖动着，说："我，不不不，不知道啊！"艾花儿从炕琴柜上抱下被子，压到他身上，七斤子身子愈抖得厉害，上下牙咯咯地磕到一起，发出一连串磕牙声。

艾花儿说："我把炕烧得热热的，看你还冷不冷了！"

艾花儿又用簸箕去扇炕，炕眼门上映出红红的火苗。这时，屋里的七斤子哇哇怪叫起来，连声说："啊，啊！头疼，头疼！"艾花儿赶忙又进屋去看，只见七斤子双手抱头，满炕翻滚，还不停地用拳头敲打着脑袋，扭曲着五官呻吟着，骇得艾花儿合不拢嘴。看到这一情景，她撒腿出门，去瓦窑台台上请谢牛儿。

谢牛儿把半升子料面拌到牛槽里，解开裤带，掏出他蔫头耷脑的家伙，往料面里撒尿。老黄牛嗅到浓浓的尿骚味，把头凑过来，用舌头卷着那焦黄的液体，咕咕地饮。这时候，牛棚外面响起了脚步声。谢牛儿冲着牛嘴正尿得畅快，听院里一个女人急急地喊道："他谢爸！他谢爸！"听有人叫他，谢牛儿扭头回应一声，只见那女人一头撞进了牛圈门。

谢牛儿感到门口有一股凉风吹到他背上，还未来得及回头去看，就听进门的那女人"啊"了一声，又扭头出门。谢牛儿提着裤腰走出牛棚，看到了满脸绯红的艾花儿。"你叫我哩，咋哩？"他问艾花儿道。艾花儿急急地说："我请你哩！七斤子怕是一猛子招啥冲气了！"谢牛儿惊问："啥症状？"艾花儿说："出门的时候好好的，进了门，一阵子就头疼开了。这阵子浑身发抖哩，还满脸通红！"谢牛儿脸色一沉，挥挥手说："赶紧看走！"

谢牛儿随艾花儿进门，见炕上的七斤子连同身上的被子一起，正抽风一般抖。伴着一连串响亮的磕牙声，双目紧闭的七斤子正高一声低一声地呻吟着。谢牛儿上了炕，摸摸七斤子的额，默默观察着。半晌，谢牛儿问："你试着咋咧？"七斤子迷迷糊糊睁睁眼睛，声音微弱地说："头往破里……疼哩，还……浑身，冷，冷得很！"谢牛儿又问："你今个走哪搭去了？"七斤子又迷迷糊糊地说："碾子沟……看矿去哩！"谢牛儿回头对艾花儿吩咐，再给七斤子压一床被儿，艾花儿又从炕琴柜上取下一床被子，压到七斤子身上，可七斤子的身子还在被子下筛糠。这时谢牛儿爬到七斤子身上，张开双臂，紧紧箍住七斤子的身子，问："这阵冷不冷了？"七斤子浑身打战地说："冷、冷冷冷、冷哩！"谢牛儿突然脸色一变，厉声问道："往清楚里说！你从哪搭来的！"浑身筛糠的七斤子迷糊中颤颤地回答道："碾子沟里……来的！"谢牛儿又厉声问道："你干啥来了，打劫的还是路过的？"七斤子又在迷糊中说道："……路过哩，站店哩，到处胡游闲转哩！"谢牛儿起身下炕，对荷包儿说："扯一背篦草去，再舀一碗水来！"

艾花儿在麦草垛上扯来一背篦草，放在门背后，又舀了一碗清水，在碗上担了三根香，取来几张黄表纸，放到团桌上。谢牛儿先用那草扎了一个草人，放在门后，后双手合十，口中念念有词。念毕，谢牛儿突然双手一绞，左手绾出一个诀窍来。他喝一口清水，对着绾了诀窍的手"噗"一声喷出去，又抽出一张表纸，在蜡上点燃。他将表纸提在手上，眼看着火苗呼呼地将那纸烧完。直到表纸烧成黑色的纸灰，仍然完整地提在右手里。还未熄尽的火点子清晰地显现在纸灰上，看上去，正是一道符咒的图案。等纸灰上的火点全部熄灭，他将纸灰轻轻抛于清水碗里，端起那碗，口中念道："你是千家门上的害人鬼，我是万家门上的解冤人。你也修，我也修，你我不可结冤仇。今日将你送出门，姓氏家中保安宁……"他一面念叨，一面吩咐艾花儿取来一把切菜刀，满屋子挥舞开来。在呼呼的风声中，菜刀寒光闪闪。舞罢，他提过门口的草人，一阵乱剁，口中念道："……叫你起身不起身，斩断脖子斩断筋！"随着飞溅的草屑，草人顷刻间面目全非。这时，谢牛儿在门槛上用力顿了顿足，高声喊道："……所有的阴鬼墓煞一齐送出门了！"一旁的艾花儿随声附和道："送出门了！"谢牛儿又喊："送出门各走各路了！"艾花儿又附和道："各走各路了！"谢牛儿示意艾花儿端上水碗，跟在他身后，他一步从门内跨到院里，跳跳闪闪地出了大门。

来到十字路口处，谢牛儿冲艾花儿指了指路面，艾花儿抬手将那碗灰水泼到路上，又顺手点燃几张表纸。谢牛儿将破烂的草人架到火上，转眼间，草人即随那燃烧的表纸化为灰烬。

七斤子从炕上起来时，已经是第二天一大早了。他一把揭过身上的被子，大喊一声："我的娘娘！"起了身，身旁的人都吓了一跳。望着七斤子满头的热汗，跟前人问："身上轻省些了吗？"七斤子甩了甩头，迷迷瞪瞪地问："我在哪搭哩？"众人面面相觑，随即回答："你在屋里哩，你看！"七斤子抬头望着熟悉的房梁，熟悉的中堂，还有眼前一个个熟悉的面孔，才感到走出了噩梦。"我的天！那是啥地方啊！"他努力回忆着说，"我明明看着我屋里的大门了，就是走不动弹么！"他用手比画着，又说："你看，都是这么高的死屁眼娃娃，一大帮哩，把我围得定定的。那些娃娃脸上都抹得七溜子八溜子的，齐齐地把手展开，七嘴八舌地问我要馍馍哩，要钱哩……要不是谢牛儿举着大刀过来，我就走不脱了！"众人一听，齐骇得吐着舌头，脸色瞬间变得惨白。

三

"我叫陈天启，凤县铅锌厂的工程师！这是我儿子，叫陈大林！"戴眼镜的中年人向黑脬子介绍说。黑脬子就这样在坑道门口和陈工及他儿子陈大林认识了。

听陈工说，他外甥贩牛一回到凤县，就介绍了这边金矿的情况。他说正想找个矿山项目干哩，就带着儿子来了，黑脬子说，来得早不如来得巧，他正愁着不知道咋下爪哩。陈工问他打到矿带上了没，黑脬子指着坎下几个坑道说，矿带在下面露了头，人家漏儿、能娃在露头的地方直接采矿，脚底下他哥的坑道，不到十米就见了矿，偏偏他的坑道打了六十多米深，还是没见矿的影迹。陈工顺着黑脬子的手指往下看去，只见坎下几个坑口与黑脬子的坑道都处在同一条直线上，那几个坑道里，不时有人用架子车推着矿石出来，倒在坑道门口。每个坑道前，都堆着一堆鲜红的矿石，在太阳下，矿堆光彩点闪，熠熠耀眼。

陈天启对黑脬子说："走，到你坑道里看看去！"黑脬子戴好矿灯帽，前头领路，进了坑道。这是一条笔直的平进坑道，高约两米，宽约一米五。在坑口接近表层的地方，是几米深的土石结构；之后，是几十厘米宽的千枚岩氧化层，片岩之间夹杂着明显的铁锈色；再往里延伸，颜色由浅灰到深灰，成了典型的千枚岩结构，再无变化。到坑道尽头处，陈天启从衣兜里掏出一个仪表，放在掌心。他看到仪表上的红色指针摇摇晃晃，对准了一个数字。黑脖子伸头看了看，没有看清。陈天启合上仪表，说："再到下面坑道里看看去！"仨人一齐走出了坑道。

高台子的坑道里，只有十米长的千枚岩结构层，千枚岩结束后，即有一条数十厘米宽的猩红色夹层斜插而入。高台子追逐着那条猩红色矿带，边挖边采。看到那条矿带，陈天启眼镜片上顷刻间闪出了光。他又朝头顶看看，只见那条矿带明显朝上延伸着，当即掏出仪表，顺着矿带走向，测量着方位。红色指针明确地指向一个刻度，他默默地记住那个数字。测完矿带走向和方位，他合上仪表，朝目光充满疑惑的陈大林靠近。他凑到儿子耳边，轻轻耳语道："记住，偏北十五度！"陈大林会意地点了点头。

在高台子家矿堆前，陈天启详细地察看着那矿，发现那矿具备了典型的铁帽金特点。从颗粒的破碎程度，到矿里夹杂的石英脉成分，都可以推断，这矿具备高品位金矿的成矿条件，含金品位极有可能在每吨二十克以上。不仅矿带具有一定规模，而且埋藏浅，易开采。这种金矿如果成分单纯且利于吸附的话，可采用氰化池池浸技术进行分解，回收率在百分之九十以上。陈天启眼镜片上又跳闪出兴奋的光，他交代黑脖子找一只碗来，黑脖子在坑道口取过来一只洋瓷碗。陈天启指着高台子坑口的那堆矿，吩咐黑脖子随意取一碗矿样，黑脖子就在矿堆上随意掬了一碗矿。陈天启左右看了看，没有看到水桶，就问："离水泉近不近？"黑脖子指着漏儿坑道下面说："正好那下面有眼泉，水旺得很！"几个人就往水泉边走去。

水泉位于漏儿家坑道下的乱石间。嶙嶙的乱石上，长满暗绿的青苔。清凌凌的泉水从石缝间窜出来，在乱石前冲击出一个圆圆的小水滩。水滩四周，摇晃着窄叶的水草和圆叶的水荷包叶子。一些身子透亮的小虾，正在滩底沙石间嬉戏。陈天启来到水泉边，将水舀到碗里，淹没住碗中的矿石，伸手在碗中翻搅起来。顷刻间，水变得鲜红如血。

翻搅几遍，他倾斜着碗口，将碗中红水逼尽，又将矿末表层的粗颗粒刨出碗外；随后，再将水舀到碗里，用手翻搅，翻搅一阵，再逼掉红水，刨出粗矿。如此这般，反复数次，碗里的矿末越来越少，颜色也越来越灰。到最后，仅剩了烟灰大小的一抹，颜色也如烟灰一般褐黑。陈天启随手掏出几张餐巾纸，将那烟灰大小的矿末缓缓拨到餐巾纸上，随即，餐巾纸吸干矿末中的水分。只见洇湿的餐巾纸上，像开了一朵暗白的花。这时候，陈天启回头向陈大林要显微镜，只见陈大林打开肩头的黑包，掏出一只精致的仪器，将它摆到一块光滑平整的石板上。

陈天启靠近那石板，眼睛凑近显微镜镜头，调整着焦距。他拧了拧显微镜上的旋钮，又拧了拧，随即，小心翼翼地将手中的餐巾纸放到镜头下。黑胖子看到，陈天启刚将眼睛凑近那镜头，就有一丝微笑在嘴角绽开。他看完后，回头对陈大林说："你来看看！"陈大林眼睛也凑到镜头上，一面看，一面说："哈哈，这么多啊！"陈天启又指着黑胖子说："这是放大一百倍的显微镜，你也看看！"黑胖子战战兢兢地俯到显微镜上，他看到镜头下的纸片就像一块平整的河滩，许许多多不规则形状的黄金疙瘩，就如河滩上散乱的石头，密密麻麻，排满了河滩。他不由得"啊"地叫了一声。

看完，陈天启问黑胖子看清楚了没，黑胖子笑嘻嘻地点点头。陈天启又说："不要放弃，很有希望，继续打！"黑胖子笑着问："是不是胜利在望了？"陈天启说："确实是胜利在望了，气可鼓而不可泄啊！"黑胖子苦笑着说，他实在没能力投资了！陈天启说他们可以合作。黑胖子见小舅子常大头手提车胎从坡下走来，一时语塞。半晌，他吞吞吐吐地说："咋合作哩，你……说么！"陈天启直截了当地说："那我说吧，从现在开始，我全部投资，打出来的矿石平分，咋样？"黑胖子嘿嘿一笑说："你说能成就能成么！"常大头听清了两个人的谈话内容，站下未动。他看了对面那个人高马大的陈大林一眼。陈大林也瞅着常大头硕大的光头，目光里充满了惊奇。此刻，常大头的光头上青光闪闪。

第十章　笛声悠悠

一

吃完晚饭后，严河村最聚集人气的地方，要数瓦窑台台上了。

这瓦窑台台不知在哪个朝代是个瓦窑，后来不烧瓦了。据老辈人说，不烧瓦是因为土质不好，做瓦胚的土里白间石太多，烧出的瓦上结疤明显，颜色不纯正。不烧瓦后，过了多少年，那瓦窑顶部成了一片平地，就把那里叫作瓦窑台台。大集体时候，生产队的牛圈没处安设，就在这里修了牛圈。谢牛儿流浪到严河后，生产队里收留了他，让他住到牛圈里，帮队里喂牛。他在牲口圈的一头盘了一眼土炕，人就住里头。后来，实行包产到户政策，生产队给谢牛儿分了一头黄牛，三间牛圈，谢牛儿就一直住在瓦窑台台的牛圈里。由于谢牛儿家是严河村最高的一户，瓦窑台台又处于一个突兀的位置，能够俯瞰全村，它自然成了既凉快又招人气的地方。

这天傍晚，谢牛儿喝了糊汤，正在舔碗，就听门外有人叫他："他谢爸，做啥着哩？出来谝传来！"叫他的是漏儿大。谢牛儿答应一声，把碗往案板上一推，就出门去。出去后，他和漏儿大刚点上一锅旱烟，哼子大、选民子大、高高大、明理子大和土改子的妇人香草子等人就陆续从坎下走来。一阵子工夫，瓦窑台台上聚了一堆人。他们有的脱下一只鞋垫到屁股下坐了，有的干脆席地而坐，吧嗒吧嗒抽着旱烟锅，望着山窝子上头各家各户烧炕的烟雾，扯起了闲传。

这一堆人里头，知道事情最多的，要数明理子大了。他儿子明理子常年开一辆"兰驼牌"蹦蹦车，为家家户户拉货送料，自然见多识广。闲来无事时，他爱戴上一副圆砣儿茶镜，从下坝里往上坝里串，也知道不少事情。每次聚一堆人，男人们吧嗒吧嗒唖着烟锅子时，都是他先扯开话题。此刻，他叼着烟锅子，说起了金矿："我听人家都说，从黑湾里，到东河沟里，再扯到盘山沟里这一片，金矿的品位不及大湾里、大沟里和西山里这一片！"漏儿大就问："黑湾里到盘山沟里这一片的矿，你听过是多少品位？"明理子大在地上磕着烟锅子，说："有人说，那矿一池才出四五十克金！"漏儿大说："池子有大有小哩么！"明理子大就说："全庄的池子，我多数都看过了！都跟雕子家的差不多大，占了一间房么！"哼子大说："对的！都是照着雕子家的样样盘下的么！"土改子的妇人香草子这时说道："都照着雕子家的池子盘哩，但谁家的矿，都没雕子家的好啊！"漏儿大问："雕子家一池矿出多少克金？"香草子神秘地说："我听掌柜的跟马向前叽里咕噜地说哩，好像……几百克哩！"众人都吃惊地望着香草子。明理子大说："我问雕子，他还说品位一般啊！"漏儿大说："人家肯定不说实话！"

一直在听别人说话的高高大，瞅瞅低头不语的选民子大，开腔说道："唉，对了！雕子家的矿啥品位，你问选民子大，他也能说上！他家坑道在雕子家坑道脚底下哩，同一条矿带上哩！"众人都瞅着选民子大说："唉！对了，那矿的品位你清楚！"选民子大顿时红了脸，他缓缓抬头，神情阴郁地说："先不说品位高低，如果出个啥事情，品位再好都是闲的！"听他话里有话，众人追问道："咋哩？有啥事情哩么？"选民子大闷闷地抽了几口烟，慢腾腾地说："雕子给他哥刚子的坑道，就在我家坑道上头哩。为了倒渣的事，刚子跟选民子整了几回了！"众人又问："刚子把矿渣倒在你的地里了？"选民子大说："刚子开坑道的地方，是个三角形的尖角角，没处倒渣，一出渣，都滚进我的地里了！"众人都说："那的确是个麻烦！"选民子大吸了一口烟，又说："还有更麻烦的事情哩!"众人又都去瞅他,听他继续说:"刚子和选民子都追着采矿哩,两家子的坑道挨得又近,迟早要打透哩!"大家都相视点头,连声说:"对的,打透有危险哩!"选民子大皱着眉头说:"刚子在上面坑道里放一炮,万一炸塌了,把下面坑道的人埋了咋办哩?"众人一听,惊得面面相觑,不再言语了。一旁未发一言的谢牛儿突然哼哼冷笑起来,大家都奇怪地望他,谁知他又叹了两口气,摇摇头,一副欲言又止的样子。

这时坎下冒出一个身影,吸引了大家的注意力。那身影搅动着山窝子里的烟雾,步履匆匆地顺着山坡往瓦窑台台上晃。靠近瓦窑台台时,大家才看清,来的是一社的春牛儿。台子上明理子大高声喊道:"春牛儿,你急呼呼地咋哩?"春牛儿气喘吁吁地走到台台上,拉着谢牛儿的胳膊说:"我,想到谢爸这搭,避,避一晚夕哩!"明理子大问:"咋哩?避啥哩?"春牛儿咽着唾沫,上气不接下气地说:"一社、二社的几个小伙子,闯下麻搭了!有娃、千祥子叫人抓走了,管仲子、鱼儿子、祥子都跑了!"众人惊问原因,春牛儿说:"我们几个都把金子交给县建行了!炼金时,里头都裹了铁滚珠,想占点国家的便宜哩。结果,被建行的人查出来了!这阵子,他们领上警察抓人着哩,我从院墙上翻出来,跑了!"明理子大就问:"建行收了那么多金子,他咋知道有滚珠的金子是你的?"春牛儿说:"人家登记着哩,收一家,就登记一家,连身份证都复印走了!"众人议论起来,都说这事情躲得了初一,躲不了十五。春牛儿六神无主地问:"那咋办价?"明理子大说:"娃娃噢,你谋着你聪明得很,银行里的人都是瓜娃?你赶紧好话说上,给人家退赔去,避到啥时候哩?"春牛儿说:"退赔是要退赔哩,就怕把有娃、千祥子抓了判刑哩!"香草子看着春牛儿一副可怜巴巴的样子,怜悯地说:"赶紧都给这娃出个主意!这娃跟我的娃是同学,判个刑把一辈子都毁了!"这时一直低头沉思的谢牛儿抬起了头,说:"依我看,判不了刑。一疙瘩金子里头,最多裹几颗滚珠么,几颗滚珠超不过三十克,最多摊上一两千元,判不了刑!"香草子问:"那咋弄哩?"谢牛儿说:"等警察走了,你回去写一份检讨,就说你没文化不懂法，承认个错误！再让你大把检讨和钱拿上，连夜进城，明个一早，主动到银行里一退赔，就了结了！"众人一听，都说这是个好办法，春牛儿紧张的神情也慢慢舒缓下来。

夜幕慢慢拉了下来。从瓦窑台台上望去，烧炕的烟雾已渐渐升腾，与愈来愈浓的夜色搅和到一起，山窝子里迷茫一片。河坝里，那条窄细的小溪从远处迷茫中蜿蜒而来，在暗淡天光的映衬下，像一条幽幽闪亮的带子，向下河坝方向延伸而去。

就在这时候，笼罩在宁静氛围中的山窝子里，陡然响起一阵撕心裂肺的哭声。

哭声是从上河坝五社的方向传来的。开始时，陡然而起的哭声是一个女人的声音。随后，有几个男人和女人的哭声掺和到一起，像要将平静的山窝子撕裂。

瓦窑台台上几个人都被突然传来的哭声揪住了心，怀着满腹疑惑，齐齐伸长耳朵，去捕捉那哭声中隐隐夹杂的劝解声。隐约中，断断续续传来了扯长嗓子的哀号声："我的……娃啊——我的心把把儿的……娃啊——"香草子一听，说："好像有人哭她的娃，是谁家的娃呢？"突然，那个最尖最亮的女人哭声戛然而止了，听跟前响起一片慌乱的叫喊声："马莲子！马莲子！你咋哩？马莲子！你醒来！"香草子恍然明白了内情，又说："哦！是五社里三录子家的娃出事了，这阵子三录子的女人哭断气了，都叫着哩！"明理子大也说："对的！我也听着叫马莲子哩，马莲子是三录子的妇人么！"香草子说："就是的！马莲子经常跟我一搭给猪寻草哩，熟得很！她的娃是个三岁的儿子，心疼得很。"几个人就疑惑地说："这三录子家的娃咋就一下没了哩？"

五社里哭声还在持续，这时瓦窑台台上跑上来一个人。漏儿大说："这不是我的漏儿么，跑咋哩！"听漏儿喘吁吁地说："大！你赶紧回去！"漏儿大惊问："咋哩？"漏儿说："我去坑道里看看，你赶紧回去把氰化池的门锁了！三录子家的娃才到池子跟前耍哩，一跤栽倒，头扎进池子里，喝了两口水，捞出来就没气了！"众人一听，顿时明白了根由，不由捶胸顿足，长吁短叹起来。漏儿大赶紧起身，套上屁股下那只鞋，匆匆走了。谢牛儿连连叹息道："唉，太可惜了，没有娃，钱再多，有啥用哩？唉！"

这个夜晚，五社的哭声持续到何时才停止，山窝子里人都记不清了。只记得谢牛儿一直在吹那只黑色的长笛。长笛的声音像是悲伤的呜咽，又像是哀怨的叹息，每个严河里人听了，都在心里流泪。

二

荷包儿大只要一踏上这条往严河走的山路，心里就有一种说不上的感觉。

那年，雕子求媒人来说荷包儿，他一口应承下了。他只见过雕子一面，虽然没看清相貌，但看雕子肩宽背厚胳膊壮，是个做活的好手，没有嫌弃他。当时荷包儿不乐意，他还说女人家跟谁不是一样的，反正又当不了官太太，过来过去，就是寻个做庄稼的人嘛，只要看他身体强壮，能做庄稼就对了。后来，为了儿子旺旺的婚事，他接了媒人送来的彩礼，就把女子的亲事给定下了。荷包儿依旧不同意，惹气了他，他就对荷包儿动了手。但是荷包儿结了婚，心里头一直不痛快，他就有一种说不上来的愧疚感。他不想踏上严河的路，一踏上，这种感觉就更加明显。他觉得有些对不起荷包儿。

今天他来严河，是为了把骡子拉回去种麦。

眼看着到了白露。俗话说：白露高山麦。想种麦的农户，都必须赶白露之前把地耕了，把地里的胡基打了，把粪料备好。但自打收了荞麦掏了洋芋，已过了两月时间，荷包儿大还没顾上耕地哩。自从荷包儿借走了骡子，他就把耕地的事放下了，想等荷包儿驮完矿还了骡子再耕。但过了两个月，荷包儿还未还牲口，他就来了严河。

荷包儿大走进严河时，还是中午时分。透过迷茫的灰雾，他看到山窝子上也笼罩着一层昏暗的光晕。荷包儿大诧异地望着头顶那颗蛋黄一般的太阳，感到严河的太阳跟马台子的太阳相比，明显地少些光芒和活力。他又抬头向漫漫山道望去，一支长长的驮队，正缓缓走下山，迎着他走来。等驮队靠近，他看到每匹牲口背上都绑着两只背篓，背篓里装满红色的矿面子，立马想起荷包儿借骡子驮矿制造涂料的事。他问一位吆着牲口走来的年轻人道："他哥哥，你驮的啥矿？"那年轻人回答是金矿。荷包儿大有些不相信自己的耳朵，疑惑地问："你说的……是金矿？"年轻人回答道："对的，就是金矿，都用这矿泡金着哩！"荷包儿大顿时惊奇地瞪圆小眼睛，又问："你是说，这严河的山上，有金矿？"那年轻人不耐烦地甩了下鞭子，撂下一句话："这严河里家家户户都挖金矿哩，你老汉咋炕眼里活人着哩，啥都不知道啊？"那牲口喷着响鼻向前赶去，将荷包儿大孤零零地抛在身后。荷包儿大愣愣地站在原地，感到那牲口的蹄子像在他胸口狠狠地踹。他即刻意识到荷包儿哄了他，一股怒火顿时涌上他心头。

荷包儿大跌跌撞撞地推开雕子家的篱笆大门，荷包儿正在院里帮马向前倒腾药剂桶。听到篱笆大门一响，看到她大脚步重重地跨进院来，荷包儿激动地叫道："大！"她大没有应声。荷包儿随即看到她大紧绷的嘴角和乌青的面孔。这是她大愤怒时特有的面孔，她心内骤然一惊，表情凝滞了。"哼！"荷包儿大响亮地扯出一个鼻音，说，"沾上钱了，连我的女子都哄我哩！正如人说：娘有不如自有，自有不如怀儿里揣着有！"荷包儿大的声音里充满愤怒。即刻间，荷包儿脸色由白变红，又由红变黄。

马向前手提药剂桶站立一旁，疑惑地望着俩人的表情。见马向前满脸诧异，荷包儿对他解释道："这是我大，借骡子时，我哄了他，说驮矿是为了造涂料哩。"听明内情，马向前立即放下药剂桶，换上笑脸，迎上前来。他伸手搀住荷包儿大的胳膊，连声说："哦！我还头一回见您老人家，赶紧进门，赶紧进门！"荷包儿大望着马向前，疑惑地问："你是？"马向前笑了笑，自我介绍道："呵呵，我叫马向前，是雕子的朋友，也是他生意上的合作伙伴！"荷包儿大望着他的脸，点点头说："哦，我知道了！"随马向前进了正堂门。马向前搀着荷包儿大的胳膊，让他坐到了炕上。

在一番装烟打火的礼节之后，马向前笑眯眯地说："马爸，你莫生气了！都是我的错！"面对年轻人和善的笑容，荷包儿大怒气渐消。他吸一口烟说："你是我的女子么！我巴不得你手里有钱哩！你再有，我不会害你，哄来哄去的，把我当成啥人了？"马向前又笑着说："对的对的，是我的错！刚开始泡矿时，我跟雕子和荷包儿安顿过，对谁都不能说实情，先保密着！"荷包儿大说："保密也要看对谁保密哩！我是她大，她能把我当外人防着？"马向前说："呵呵，你老人家肯定不是外人！是怕知道的人多了，有人漏气哩！呵呵！"荷包儿大说："我把骡子借给你，到现今还没耕伏地哩，眼看着要种麦了！"马向前说："对的对的，前天还商量着先给你老人家把骡子拉过去哩，麦种上再借，这还没顾上拉去哩！"荷包儿大又说："她是我的女子，是我养下的，不是外人。她用骡子，咋能编谎着借？"马向前说："对的对的！呵呵！"他回头给荷包儿使了个眼色，说："赶紧给老人家做饭去，一早过来还没吃哩！"荷包儿努着嘴去了厨房。随即，厨房里响起擀面的声音。

马向前在火盆里为荷包儿大煮起了罐罐茶。圆鼓鼓的茶罐里，茶煮得咕嘟咕嘟响。荷包儿大接过马向前送上的热茶，一口抿了，脸上渐渐浮上了笑意。他问马向前严河里泡金是不是他领的头，马向前说，年前里雕子把矿打出来，他帮着化验过，当时的铁矿没有开采价值，今年又化验了金品位，金能弄成，就开始泡开了。荷包儿大问："这矿好着哩么？"马向前说："给你老人家说实话哩，泡了好几池子，还好着哩！"荷包儿大来了兴致，说："那我把旺旺叫来，让跟上你帮忙来！"马向前兴奋地说："好事情！雕子一个人，坑道里忙不过来，正想寻个帮手哩！"荷包儿大说："我今个把骡子拉回去，几天时间把麦种上，就让旺旺拉过来！"马向前又为他递上了一盅热茶。

三

马向前骑着那辆红色的"雅玛哈"摩托，后座上带着穿粉红色夹克的荷包儿，在驮矿的人关注的目光里，驶过高低不平的山道，又驶过乱石嶙嶙的河坝，向县城的方向驶去。摩托车后，扬起一股纷乱的灰尘。

驶出十多里河坝路，严河村被远远地抛在身后，路上行人稀少。马向前的长发被风扬起，衣服被风扬起，他感受到一种少有的舒畅。他对荷包儿说："荷包儿，现在，感觉整个世界就是我俩的，在严河里太压抑了！"荷包儿紧紧搂住他的腰，脸紧贴到他的背上，嘴里的热气轻轻呵到他的脖颈里，使他顷刻间欲醉欲狂。马向前说："唉！荷包儿，你这么好的女人，跟上个雕子可惜了！"荷包儿鼻子里酸酸地说："唉！向前哥，自打你来到严河，我就把你当成我的男人，从没把雕子当成男人！"马向前感觉后背上那颗心跳动得咚咚响，遂腾出一只手，伸到背后摸着荷包儿滚烫的脸，说："我信你的话哩！男女之间，心有灵犀一点通！我老早就觉来了。"荷包儿的双臂将马向前箍得更紧。马向前又说："今个卖了金子，我一定要给你买套衣裳哩！"荷包儿的眼眶微微发热，滚出了两颗泪。她说："向前哥！你太好了，雕子就没这心啊！"马向前又伸手过来，摸到了满把泪水。"好的，荷包儿！"马向前说，"有我在，这辈子不让你受亏！"荷包儿沉沉地点点头。

快进城时，摩托车被路上行人堵住，起不了步，马向前只好下车推着摩托走，荷包儿紧随其后，他俩被满街的人流和背篼挤得东摇西晃。荷包儿看到，路上行人的背篼里，几乎都装着满满的水果，有苹果，有梨儿，有石榴，还有核桃；街道两侧的摊位上，也几乎都是清一色的水果，街道里满透着水果的香味。荷包儿恍然记起，今天是八月十五中秋节。她捣捣马向前的胳膊，问道："今个中秋节，你想吃点啥水果哩？"马向前嘿嘿笑道："真个太忙了，把节令都忘了！"他看着两旁的水果摊位，摇摇头说："水果我不想吃！今个过节哩，我领你吃顿好吃的!"荷包儿咽口唾沫,说:"算了!好吃的贵得很!"马向前说:"你一天那么辛苦的,吃点好的有啥哩?"荷包儿突然说:"唉,向前哥!你头一回请我吃的啥,我一辈子都忘不了!"马向前问:"头一回请你吃的啥?"荷包儿说:"云华山戏场子里的那碗凉粉儿,是我这辈子吃过最香的凉粉儿!"马向前笑着说:"唉!那时候身上没钱么,只能请你吃碗凉粉啊!"荷包儿说:"那时候,不管你有钱没钱,吃啥都是香的!"荷包儿的身子便紧靠着马向前,微微低了头。马向前见她脸色泛红,心中也不免有些激动。他伸手搂搂荷包儿的肩,说道:"你能记着那种感觉,我就知道你的心了,但是今个不能吃凉粉了!"荷包儿轻轻地说:"那我俩吃碗杠子面去吧!"俩人就去了县城南关的"张记杠子面馆"。

杠子面馆里挤满了背篓。进了面馆的乡里人都不卸背篓,挤坐在长条凳上。他们齐将薄如蝉翼的宽面高高挑起,只见那长发蓬乱的头颅一点,吸溜一声,面条就被吸进喉咙;嘴外的半截吸进去时,还要在鼻梁间扫扫,留一道鲜红的辣椒印儿。马向前和荷包儿见没有座位,就站在门口,一面等待座位,一面观看老板制作杠子面。

灶边墙角处,一个精壮的男人骑在斜坡案板的杠子上,使劲地闪,杠子的另一头,插入墙上的小孔。随那男人的身子闪动,杠下的面团上,压满密密的杠印儿,在案板上扭曲变形。压了一阵,面团越来越筋道,那人便将面揉成团,用一根长长的擀面杖擀起来。随着那人肩头肌肉的匆匆跳动,他擀杖下那面便愈来愈薄。到后头,那人提起面时,似乎能透过那面,看到背后模糊的墙壁。

灶台上,黑黑的大锅里热气蒸腾。老板娘围着围裙,站在锅边,在翻滚的热水中捞面。等有了座位,老板娘热情地为荷包儿端上一盘细面。荷包儿将清油烫过的红辣子调进面里,搅了又搅,盘子里即刻散发出诱人的清香。她夹起一筷子,美美地吸到嘴里,立刻尝到了一种又柔又滑的感觉。她一口气将盘里的细面吸光,望着马向前鼻梁上沾满的辣椒印儿,好奇地笑起来。他俩在笑声中走出了杠子面馆。

马向前带着荷包儿走向城北,径直进了套子口,套子口宽不足三丈，却是一条古色古香的小巷。巷道两旁，全是两层的阁楼，青灰的门口石条，镂空的窗棂，高翘的檐角，雕着云霓的檐板和雕花的房脊，都在展示着这条小巷的古老。就在进了巷道不远处，一家挂着"南方金银首饰店"招牌的店铺吸引了马向前。他望望那招牌，挑起店门的帘子，带着荷包儿进了店。

柜台后，一位身材瘦小的小伙儿笑着迎接了马向前和荷包儿。马向前跟他握握手，笑笑地说："欧阳老板，货带来了！"那小伙说："带来多少？"小伙儿操着浓重的南方口音，荷包儿听得似懂非懂。马向前示意荷包儿掏出金子，荷包儿拉开夹克的拉链。在夹克衫的内侧口袋里，她摸出一个绣着红花的旱烟袋。她解开扎着袋口的绳子，将几块黄灿灿的金子倒在手心里，递给了马向前。马向前又将金子递给欧阳老板，说："就这些！"欧阳老板接过那金子，用手掂了掂，说："这么多？"马向前对荷包儿介绍说："我前头来过这店，这欧阳老板是江西吉安人，家里祖祖辈辈做金银首饰。他让我把金子拿来，说他给的价，保证要比银行收购价高些哩！"荷包儿又问："银行收购价是多少？"马向前说："最近银行价好像是八十元一克！"荷包儿就说："问他要一百！"马向前望望荷包儿，呵呵一笑，说："你对他说！"荷包儿就操起半生不熟的普通话，说："欧阳老板，我们一克要一百元哩！"她竖起了一个指头。欧阳老板皱着眉头听她说话，一听到"一百元"几个字，又望望她竖起的指头，就说："一百元太高了，大嫂！那我就赔本了！"荷包儿还是没听懂他的话，转头问马向前，马向前说她要高了。荷包儿对马向前说："你就说，要一百元哩！"马向前又转向欧阳老板道："人家就要一百元哩！"欧阳老板不耐烦了，摇了摇头说："大哥！你们一家是你做主，不能大嫂说多少就多少啊！"马向前呵呵笑起来。荷包儿问他笑啥，马向前说："他说咱们是两口子。"荷包儿红着脸说："一家子就一家子，有啥好笑的。"她又转向欧阳老板道："你到底给多少？"欧阳老板说："大嫂，你不知道行情！银行这几天是七八十元一克，我就是比银行高点，也不敢出一百啊！我跟大哥说过，我家祖祖辈辈是干这个的，老祖宗是宋朝大官，也是历史上有名的文学家，叫欧阳修！你听过吗？"荷包儿说："欧阳修我知道，上初中时学过他的《醉翁亭记》，醉翁之意不在酒，在乎山水之间也！"欧阳老板连连点头称赞道："对对！嫂子是这个！"他朝荷包儿竖起了大拇指，说："我们家祖祖辈辈就没人干过欺诈人的事！"马向前说："那就算是名门望族了！"欧阳老板说："是啊是啊！既然有缘分，我干脆给你一步到位算了，八十五元一克，行吗？"荷包儿望着马向前，沉吟不语了。马向前凑到荷包儿跟前，轻声耳语道："一百有点高了，可以适当让让步！"荷包儿就又说："九十五元！怎么样？"欧阳老板苦笑着说："那还是高了，大嫂！那我没得钱赚喽！"荷包儿又咬着牙说："九十元整，一分不少了！"欧阳老板望着马向前，满脸苦笑，说："大哥，你说我敢答应吗？你这本来就是毛金，要提纯，有损耗，价格太高我就亏死喽！"马向前说："银行价格也在八十元以上哩！你说咋办？"欧阳老板说："银行不上八十！前段时间七十几元一克，这几天就是涨价，也不上八十元啊！"马向前与荷包儿对视一眼，又转向欧阳老板道："八十八！你发我也发！就这样定了吧！"荷包随声附和道："对对，吉祥数字！"欧阳老板提过戥子来，连连摇头叹气。他把金子放到盘子里，显示重量为 1156.25 克。马向前让荷包儿找笔算算总金额，她很快算出一个数字。看着那数字，她以为算错了，不敢念出来。她捣捣马向前的胳膊，又指指本子上的数字，马向前凑近一看，本子上那个潦草的数字赫然入目：101750 元！两人抬眼对视着，脸上浮现出欢欣的微笑。

荷包儿从来没有见过这么多钱。她用一张废旧报纸将钱整齐地包起来，像揣个砖头块一般，贴身揣到夹克衫下，一只手颤颤地从拉链口伸进去，死死捏着那疙瘩钱，一直捏进了银行。柜台上，她又将钱清点了一遍，才交给工作人员。从银行往出走时，荷包儿的双手上已经汗水涔涔。

第十一章　利欲沉浮

一

刚子的坑道刚一开口，各种不顺当便接踵而至。

曹月亮推出一车矿渣，正要往地坎边倒，坎下冒出选民子的身影。选民子向他招招手，手握车辕的曹月亮停止倒渣，疑惑地望着爬上地坎的选民子。"倒不得！"选民子边走边说，"把石坎砌起再倒！"曹月亮听他说着，等他靠近。

选民子爬上地坎，喘着粗气来到架子车跟前。他看看车上的矿渣，指着地边，对曹月亮说："你一倒，矿渣就顺地边溜到我的地里了！"曹月亮问选民子道："你说咋弄哩？"选民子说："你趁早在地边砌一道石坎，倒到石坎里头就对了！"曹月亮骤然涨红了脸，"哼！"他响亮地喷着鼻音，双眼紧盯选民子。"哼哼！"他连连冷笑道，没有说话。选民子见曹月亮神色不对，说："砌不砌由你，反正你的渣莫溜到我的地里就对了！"曹月亮冷冷地说道："要是溜到你的地里就咋咧？"选民子听他的声音有些刺耳，怔了怔，厉声说道："溜到我的地里，我不答应！"曹月亮冲选民子轻蔑地撇撇嘴，说："不答应你把我能咋？"选民子即刻脸色乌青，与曹月亮相向怒视，良久，说："溜到我的地里，你把矿渣捡净就对了！"曹月亮连连冷笑起来："哼哼！我要是不捡哩？"选民子身子一抖，靠前一步说："不捡就叫你打不成矿!"曹月亮砰地放下车辕,上前逼近选民子说:"我偏要打哩,你想咋?"随即选民子胸脯挺上前来,粗声吼道:"你想咋?你想咋?"俩人胸抵着胸,四只眼睛齐喷着火,两张嘴急促地喘着粗气。

听到吼声的刚子从坑道里钻出来。看到俩人剑拔弩张的架势,他断喝一声:"做啥哩?"俩人还在胸抵着胸。他上前拉开曹月亮,说:"有啥争吵的哩?"曹月亮嘴里嚷嚷道:"还威胁我哩?想把我曹月亮吓唬住的人,他娘还没生下哩!"选民子说:"想把我严选民欺住的人,他娘也没生下哩!"曹月亮手指着选民子说:"你试试来!"脚底下又靠近选民子。选民子也指着曹月亮说:"你试试来!"脚底下也往过来挪。刚子往俩人中间一站,挥挥手说:"莫吵了!有啥好好说么!"曹月亮说:"你看这个二百五!让我把地里的矿渣捡了哩,我说不捡,还说不捡就不让我们开矿!"刚子责怪选民子说:"你看你!邻里邻居的,咋能说这话哩?"选民子说:"我本来好好说着哩,你叫来的这个二百五说不成么!"刚子说:"这是我娃他舅,月娥子兄弟么!"选民子说:"你娃他舅咋像吃了炸药似的!"刚子就说:"都不要吵了,和气生财么!"曹月亮就坐到车辕上抽烟,不再嚷嚷了。选民子对刚子说:"我也没说啥,就让他用废石在地坎边堵一堵,再倒渣,莫溜我的地里就对了!"刚子在地边上看了看,对选民子说:"好好!你忙你的去,我安顿人给堵好!"选民子跳下地坎,走了。刚子望着选民子的背影,额头那块青痣不自然地跳动起来。

刚子轻轻吁了口气,平静一下情绪,回头对曹月亮说:"你捡大些的废石,在地边垒一道,莫让矿渣溜下去就对了!"曹月亮说:"哥!垒住能管几天?这三角形的尖尖,本身就没处修矿台么!"刚子说:"先垒一道,能管几天是几天!总不能跟选民子整仗,让雕子看笑话去嘛!"

几天以后,矿渣埋没地边的石埂,又顺着坎子往下溜。选民子站在坎下,望着溜下的矿渣,又朝坎子上吆喝:"刚子!刚子!"刚子听到选民子的声音,就知道又要说矿渣的事。他走到地坎边,只听选民子说:"矿渣又溜下来了!"刚子说:"你的地又不种了,溜一点矿渣能咋?"选民子说："看你说的!你给你挣钱哩,咋能把矿渣往我的地里倒?"刚子说："谁愿意把矿渣倒到你的地里去?"选民子说："那你赶紧想办法,反正我的地里不能再溜一点!"刚子抿紧了嘴。他怕与选民子闹起来,会招人笑话。他察看了地坎的一边,又走到另一边去看,发现坎下有块明理子家的地,仅十来米宽。在明理子家地的外面,就是一条摇曳着茅草的荒沟。他灵机一动,觉得从坎上挖条路下去,就能推着矿渣,越过明理子家的地,直接倒到荒沟里。他当即对月娥子吩咐说:"你寻明理子大去,问一下从他地里走一条架子车路,要多少钱哩?"

月娥子来到明理子家。明理子大正在晒粮食。他手提拐耙儿,在满院麦子里推来推去地翻搅。月娥子按照辈分,乖巧地问候他:"爸,你晒粮食哩?"明理子大推推鼻梁上的圆砣儿眼镜,说:"晒粮食哩!你咋来了?"月娥子就说了坑道里倒矿渣的事。明理子大说:"这事情我知道了!"月娥子问:"你听谁说的?"明理子大说:"我听选民子大谝闲传时说的!"月娥子就说:"看你老人家要多少钱哩,矿采完,就把地给你恢复了!"明理子大说:"那都是小事!你跟刚子说,先走路去!只要出了矿,话好说!"月娥子就说:"看我爸说的!高哩低哩,你要说出口外哩,不说出口外的事情不好应承!"明理子大说:"看这娃说的!那地一年也挣不来一千元么!你看着给算了!"月娥子说:"我对刚子说去,让他给你老人家补心!"她要离开时,明理子大又叫住她,说:"你等着!我问个话!"月娥子说:"啥话?"明理子大说:"听选民子大说,你的坑道里没处倒渣还是小事,怕还有大事情哩!"月娥子惊问:"啥大事情?"明理子大说:"选民子担心,你两家子的坑道迟早要打透哩!一打透,怕就闹成大事了!"

月娥子回家把明理子大说的事告诉了刚子。刚子听了月娥子的话,不发一言。他的坑道才掘进了十多米,还没有挖到矿带上。选民子的坑道已开口几个月,早已在采矿。他担心打到矿带的时候,矿早已被选民子采空。即使选民子没有采空,他也不知道选民子采矿的方位,更不知道两个坑道之间的间距,看来,更大的危险真的还在后头哩!

随后进门的曹月亮听了情况，狠狠地咬着牙，说："我才不管他！只要见了矿，我就跟上矿带采！打透了就打透了！"刚子乌青着脸，吃惊地望着曹月亮。

二

　　陈天启在黑脖子旧坑道里十五米深的地方，重新设计了坑口。他对黑脖子说："从这里开始，朝北面十五度的方向，一直往里头掘进，不要偏离方向，大概再打几米，就能打到矿带上。"黑脖子问他咋测量出的，陈天启说："下面坑道里进去，我不是测量过矿带走向吗？"黑脖子说："我看你测量时，还对小陈说了几句话，我没听清啊！"陈天启说："你就按这个打，我儿子留下，指导你们干。我还有其他事情，先回去。等出了矿，我儿子会给我打电话。"黑脖子说："还有一件事情，你说从现在开始，所有的投资都由你承担哩，那我和娃他舅的工资咋说哩？"陈天启皱着眉说："你俩还要工资？不是矿出来分成吗？"黑脖子说："这坑道现在你成了老板，我俩是打工的！"常大头不耐烦地说："哥，干脆我俩不干了，让他雇人干去，我俩只等着分成矿石就对了！"陈天启问陈大林说："你看咋办哩？"陈大林说："反正现在要投资坑道，也没钱发工资，要不先欠着，矿出来再补发！"陈天启问黑脖子："工资给你俩咋算哩？"黑脖子说："最少的话，一个人一天，也要一百钱哩！"常大头粗声粗气地说："低于一百元，我俩不干！"陈天启对陈大林说："一百就一百！我先给你们记在账上，见矿后一次结清。"陈大林说："你俩抓紧干！"
　　黑脖子的坑道就在这天重新响起隆隆的炮声。
　　开工其实并不顺，先是遇到的岩石比先前掘的硬得多，接着打眼子也不顺利，搞得常大头一天不停地揦上钢钎去山下任铁匠家蘸火，影响了进度。后来，常大头抡锤，一锤抡空，伤了黑脖子的手背，当时就血流不止，去村医田成子跟前做了包扎。缓了两天，黑脖子的手背却高高地肿起来，如同发面的蒸馍，又去乡卫生院拍了片子，幸亏没有伤骨。黑胖子对常大头私下说："这我试着一点都不顺当啊！"常大头也说："我也试着不顺当啊！咋回事？"黑胖子就说："干脆打到十米上，我俩就问陈师要工资，欠账攒多了，怕他不认账哩！"

半月才打到十米深。黑胖子和常大头没有打眼，在坑道里歇气等陈大林。睡醒懒觉的陈大林中午时分才上山。进了坑道，见黑胖子和常大头一左一右靠着坑道丢盹，他用脚踢着黑胖子道："哎哎！起来起来！"黑胖子睁了眼，哈欠不止，问陈大林："陈老板来了？"陈大林问："咋睡觉着哩？"黑胖子说："你没来，没人指导啊！"陈大林生了气，厉声说道："指导啥哩？方位你又清楚的，你把进尺不会打？"常大头也打着哈欠说："主要是没发工资，缺乏精神动力啊！"陈大林怒目呵斥道："等啥工资哩，干部国家养活着哩，一个月才发一次工资，你才干了半月，就想工资了？"常大头说："我俩的是日工资么，不像干部的月工资！"陈大林说："原来说过的！见矿才给工资哩，一次性结清！"黑胖子说："万一见不了矿哩？"常大头也说："就是，见不了矿，你打算不给工资了？"陈大林反问道："我说过不见矿不发工资的话了吗？"黑胖子说："你是没说过那话！问题是说几米就见矿，结果打了十米深，还没见矿，我俩有些担心啊！"陈大林无可奈何地说："那你俩等着，我去村委会办公室给我爸打个电话！"

等陈大林打完电话回到坑道，黑胖子和常大头还在丢盹。黑胖子背靠坑道，头一磕一磕，涎水在嘴角挂成了长线。常大头则顺着坑道倒下，席地而睡，鼾声如雷，泛着青光的脑门上汗珠点点。陈大林被眼前的这一幕激怒，朝他俩猛吼一声。黑胖子陡然被惊醒，抬头看着陈大林，目光呆滞地擦着嘴角的涎水。常大头刹住鼾声，缓缓起身，背靠着坑道揉眼。陈大林厉声呵斥道："太不像话了！真的太不像话了！"黑胖子慢慢清醒过来，打个哈欠，又伸伸懒腰说："你爸咋说哩？"陈大林声色俱厉地说："我爸说，你俩想干，就满一月时发工资。不想干，就停工算了！"说完坐到坑道口，粗粗地喘息着，不发一言。仍然背靠坑道的黑胖子见常大头打完呵欠，揉着双眼，踢了踢他的脚，问："唉，今个我俩干了多少天了？"常大头又擦擦光头上的汗珠说："整半月了！"黑脖子缓缓起身，对常大头说："走，干走！死哩活哩，我俩再干上半月！"

又过了半月时间，陈大林拿着卷尺，进坑道丈量尺寸。他让黑脖子扯住一头，站在坑道的分岔口。他自己拿着卷尺，一直走到坑道尽头。"23.8米！"他借着矿灯光亮，读出了进尺数，又望望没有变化的千枚岩层，缓缓摇着头，走出坑道。

站在坑口的黑脖子和常大头堵住了陈大林。黑脖子问："咋办哩？老板！"陈大林看到俩人阴沉着脸，兀自一惊，疑惑地问："你说啥？"黑脖子说："我说工资哩，今天整一月了！"陈大林故作镇静，干笑两声，"呵呵！"他说道，"才一月么，怕啥哩？"常大头说："你说好满一月就发工资哩，今个不发，我俩不答应！"他提着一把圆头铁锹，堵到了坑道口。陈大林说："好！我再给我爸打个电话，让把钱拿来！"黑脖子就说："还要问二十几米进尺了，为啥没见矿哩？"陈大林也说："就是啊！还没见矿，还要问他下一步咋办哩？"说着走出坑道，朝山下走去。黑脖子向常大头摆摆手，说："跟上！"他们就一起下了西山里。

村委会办公室里，传出支书严解放的笑声。随着笑声，严支书说："你把我严解放抬上天了！我哪有那么大的本事？"听一个外地口音的人说："山高皇帝远！你就是这庄里的'皇上'嘛！"严支书说："你不要胡说了！自打这庄里挖出了矿，人人手里都有了钱，谁还把我当回事哩？"那外地人说："那谁也逃不出你的掌心，都指望你保住他的利益嘛！"严支书说："人家挖矿，各在各的地里挖，又给我不打招呼！"听外地人又说："看支书能不能给我俩协调个坑道干干，有你的好处哩！"听另一个外地人说道："就是嘛！要喝山中水，先拜地里鬼么！不求你求谁去？"严支书就说："我确实给你俩没法协调坑道啊！"这时候，黑脖子几人走进办公室来。

两位外地老板见有人进门，起身让座。严支书示意那老板继续坐着，问黑脖子道："有啥事哩？"黑脖子说："陈师要给他爸打个电话哩!"严支书把电话机推过来,说:"他常来打着哩,你让他打来就对了!"黑脖子说:"今个不同往常,今个我要把陈师跟上哩!"严支书看了看他,没有多问。陈大林接过电话,拨了一串号码,拿起话筒听。黑脖子和常大头竖起耳朵,捕捉着电话里的声音。几声振铃声后,接通了电话。"爸!"陈大林说,"今天整一月了,进尺打了 23.8 米,岩石没有啥变化啊……嗯嗯!……还要打?嗯嗯!……方位没错啊!……今天他俩要工资哩!你要来?……嗯嗯!明天来?……嗯嗯!"电话那头又说了几句,陈大林连连点头,说完挂了。黑脖子和常大头疑惑地望着陈大林,听陈大林说他爸明天就来了。

第二天,黑脖子和常大头等不来陈大林的音讯,就去他租房的土子家看。土子告诉他俩,陈大林夜晚夕连夜就走了。黑脖子问:"东西都搬光了?"土子说:"也没啥东西,就是个黑包包,走时背走了!"黑脖子说:"明明我听电话上说好了,他爸今天来哩,咋又变卦了?"常大头说:"他爸后头对儿子说了啥话,我俩听不清么!说明人家安排好的,跑了!"黑脖子说:"他才摅了十几万元,就摅不起了!"常大头说:"这下咋办哩?"黑脖子又想起村委会里见到的那两个老板,就说:"我寻严支书去,看能不能把那两个老板的资金引进来,继续打!"就去了村委会。

听清黑脖子的意图后,严支书连声责怪起来:"你就没一点眼色么!"他说,"明明那两个老板想投资哩,你来了,还一顿电话,呜哩哇啦的,那两个老板把啥都听清了!夜晚夕,那俩人还偷偷地去寻陈师,一听情况,都不敢投资了,拉上陈师,连夜跑了。"黑脖子瞬间双腿发软,喃喃道:"看来真的是无路可走了!"

三

交了金,存了钱,已是下午时分。县城的街道上,人流明显减少了。马向前对荷包儿说:"走!到北川服装城,给你买件衣裳走!"荷包儿看看身上的夹克衫和牛仔裤,说:"我这衣裳还新着哩,破费啥哩?"马向前说:"我就知道你怕花钱!今个这衣裳由我买!"荷包儿红着脸说:"你有那心就对了!"马向前扯扯她的胳膊说:"走!光有心不算,要见到衣裳哩!"就带她去了北川服装城。

服装城里,铺面一家接一家,一眼望不到头。马向前和荷包儿在铺面门前经过,店员都吆喝他俩进店。马向前看见一家铺面的连衣裙好,就对荷包儿说:"走,给你挑件连衣裙去!"荷包儿惊奇地瞪着他,说:"穿个连衣裙,严河里人的唾沫能把我淹死!"马向前说:"严河人都没有那么封建的,都啥年代了,穿件连衣裙算个啥?"说完硬拉着荷包儿进店去试。服装店女老板看着荷包儿的身材说:"嫂子这身材,腿又长又细的,不穿连衣裙太可惜了。"马向前说:"对的对的!听这老板咋评价你着哩!"荷包儿说:"一个乡里人,连衣裙穿上能到地里做活去?"女老板说:"嫂子进城穿上连衣裙,没人敢把你当成乡里人。"她给荷包儿选出一件时下最流行的绿底白花的长裙,荷包儿提在手里看看,觉得太洋气了穿不出来,又挂到衣架上。马向前让她先穿上试试,买不买再看。荷包儿换上连衣裙,从试衣间出来,女老板抬头看着她,惊得说不出话来。马向前也圆睁着眼,像望陌生人一样望着她,说:"老天爷!我当电影《庐山恋》里头的女主角来了哩!"惹得几人一齐笑起来。女老板说:"买上!这裙子跟你脚上的高跟鞋,看起来都很般配啊!"荷包儿在地上转了两圈,连衣裙张开圆圆的裙摆,微微拂起了一股风。马向前赞叹不已,高兴地说:"确实好!多少钱?"荷包儿挡住他掏钱的手说:"你听我的!这衣裳现在确实不能买啊!"马向前问:"为啥不能买?"荷包儿使劲捏捏他的手,说:"等以后买吧!如果我能从严河里走出来,再买!"马向前看她说这话时,有意地眨巴着好看的双眼,便咂摸着她话里的意味,说道:"现在买!要让你穿上这连衣裙,在严河人眼前胸脯挺得高高地走出来哩!"荷包儿疑惑地问:"我有没有这福分啊?"马向前语气肯定地说:"有!"荷包顿时脸色羞红,低声说道:"我听你的!"

穿上连衣裙,坐在摩托车的后座上,鲜艳的连衣裙随风飘起时,荷包儿俨然成了街上的一道风景。在人们频频回头中,马向前的摩托在一家理发店门口停下来。荷包儿以为马向前要理发，问他："你想理发去？"马向前说："不！给你理！"荷包儿摸摸脑后的马尾辫说："我就这头发，能理成个啥？"马向前执拗地说："今个让你换个洋气发型，把你变成最美的女人哩！"荷包儿娇媚地看着他，不想进理发店，却被他一把拖进理发店。

理发店的女老板看着荷包儿身上的连衣裙，问："嫂子，你这连衣裙在哪里买的？"荷包儿说："刚才在北川服装城买的，好看吗？"女老板羡慕地说："这裙子你穿上太好看了！"荷包儿说："你看好，就买一件去！"女老板说："嫂子，我买一件，也没你穿上好看！你看你的皮肤，你的身段，你的气质，啧啧，穿啥都好看！"荷包儿笑得合不拢嘴。马向前说："你听！都夸你哩！"他立即对女老板吩咐道："你就按她的脸型，给她设计一款发型吧！"女老板看着荷包儿的头型说："你这种马尾辫太普通了，你应该烫个最新潮的发型，才配得上你的皮肤和气质。"荷包儿问："那啥发型好些？"女老板说："肯定要烫哩！不烫没有蓬松感，做不出效果来！"荷包儿吃惊地问："烫发？老天爷，头发烫了严河里人还当我成疯子咧！"这话惹得女老板嘿嘿笑起来，问道："你是哪个庄里人？"荷包儿回答："避风乡严河村的。"女老板惊叹道："我的老天！还是远乡里来的，我还当你是城里人了！"荷包儿说："唉！我没有当城里人的福分啊！"马向前说："烫个头算啥哩？城里人有的，你终究都能有。"女老板就梳开荷包儿的马尾辫，开始烫发。

满城灯火辉煌时，荷包儿烫好了头。镜子里出现了一张俏丽的脸，微微翻卷的蓬松长发，与她精致的五官一搭配，显出一种成熟的美。女理发师抚弄着她的秀发，对她不停地吩咐："平时不做活时，就披下来，好看些！要做啥活，就分成两股，在后脑勺上扎住，也好看着哩！"马向前看着镜子里的荷包儿，笑着说："这一弄，就跟电影《庐山恋》里的女主角一模一样了！"女理发师说："咦？还真的像，越看越像了！"惹得荷包儿捂着嘴笑。

街道上成了一条灯光的河。沿街路灯密密排列，两旁门面的霓虹招牌闪闪烁烁，来往的大小车辆一齐开了灯，荷包儿就觉得那灯光一齐在流动。在流动的灯光里，马向前和荷包儿在一家羊杂碎店吃了饭，又去登记宾馆。马向前说："我在化工厂里有一间宿舍哩，但不敢住去。厂里有值班的人，看见我俩，影响不好。"荷包儿说："我不敢跟你去厂里住，去年住了一晚夕，差点把我吓死了。要不你去厂里，我一个人去住店。"马向前笑着搂住她的腰，挨近她的脸，声音急急地说："荷包儿，你咋不理解我的心情哩，今晚夕你跟仙女一样美，肯定属于我哩！"荷包儿娇笑着躲开他的脸，嘻嘻地说："急死你去！"

两人在宾馆开了房。

进了房间的马向前，就像脱缰的野马，肆意疯狂起来。他急切地搂住荷包儿，抖抖地解着她的衣裳，直逼得荷包儿喘不过气来。荷包儿躲开他狂亲狂咬的嘴，喘喘地说："你莫急！今晚夕我肯定属于你的！你莫急！"马向前眼中闪烁着奇异的光，说："属于我，我……就要你哩！属于我，我……就要你哩！"说着就把荷包儿拥到了床上。荷包儿推开他，翻身坐起："向前哥！为了这一晚夕，我准备好长时间了！我不想急急忙忙地跟你弄！我要好，就要……好一晚夕哩！我还有话对你说哩！你莫急，我先洗个澡去！"她径自去了卫生间。

洗完澡的荷包儿将一具美丽的胴体呈现在马向前面前。马向前又狂躁起来。他想一口堵住荷包儿的嘴，直将舌头伸进去翻搅，荷包儿却将高耸的胸送到他嘴边。他一口吸住那泛着红晕的乳头，荷包儿忘情地呻吟起来。顷刻间，她圆圆的乳房变得又硬又大，她幽幽的声音便在马向前耳边响起："哦，哦，向前哥！你知道，知道我……结婚两年多，为啥，为啥……没怀孕哩？"马向前腾出嘴，喘口气问："为啥哩？"荷包儿从牙缝里吸进一口气，"咝——哦！哦哟！我就不想，不想怀，怀……雕子的娃！哦哟，好着！"马向前又腾出嘴，换口气问："那你……咋防着哩？"荷包儿说："哟，好着！哦哟！原先，我避开……危险期！现在，哦哟！我……不让他动我了！"马向前停止了动作，问道："真的？"荷包儿说："……是真的，向前哥！我要给你……生个儿子哩！哦哟！"马向前拱动着身子，疯狂地进入她的体内。荷包儿随即轻叹一声："哦哟，老天爷！"指甲就掐进了他宽厚的背。

整整一个晚上，两个人的身子再没有分开。

第十二章　魍踪魅影

一

这天晚上，刚子的坑道里终于见了矿。

刚子有意选择在晚上点响这至关重要的一炮，是为了避开选民子坑道里采矿的时间，免得炸透坑道，出现意外。

白天，刚子清理坑道的矿渣。他和曹月亮推着架子车，将矿渣一车一车推出坑道，又推下挖成一条斜坡路的地坎，从明理子家那一溜子地里经过后，倒到荒沟里。自从和选民子发生了争执，他就用这种办法来处理矿渣。虽然要为明理子家每年多付一千元的过路钱，但彻底解决了倒渣的矛盾，也避免了与选民子之间的冲突。他认为，这钱值得花，也应该花，至少没有人看笑话了。出完矿渣，由他掌钎，曹月亮抢锤，很快打出了一排炮眼。打那排炮眼时，他觉得比往常打得顺当，估计打穿了千枚岩，打到破碎带上。他隐隐感到，要见矿了。打完炮眼，曹月亮装了炸药，就要去点，他说："等着！"曹月亮问："等啥哩？"他又说："我说等着就等着！"曹月亮又问："等到啥时候？"他说："等到选民子坑道里歇工后再点！"他们就从下午一直等到了晚上。

晚上，见选民子家坑道里没有了动静，刚子就对曹月亮说："走！我俩到他家坑道里看一下去！"两人就进了选民子的坑口，走到不远处，俩人来到一个开阔的地带。等看清里面的情景时，俩人吃了一惊，掌子面顶部，出现一个巨大的采空区，仰头一看，望不到顶，再看脚下，却毫无采矿痕迹。他俩又往正面看，矿带渐渐收缩为夹角，估计延伸不远，夹角越来越小，矿带就会自动消失。刚子和曹月亮顿时明白，选民子对自己脚下的矿带进行了保护，对顶部的矿带正在进行掠夺式开采。如果自家坑道里见矿较晚，必定会打入采空区，一无所获。刚子顷刻间惶恐起来。

出了选民子家的坑道，刚子对曹月亮说："这上下两个坑道之间，估计夹层不太厚了！眼看着两家子要打透，这可咋办？"曹月亮说："打透就打透，只要没埋人，谁怕谁哩？"见曹月亮说得咬牙切齿，也激起刚子心底的愣劲。他对曹月亮挥挥手，说："点炮去！"曹月亮点了一根纸烟，直挺挺地进了坑道。

坑道里隐隐传出几声爆炸声，刚子感到脚下的地皮在抖动。随即，洞口涌出一股浓浓的硝烟。刚子和曹月亮捂着鼻子跑离了坑口，等待硝烟缓缓散去。一个时辰后，曹月亮对刚子说："哥！我先看去，里头烟大，你等着！"刚子说："你小心着！试着不舒服就赶紧跑出来！"曹月亮的身影便消失在坑道里。

大约过了几分钟，还是没见曹月亮出来。刚子有些担心了，头伸进坑口去探望，看不见曹月亮的影子。刚子正想喊几声，却听见曹月亮的声音从坑道口滚了出来："哥！见矿了见矿了！掌子面上通红通红的！"兴奋的刚子就迅疾地闪进坑道，往掌子面上跑。

坑道尽头，刚子看到了一片红艳。那红红的矿末，就如一堆发好的巨大面团，蓬松地堆满掌子面。没有散尽的硝烟，丝丝缕缕在矿末的缝隙间腾起，袅袅散发着呛鼻的腥味。坑道顶部，不时地跌落几块石块，在矿末上砸出几个大坑。刚子欢欣地说："啊！这么多矿！"曹月亮说："这一炮真正炸到地方上了，矿确实多啊！"刚子捏起一撮矿末，放到手心里。在矿灯的映照下，那红色的矿末熠熠闪亮，正散发着金子般的光泽。

一夜之间，激动难抑的刚子和曹月亮就从坑道里推出炸下的矿石。

第二天一早，所有人都看到了刚子坑口那一堆鲜红的矿。选民子背搭着双手，从坎下走上来，绕着那矿转了一圈，说："出矿了？"双眼通红的刚子回答："昨晚上刚出来的！"选民子问："矿带有多宽？"刚子说："肯定和你的是一条矿么！"选民子说："我看矿带朝上散发着哩，越往上越宽了！"刚子说："你心细！我没看清啊！"选民子就说："见矿就要小心哩！两个坑口挨得太近了，弄不好就打透了！"刚子说："哦！你也要小心哩！"选民子说："你莫往下采了，就不会打透！"刚子说："雕子不许我往上采，你不许我往下采，你说我往哪搭采去哩？"选民子说："看你往哪搭采去，反正你莫把我的坑道打透就对了！"刚子鼻孔里冷笑一声："哼！你也莫往上采了，往上是我的地板，打透就塌了！"选民子见刚子面露不悦，就说："好好好！你我都要小心哩，放炮的时候说一声，先把人撤出来，再点炮！"刚子说："哦！都小心着！"

二

本来无路可走的黑脖子突遇峰回路转，柳暗花明，竟是一夜之间的事。

那夜，黑脖子辗转难眠。想起开矿的一幕幕，恍如一场大梦：卖洋芋、卖猪、卖牛，以及后来出现的陈天启，都没有使他如愿以偿。看着周围的坑道，几个月前就见了矿，连他哥高台子都已泡了五池矿。他想起眼下的处境，想起财神爷对他的不公，不由黯然伤神，心如刀绞……不知不觉中，他恍然来到一个五彩斑斓的境界，天上金光万道，地下鲜花盛开，蝶舞翩翩，祥云缭绕。他正愕然四顾时，突然听到一个幽幽的声音传来："黑脖子——来得好！"他只闻其声，不见其人，知是山神临界，即隔空遥拜起来，口中连连祷告道："山神大仙！求您保佑弟子挖出金矿，不忘神恩！"大仙随即朗声大笑道："呵呵！黑脖子遇事性急，性情浮躁，难免功亏一篑啊！"黑脖子向天再拜，口中求道："求大仙指条明路，助我起死回生吧！"那朗然的声音又起：

"呵呵！黑脖子信我则灵，不信则罢！若有一炮的炸药，不妨再放一炮！呵呵……"笑声渐渐隐去。黑脖子向着笑声消失的方向，连连顿首。此时，一道门槛在他的腿下重重地一绊，黑脖子即刻间一跤跌倒了……

同样心事重重的米兰子在似睡非睡间，感到黑脖子浑身抽搐，不由惊醒。迷迷糊糊中，她听到黑脖子嘴里呜噜呜噜，声音含混，而且手脚如抽了筋一般抖抖索索，便踢了他一脚。这一脚正好踢到黑脖子的腿上。被米兰子踢醒的黑脖子睁眼一看，方知是梦。他将梦中的奇闻理了理，问米兰子道："我正做梦着哩，你踢我了?"米兰子说："听你哼哼唧唧，浑身发抖着哩，怕是魇住了!"黑脖子说："山神爷给我托梦着哩，让我再炸一炮试试!"米兰子说："你真相信哩? 人家的矿都打出来了，谁家的托了梦?"黑脖子将梦中情景详细告诉了米兰子，米兰子问："你真的想再试一下去?"黑脖子就说："我问问他舅去，看还有没有炸药了?"

黑脖子当即起身，敲了敲耳房门，叫道："他舅舅! 大头! 大头!"常大头迷迷糊糊答应了一声："谁啊?"黑脖子说："我! 问你还有多少炸药了?"常大头说："炸药剩不多了，都在背篓里哩，我看还有多少了!"他起身看了看背篓，打开耳房门，对门外的黑脖子说："还有几棒炸药了，最多放一排炮!"黑脖子欣喜地说："赶紧起身，连夜把这一排炮放了去!"常大头望着黑黢黢的天说："这阵子就走?"黑脖子说："就走!"

两人连夜赶到西山里，等打完一排炮眼，东山顶上已透出一溜白色。将仅有的几棒炸药装进炮眼里，一一点着，眼瞅着导火索像蛇信子一样嗞嗞地吐烟，他们才跑出了坑道。

听到几声隆隆的炮响之后，黑脖子心跳如鼓，坐在坑道口起不了身。硝烟散尽，常大头迫不及待地奔进了坑道，黑脖子仍然坐着未动，心里想着梦中的情景，双手合十，默默祷告。就在这时，常大头发疯一般奔出坑道，边跑边喊："见矿了! 见矿了!"黑脖子刚刚站起，就见常大头手捧一掬矿石站在他面前，仰天大笑起来。"老天爷啊! 你终于睁开眼了!"黑脖子听常大头怪声怪气地狂叫道。望着常大头扭曲变形的五官和脑袋上隐隐闪动的亮光,黑脖子双膝一跪,重重地磕了三个响头。"山神大仙啊,我严黑脖给你老人家答应一只羊!"他抬起头,通红的额头上沾满了矿渣。

黑脖子的矿还是在分岔坑道里打出来的。就是这最后一炮,见了矿。陈大林连夜逃跑,给黑脖子提供了一个绝好的机会。一段时间里,严河的人都在议论这件事,都认为陈天启父子没有财运,神灵保佑黑脖子,让他时来运转。甚至有人议论起黑脖子的长相,说人家那娃天庭饱满,双耳如轮,一看就是富贵相。还有人议论起常大头,说常大头那头奇大无比,青光幽幽,一看就知道不是平处卧的下家。直说到有一天陈大林像个幽灵一样出现在黑脖子的坑道,大家才知道黑脖子又有了麻烦。

陈大林是接到房东土子的电话才返回严河的。他那次连夜离开时,曾对土子暗暗交代,只要有人在黑脖子坑道打出了矿,就立马给他打电话,他会立刻返回严河。当然,他会重谢土子的通风报信的。土子的电话打得及时,接到电话的第二天,陈大林高高大大的身影就在黑脖子的坑道口晃动。

黑脖子正推一车矿石出洞,抬头一看,洞口横着一个高大的身影。他正要辨认那身影的模样,就听陈大林熟悉的凤县口音传来:"黑脖子,出矿了?"黑脖子兀自一惊,他停下矿车,走出坑道,从上到下打量着陈大林。"哦!"他含混地应付一声,问道,"你咋来了?"陈大林脸上掠过一丝不悦,说:"我是矿老板么,当然要来!"黑脖子擦了擦汗,哼哼冷笑几声,说:"矿老板?你才知道你是矿老板?"陈大林扫视着黑脖子阴沉的脸,说:"哦!这坑道,我一直是老板么!"他在竭力控制着情绪,尽量缓和着说话的语气。黑脖子不耐烦地挥挥胳膊,"闲话!说的闲话!"他说,"你老板的身份,早就没了!"陈大林一怔,双手叉腰,提高声音说:"我投了十来万哩,你说不是老板就不是老板了?"黑脖子又冷笑道:"哼哼!你十来万元顶个屁哩,我前头投了几十万,都差一点打水漂了!"陈大林厉声道:"你前头投是前头投！我俩有言在先，后头我投，矿石平分！"黑胖子轻蔑地摆摆头，说："有言在先？你还说给我俩发工资哩，咋跑了哩？"陈大林辩解道："我取钱去了，谁说跑了？工资照发！"黑胖子说："工资不要，坑道收回了！"陈大林卷起袖子，粗壮的胳膊上文着两条张牙舞爪的青龙，煞是瘆人。"想讹人吗？"他说，"不要想着你是当地人，就想随便讹人！"黑胖子被那胳膊上的青龙晃花了眼，他顺手提起一把洋镐，在地上撅了撅，撅得脚下矿台微微颤动。"谁都要以理服人哩！"他说，"我没有讹人之心，你也不能讹人！"陈大林舞动胳膊直逼上来，手指着黑胖子的鼻尖说："我看你是想讹人，讹人我就捶你！"黑胖子后退一步，将洋镐提在空中，喝道："来捶来，来！"他身后的坑道里突然传出一阵重重的脚步。陈大林向黑胖子身后看去，见常大头手提一把圆头铁锨，疾步奔了出来。陈大林举起拳头，在黑胖子眼前晃晃，咄咄逼人地说："像你这样的土锤，老子见得多了！上来一个，老子捶扁一个！上来一双，老子捶扁一双！"冲出坑道的常大头直奔陈大林。"狗日的，你来！"常大头断喝一声。随着一股风声，他圆锨一抡，朝陈大林迎头劈去。陈大林侧身一闪，铁锨劈中他脚下的矿石，咣当一声，火星飞溅开来。黑胖子放下洋镐，一把抱住了常大头。气喘吁吁的常大头扭动着身躯，想摆脱黑胖子的搂抱。脸色蜡黄的陈大林抽身离开坑道，向坎下跑去。"你俩等着！"陈大林疾步跳下地坎，挥舞着拳头说。他胳膊上的两条青龙张牙舞爪，狰厉而醒目。

三

宾馆里疯狂的一夜，使马向前和荷包儿身心愉悦，欲仙欲狂。窗帘缝隙早透进了朝霞，可两个热身子还紧紧相拥，缠绵不已。马向前说："自打昨天以来，我对你又有了新的认识！原来我对你了解还不深啊！"荷包儿身子在他怀里一抖，问："啥认识？"马向前扳正她的身子，望着她幽幽的眼睛，说："你是一个做事有胆识，对生活有追求，又很漂亮的女人！你当时为啥要屈从于雕子，甘心嫁给他，打算在严河里窝一辈子哩?"荷包儿说:"不是屈从于雕子,是屈从于我大啊!我兄弟年龄大了,要说媳妇哩,没有一分钱啊!我大一看有人掏了彩礼,伸手就接下了!还有,说好了等你哩,但过了那么长时间,等不来你,我就死心了,破罐子破摔了!"马向前说:"现在你不应该破罐子破摔了!虽然我俩错过了结婚的机会,但是,你要重新振作起来,重新燃起生活的希望哩!"荷包儿说:"再次遇到你,共同干事业,我的心又热了!"马向前说:"通过昨晚一夜,我对自己也有了新的认识!"荷包儿说:"认识到啥了?"马向前说:"奋斗!依靠奋斗改变自己,应该成为我应有的本色啊!"荷包儿一听这话,眼泪差点流下来。她抱紧了马向前,说:"向前哥,我最佩服你了!"马向前在荷包儿耳边喃喃地道:"早年里,我依靠亲戚进了县化工厂,也想着进了城,有了正式工作,能当一辈子城里人,吃一辈子轻省饭,就拼死拼活地干,拼死拼活地巴结领导,还干到了谁都眼红的保管位子上。结果,厂子突然垮了,工人都下了岗,原先拼死拼活得到的一切,等于打了水漂,啥都没了!当时我多幼稚啊!"荷包儿说:"你不是闯出来了吗?"马向前说:"闯出啥哩,北道见的单老板、路彩霞,人家才真正闯出来了。我只是跟上别人贩了几车矿,才仅仅认识了几个人啊!"荷包儿说:"你泡金矿不是成功了吗?你的事业才刚刚开始啊!"马向前摩挲着她的秀发,沉吟片刻,又说:"我总觉得这金矿不牢靠啊!我不知道还能弄多长时间。"荷包儿吃惊地抬头望他,问道:"为啥哩?"马向前说:"如果我一家偷着弄,没人知道,还能多弄几年!现在都知道了,一哄而上,一片混乱,迟早有人管哩!一管,就都关了!所以,我感觉矿山上迟早要出事哩!"荷包儿说:"你说得对!雕子去年偷着挖哩,被人知道了,打主意的人多得很!还算好,没人去政府告状,要有人告状去,老早就让人关了!"马向前说:"对的!民不告官不知,这泡矿才开始,估计时间不长,县上就知道了。县上要知道,坑道就让人封了!"荷包儿思谋良久,说道:"先干着!矿山一封,我俩手头也有些资本了,到时候,再瞅个啥生意做!"马向前说:"对的!我们必须谋划长远些!"荷包儿就说:"起来,我俩开材料走,明理子的蹦蹦车快进城了!"

快走到城南的"彩霞金矿材料店"时,他俩老远就看到明理子的"兰驼牌"蹦蹦车停在门口。走到跟前,明理子像望着陌生人一样望着荷包儿。荷包儿被他的目光看得有些不自在,便嗔怪他道:"你这样看我咋哩,没见过我吗?"明理子听她开口说话,才惊叹道:"啊呀!幸亏你出声了!我怕认错人哩,没敢跟你搭言啊!"荷包儿笑着说:"看你说的这话,我成仙了吗?"明理子说:"真的!我当你是城里人哩!"荷包儿眼瞪着他道:"搬材料走!"俩人即随同马向前进了店。

走在前头的马向前突然惊叫起来:"啊呀!这不是路姐吗,咋在这里见你了?"他跨步上前,握住桌后一位女老板的手。荷包儿抬头就看到了路彩霞,只听她欢快地对马向前道:"啊呀!是马兄弟!啥风把你刮来了?"马向前说:"我买材料哩!"路彩霞说:"啥时候弄开金了?"马向前说:"上次在北道碰着你,是化验品位去哩,回来就折腾开了!"路彩霞问:"在哪搭弄着哩?"马向前回答:"严河里哩!"路彩霞惊道:"严河里?这几个月严河里人打涌涌地往我的材料店里跑,都说严河的金矿好得很啊!"马向前问:"这是你的店?"路彩霞说:"不是我的是谁的?做生意的人,啥能赚钱经营啥哩嘛!"马向前又问:"上次我来买材料,咋没见你?"路彩霞说:"你知道的,我几下里跑哩,这里有人经管哩!"他抬头看见荷包儿,问马向前道:"这是你媳妇儿?"马向前扑哧一笑,说:"她你上次在北道不是见过吗?我朋友的媳妇儿,叫荷包儿!就是她家地里的金矿,我俩合伙弄着哩!"荷包儿随即握住了路彩霞的手,问候道:"路姐好!"路彩霞说:"这你咋比上次见面洋气得多了,也漂亮得多了,你不说,我根本认不出来啊!"荷包儿不好意思地低了头。

跟荷包儿打完招呼,路彩霞想起一件事,扭头问马向前道:"唉,对了!我问你在严河里打矿,都办啥手续了?"马向前回答:"啥手续都没办啊,庄里人都弄着哩,还是我带的头啊!"路彩霞摇着头说:"没有手续不长久啊!现在严河的金矿名声在外,政府很快就要管理了!"马向前惊问:"那咋办?"路彩霞说:"你要想合法开矿,那就办手续去！"马向前问："都办啥手续哩？"路彩霞说："听说要四证齐全哩！采矿许可证、安全生产证、工商登记证和税务登记证，四种证件办齐！但在办证之前，还要提交勘察报告和可研报告，还要缴纳资源税和矿产资源补偿费哩！估计你私人小打小闹的，没有办法办齐这些证啊！"马向前绿了脸，嗫嗫说道："那没办法办去啊！"路彩霞又说："我也想投资严河的金矿，已经跟一个单位谈好了，那单位的领导正出面在县上跑手续着哩！"马向前瞅瞅荷包儿说："哦！"

回家的路上，马向前沉默不语。荷包儿紧搂他的后腰，感到他心事重重。直到摩托车行驶了几十里山道，开进十里长沟时，马向前才叹一口气，说："这世上挣钱的事，就没有一件是顺当的啊！"荷包儿知道他在为采矿手续的事担忧，就劝他道："大家都没手续，先混着干，出了啥事再说！"马向前说："你要知道，凭私人的实力，要办成开采许可证有多难啊！现在好些人都是以单位的名义出面，实际上私人开矿着哩！"荷包儿说："我们也寻不下单位么，有啥办法哩。"马向前说："我们只有一个小坑口，自己小打小闹还可以，再寻个单位联办去，有啥意思哩，实在划不来啊！"荷包儿说："就是啊，那一个萝卜两头一切，还剩下点啥了？"马向前又叹一口气说："唉！边干边看吧！你兄弟旺旺不是来了吗，让雕子抓紧打矿，旺旺抓紧驮矿，能弄多长时间就弄多长时间。现在只要把矿倒院里，就等于把钱赚到手了！"荷包儿说："对！听雕子说，矿带前后上下都让人截断了，往前打又越来越窄，估计也打不了多长时间了！"马向前说："那就抓紧打啊！"

快进严河时，俩人远远看见了很多驮矿的牲口。马向前突然手往前一指，对荷包儿说："哎？那里好像停了一辆车！"荷包儿目光晃过马向前的肩膀，看到山坡底下停了辆蓝色的汽车，还有几匹牲口停在车前，有人揭去牲口背上的口袋，往汽车上拖。马向前加足了油门，一口气将摩托开到汽车旁。

那是一辆蓝色的东风卡车，从它打开的后厢看，车上已倒了多半车的矿。车旁一位光头闪亮的大汉，手挥一柄长马刀，霸在当道，喝令驮矿的队伍停下，将矿石倒到车上去。有几个驮矿的正眼睛里喷着火，怒目而视，与那大汉对峙。听那大汉喝道："你倒不倒？"他声如洪钟，震得人耳膜生疼。他对面一位驮矿者说："为啥要给你倒？你咋敢明目张胆地抢劫哩？"那大汉挥了挥马刀，刀刃上闪着寒光，逼得对面那位连连躲闪。那大汉疾步上前，抡起关节粗大的拳头，咚咚两拳，那人脸上立即开了花。那人后退数步，险些跌倒，手捂了脸，鼻血从手缝里流出，滴染胸前。"你倒不倒？"大汉的声音又吼起来。只见他斜抽着嘴角，上唇短髭一头高一头低地斜挂在那张马脸上，额头那道醒目的刀疤印跳闪不已。挨打的那位擦着鼻血，平息了心头怒火，气喘吁吁地对跟前的人吩咐："去把牲口脊背上的矿卸了，倒到车上去！就这几袋子矿，有也吃五谷哩，没也吃五谷哩！"跟前的人慢腾腾地动手卸矿，大汉又挥动马刀，厉声吼喝道："快些快些！"卸矿的就双腿颤颤地抬矿上车，倒空口袋，吆着牲口走了。

马向前还在车后观望，坡上走下两位背矿的小学生。这两个男孩一高一矮，背着装满矿末的背篓，靠近了蓝车。见两个娃娃过来，那大汉马刀一挥，挡住他们，威严地说："等着！把矿倒到车上去！"两个娃娃望着大汉闪动寒光的马刀和上唇斜挂的短髭，吓得浑身颤抖，站在车下不知所措。半晌，个头稍高的男孩怯怯地说："爸爸，我大病了，没钱抓药。把这两背篓矿卖了，给我大抓药去价！"大汉抬手扇了那男孩一巴掌，高声骂道："抓你娘的×哩，还抓药哩！让你倒下，还嘴犟得很！"随着巴掌声，那男孩一屁股坐到地上。大汉顺手抓起男孩背上的背篓，抛到车上，倒下矿石，胳膊一抡，将背篓远远抛开。那背篓在河坝的乱石间扑腾扑腾地滚。他又抓起另一个男孩背上的背篓，顺手倒了矿，也将背篓抛到河坝里。"狗日的！"此刻，一直在车后观望的马向前怒不可遏地骂了一声。他正欲迈步上前，身后荷包儿死死拽住他的后襟，对他连连摇头，阻止着他。"咋哩？"他问荷包儿道。荷包儿连声说道："赶紧走！赶紧走！"目光中透满了惊恐。马向前犹豫片刻，推着摩托从车后走出来。

走到大汉跟前时，马向前停了下来。他眼盯大汉瘦长的马脸和额头的刀疤印，抖动着上唇的短髭与他对视。"看啥哩？"那大汉也挑衅般抖动短髭，拳头在他面前晃晃。荷包儿在摩托车后架上用力一推，说："赶紧走！"摩托车就离开河坝，顺着山道上了坡。这时，荷包儿在马向前耳边悄悄说道："双管子！"马向前问荷包儿："啥人？"荷包儿咬着牙，冷冷地说："混世魔王！"

第十三章　恶徒来袭

一

双管子回来了!

一夜工夫,这消息就在严河庄里传遍。所有大人听到这消息,都用这话来恐吓哭闹的娃娃。所有的娃娃哭闹时,只要一听大人们说一声"双管子来了",就惊恐地扭头察看,即刻止了哭声。

双管子是几年之前离开严河的。离开之前,庄里发生了一件事,有人说是双管子干的,又有人说可能不是,毕竟在自己庄里,他不敢干那缺德事。但那事发生之后,双管子就离开严河,去了黄渚关矿山,一去好几年。听说严河挖出了金矿,他才回来。

那年的事情,发生在一个月黑风高的夜晚。严河庄里最偏远的秋娃家,门扇被人抬开了。被响声惊醒的秋娃正瞅着黑洞洞的门口发愣,就有一把冰冷的切刀抵到他的胸口。"莫吵!"伴随着低沉的声音,一股浓浓的酒气从那人嘴里喷出来。老实木讷的秋娃颤颤地问:"老哥,你要啥哩?"那贼汉用切刀拍着他的光胸脯说:"寻钱!"秋娃说:"箱子里哩。钥匙我妇人拿……拿着哩!"贼汉说:"叫起来!"秋娃就捣捣身边的女人,说:"你……起来!把钥匙……寻着,取,取钱!"秋娃的妇人打着哈欠起身,迷迷糊糊问道:"咋哩啊?"那贼汉又将切刀抵上妇人的软胸,说:"开箱子!取钱!"妇人被冰凉的切刀吓得尖叫起来。贼汉说："快些！"切刀在妇人胸口轻轻走了一道。妇人疼得再次尖叫起来，双手抖抖地打开箱子，摸出一卷钱，交给那贼汉。贼汉捏捏手里的票子，厉声问道："就这点？"秋娃和妇人一齐告饶道："老哥，真的没了！庄稼汉人，屋里没几个钱么！求你饶了哟！"那贼汉收了钱，一手执刀，一手在妇人怀里摸。在妇人软绵绵的胸口，他摸到一把湿漉漉的血，忙收回手，在被子上擦了擦，问："你女子哩？说，你女子粉兰子哩？"妇人顿时明白那贼汉的意图，突然呜呜地哭道："他爸爸！我女子才十八，还没嫁人哩！你要不嫌弃，我就在这达哩，你咋弄都能成！你把我女子饶了哟！"秋娃一听，也在一旁呜呜地哭，说道："老哥！你积点德，我女子还没嫁人哩！"这时，那贼汉将切刀在炕沿上响亮地拍了两下，又狂吼道："快把粉兰子叫起来！快！"他边吼边在满炕摸，终于在窗户边上摸到一个高耸的软身子。此刻，那个身子正蜷缩在被子下，与被子一起瑟瑟发抖。贼汉就执刀滚过去，压到那个软身子上，粗暴地撕开她身上的被子，掰开她的双腿……贼汉离开时，又将切刀在炕沿上拍了拍，恶狠狠地说："这事情要是说出去，我就杀了你们全家！"这事情发生后的第二天，双管子就在严河庄里消失了。有人问秋娃："是双管子吗？咋不告那狗日的去哩？"秋娃就泪流不止，连连摇头，不发一言。

双管子回来就要作恶，就要把灾祸带回严河。

这天晚上，他终于行动了。他直奔哼子家的金矿氰化池。

双管子提着马刀，悄悄潜到哼子家大门口。他推推大门，没有推开，就绕到门旁院墙边，攀上墙边的梨树。正在氰化池边抽水的哼子大听到院外梨树响得奇怪，就顺手关了水泵的电闸，出门去看。树上还有些晚熟的梨儿未摘，隔壁月明子、元生子家几个娃娃常甩石子往下打。他估计是娃娃晚上又来，上树偷摘。他站到当院察看，听到梨树摇得厉害，喊了一声："谁？"就见一个高大的黑影从树上跳到墙上，又从墙上咚地跳到院内。哼子大骤然大惊，又高喊一声："谁？"那个身影就携带一股邪风，急速地卷到他身边。哼子大还没有反应过来，一把冰冷的马刀就抵在他脖下。

哼子大浑身瑟瑟，声音颤抖起来。"我呀呀……咋哩？"他从牙缝里挤出一个恐惧的声音。黑影从哼子大身后卡紧他的脖子，马刀在他的锁骨上来回拉动了两下，说："金子寻出来！"哼子大吱吱哇哇叫起来："我……不知道啊！哼子……知道金子！"黑影又卡紧他的喉咙，低声喝道："莫吵！屋里寻走！"说罢，拖着哼子大瘦小的身子，从院里进入屋内。

屋内灯光昏暗。哼子大仰头看见双管子那张瘦削的马脸、斜挂的小胡子和额头的刀疤印。他声音凄然地哀求道："我呀呀，双管子！我比你大年龄都大，咱好歹是一个庄里的人，你咋能做这活哩？"双管子眼冒凶光，晃着马刀，吼道："少废话，快寻金子来！"哼子大又哀求起来："我真的不知道，哼子收拾着哩，我没……管过金子啊！"双管子一把抓住哼子大的衣领，将他拎起来。哼子大的双脚在空中蹬了蹬，瘦身子就被双管子顺手丢到门槛上。"我今晚夕要喝人头酒哩！"双管子狂吼道。随即再次拎起哼子大，将他的头摁到门槛上，一脚踩住，双手抡起了马刀。哼子大被双管子踩得龇牙咧嘴。在马刀抡起的风声中，他的脊梁上蹿出了一阵麻，一股黄尿从他的裤裆里淋漓而下。"寻不寻？你说！"双管子又吼道。被踩住头的哼子大嘴里呜噜呜噜地说："我打开门箱，你寻！你寻！"双管子收了马刀，一把将哼子大拎到炕上。哼子大摸出钥匙，双臂颤颤地开了箱子。双管子将箱内衣物抖落炕上，乱翻一气。没有寻到钱物的双管子又将哼子大拎起，如老鹰扔小鸡一般，掷到炕下。哼子大满地打滚，双手抱肩，哀号不已。"我呀呀！我的胳膊折了！双管子，你把我饶了哟！"他哀求道。双管子霍地下炕，提起了墙角的暖壶，哼子大自知大祸临头，立即双膝跪地，连连磕头，苦苦哀求道："双管子，你把我老汉饶了哟！双管子！"双管子没有理睬哼子大的哀号声，揭起他的衣领，将半壶滚烫的开水，从他的脖颈灌下。哼子大疯狂地撕开衣服，撕心裂肺地号叫起来，像一头正在挨刀的猪。"老厌！"双管子对着哼子大不停扭动的干瘦屁股，狠踢了一脚，拖着马刀，扬长而去。

傍明时分，驮矿回家的哼子看到昏倒在地上气若游丝的他大，向他大询问原因，他大断断续续说了过程。哼子二话没说，提起门口的铁锨朝大门外走去。他大见状，扑下去一把抱住儿子的双腿，老泪纵横，苦苦劝阻道："哼子，你莫给我惹祸去了！你……打不过那不要命的魔王啊！"哼子挣了挣，没有挣脱他大的双臂。有股力量，顷刻间从他眉眼之间向腮帮子处传递，又随腮帮子鼓起的几道肉棱，涌向他全身，化成令人胆寒的战栗。"我去派出所告他狗日的状！"哼子咬着牙说。

二

吃晚饭时分，雕子和旺旺吆着驮矿的骡子进了院。

进院后的雕子像望一条蛇一样地望着荷包儿。荷包儿也察觉到雕子异样的目光，却没有去回应，只是从厨房里出出进进，张罗着晚饭。等坐到炕上的饭桌旁时，雕子的眼睛仍不老实。看完荷包儿的发型和服装，他的目光又在马向前和荷包儿之间来回扫视，想从俩人脸上看出啥秘密来，以解开他的满腹狐疑。

马向前没有注意到雕子多疑的眼神，他仍在回味河坝里碰到的那一幕。荷包儿告诉他，那个"混世魔王"在庄里消失多年后，又来到严河，还不知道谁家又要遭殃哩！马向前想到双管子那张狰狞的马脸，想到他手抛娃娃背篓的冷血无情，以及他手持马刀凌空横劈的凶煞模样，隐隐觉得严河村可能会上演更惨烈的悲剧。

吃着饭，马向前叹了口气，问雕子道："你没听说过双管子抢矿的事？"雕子说："我从圆坡子下来就听人说哩，我见驮矿和背矿的人都半路歇缓了，都打问双管子的车开走了没，不敢往河坝里走！"马向前又叹一口气，说："这种光天化日之下的抢劫，我还是头一回见！"雕子说："双管子把啥不敢干？连他大都敢打啊！"马向前说："在河坝里我看他欺负两个碎娃娃哩，差点忍不住了！"荷包儿说："幸亏我把你拉走了，你要管闲事，就吃大亏了！"马向前不以为然地说："我就不信他敢剐我？"雕子说："他敢剐！我亲眼见哩，有回他跟人整仗，一刀把那人胳膊剁了条一拃长的口子！"听到这话，马向前不由得倒吸了一口凉气。

这一刻，马向前沉默了。他突然觉得，正是他把双管子这个混世魔王勾引到严河来。如果他不来严河开金矿，这恶魔也许暂时不会回到庄里祸害人；如果这恶魔酿成更大的祸端，他就相当于为虎作伥的帮凶啊！又想起前段时间五社里被氰化池液体毒死的那个碎娃，马向前感到一个沉重的良心包袱，开始压到他的背上。

吃完晚饭，雕子对旺旺吩咐道："今晚夕你驮矿去，我太乏了，想歇一下哩！"荷包儿瞪着他，撇着嘴说："你咋不去哩？旺旺才来的人，人生地不熟的！"雕子说："我想歇一晚夕哩！"他嬉笑的黄牙上透着暧昧的意味。荷包儿瞪了他一眼，嗔骂道："不要脸的货！让旺旺驮矿去，万一双管子又来抢矿，咋办哩？"雕子说："给他就对了么！我驮矿，碰着双管子来抢，也没办法啊！"荷包儿就说："没骨血的货，只能说这话啊！"

雕子就赖在了屋里。赖在屋里的雕子在睡觉前也没闲着。马向前让他把院内的矿渣背出去，雕子就背着背篼，一回一回地往出背渣。那渣倒得很远，一直要背过一道湾，倒到堡子背后一个旧涝池里。

那涝池是大集体时代七队社员修建了半年的杰作，修好后，曾在里头蓄过水。后来，队里一位年轻媳妇与男人怄气，在涝池里寻了短见，社员们就扒开堤坝，放了那水。现在涝池早已干涸，有人就在里头倒垃圾。开始泡金后，大家都知道矿渣里含有氰化物剧毒成分，就想找个地方集中堆放，统一填埋。不知道是谁想到了这里，往这里背渣，后头的人就不约而同都将渣往这里背。有人建议社长土改子出面挡挡，让倒渣的人掏些钱，对没泡金没倒渣的人家适当给予补偿。当时，没有泡金的土改子确实动了心，挡了几家，但被那些人骂得狗血喷头。此后，土改子只得睁一只眼闭一只眼。

背完矿渣，雕子打满一盆水，在院里擦洗身子。他认真地擦洗着，没有放过身体的任何一个部位，任何一个死角。他将毛巾淘洗干净，龇着满嘴黄牙，在身上使劲地搓，毛巾在他粗糙的皮肤上嗞嗞作响。

这几个月在坑道里结下的垢痂和汗渍，在他的手下卷成面条般粗壮的黑条，散发着腥臭味。他打满一盆又一盆水，将那些污浊的黑条冲洗干净，带着浑身的清爽上了炕。

雕子上炕的声音惊动了荷包儿，她高低起伏的身子翻了翻。看到她长长的黑发，蓬松地搭在枕边，散发出一股袭人的清香，雕子就感觉那清香像一种召唤，诱使他急切地朝她靠拢。他没有钻入自己空洞洞的被窝，径直去揭荷包儿身上的被角。就在这时，他发现荷包儿将被角死死地压到身下。他顿了顿，伸手去扯她身下的被角，越扯，荷包儿身子越往过来滚，被角压得越死。雕子犹豫了一下，又去扳荷包儿的身子。他感觉那身子如同半截硬硬的木桩，刚扳过来一点，又忽地滚过去了。他想将手从她脖下的被角里插进去，再伸到她软软的怀里，可刚伸到她脖下，她的身子就又硬成木桩，双手死死地攥住脖下被角，不让他插手。雕子有些泄气了，呼哧呼哧地钻入自己的被窝。

钻进被窝的雕子其实并不安然。又热又胀的身子使他呼吸愈来愈急促，他长吁短叹起来。半晌，他在荷包儿耳边恼恨地嚷道："我看出你早就变心了！"荷包儿突然翻身坐起，生气地说："你只知道你的乏，一点都不问我乏不乏，不看我有没有心情！我是个人，又不是牲口！"雕子莫名其妙地望着她说："谁又把你咋啦？"荷包儿说："我说我是人，不是牲口！你一有心情，就拿我寻开心，我接受不了！"雕子愤愤地说："你能接受哪个老板，你接受去啊！"荷包儿听雕子说话的口气，嘲讽地说："有本事你当个老板！当了老板我就随时满足你！"雕子也坐起了身，像望着陌生人一样，瞪着荷包儿模糊的面孔，觉得她的口气如刺一般直扎人心。雕子沉沉地点着头说："好好！我雕子没本事，只是个下苦力的，当不了老板！你想伺候哪个老板，就伺候去！"他将枕头提起来，丢到脚底的位置，身子重重地倒下去，就像倒下的一堵墙。

第二天早饭时分，马向前望着双眼通红的荷包儿问："昨晚夕你俩吵啥哩？声音大得很！"荷包儿揉揉鼻孔，强忍着眼里的泪水，轻声说道："没啥！"马向前又将目光转向雕子，正吃饼子的雕子伸长脖子，咽下口中的食物，脸色一沉，喷出个冷冷的鼻音："哼哼！"马向前又疑惑地去望荷包儿，荷包儿转过脸去。这时候，院子里响起急急的脚步声。

旺旺携带一股风进门。刚一进门，他急冲冲地对屋内人说："夜晚夕，把人吓着没驮几回矿啊！"马向前惊问："咋哩？"旺旺抓起火盆边一块烤黄的饼子，咬了一口，说："后半夜里，双管子提着马刀上了山，驮矿的人都钻进坑道，不敢出来了！到傍明时候，二社里的和平子日急慌忙地从大湾里下来了，他浑身是血，捂着翻了一道口子的胳膊，对人说，双管子把他撵了，抢走了他的坑道！"几个人一听，顿时惊得说不出话来。

三

就在这种情势中，严河村的土地开始染上血的颜色。

黑脬子和陈大林拉开了争斗的序幕。

那场争斗是在一个傍晚开始的。

那注定是一个充满血腥的傍晚。那时候，太阳正在西山梁上艰难地坠落，血红的霞光扯满了天际。西山梁上摇曳的茅草、野棉花、红疙瘩草和铁杆蒿，都像浸进了血水里，通体透红。黑脬子的坑道口，刚放过炮的硝烟还在缭绕，晚霞在缭绕的硝烟中掺杂了浓稠的酱紫色。黑脬子和常大头坐在坑道口的酱紫色硝烟中，叼着纸烟，等待着坑道的硝烟散尽。突然，黑脬子透过浓稠的硝烟，看到坎下不远处，有七八个身影在疾迅地往坡上移动。满腹狐疑的黑脬子指着那堆身影，对常大头说："你看，那是啥人？"常大头即刻起身去地坎边瞭望。当他看清人堆里陈大林那高大的身影时，返回坑道口，气喘吁吁地对黑脬子说："陈，陈大林……带人来了！都提的刀，掮的枪！"

听到来人中有陈大林，黑脬子大惊失色。那天陈大林撂下话离开后，黑脬子一直处于担惊受怕的状态。看来，这多少天的担惊受怕，终于在此刻应验。他即刻意识到来者不善，便顺手提过一把钢钎。常大头也顺手操起一把圆锹，在矿堆上响亮地拍了一声，对黑脖子说："哥，莫害怕他！"

等陈大林一帮人杀气腾腾地走到坑道口时，那浓稠的酱紫色硝烟还在缭绕。陈大林看到，就在酱紫色硝烟中，黑脖子握一把钢钎，站在坑道口左侧；常大头操一把圆锹，站在坑道口右侧，俩人就像坚守阵地的战士一般，堵死了坑道口。

一帮人便将坑道口团团围定。

硝烟中的黑脖子和常大头满脸乌青，一声不哼，盯着那帮人围拢上来。黑脖子看到，陈大林左手的三位，清一色地挥动马刀；右手的三位，两位操木棒，一位持杆"五连发"枪，都袒露着文身的胳膊，目光中喷吐着凶气，向坑道口逼来。在距离黑脖子和常大头三四米的地方，陈大林挥挥手，几位打手停了脚步。

陈大林对黑脖子说："严黑脖！你今天说清楚，坑道到底有没有我的份？"黑脖子钢钎往坑口一杵，摇着头回答："没你的份！"陈大林狠狠地咬咬牙，说："为啥没了？"黑脖子口气坚决地说："你欠了钱，人跑了，坑道我收回了！"陈大林又挥挥手说："屁话！我能跑？你要是今天不答应，这帮兄弟不会放过你！"黑脖子将钢钎横在手上，狂吼道："狗日的，你来！"陈大林举了举那条文着青龙的胳膊，那几个人就卷着狂风，奔向了坑道口。

一切都好像事先安排好的。陈大林右手的三位打手挥动马刀，径直奔向坑道右侧的常大头；他左手两位持棒的打手，则扑向坑道左侧的黑脖子；那位手持"五连发"的打手闪身外围，鸣枪造势，助威壮胆。

常大头见三位打手手抢马刀向他奔来，背靠洞壁，抢圆了铁锹。由于铁锹把较长，常大头抢出一个闪亮的弧线，几位打手在弧线之外，围着他转圈，伺机下手，却无法轻易靠近。有一位眼疾手快的打手，找个空子，突破那弧线，持刀劈来，常大头一个灵巧的马步蹲闪，刀刃擦着他的光头顶部掠过。随即，他持锹一个反肘回劈，锹刃在那打手背部嚓地划开了一道。那打手暗白的衬衣上，顿时鲜血淋漓。另两位打手见同伙中锹，不顾一切狂扑上前。常大头连连躲开两刀，纵身一跃，从坑口跃到了矿堆上。两位打手见常大头身手敏捷，围着矿堆转圈，不敢贸然近前。那手持"五连发"的打手，朝天打了一枪，震得西山湾里嗡嗡响。他见常大头砍翻同伙后，跃上矿堆，遂对准矿堆，连开两枪。霰弹在矿堆上扑起了两股红尘。常大头见有人朝他连开数枪，便借着矿堆上腾起的红雾，卖个关子，趁矿堆下那两位打手不备，一步跃下矿堆，朝坎上飞奔而去。那两位打手紧追不舍，手揪着坎上的蒿草往上攀。已经上坎的常大头回头又是一锹，又一个打手肩上中锹，翻身落下坎。在坎上的常大头则疾步上梁，顺着西山梁狂奔起来。另一个上坎的打手追了几步，见无后援，自知不是常大头的对手，便悄悄地逃下坎。

在西山梁上狂奔的常大头见无人追赶，朝山下扯长嗓子呼喊起来："哎——严河里人，抢贼来了，都快救人来！哎——严河里人，黑脖子让人打倒了，都快救人来！"喊声带着回音，从西山梁上飘下。

那两个持棒的打手扑向了黑脖子。黑脖子也背靠洞壁，钢钎舞得呼呼响。由于钢钎较重，也不够长，黑脖子挥舞几圈，就让其中一个打手抓住破绽，用棒隔开；另一个打手乘机出手，在他背上重重一棒。中了棒的黑脖子身子往前踉出几步，险些一头栽倒。慌张之中，黑脖子稳住重心，又反手一钎，意欲乘机脱逃。那打手却来一个饿虎扑羊，疾步逼近，手起棒落，黑脖子头上中了一棒。几乎在同时，另一位打手也挥棒打中他肋下，只听一声闷响，黑脖子头顶的红色安全帽成了几瓣。顿时，他觉得天旋地转起来。随即，他重重的身子摔倒在矿堆上。见黑脖子失去了抵抗力，两个打手又挥动大棒，在他背上腿上一阵乱打。大棒落处，响起了好似拍打麻袋的闷响。

坎下的高台子是听到枪声才奔出坑道的。奔出坑道后，枪声已经停息，但坎上响着杂乱的闹嚷声、击打声和金属器物的碰撞声。梁顶上，似乎常大头在奔跑呼喊。等他听清了呼喊声，才踮足往坎上坑道口望。这时候，他看到黑脖子伏在矿堆的身子，看到了黑脖子后脑勺的鲜血，还看到陈大林发青的脸和几个打手纹满黑斑的胳膊。高台子骤然明白了内情，疾步奔到坎下，对正在坎道口张望的漏儿、能娃和两个帮工的伙计大声吆喝道："快快！黑脖子让人打倒了！快来！"那几个人即刻手提钢钎、大锤、洋镐和铁锨，朝坎上奔来。

几声枪响透过沉沉的暮霭，在山窝子里传得很远。黑湾里、东河沟里、盘山沟里、大湾里、圆坡子上和大沟里所有坑道的人，都被那沉闷的枪声惊扰。他们纷纷聚到坑道口，朝西山里响枪的方向望。等西山梁上常大头的呼救声响起时，所有人都听到抢劫贼打倒了黑脖子。顷刻，每个坑道里都有人提着工具，向西山里的方向奔来。他们高举工具，喊着"打啊打啊"，飞身向山下俯冲。每个人身后，都腾起一股土雾。一时之间，喊声震天，满山遍野腾起了黄雾。那种经常在电影上看到的千军万马围追堵截日本鬼子的场面，在严河村的山窝子里，活生生地上演了。

陈大林听到西山梁上常大头的呼救声后，立马意识到事情的严重性。此刻，那两个持棒的小兄弟已经放翻了黑脖子，正凑在矿堆跟前，察看黑脖子的动静；操枪的那位正往坑道口走，意欲搀扶中锨的那位；挥刀的一位已经下坎，去扶坎下捂着肩膀的那位。陈大林就慌里慌张地喊道："快跑啊！弟兄们！"几个打手就搀扶着受伤的两位小兄弟，朝坎下撒腿。

几位打手正在下坎，高台子带着漏儿、能娃和两位帮工迎面扑来。第一个下坎的陈大林见势不妙，顺手夺过小兄弟手中的马刀，朝高台子砍来。高台子侧身躲开，陈大林又向高台子身后的漏儿砍去，漏儿连连后退。陈大林一时占了上风，挥动马刀，左砍右杀，为身后几人杀出了一条血路。几个打手见状，迅速聚拢，紧随陈大林身后，向坡下鼠窜。随后撵来的高台子几人紧追不舍，将扶着伤员的打手撵得跟跟跄跄，东倒西歪。撵出一截，高台子又挥锨砍中一位打手的胯骨，陈大林又反身杀来，护卫几位小兄弟撤退。满山遍野的喊打声越来越近。陈大林在打斗中扫眼一看，黑压压的人群已在四下里漫上来。他朝身后几位打手狂吼道："弟兄们，赶紧走！不要管我了！"喊罢，黑着脸朝高台子等人扑杀过来。

这时候，常大头抢着铁锨，如狂风一般从坡上卷来。他飞奔的脚步踩得碎石哗啦啦响，边奔边喊："高台哥，快看我哥去，我来收拾他！"高台子听到常大头的声音，反身朝黑脖子的坑道跑去。常大头又喊一声："不要放走陈大林！"即与漏儿、能娃等人紧撵上去，围了陈大林。

满山遍野拥过来的人群，一齐从大沟里进沟，向西山里的方向奔。由于出山的道路只有大沟里一条，人群就将大沟里围起来，自发织成一张密不透风的网。从坡上踉踉跄跄跑下的打手刚一露头，大沟里近百人的包围圈就迅速合拢，将几个打手团团围定。几个打手背靠着背，组成一个小圈子，面对围拢的人群，被喊打的声音震麻了耳。人群里有人看见一个打手背了杆枪，即高喊道："缴枪不杀！"随即所有人一齐高喊："缴枪不杀！缴枪不杀……"打手们立马抛掉手中的枪械，双手抱头，就地蹲坐。有人当场捡起那杆"五连发"枪，丢到石头上，挥动大锤，几下砸得粉碎。又有人喊了声"打"，即刻，所有人围拢上前，拳打脚踢起来。大沟里响起了一片杀猪般的号叫。

常大头和漏儿、能娃等人围定陈大林后，陈大林左砍右杀，毫不示弱。常大头一锨抢去，陈大林持刀一架，震得常大头虎口发麻。两人正在僵持之中，能娃在陈大林身后飞来一锨，砍中他的小腿。陈大林身子一抖，反身一刀，将能娃手中锨把一劈两段。能娃大惊失色，连连后退。陈大林遂挥刀扑向能娃，又被漏儿一钎戳中肋下。陈大林躬身去捂肋下，即被身后的常大头一锨砍中臀部。随后，常大头像在烂泥中拔锨一样，双手拔出插入陈大林臀部的锨刃，刚刚拔出，就有一股殷红的血，从他臀部上汹涌而出。顿时，陈大林丢了马刀，双膝跪地，痛苦地哀号起来。这一刻，常大头杀得起性，满脸杀气，又朝陈大林脖项间抢起了铁锨，恶狠狠地说："把狗日的剁死算了！"就要砍下，被漏儿一把拽住。常大头丢下铁锨，回头夺过伙计手中的大锤，咬着牙说："把狗日的膝盖骨砸烂，让他从严河里爬着出去呢！"随即抡起大锤，朝陈大林跪地的左膝盖狠狠砸去。随着左膝盖骨爆裂的声音，陈大林又失声哀号起来。常大头又一次抡起大锤，朝陈大林的右膝盖骨砸去。与此同时，陈大林的哀号声即刻从暮色四合的大沟里扯了出去。

第十四章　法令如山

一

　　那场气势宏大、血肉横飞的集体械斗，使偏远闭塞的严河村一战成名。

　　一夜之间，严河的名字传遍全县。发生在这个偏远小村的械斗事件，以及全县有史以来最为疯狂的乱挖滥采事件，使县上的头头脑脑坐卧不宁，大伤脑筋。县委常委们连夜召开紧急会议，决定迅速成立专门的工作组，进驻避风乡严河村，对械斗事件进行彻查，将打人元凶绳之以法；同时，彻底取缔非法矿点，坚决杜绝乱挖滥采行为，引导矿产资源开发进入合法有序轨道。为此，确定由县委常委、常务副县长毕子亮任组长，县公安局长雷震天、县矿管局长岳长啸任副组长，带领避风乡党委、政府和矿管、司法、乡企、环保、安委等部门负责人，即日起奔赴现场，落实县委常委会议精神。

　　这天中午，严河村迎来有史以来人员最多、领导级别最高的工作组。村支书严解放笑脸盈盈地在村委会院里迎接了工作组领导，避风乡党委书记潘天才、乡长雍文化紧随其后，为他一一介绍着县上各位领导。在院子里见面握手后，严支书邀请工作组进入村委会会议室。

　　等所有领导进了会议室，戴着眼镜、模样斯文的毕县长对潘天才招了招手，潘天才即刻凑到跟前，听毕县长问话："这村上怎么只有支书，不见村主任和文书?"潘天才回答道："是这样的！这村上老支书前年去世了，今年我们才调整村主任严解放担任了支书，村主任暂时空缺。这村上仅仅五名党员，年龄都在60岁以上。我们已让严支书抓紧培养党员，赶紧物色村主任人选。文书由村医田成子兼任，这次打架伤人太多，田成子陪护去了，顾不上来开会，所以只有支书一人出面。"听完汇报，毕县长眼镜片后闪过一道严肃的光，微微点了点头。

随即，在村委会会议室里，由工作组组长、常务副县长毕子亮主持，召开了工作组第一次会议。毕县长清了清嗓子，字正腔圆地讲道："同志们，现在我们开会，发生在严河村的集体械斗事件，是一起严重的、由非法开采引发的、有黑恶势力参与的血腥械斗事件。事件发生后，县委、县政府高度重视，县委高书记在百忙之中连夜主持召开县委常委会议，专题研究了这一事件处理和取缔严河非法开采、规范矿产资源开发秩序的工作，并决定成立工作组，立即进驻严河，落实县委常委会议精神。今天，我们按照县委常委会议和县委高书记的安排，在这里召开工作组第一次会议。下面，先由严河村党支部书记严解放同志介绍有关情况，再由避风乡党委书记潘天才同志补充。"

被点名第一个发言的严解放颤颤巍巍地站了起来，响亮地咳嗽两声，准备发言。毕县长招手示意他坐下讲话，严解放又重新坐下，开始介绍情况。他说，严河的金矿是去年的时候，被七社的严雕子无意中发现的，刚开始不知道是金矿，后来化验金品位高，就私下开采，又请来一个姓马的老板，建起氰化池，开始泡金。时间不长，全村的人都知道他在泡金，全都上了山，在各自的承包地里刨开了。现在从东到西，四条沟、六道湾、十面坡上，都把金矿寻着了。说到这里，县矿管局长岳长啸突然插话问他现在一共有多少个非法开采的坑道。严解放顿了一下，回答道："一百多哩！"岳长啸又问："到底一百几?"严解放又说："反正有一百好几哩！"会场里起了议论声。等议论声平息下来，县公安局长雷震天说："你向大家介绍一下集体打斗的事情吧！"严解放又说："这次打架是由七社的严黑脖和陕西一个叫陈大林的老板引起的。刚开始，两个人说好联办哩，由陈老板出钱，黑脖子出工，两个人平分矿石。结果打了几十米，陈老板见打不出矿，跑了！还欠了严黑脖和他小舅子的几千元工钱。严黑脖想收回坑道，自家打哩，一打，就打出了矿。矿一出来，那陈老板听到消息，又来坑道闹事，要分成哩。严黑脖没有答应，当时就闹了一仗。后头，陈老板搬来了六个打手，有三个拿的马刀，一个背的猎枪，两个提的木棒，先把黑脖子放翻了，脑部受伤，多处骨折，到现今还在县医院里抢救着哩！黑脖子的小舅子叫常大头，他一看形势不对，赶紧跑脱，大声求救开了。他一喊，所有坑道里的人都上来了，有近百人哩，把陈大林和几个打手齐齐包围住，吃乱饭了！"会议室里又起了议论声。

在众人的议论声里，毕县长插话问道："你看到乱挖滥采后，向乡上报告了吗？"严解放一怔，回答道："没啊！"毕县长又问："你向矿管局报告了没？"严解放又说没有，毕县长突然提高了声音，问："为啥不报告？"严解放额头上立马渗出了冷汗，结结巴巴地说："我想着，我想着，这村上人穷，也再没有啥产业，一下脱不了贫，好不容易寻着了金矿，就，就……让村民弄去，挣一点是一点么！"毕县长再次质问道："你知道不知道乱挖滥采是违法行为？"严解放擦了擦额头的汗，颤颤地回答："不，不知道啊！"毕县长面露威严，厉声说道："你身为支书，不但自己不懂法，还知情不报，纵容违法，是严重的失职行为！"严解放双腿发颤，不停地擦着额头上的冷汗。毕县长又厉声问道："说！你给外来的老板批了几个坑道？"严解放抬起头说："我……一个也没批啊！村民都在自家的承包地里挖着哩，我山上没地，也没一个坑道！"毕县长目光在严解放脸上停留了一会，转脸对避风乡党委书记潘天才说："你补充汇报！"

潘天才说："今天，毕县长在百忙之中，亲自带领工作组，来严河处理该事件，清理整顿矿山，首先，我代表避风乡党委、乡政府，对毕县长一行表示热烈欢迎和衷心感谢！"说完，他双手合拢，欲带头鼓掌，毕县长面露不悦，挥手阻拦道："你直接汇报就对了！不要说什么百忙之中、亲自带队、热烈欢迎这一套，直接说！"潘天才面露尴尬，顿了一下，接着汇报道："我今天主要是代表避风乡党委、乡政府，向县委、县政府做检查！作为乡党委的主要负责人，我对严河村的集体械斗和大规模非法开采行为，有不可推卸的责任！"毕县长又打断他的话说："责任要由县委、县政府给你定，你汇报工作就对了！"潘天才又说："这段时间以来，我们中心工作千头万绪，计划生育、公粮入库、三提五统征收等工作，一项接一项，忙得不可开交，加上严河是我乡最边远偏僻、各项任务最轻的一个村，我和雍乡长一直都在公路沿线抓几个大村的工作，都没有顾上在严河检查过，所以，对这里发生的事情，确实……没有及时掌握啊！"毕县长责问道："你们驻村干部没有向你汇报？"潘天才顿时一怔，望了望严解放，说道："严河的驻村干部是老向，快到退休年龄了，身体又不好，好几年不上班了！"毕县长听到这里，脸色一沉，气愤地敲着桌子，说道："这就是我们的基层队伍！这就是我们的工作班子！同志们，你们听听！出了这么大的事，竟然不知情？"毕县长的手指在微微发抖。等他情绪平静下来后，安排道："下面，由县公安局雷局长讲话！"

县公安局长雷震天讲了三个方面的意见：一是要深刻认识这次事件的危害性及在全县产生的恶劣影响；二是要求干警明确职责，按照分配的任务，及时完成调查取证、案件侦办工作；三是对该事件中起组织策划作用和直接参与指挥的违法人员，要及时绳之以法，尽快恢复当地和谐稳定的局面。

接着，矿管局长岳长啸讲了话。他也讲了三个方面的意见：一是要依法取缔所有违法开采的矿点；二是要对资源状况进行调查，制定切实可行的开采方案，支持合法企业依法取得探矿权和采矿权，对现有矿产资源进行依法有序开采；三是县矿管局工作人员要做好后续监管工作，杜绝违法开采死灰复燃。

县司法局张局长就《矿产资源法》中有关内容进行了现场宣讲，并要求乡司法所配合严河村，做好法治宣传和民间纠纷排查调处工作。

县乡企局段局长就氰化池生产黄金的危害性进行了说明。

县安委办、环保局负责人分别就矿山安全、环境保护有关知识进行了宣讲。

最后，毕子亮副县长做了总结讲话。他说："同志们，今天召开的工作组第一次会议，是一次十分重要的会议。会上，首先听取了严河村支部和避风乡党委负责人的汇报，随后，县公安局、矿管局、司法局、乡企局等部门负责人都对如何贯彻落实县委常委会议精神，讲了重要意见，做了扎实安排，这些意见都很好，我完全同意。下面，我按照县委常委会议的相关精神，再强调几个方面的意见。"

毕县长在归纳县直各部门负责人意见的基础上，讲了六个方面的问题：第一，要深刻认识这次械斗事件的严重危害；第二，要从严从重从快打击械斗事件的幕后主使人和组织者；第三，要依法整顿矿山秩序，规范资源开发行为；第四，要做好环境保护和安全生产工作；第五，要加大法治宣传力度；第六，要做好民间纠纷排查调处工作，维护农村和谐稳定。

在讲完以上六个问题之后，毕县长加重语气，讲到农村基层班子和干部作风建设问题。他说："还有一个重要问题，在此，我必须强调说明！这个问题就是农村基层班子和干部作风建设问题。这是前面我听到避风乡和严河村负责人汇报后想到的问题。我个人感觉，严河村发生该事件，绝不是偶然的！这一事件的发生，与避风乡党委忽视基层班子和干部作风建设有关，与严河村基层组织建设的现状有关，与严河村党员干部和全体村民的法治意识、法治观念有关。听了汇报，我才知道严河村多年没有发展党员，仅几名党员，年龄还都在六十岁以上。班子成员里，只有支书，没有主任，工作力量严重不足。而作为支书，法治观念严重缺乏，竟然不知道乱采滥挖违反了国家的法律法规，还认为这是村民的一条脱贫之道、致富之道。请问，国家1986年就颁布实施了《矿产资源法》，现在已经是1993年，经历了七个年头，难道你不学习，不宣传？避风乡党委是怎样开展党员教育的？是怎样开展法治宣传的？村级基层班子不健全，班子成员素质低下，避风乡党委应该承担什么责任？请你们扪心自问！又请问，驻村干部制度你们是怎样落实的？有人长期请假，为何不及时进行调整补缺呢？"

毕县长神情激动地敲着桌子继续说道，"同志们，我们必须记住这次事件的教训啊！直接参与这次事件的几名外来打手，全部受了重伤，目前都在医院治疗，其中四人还未脱离危险。严河村这一方，严黑脖仍然处于昏迷状态，未脱离危险，这些都是我们沉痛的教训啊！关于我刚才说的这一问题，我要对县委高书记和县委常委会的成员进行专题汇报，还要对乡、村两级负责人提出处分的建议，由常委会议研究处理，现在散会！"

散会时，已经到下午时分。县上领导依次走出会议室，潘天才、雍文化和严解放走在最后，几个人面面相觑，不停地擦着冷汗。潘天才说："走！把领导留下，让吃点饭，看人家答应不？"几个人就紧赶上前，挽留着毕县长等人。毕子亮拉开车门，疾步跨上车，说："吃啥饭哩？出了这么大的事，哪有心情吃饭啊！"他又回头对司机说："走，回县城！"其他县直单位领导也都纷纷与乡、村领导道别。看到领导的小车顺河而下，绝尘而去，潘天才擦着额头的冷汗，叹口气说："凶得很啊！"严解放也擦着额头的冷汗，叹着气说："这真个凶啊！"

二

第二天，工作组正式进村开展工作。

工作组兵分两路，分头行动。公安部门的一组由避风派出所所长毛大斌带领，主要任务是入户走访，寻找事件参与者或见证人，调查取证，了解真相；矿管部门的一组由县矿管局副局长邝广生和县司法局副局长赵大平带队，主要任务是查封非法矿洞，摸清当地矿产资源分布情况，宣传相关法律法规。

毛大斌带领干警小李、小王、小张，首先来到高台子家。高台子见警察进门，以为要抓他，顷刻脸色泛白，结结巴巴地说道："我，我又没打，你寻陈大林去！我，背我兄弟，背黑脖子去了！"毛所长说："你莫害怕！我们先找的是常大头，大家都说没见他，你见了吗？"高台子说："我，我没见、见、见、见他啊！"毛所长问："那打架的时候你是否在现场？"高台子说："我，在坑、坑、坑、坑道里哩，听啊，听着枪响，出来一、一、一、一看，陈大林的打手已经把黑脖子打、打、打、打倒了，在矿堆子上挺着哩！我就叫上漏儿、能娃，还有两个小工，把陈大林撵、撵、撵、撵坡底下了！后头，常大头让我看、看、看、看黑脖子去，我就走了，再没追、追、追、追人去！"毛所长问："你说的话，谁能作证？"高台子说："常大头，漏儿，能娃都能、能、能、能作证！"毛所长就让干警作笔录，又念给高台子听了，让高台子签上了名字。

毛大斌几人又到了漏儿家，漏儿一见警察，主动告诉了情况，前半截说的和高台子介绍的一样，警察就详细问了把陈大林追下坡后的情况。漏儿说，把陈大林和几个打手撵下坡，各坑道的人就都拥来了，把大沟里围得水泄不通！所有人都喊"缴枪不杀"，那几个打手就撂了凶器，手抱着头，坐成一堆，几十个人就上去一顿乱打。毛大斌问，是谁打烂了陈大林的膝盖骨。漏儿说，人乱哄哄的，他没注意看！毛所长又问是不是他打的。漏儿说，不是他打的！当时人多，挤成一堆，他个子小，差点叫人挤翻了，连手都伸不出去。毛所长再问他，谁能作证。漏儿说，能娃和两个小工都能作证。警察就让漏儿在笔录上签了字。

警察又去找了能娃和那两个小工，几个人的证词几乎一模一样，甚至连提供的细节都一模一样。能娃和两个小工还为警察提供了三把马刀、两根木棒和一杆砸坏的"五连发"枪。毛大斌问，那些是不是陈大林和打手的凶器。能娃说是的，当时把几个打手围住，见有个打手还背着杆枪，有人就喊"缴枪不杀"，那些打手就齐齐地撂了凶器，还是他安排这两个小伙子捡上的。毛大斌就让手下警察收了那些凶器。

中午时分，警察们正在村委会里泡方便面吃，院子里突然来了数十名群众。毛大斌莫名其妙地望着进院的人群，就听有人喊道："毛所长，我们作证来了！"毛所长疑惑地说："作证？我们寻谁，谁作证就对了！"来人说他们都是证人。随即，那人回头问大家说对不对，众人齐声回答："对的！我们都在场哩，都是证人。"毛大斌说："我们饿了一早上，正在吃饭哩！要不等我们吃完，叫一些人进来作笔录，能行不？"众人一齐乱嚷道："不行！你现在就问，一个一个地问。你问不清楚，糊里糊涂地把严河的人抓了，还不冤枉死了？你趁早问清楚！"

大家正在乱嚷，院内突然有人暴跳如雷，破口大骂起来："都啥年代了，他为啥敢背刀背枪地到严河里打人杀人哩？他是不是土匪？"那人一边嚷骂，一边走向毛大斌，质问道："毛所长，你到底是听那几个打手的，还是听我们大家的？是不是城里的打手把你买通了？你拿了打手多少好处？"说到后头，那人已经在指着毛大斌的鼻尖责问。毛大斌见群情激愤，唯恐事情闹大，连连说道："好好！我们把方便面放下，先作笔录，能行不？"众人说："你赶紧问，我等着你问哩！"毛大斌就让所有警察停止吃饭，继续取证。

取证从中午开始，一直持续到下午，几个警察肚子饿得咕咕响，顾不上吃一口面，一直在询问，做着笔录。几乎所有人的证词都是一模一样，问到谁先上去动的手，都说没注意；又问到谁砸烂陈大林的膝盖骨，都说天黑没看清；还问到谁上去打人时拿了工具，都说太乱了根本看不清谁拿的啥；说到对打手的愤恨时，都是青筋暴突，唾沫乱飞，连说该杀该剐。在院里嚷嚷的那位说到激愤处，差点掀翻了警察的桌子。警察问："你要说就慢慢说，你掀桌子干啥哩？"那人就烦躁地说："我问你，你们咋当警察的？为啥这些打手在严河村都敢明目张胆地抢人打人哩？"警察就说："你问打手去！问他为啥敢哩？"那人一听警察的口气，就双脚跺地，吼声如雷地嚷道："我看你跟那些打手抢贼合穿了一条裤子！你白白拿了俸禄，白白领了老百姓的血汗钱！"警察的气就上来了，连声问道："你凭啥说我跟打手合穿了一条裤子？"那人就说："啊？我大让抢贼打了，脖子里还灌进去一壶开水，差点被烫死了，我报了警，你们为啥不管哩？我知道你跟那些人是一路货色！"警察啪地放下笔，站起身要与那人理论。毛大斌听见那人说话，一看是上次来派出所报警的小伙子，就知道他心有怨气，立即对那警察喊道："小王，你干啥哩？"那小王即指着吵骂的村民，对毛大斌说："你看这人胡吵乱骂着哩！"那人见小王在指他，就挺着胸脯，上前说道："我咋胡吵乱骂哩？你当警察的不为民做主，还不该说你？"小王又去指那村民，却被毛大斌一把捏住了指头，说："去去！你歇下吃饭去，我作笔录！"小王愤愤地瞪一眼那人，起身去吃饭。那村民见小王在瞪他，又气呼呼地逼上来，连声说："你瞪我咋哩？瞪我咋哩？"毛大斌疾步上前，拦住他说："老哥莫生气！他是饿躁了，有啥跟我说！有啥跟我说！"毛所长连连拍着村民的肩膀。那村民骂骂咧咧地往门外走，毛所长又叫住了他："哎哎！老哥，你过来！笔录上还没签字哩！"那人又扭转身来，提起了笔，粗声大气地问道："签哪搭哩？"毛所长为他指了个位置，他歪歪扭扭地写下三个字：严哼子。

三

县矿管局副局长邝广生和县司法局副局长赵大平带领五名工作人员上了山。

他们先上的是黑湾里，计划从黑湾里开始，自东向西，一道湾、一条沟、一面坡地查封，决不留一点死角，不遗一个坑道。

矿管局工作人员具体负责坑道检查、清理登记和查封工作；司法局工作人员具体负责法治宣传资料发放和法律条文宣传解释工作。

矿管局人员拿着一沓印好的《严河村非法开采矿点关停取缔通知》。通知书上赫然印着如下内容：经查证，你矿违犯了《中华人民共和国矿产资源法》第一章第三条之规定，按照《矿产资源法》第六章第三十九条之规定，从即日起，对你矿予以取缔。限于三日内，自行撤走矿山设备，永久封闭非法开采坑道。拒不执行者，我局将依照《矿产资源法》有关条款，严厉处罚，追究违法开采人员的刑事责任。

司法局工作人员发放的法治宣传资料中，有一部分是《中华人民共和国矿产资源法》。

一大早，工作人员就上了山。到中午时分，他们才走完黑湾里、东河沟里和盘山沟里的三个湾、两条沟、六面坡。令他们惊奇的是，这些矿点的数十个坑道里，竟然没有一家在进行采矿作业，绝大多数坑道里，没有一个人影子，也没有采矿工具和矿石，只有个别坑道有人，好像在收拾工具，驮走剩余的矿石。等工作人员递上坑道关停取缔通知书，那些人冷冷地伸手接了，却不发一言。工作人员让他们在《发放通知登记册》上签字，那些人一齐推说不识字，一概不签。工作人员问到这些坑道都没人作业，是不是主动撤走了。那些人回答早就撤了，本来就没有多少矿，也没有多少品位，早就不弄了。矿管局两名技术人员就提着矿灯，戴上安全帽，进入坑道去探查。

过了好长时间，两名技术人员还没有出来。邝广生就有些着急，想亲自进去察看。赵大平说，先不要急着进去，再等会儿看，如果里面有危险，其他人进去也不安全啊。他们焦急地等候在坑口，一会儿又伸进脑袋去探听，结果听不到一点儿声音。就在邝广生第二次嚷着要带人进去时，听到坎下的坑道口有人说话。几个人回头一看，只见那两个技术员顶着满头满脸的红色粉末，从坎下的坑道口钻了出来。一见到他俩，邝广生等人长出了一口气，连声说道："老天爷哟，你俩终于出来了，差点把大家急死了！"那两个技术员叹着气说："唉！没想到在这样的条件下，还能采矿啊！"邝广生问道："条件怎样？"技术员回答："没有一条正规开采的坑道啊！从坑口看还可以，进去都是撵着矿带走的！有的地方，只能爬过一个人，像老鼠一样，钻进窟窿爬着走！碰着一股矿石，几下里蜂拥而上，共同瓜分了！所以坑道里面四通八达，都互相打透了！有的坑道里，还有好几个分叉，走着走着，就像迷宫一样，辨不来方向了！"邝广生望着他俩眉毛上沾满的红色矿粉，不由得心中发怵。他又问技术员，那些坑道里的矿到底有没有前景。技术员齐齐地摇头笑着说，从进去的这几个坑道看，矿已基本上采完了。话说回来，像这样零星分散又不规则的小矿条，只有让村民像老鼠一样钻进来透过去，只能小打小闹地搞，根本没有规模化开发的价值。邝广生就与技术员商量说，既然他俩已大致摸清资源情况，为了安全起见，就再不进其他坑道了。回去后，在报告上把这些情况如实写清。技术员望着满山的坑道，拍着身上的矿粉说："就是的，这么多的矿道，恐怕半个月都钻不完啊！再加上不知道每个矿道的底细，有进去出不来的可能哩！"邝广生就与赵大平商量了一下工作思路，决定利用下午时间，把剩余的大湾里、圆坡子上和西山里的三道湾、两条沟、四面坡检查完，就入户宣传去。要不然，在坑道见不了人，连通知都发不出去，达不到应有的宣传效果。

果然不出工作人员所料，在下午检查的几个矿区里，还是没见到一家采矿，坑道内空无一人，洞门口空无一物。阳光慵懒地照在各洞门，散发出一股硝烟掺杂着铁腥的味道。就在西山里的一个坑道口，工作人员看到地上的两摊血，如同铺在褐红地毯上两朵暗红的花。经过阳光曝晒，那花的边缘已经起了薄薄的黑痂，一群绿头苍蝇布在上面，被走动的脚步惊得嗡嗡乱飞。在坑道的坎下，工作人员看到一只黑皮鞋、一只耐克运动鞋，散乱扔在路边草丛里。从西山里走下，在大沟里的沟口处，工作人员又看到几只鞋，还有两件撕烂的暗白色衬衣和半截皮带。他们恍然看到了那个可怖的疯狂场面。

第二天，工作组开始了入户宣传。他们逐户敲门，逐户察看，看到谁家建了氰化池，就仔细询问，发放法治宣传资料。每发放一户，就苦口婆心地讲政策、讲法律、讲氰化池生产黄金的危害、讲破坏式开采矿石的危险等。每户人都听得十分认真。讲完了，工作人员问他们对关坑道是否有意见。他们说老早就收拾了，坑道里没矿了，老早就不弄了。让他们在《发放通知登记册》上签字，他们手执通知书，反复阅读，确认工作人员没有给他们下套，才歪歪扭扭地写上一个名字。有的人干脆不签字，工作人员问为啥不签字，他们就说不识字，工作人员说刚还拿上通知书念呢咋又不识字了。那人就回答不会写字，工作人员问他叫啥名字替他写上，那人就说随便写个啥都行。那人说完就气呼呼地走开，工作人员只有苦笑几声，无可奈何地离去。

下午时分，工作人员到了雕子家。马向前与雕子、旺旺三人正在出矿渣。马向前站在氰化池中，挥锨扛着，雕子和旺旺用背篓往院里背。这时候，篱笆门响了一声，走进几个人来。听雕子在院里与人说话，马向前透过亮窗的花格往出看，看到了几个人的后脑勺。他放下铁锨，走出柴房门。刚一出门，听院里有个声音高声叫起来："咦？这不是化工厂的小马吗？"马向前一愣，看到一张充满惊奇的脸。他疾步朝那人走去，满面含笑地招呼道："啊呀！原来是邝局长大驾光临了！"邝广生朝马向前伸出手来，马向前看自己手上沾满矿末，尴尬地在身上擦擦，握住邝广生的手。邝广生问："你咋在这里哩？"马向前说："这是我亲戚家，我过来给他们帮几天忙哩！"邝广生问："亲戚？这庄里还有你的亲戚？"马向前指着雕子说："这是我表妹夫，叫雕子，他媳妇是我表妹！"邝广生突然想到会议上严支书说的事，又问："哎？严支书说第一个到严河里采矿泡金的，是跟雕子合作的马老板，是你啊？"马向前呵呵一笑，不好意思地说："我算啥老板，这几年化工厂不是倒闭了吗，我到处乱跑着哩！"邝广生说："年轻人有闯劲么！你好好跑，几年就能当上大老板啊！"马向前摇摇头说："有碗饭吃就对了，哪敢想着当大老板啊！"邝广生说："你来这里泡矿，效益好着哩？"马向前苦笑着说："好啥哩，一般啊！这严河的矿本来不行，才开始泡开，就出了乱子，给你们也惹了麻烦！"邝广生笑着说："这下麻烦惹大了！你知道吗？是你给严河里人带来了收入，也带来了麻烦啊！"马向前愧疚地皱紧了眉头，连连点头说："对的！我是一个罪人啊！"

工作人员为雕子递上《坑道关停取缔通知书》和《矿产资源法》宣传资料，雕子接过仔细看了看，反手递给了马向前，问："这次坑道关了，就再不能开了？"工作人员解释说："如果还想开，就要去矿管局登记办证哩！"雕子问："证咋办哩？"工作人员说，办证的程序比较多，先要看具备不具备条件，还要缴纳资源税和资源补偿费，司法局的干部发的《矿产资源法》上面有规定，可以认真看一下。雕子倒吸一口气，说："我的天！连想都不敢想了！"

等工作人员离去后，荷包儿看了通知书的内容，问马向前是咋认识这邝局长的，马向前说："我是化工厂的保管么，炸药出库的时候，必须先由公安局、矿管局领导审批签字。我常到矿管局里寻邝局长签字哩，就跟他熟了！"荷包儿就问："那你不能跟他们说一下，把咱圆坡子上的坑道保一下？"马向前嘿嘿笑着说："你说他敢吗？出了这么大的事情，他敢在背后地里胡弄去？听说前天村委会里开会时，县长把乡上的潘书记、村上的严支书骂了个狗血喷头，说还要处分人哩！他一个副局长，哪有那么大的权力？"一听这话，荷包儿立马噤若寒蝉，大气不出了。

第十五章　悲号声声

一

这天晚饭后，瓦窑台台上又成了最聚人气的地方。

这天瓦窑台台上的闲谝，比平时多了些人。由于天未黑下，坑道采矿的人暂未行动，大伙儿就聚到一起，谈论一些到处听来的消息。来得早的明理子大、漏儿大、高高大、选民子大和社长土改子，都在屁股下垫着一只鞋，叼个旱烟锅，吧嗒吧嗒地吸。明理子大左右一看，见经常早到的哼子大没来，想起他被双管子灌开水的事，就问跟前的人："哼子大的脊背好了没？"土改子说："咦！烫得劲大了么，我看去咧，半个脊背没一点好肉了，幸亏衣裳脱得及时啊！"明理子大说："听说哼子把双管子告到派出所了，咋没人管哩？"土改子说："这几天，派出所的人还能顾上他的事？就因为没顾上管，那天派出所里的人在村上取证哩，哼子就发火了，还差点跟人家整开了么！"

这时，哼子正好从瓦窑台台下走上来。见到哼子，漏儿大说："幸亏大家没骂你，要骂你，你把啥都听着了！"哼子说："我说耳朵烧得很，议论我的啥哩？"明理子大说："都说你大的脊背着哩，怕烫得劲大了，这些天没见人么！"哼子一听，即刻来了气，只见他脸色一黑，眉毛拧到眉心处，狠狠地说："这事情我和我哥商量了！我弟兄俩每人掏十万元，把狗日的双管子的头剁了，放这二十万来了结！"土改子连连劝道："你可胡闹不得，年轻人！你要真把双管子的头剁了，就不是二十万能了结的事了！"哼子说："派出所里的人不管啊，有啥办法哩。"明理子大说："派出所里的人跟你咋说了？"哼子说："哼！他们说，下来调查哩，让我先回来。后来就发生了矿山打架事件，根本没人管了！"土改子说："没人管，也不是你管的！年轻人，把性子压住些！"哼子拧着脖子说："没人管，我就想自家了结哩！"一旁的谢牛儿连连叹气。

随着坎下的一串笑声，台台下走上了哼子哥补子和雕子、漏儿、能娃、包家娃、选民子等人。土改子问："这年轻人咋都在哩，还没行动去？"补子说："这阵子行动，还有些早，害怕公安局、矿管局里人没走哩！"土改子说："走了，我亲眼看着上车走了！"明理子大问："晚上怕不来了吧？"土改子说："晚上来啥哩？这几天晚上没来过一次。那些人来，一天没处吃没处喝，辛苦得很啊！"补子说："以后就是这么个，一天里，大家都睡觉，黑了就上山行动！"几个小伙子都说道："对！打游击战，看谁能把咱管住！"傍晚的凉风，吹到了瓦窑台台上，把众人的笑声传得很远。

这时候，河坝里传来一个人的喊声："土改子！土改子！"由丁离得远，看不清人，又有风吹，声音忽暗忽亮。台台上众人就仔细去听。"哎——土改子！土改子在瓦窑台台上咧没？"又一声喊传来。有人听清是支书严解放的声音，就对土改子说："叫你哩！支书叫你哩！"土改子一听，回应一声："在哩！我这搭谝闲传着哩！"听严支书隐隐地又问："台台上人多还是少？"土改子又回应道："人多得很！要我下来吗？"严支书说："你等着，我就上来了。有个要紧事情说哩！"

严支书正往瓦窑台台上走，大家就猜测到底有啥要紧事。土改子分析说若是要紧事，肯定是矿山打架的事情。漏儿说矿山打架是不是要抓人。明理子大说："屁哩！他能把谁抓了？"土改子说："就是的！这回大家的证词是一致的，都是没看清楚谁打的人。法不治众么，你说他抓谁去？"包家娃疑惑地说："是不是今晚夕公安和矿管家的要来，叫社长给大家通知一下哩？"漏儿说："他们来咱也不怕，反正大家都还没上山哩!"土改子说:"看支书上来说个啥要紧事咧!"

严解放呼哧呼哧地爬上了瓦窑台台。他喘息未定,众人就齐齐地围拢上前,听他说道:"我从乡上开会才回来,潘书记对我说了个要紧事,让我回来连夜开会,先把大家的思想统一了哩!"众人屏声静气,竖起耳朵听他说。"听潘书记的口气,县上好像把严河的金矿给三个公司划了!"众人大吃一惊,齐齐叫道:"啊?"严支书又说:"潘书记说,有三家公司到县上交了钱,办好了开采许可证,可能很快就要来严河了!"土改子问:"你听潘书记说,县上咋划分的?"严支书说:"潘书记也说不清!好像县矿管局的给三个公司一家一块子,划分了开采范围!"大家终于听清支书说的要紧事。此刻间,台台上没了声气,只听见每个人嘴里粗气直喘,还有个人响亮地吸溜了一下鼻涕。

谢牛儿一声重重的叹息声,打破了众人的沉默。听严支书说完后,站在众人身后的谢牛儿叹息了一声,不发一言地离开了。众人回头一看,见谢牛儿边叹息,边往台台边上走去。在傍晚的烟霭里,那身影单薄而瘦小。沉默片刻,突然有人粗野地骂道:"把他娘的!这不顾严河里人的死活了?"即刻间,大家七嘴八舌地议论起来。漏儿愤愤地说:"让他公司里的人接管来,就是拼上老命,我的坑道也不让他们接管!"补子嘲讽道:"他还想冷手抓个热馒头哩,我看他们能把谁的便宜占脱!"包家娃咬牙切齿地说:"拼了!大不了再来上一场!"补子恼怒地骂道:"这日他娘的!都见严河里是'软处好取土'啊!"选民子狠狠地说:"我就是把坑道炸了,也不让他们白白拾个便宜!"雕子把眼瞅到严解放和土改子身上,说道:"你俩一个支书,一个社长,也不帮庄里人好好地求个情,说个话去?"众人又把注意力转移到支书身上。漏儿说:"你没跟潘书记说几句求情话?"严支书说:"能由得了潘书记?他也只是执行县上的决定啊!"补子说:"要不你把严河的群众领上,一齐到县上请愿走!"严支书说:"咦!你就是给我十个胆,一百个胆,我也不敢去啊!"明理子大冷笑着说:"哼哼,支书也是泥菩萨过河哩,自身难保啊!他还敢跟县上唱对台戏?"严支书说:

"就是的！毕县长上次开会来，说要处分潘书记跟我，还没见结果哩！"
几个老汉都附和道："就么！胳膊能拧过人家大腿？"漏儿还在一旁
愤愤地说："我就不相信严河人都是屎捏哈的！"几个老汉又说："娃
娃噢，你不相信着能咋？"漏儿说："你看着，严河里又有一场好戏看
哩！"几个年轻人跟着附和起来："肯定有场好戏看哩！"严支书一听，
连连说道："你们几个年轻人莫胡来了！先把事情压住，再莫串联着
闹事去！"漏儿说："哼哼！这事情不需要我们几个串联去，到时候你
看着就对了！"他转身离开瓦窑台台时，招呼几个年轻人道："走！开
始行动了！"那几个年轻人都说："行动走，能多挖一背篼就多挖一背
篼！"

见年轻人一哄而散，严解放忧心忡忡地说："这还弄啥哩？潘书
记让给大家统一思想认识哩，结果我马蜂窝里捅了一棒，反倒把事情
惹下了！"土改子说："这不是你的事！迟早有水落石出的一天哩！统
一这些人的思想认识，不像潘书记想得那么简单啊！"严支书说："就
是啊！严河人不像乡上领导想得那么简单啊！"几个老年人都说："看
来又有麻达哩！"这时一直坐在台台边上的谢牛儿，缓缓起身，靠近几
个老年人说："真正的麻达，现今可能要来了！"几个老汉都点点头
说："麻达来了不由人啊！"瓦窑台台上又吹来了一股冷风，秋后的风
茬子硬，几个人连连打着冷战。

这晚夕，谢牛儿凄然如诉的长笛声，又在瓦窑台台上响起，一直
响到后半夜里。

二

俗话说：树大招风。严河村家家户户泡金的事，早已名声在外，
自然会招来一些窃贼。这天盗贼真的来了。

盗贼有两个，来自于县城，是一对大烟鬼，依靠飞墙越壁，长期
行窃，以供养自己吸食毒品。这两个盗贼，一个高胖结实，叫尹军；
一个身材矮瘦，叫倪黑子。传说这一对祸害，一个力大无穷，三五个

人不得近身；一个身轻如燕，飞檐走壁，如履平地。二人皆着黑衣黑裤，骑黑色摩托，背黑色背包，行踪不定，神出鬼没，白天踩点，晚上行窃。多年来，他们游走于城乡之间，行扒窃偷盗之事，祸害乡里，搅扰民众，致使四乡百姓苦不堪言。

这天下午，他们来到严河。

两辆黑色摩托沿河而上疾驰进村时，太阳已经斜顶。斜顶的太阳把摩托扬起的灰尘映得暗红。有人看到，两位神秘的黑衣人在暗红背景的映衬下，背着黑色背包，像两个幽灵一般闪进村子。进村的黑衣人不是径直奔哪里而去，而是东张西望，逢人就问谁家在泡金。看到村民们怀疑的神情，他们又自称是收金子的，能给大家的金子出上好价。村民见来了收金子的老板，就热情地为他们俩指点着路径，说往当庄走有个旧堡子，堡子背后的七社里，几乎家家都有氰化池，其中雕子、漏儿、哼子和选民子几家的金子最多最好。黑衣人的摩托就混杂在驮矿的牲口里，悄悄地潜入堡子背后。

进入堡子背后的尹军和倪黑子没有急着问路，而想找个地方藏摩托。他们先将摩托推到堡子墙内，看了看，又觉得不妥。这地方隐蔽性虽然较好，但撤退时要回到堡子里骑摩托，地势太高，动静太大，恐怕会惊动村民，无法顺利逃脱。他们又将摩托推到一个窑窠下，这样撤退方便，又不会惊动村民，只是这里位于路边，有点儿显眼。思前想后，他们还是把摩托放在了窑窠下，才去打问那几家子的位置。

首先问到的是雕子家。雕子家的篱笆门开了条缝儿，尹军和倪黑子从缝隙处向院内窥探，见院内有人背着矿向侧房里走，也没有听到狗叫声。两个贼人就悄悄地退出门口，又观察了一会儿房屋外形和周边特征，默默地记在心上，随后，从雕子家门口离开。

顺路下来是漏儿家。漏儿家双扇大门紧紧关闭，双环门扣上没有吊锁。尹军示意倪黑子去敲门，倪黑子轻轻叩响了门环。"谁啊？"院里有人问一声，又咳嗽着走到大门口，从门缝里往出望。倪黑子回答："老爸，收金子的！"门内老汉听清了回应，慢腾腾地开了门。那老汉从上到下睃着倪黑子，问道："金子卖啥价？"倪黑子含混地反问道：

"有吗?"眼睛却瞅到紧锁的侧房门上。他看到从侧房门口,到院墙边的矿堆处,红色矿末撒了一路,便明白氰化池建在侧房里。这时,听老汉回答道:"我不知道有没有,金子儿子收拾着哩,等他来了你问去!"倪黑子便"哦"了一声,又扫视了一眼侧房房顶,便慢慢出院。

沟底下问到了选民子家。见他家篱笆大门从里面锁着,倪黑子就扳断门上一根藤条,往院里看。透过篱笆门上的缝隙,他看到院内的一堆矿石。在矿堆旁那间没有门窗的柴房里,他看到一个很大的氰化池,红红的矿末冒出池顶,池下伸出半截透亮的水管,正往药槽里响亮地淌着药水。倪黑子没有听到狗叫声,但记住了置换槽的位置。随后,两人又去找寻哼子家。

跨过那道沟,又经过一个慢坡,就到了哼子家。刚走近哼子家大门,他们就听到一阵疯狂的狗叫声。倪黑子趴在门缝上仔细听,一个苍老的声音在上房里咳嗽。他估计氰化池建在侧房里,没有敲门去叫,只是退出门口,却在院墙边上看到了一棵高大的梨树。他觉得那是上墙的最佳借助物,就闪身退去。

行动时间选在午夜时分。

这个夜晚静得出奇,墙角下的草丛间,偶尔响起几声黑蚜叫,反衬出了夜晚的宁静。按照白天踩点的顺序和确定的路线,他们首先来到了雕子家。两个黑影悄无声息地潜入雕子家大门口,在黑暗的角落里观望。

院内响起牲口的响鼻声。倪黑子正欲上前观看,尹军一把按住他的肩膀。在突然响起的杂乱蹄声中,篱笆门里走出一匹牲口,一个身影跟在牲口后面,一起向上山的方向走去。等牲口的蹄声渐渐消失,尹军捣捣倪黑子的胳膊,两个人迅速向雕子家大门靠近。

此刻,雕子家院里一片死寂。走在前头的倪黑子轻轻一把,掀开那篱笆门,两个身影轻快地闪进院内。尹军对倪黑子打了个手势,倪黑子就灵巧地靠近侧房门。尹军则躬腰猫在正房门口,负责警戒。倪黑子伸手摸摸门扇,摸到门上冷冰的门锁。他躬下身子,双手紧抠门扇的边缘,用力一抬,从门轴中抬出门扇,闪身进门,循着药水滴落的响声，倪黑子轻而易举地摸到了置换槽，他提起置换槽，缓缓倒出里面的药水，又将那槽提出门去。见倪黑子得手，正房门口的尹军退到院内。待倪黑子重新安好门扇，提着置换槽出来，他赶紧闪出篱笆门。

走到堡子墙下，尹军让倪黑子捞出锌丝，丢了置换槽。尹军从背上的黑包里掏出塑料袋，将锌丝装进袋里，轻声说："只捞锌丝，莫搬铁槽了，重得很！"倪黑子说："我怕药水里有硫酸哩，腐蚀性强得很！"尹军说："那里头是氰化钠，剧毒药剂，莫溅到嘴里就对了。你手上沾上的，回去再洗么！"倪黑子摸着手上湿漉漉的液体，说："这真个没感觉啊！"俩人就往漏儿家侧房背后走。

到漏儿家侧房后，尹军躬身一蹲，倪黑子坐到他肩上。尹军慢慢顺墙站直了身子。等尹军站起，他肩上的倪黑子也站立起来，刚好够得上房檐。他双手在后房檐轻轻一按，跃身上了房。而后，他回头俯身，将房下的尹军拽上了房。到了房顶，两个贼人估摸了一下方位，就揭开瓦片，又扯开瓦下的竹笆子。扯出一个人可以容身的窟窿后，尹军从背包中掏出绳子，系在倪黑子腋下，将他从窟窿里轻轻吊了下去。很快得手的倪黑子在房内摇了摇绳，尹军又将他拉上房顶，俩人又从房后纵身跳下。

选民子家的篱笆门上还是上着锁。倪黑子一手扳住门的上沿，一脚蹬在门外的锁扣上，纵身一跃，即轻轻越过篱笆门。尹军正在门缝里往进看，就见倪黑子捞出一把锌丝，从篱笆门上沿滴滴答答地递过来。尹军觉得肩膀上有东西在滴水，抬头一看是一团黑乎乎的锌丝。他连忙掏出塑料袋子，将锌丝装进去。刚刚装好，倪黑子已站在篱笆门外。俩人便迅速离开选民子家门口。

还未靠近哼子家大门，就听到一阵疯狂的狗叫声。倪黑子从背包里掏出准备好的猪肘子，抛了进去。散发着肉香的猪肘子被他轻轻抛到绑狗的树下。那狗叫了几声，就被强烈的肉香吸引，叫声渐来渐弱。在一阵撕咬吞咽之后，狗被肉中药物毒翻，已不再叫唤。两个身影随即绕到墙外树下，顺树上了墙。侧房里，隐隐传出药水敲击置换槽的声音。那声音强烈吸引着他们。两人顺墙跳下，悄无声息地向侧房门靠近。

就在这时，上房里响起一串激烈的咳嗽声。尹军猫身去了上房门口，示意倪黑子快些下手。倪黑子轻快地闪身侧房门下，又伸手摸到一把冰冷的门锁。他又用手抠门框去抬门扇，却感到门扇重似千斤，无法抬起。他摇得门扇哗啦哗啦响。躲在上房门口的尹军急得头上冒出了冷汗。见门扇无法打开，倪黑子又抬头去看窗户。他径直到了窗口，轻轻一推，窗扇吱扭响了一声，张开一个黑窟窿。忽然间，上房里又传出一串激烈的咳嗽声。尹军慌忙直起身子，做好了应对的准备。倪黑子一个蜻蜓点水动作，纵身进了窗户。他手脚麻利地捞出置换槽内的锌丝，装到塑料袋内，又一个点闪动作，从窗户里一跃而出。

三

第二天，酣睡未醒的马向前被一阵急促的敲门声惊醒。他听到荷包儿的声音在叫："快起来！置换槽让人偷了！"马向前一骨碌爬起来，匆匆穿上衣服，到氰化池去看。池边已没有铁槽的踪影，排水管的药水滴下来，径直滴进了循环水池。马向前看得目瞪口呆。荷包儿说："早起我担水去咧，听香草子喊，说她在堡子墙根里拾了个铁槽，问谁家的铁槽让人偷了，我回来一看，我的没了！"马向前说："赶紧看走！"他边系纽扣，边随荷包儿跑出门外。

香草子还在堡子墙根前吆喝，荷包儿和马向前急急地奔来。荷包儿老远就喊："香草姐，是我的铁槽！我的没了！"说着赶到了跟前。马向前接过铁槽，见里头空无一物，恍然明白晚上有盗贼光顾，捞走了锌丝。提着铁槽回去，马向前仔细察看了柴房的门锁，没见撬动痕迹，又检查了门窗，见门窗完好无损。正在纳闷，他试着抬了抬门扇，结果门扇砰的一声出了门轴，即明白盗贼是抬门而入的。他又仔细察看半晌，说："这神不知鬼不觉的，看来不像个小毛贼干的事啊！"

中午时分，雕子带来了消息，晚上一共偷走了四家子的锌丝。除了他家的外，选民子家是有人翻过篱笆门进去偷的；漏儿家是被人揭了房顶的瓦片和竹笆，从椽缝里进去偷的；哼子家是被人用药毒死了狗，从窗户里进去偷的。

此刻，在哼子家里，哼子大正喘着粗气，急剧咳嗽着，向两个儿子述说夜晚的可疑动静。他说："咳咳！一晚夕，我试着有些不对劲啊！一阵子狗咬得欢，一阵子又没声气了，没想到有人把狗给害死了！这狗也是上次双管子闹腾毕了才刚喂下的么，喂下才没几天么！咳咳……又过了一阵，我又听下房门扇哗啦哗啦响哩！响了几声又不响了。又一阵子，窗扇子好像咯吱地响了一声。咳咳！我想起身看去哩……没敢起来啊！害怕有人起了歹心，把我害了哩！咳咳……"补子问："那阵子是啥时分？"他大说："怕后半夜了！咳咳！"

哼子听他大述说时，一直攥着拳头在地上踱来踱去。听他大说完，他脸色乌青，咬得牙关咯嘣响，说道："我估计又是双管子干的事！"补子说："听人说，雕子家、漏儿家、选民子家的锌丝都让人捞了，都是双管子干的？"哼子说："肯定都是双管子干的！"补子说："我看不像双管子干的！"哼子问："咋不像哩？"补子说："双管子做坏事，向来都是明着来，从不做偷偷摸摸的事情！"哼子想了想，说："矿山上前一向刚打过仗，警察不是还查着哩么！所以他变了个手段，明抢变成了暗偷！"补子无话可说了。哼子咬着牙，恶狠狠地说："看来，一切该到了结的时候了！"

众人不知哼子话里的深意，但觉得哼子要报复和清算。

哼子给他的朋友碎蛋子交代了一件任务，让他密切关注双管子的行踪。一旦有机会，他将及时出手，将双管子一招放翻。

这天，从大湾里放羊回来的碎蛋子急急地赶来，告诉哼子说："快点！双管子也从大湾里下来了，正在后沟里往出走哩！"哼子当即提一把铁锨，就要出门去堵。赶了几步，他又停下来，对他大说："你出面，先给惹去。惹一下，我再出手收拾他！"他大说："你手底下掂量着，莫把事情闹大了，把个家栽里头！"哼子就说："你去，把他的腿抱住，就说要医药费哩！"哼子大就出门去挡双管子。

走出沟来的双管子迎面碰到哼子大，看到哼子大歪歪扭扭龇牙咧嘴地往他跟前靠，双管子老远就警觉地绕着他走。见双管子想绕开他，哼子大疾步赶上去，低头往他身上扑去，高声嚷道："不要天良的双管子，你来把我的老命要了！"双管子见哼子大急扑过来想抱住他的腿，就伸手拎住他的衣领，顺手一抛，瘦小的哼子大立即张开双臂，飞落到一丈开外。躲在白杨树后观察动静的哼子看见他大被双管子一把抛开，立即挥舞铁锨狂奔而来，口里大呼："狗日的！你等着！"铁锨抡得呼呼直响。双管子见哼子挥锨奔来，撒开长腿，朝对面的木家湾里逃窜而去。不多一会，他的身影就消失在木家湾的鼻梁后面。见双管子跑远，哼子没有再追，只在坡下跺着双脚，高声叫骂道："狗日的，再一回我要把你的头提了哩！"

第一回行动失败后，哼子策划得更加周密了。终于，在一个阴云密布的下午，哼子得到了可靠消息：双管子进了大湾里的坑道。第一时间获得消息的哼子显得异常亢奋，他给帮工的人安排好坑道的活计，就重新绑紧了鞋带，扛着铁锨，顺着人不常走的沟岔，秘密地上了山。来到双管子的坑道门口，他选择坑道顶部一个非常隐蔽的死角，藏好身子，等待双管子出现。

这双管子的坑道原是二社里和平子的坑道。双管子用武力抢占坑道后，和平子就再不敢上山来了。双管子接管了坑道，叫来他侄子向娃帮工。这天下午，他来帮向娃从坑道里出矿。向娃把最后一车矿石倒到坑口后，就将架子车推到一边，径直进了坑道。埋伏在坑道顶部的哼子见向娃空手进坑道，就知道双管子即将出来。他紧握铁锨的双手顿时抖动起来，手心里即刻冒出了热汗。当双管子那熟悉的背影从坑道口刚一露头，哼子就携着一股厉风，从坑道顶部一跃而下。他狂喊一声："狗日的，要你的命来了！"铁锨刃闪着寒光，带着风声，画一道弧线，"嚓"的一声，插入双管子的颅骨。

刚走出坑道的双管子头部中了一锨，失去重心，向前一个猛扑，哼子借势拔出了锨刃。顷刻间，一道鲜血如喷泉一般，从双管子裂开的颅骨里激射出来，喷到哼子下巴和脖颈上。哼子顾不上擦血，又一个饿虎扑羊，再次逼近将倒未倒的双管子，抡圆铁锨，又画一道弧线，"嚓"的一声，将锨刃插入双管子宽厚的后背。双管子如受伤的恶狼一般号叫一声，一头栽倒在地。

见双管子栽倒在地，哼子又拔出插入他背部的锨刃，朝他背部、臀部和后腿上连连剁起来。剁到双管子腿部时，哼子听到他腿骨如劈裂的木柴一般响了一声。哼子每剁下一锨，双管子就号叫一声。剁到后头，双管子已经声嘶力竭，喊不出声来。坑道的向娃听到双管子的惨叫声，疾步跑出坑道察看。哼子听见背后有人，回头向坑道看去。跑出坑道的向娃见哼子手持铁锨，脸上喷满了血，正打得眼红，不由双腿战栗，向坑道内退缩。哼子一脚踩到双管子的背上，再次抡起铁锨，恶狠狠地说："狗日的，我要把你的头剁了喂狗哩！"双管子突然将身子蜷曲起来，挣扎着翻过身子，双膝跪在地上，连连朝哼子磕头道："爸爸，哼子爸！你把我的命留下！你把我的命留下！"听到双管子痛苦的哀号声，哼子将锨刃改成锨背，对准他鲜血淋漓的马脸，狠狠扇了过去。随着一声打镲般的暴响，双管子身子摇晃了两下，一头栽倒在矿堆上。见双管子双目泛白，哼子扛着铁锨，顺着山梁急速逃遁了。暮色很快吞没了他的身影。

等向娃叫来帮手，将双管子抬到哼子家门口时，已到入夜时分。随后赶来的双管子大摇得哼子家的大门哗啦啦响，院内却毫无动静。双管子大又摸摸门上的铁锁，知道哼子家的人都已逃走。他即招呼同族亲房将双管子抬往乡卫生院。半路上，碰到报案返回的向娃。双管子大问："派出所里人咋说了？"向娃回答："毛所长说了，让我们和哼子大各看各的伤哩！"

第十六章　黄雾重重

一

经县矿管局批准颁证，206 地质大队成为第一家进入严河的探矿和采矿单位。

获批的探采区域在一号矿区，具体位置东起黑湾里，西至盘山沟里，包括三道弯、两条沟、五面坡。

206 地质大队的项目负责人章工带领十几名职工来到严河，在第一时间见到了马向前。

那时候，马向前正在院内过滤融化了锌丝的硫酸液体。荷包儿双手扯开一沓卫生纸，在一只空塑料桶上绷展，马向前端着搪瓷盆，将黑色的液体缓缓倒到那纸上。经卫生纸过滤后，黑色液体变得又清又亮，在卫生纸下扯着细长的线条，响亮地流入塑料桶内。那纸上，随即出现一层黑乎乎的胶质状东西。马向前又把那沓纸叠起，平铺到一块板子上，从炕眼里铲出一锨凉灰，敷到纸上。就在这时，篱笆大门响了一声，走进两个人来。领头的一位中年男人戴着眼镜，模样斯文，后边一位年轻人显得精精干干，白白净净。马向前还在辨认着来人，前头那位突然高声叫道："啊呀！找到了！"马向前随即认出来人是206 大队的化验室主任章工。他惊奇地叫道："你咋来了？章工！"遂握住章工的双手。章工微笑着与马向前和荷包儿打过招呼后，又将身后年轻的徐工介绍给他们。章工说："没想到能在这里见到你啊！"马向前激动地邀请两位客人进屋。看到木板上的卫生纸和上敷的草木灰，章工问他是不是在吸附水分，马向前说昨晚上刚捞了一池锌丝，才把锌丝融化了。章工问分量有多少，马向前遂取掉卫生纸上吸饱水分变成硬块的草木灰片，展开叠起的卫生纸。章工凑上前去，看着卫生纸上的浅黑色混合粉，眼镜片上跳闪着奇异的光。他又问马向前建了几吨的氰化池，马向前说十吨。章工顿时惊叹起来，一池出这么多粉，都能提炼二百多克金了。马向前笑着请两位进了上房。

进到屋内，马向前问："坐到炕上，还是坐椅子上？"章工笑道："还是椅子方便！我们东北那旮旯儿虽然有大炕，但跟你们西北的热炕不一样啊！"说着就和徐工坐到了团桌两旁。荷包儿为他们热情地端上热茶，又去出门忙乎。马向前问："你们 206 队，是不是也冲着严河的金矿来的？"章工反问道："你咋知道的？"马向前说："村上的严支书向大家传达，县上已经把严河的金矿划给了三家企业。今个你来，我估计就是为了这事。"章工说："县上给我们确定的探矿区域是一号矿区，估计在整个矿区的东面。"马向前"哦"了一声，抬头辨别着方位。章工又说："你知道我们队是正规企业，有技术，有资金，当然要大规模地搞，要搞就上堆场，不会跟你们一样用池浸，小打小闹没有效益，也浪费资源！"马向前问："上堆场，一次最少需要多少吨矿啊？"章工回答："那不一定，要根据出矿量多少和矿石品位来定。一般来说，堆一场，少则几百吨，多则几千吨，甚至几万吨。一次出金，就是几十上百公斤啊！"马向前疑惑地问："能采那么多矿吗？"章工说："我们第一批，来了十多个人，主要是做普查工作，根据普查结果，再确定下一步方案！"马向前就说："给你们划分的一号矿区，在黑沟里、东河沟和盘山沟这一带。目前这一片至少有百十个坑道，都是采富弃贫，破坏性开采！听说大多数坑道已经采空，坑道之间，互相贯通，山上经常有人打架！你们打算用啥办法收回这些坑道哩？"章工脸色骤然阴沉下来，慢腾腾地说："我们队长在你们县矿管局办证时，有人专门说过这事，说这里在上个月发生了械斗，打得挺惨的！

所以，我俩先来找你，唠唠嗑，了解了解情况再说。"马向前摇着头说："不瞒你说，这几天，村上一直有人暗中串联，说坚决不给你们交坑道。看来，你们想轻易地接收坑道，行不通啊！"章工低头不语了，沉吟片刻，又说："看来，不能强行接收老百姓的坑道啊！只有想办法在外围探采了。"马向前担心地说："看你们能不能跟严河的群众处好关系，如果处不好，恐怕在严河里扎不住啊！"章工果断地说："这个你放心，206是野外施工单位，不管到哪里，从来没有跟当地群众发生过摩擦。处好关系这一点，我们有经验。"一旁的徐工这时插话说："我们先来的这批职工，都想在群众家里租房，给当地人创造些收入。下来，挖地槽，开探矿坑道，还有一些零活儿，都计划承包给当地人，让大家增加收入。后头，还要收购些零星矿石，像卖矿石呀，驮矿呀，都可以让当地人挣些钱啊！"马向前点着头说："这就对了！"荷包儿进门为两位客人添水，马向前安顿道："你赶紧做饭去，今个一定要请章工和徐工吃点农家饭哩。"两位客人起身推辞道："不了不了，以后有机会再唠嗑！这会儿大伙儿在收拾住房，我俩看看去。"荷包儿问："都租了谁家的房啊？"章工说："共租了五家的房，是支书和社长联系的，都在堡子背后的七社里。住那里，我们上山方便些。"

两位客人刚走到院里，雕子吆着骡子从大门口进来。看到满脸矿粉的雕子，章工想起，他就是上回在北道化验室提着矿样说话不多的男子，立即打趣地说："啊！真正的老板回来了。"雕子见章工出现在自家院里，惊奇地问："你咋来了？"章工说："严河不是有金矿嘛，我们队也凑凑热闹嘛！"雕子舌头舔着黄牙，又问道："听说来了三个单位哩，还有两家子是啥单位？"章工哈哈一笑，说道："你把我问糊涂了，我确实没有打问啊！"雕子说："好好！你让他们来，看能把大家的坑道收去不！"说罢阴了脸。章工尴尬地笑了笑，马向前忙上前去，打着圆场说："呵呵！你莫胡说了，那是大家的事，大家的事！"章工见雕子脸色不好，边打招呼，边往院外走。他说："严老板，你忙去吧！"雕子更加没有好声气了，说道："唉！老板啥哩，这我也不知道给谁打工着哩！"走出门外的章工回头诧异地望着雕子的背影，咂摸他话里的意味。马向前上前抚着他的背说："走，章工！别理他，雕子这几天情绪有些不正常！"

206大队就这样进了严河村。

在随后的时间里，206队的职工很快与当地村民打成一片。职工与村民日出一起上山，日落共同返回。在东河沟和盘山沟的几面荒坡上。他们雇用村民开挖探矿槽数十条，打探矿坑道十余个，大部分都见了矿。经过分析，他们对严河金矿的成因、分布、藏量等情况了如指掌，并采集综合矿样，全面分析了金矿的成分结构；通过实验室环节的氰化技术实验，选择出最佳的堆浸流程方案。他们认为，严河的金矿虽然存在规模小、不成带、品位不均衡、呈发散状结构分布以及被当地村民破坏性开采等问题，但同时具有埋藏浅、小矿条多、成分结构单一、贫矿数量大、有害元素少、氰化回收率高等有利因素。在现有条件下，如果上一个中等规模的堆浸场，依靠自采矿石，收集当地村民弃置的贫矿，加部分外购零矿，可以保障生产需要。从资源储存量上看，能够保证收回投资，并略有盈利。最后，由章工亲自主笔，为大队党委起草并上报了《关于申请实施严河金矿堆场项目的报告》。

随着206地质大队的进驻，严河村的年轻人，骤然间异常活泛热闹。在206队职工租住的杨禄才、李保全、土子、高高、路娃家的门口，晚饭后常常聚满年轻人。小伙子们都梳着乌黑发亮的分头，在人群里闲谝嬉闹。住在土子家的两位女职工，为了野外工作方便，都在后脑勺右侧扎着一个马尾辫。庄里的年轻女子，也都模仿着她俩，将马尾辫斜扎在后脑勺右侧，还穿上自认为最漂亮的衣服，抹上最香的润肤露，聚集到闲谝的人群里。慢慢地，206队有几个年轻人也汇入这个圈子，与当地青年纵情嬉笑取乐。在大家聚集的地方，杨禄才十八岁的女子杨粉兰、塌塌二十岁的新媳妇刘春儿最为引人注目。只要她俩一出来，人群就活泛起来，笑声也跟着响亮起来。206队几个年轻人都会主动凑过来，与她俩搭讪。全村最具人气的瓦窑台台，除了几位老汉经常光顾外，已逐渐被年轻的男男女女忘怀。

二

金泰公司是第二个进入严河金矿的探矿和采矿单位。

县矿管局为金泰公司批准的探采区域在二号矿区，具体包括大湾里、碾子沟里和圆坡子上这一区块，有两道湾、一条沟、四面坡。

这天，金泰公司总经理鱼蛟龙提着鼓鼓囊囊的大包，推开支书严解放家的大门。正在炕上火盆后喝茶的严解放，望着门口进来的客人，愕然问道："你是？"鱼蛟龙放下包包，顺手掏出中华烟，递给严解放一支，自我介绍道："我是金泰公司的鱼蛟龙！"严解放即刻想起乡上潘书记说过此人，连忙招呼他上炕。鱼蛟龙给严解放点燃香烟，问道："严支书，潘书记跟你说过我的事？"严解放说："说过说过！说你是个攒劲娃娃，年轻的老板么！"鱼蛟龙豪放地摆着手说："啥老板，来求支书赏一碗饭吃哩！"严解放说："你有手续哩，有手续你就弄么！"鱼蛟龙说："有手续哩，但没你搭手，还是弄不成啊！"严解放叼着烟，斜眼望着鱼蛟龙，慢悠悠地说："看鱼老板说的！你都是有后台、有背景的人，我一个小支书么，算个啥哩？"鱼蛟龙呵呵笑起来，说："县官不如现管么！你是这严河的能人么，你的威望谁不知道，谁敢不听你的话？"严解放哼哼冷笑两声，将头扭到正堂位置，去看墙上的中堂。他说："现今的村民么，把你一个村干部当啥哩，伤了自个儿家的利益，他绝对不答应啊！"鱼蛟龙听着他的话，又掏出一个厚厚的信封，笑着塞到他手里。严解放的目光从正堂上收回来，低头看看手上的信封，像抓了炭火一样抛开了，连声说："你这干啥哩？快收拾了，快收拾了！"鱼蛟龙又将信封塞到他手里，说道："你收下，才开始麻烦你哩，以后打交道的日子还长着哩！我慢慢给你补心！"严解放再没有推。

严解放又吸一口烟，仰起头来，眼睛盯着房梁，边思量边慢悠悠地说道："给你划的这一个区块里，大湾里、圆坡子上，坑道都占满了。你怕插不进去了！"鱼蛟龙急急地问："严支书，看能不能强收回一些坑道来？"严解放慌忙摆着手，说："万万弄不得！这几天都在私下里谋划着哩，要强行收坑道，又要整一场大仕哩！"鱼蛟龙神情忧郁地望着严解放，听他又说："收回那些坑道，不光淘气，话说回来，也划不来啊！据说有些坑道已经互相打通，矿石也争抢得差不多了。"鱼蛟龙问："那还有啥办法哩？"严解放突然转了脸，盯着鱼蛟龙问："有个地方哩，你敢不敢弄去？"鱼蛟龙两道充满杀气的浓眉惊喜地一跳，问道："哪搭哩？"严解放说："碾子沟里！"鱼蛟龙又问："碾子沟在啥位置哩？"严解放回答："碾子沟在大湾里以下，圆坡子以上，正是划给你的矿区！"鱼蛟龙问道："碾子沟里为啥没人开啊？"严解放说："碾子沟是个撂死娃娃的万儿坟啊！几个月前，七斤子进去寻矿，把矿寻着了，但中了邪气，差点把命搭进去了，就再没人敢进去了！"鱼蛟龙兴奋地问："沟里头寻着矿了？"严解放说："七斤子把矿寻着了，但不敢挖去了！"鱼蛟龙两股浓眉绞到一起，咬着牙说："只要有矿，它就是刀山，我都要上哩！"

金泰公司扎进碾子沟里采矿的消息，很快就在严河里传开了。

七斤子正吃着饭，听妇人艾花儿说了金泰公司到碾子沟里采矿的事，猛地抬起头，半截面条还吊在嘴外，问："你听谁说的？"艾花儿回答："才在大门上听改改子说哩，说他从大湾里下来亲眼见了！"七斤子就不吃饭了，自言自语道："这啥人还胆子大得很，给我连个招呼都不打！"说着就套上外衣，往碾子沟里走。

老远地里，七斤子就看见碾子沟里有人影子晃。等进了沟，他又看到右侧山脚下，漫出一块平台，两顶绿色帆布帐篷互相紧挨，搭建在平台上，帐篷口垂挂着绿色门帘。左侧位置上，七八个精壮汉子身着迷彩服，正在低头清理那些朽棺材烂背篓。一股潮湿发霉又掺和腥臭的气味迎面扑来，他连连咳嗽几声。听见咳嗽声，干活的汉子都停了手，站在棺材、背篓和森森白骨之间望着他，他问道："你们是哪搭的？"有个戴红色安全帽的汉子回答："金泰公司的。"七斤子又问："谁安顿你们到碾子沟里来的？"那汉子回答："县上办了手续，把这一片都划给金泰公司了。乡上和村上都同意金泰公司来碾子沟里采矿了。"七斤子突然抬高了声音，厉声问道："我咋不知道哩？"那汉子试探地问："你是?"七斤子背搭双手，挺着胸脯回答道："我是三社社长严七斤!"那汉子无言以对了。七斤子背搭着双手，来回走了几步，对那几位挥挥手道："停下!都停下，往出去搬!"七斤子身后突然响起一个声音："我要是不停哩?"七斤子诧异地回头去看，一个身着迷彩、浓眉大眼的年轻人揭开门帘，从帐篷里走了出来。

那年轻人径直走到七斤子跟前，与他相视而站，又说道："我要是不停哩?"七斤子望着他浓黑粗壮的双眉，心内一颤，问道："你是啥人?"年轻人振振有词地回答："我是金泰公司经理鱼蛟龙!"七斤子说："哦，鱼经理!你知道这是谁的地盘?"鱼蛟龙说："我把手续办到这里了，现在就成了我的地盘!我又没有非法开采。"七斤子又问："你给谁打招呼了?"鱼蛟龙说："乡上的潘书记、村上的严支书都让我到碾子沟里来哩。"七斤子顿时火冒三丈，"他们做不了我的主!"他挥着胳膊说，"他们都做不了我的主!这碾子沟里是我三社里人的地盘，三社里不答应，谁到这里都弄不成!"鱼蛟龙挺着胸脯逼上来，说："我偏要弄哩，你把我能咋?"七斤子又挥挥胳膊。"你弄!你看三社里人把你有治没治?"他疯狂吼道，"三社里人就把你赶了!"鱼蛟龙咚咚地拍着胸脯，也狂吼道："你来赶来，看我姓鱼的吃不吃你那一套?"

七斤子见对方盛气凌人，便朝大湾里的方向望了望，随即，扯长嗓子吆喝起来："哎——三社里人，大家都来!三社里的地盘让贼抢了，还想打人哩!三社里人，都来!"他的喊声在碾子沟里回荡。见无人回应，七斤子即躬腰奔进沟内，边跑边喊："哎——三社里人，都来看来!碾子沟里的地盘儿让贼抢了，还打人着哩!"

见七斤子进沟去喊人。鱼蛟龙对身边一位年轻人吩咐道："你赶紧到村委会里叫人去，就说碾子沟里打捶着哩!"年轻人撒腿往沟外跑去。鱼蛟龙又对其他人喊道："手里都把家什拿上，做好准备!不要轻易出手打人，但也不能白白等下挨打!大家心上都要有个哈数哩，记住了没?"那几个汉子齐声回答："记下了!"都去寻称手的家什。有个年轻人见大家将洋镐、铁锹和大锤、钢钎抢光，就在朽棺板中翻腾，找了块窄条的棺板，提在手里。

山上隐隐传来喊打声，听声音渐来渐近。鱼蛟龙转身进了帐篷，提出一根五尺棍来，威风凛凛地站在当沟。转眼工夫，他就看见十几个人高举工具，从沟内匆匆奔出来。在距离他还有二三十米远的地方，鱼蛟龙突然狂吼一声，双手举棍，在沟内狂舞起来。鱼蛟龙有板有眼地舞着棍术，踢得脚下的草叶乱飞，风声呼呼，棍影迷离。当他甩动手腕舞起棍花时，那飞旋的棍花模糊了他的面孔，直看得人胆战心惊，不敢近前。等他猛舞一阵，动作放慢下来。

七斤子见对方动作放慢，大喊一声，挥着一把铁锨向鱼蛟龙砍去。鱼蛟龙眼疾手快，瞅准空子，侧身闪过锨刃，抬棍一隔，又顺手一带，将七斤子的身子带出丈外。其他人见七斤子出手，齐声附和一声"打"，随后扑上。有两个年轻人围住了鱼蛟龙，其余村民则扑向那几个汉子。七斤子失了一招，见对方身手不凡，知道不是对手，遂卖个关子，将鱼蛟龙交给手下两个年轻人对付，他则钻入帐篷，持锨狂扫乱打起来。两个年轻人围住鱼蛟龙，持锨相向；鱼蛟龙双手持棍，脚底下倒腾着碎步，伺机防卫。一个年轻人挥铁锨砍来，他出棍相迎。随着一声闷响，他将锨隔开，随即手腕一翻，棍梢直捣那人背部。那人中了一棍，身子踉踉跄跄扑出数步远。另一个年轻人见鱼蛟龙挥棍迎锨，舞动铁锨向他腿部砍来。在击中第一个年轻人背部的瞬间，鱼蛟龙纵身跃起，灵活地躲过第二个年轻人的铁锨。接下来，双方又是锨棍相向，寻找着出招的时机。

棺材堆里，厮杀正酣。几个身着迷彩服的年轻人背抵着背，围成一个圆圈，手持工具与外围的严河人对峙。凭借人多势众，严河人频频出手，挥锨乱砍；那几个用工具隔挡，叮咣作响。几个严河人瞅中中间那人手里的棺板，一齐将锨举起，狠狠劈下；那人以棺板抵挡，啪啦一声，棺板齐刷刷断裂开来。那人情急之下，丢了断板，俯身抓起地上一物，狠狠掷出，击中一个严河人的肩膀。被击中的一看，是个骷髅，正在气恼，又飞来一颗骷髅。他气急败坏地扑上前去，那人又顺手抓起一具尸体的腿骨挥来，他连连后退几步。那人手持白森森的腿骨，带着风声，左右乱舞。严河村民为避邪气，纷纷闪身退后，顿时，鱼蛟龙的人又占了上风。

碾子沟里正在混战，两名警察匆匆跑进沟口。见双方器械挥舞，不可开交，警察连忙拔出手枪，朝天砰砰两枪。听到枪声，严河村民回头一看，见警察正在堵截，遂跳出圈子，纷纷四下奔窜而去。七斤子正在帐篷里砸得起劲，被枪声惊动，他倒提着铁锹，疾步赶出帐篷。他刚一出门，就被警察黑洞洞的枪口逼退。"铁锹放下！"警察喝道。七斤子顺从地撂下铁锹。"举起手来！"警察又说。七斤子顺从地举起了双臂。"转过身去！"警察再喊。七斤子顺从地转过了身，接受了警察的搜身检查。检查结束，咔嚓一声，手铐铐住他的双手。七斤子正欲声辩，警察朝他摆了摆枪口，说道："走！"脸色蜡黄的七斤子便被警察操出了沟口。

三

地区教委严河金矿项目部经理王洪生操一根五尺长棍，舞得气势如虹，呼呼生风。听说有人在耍拳，村民齐齐拥集到小学操场，观赏王洪生的武术表演。王洪生舞完一套棍术，以漂亮的动作收尾，围观的人群里即刻爆发出热烈的掌声。王洪生随手将棍递给手下人，为现场观众拱手作揖，微笑致谢。这时候，大家才看清了膀阔腰圆、慈眉善目的王洪生。

王洪生上唇的短髭欢快地跳动，圆脸上堆满和善的微笑。他操着浓重的甘谷口音，对现场众人说道："我耍得不好，请各位严河的父老乡亲多多指教！"人群里再次响起了掌声。突然，场外有人高喊一声："再耍一段！"众人也随声附和道："再来一段！"王洪生朗声一笑，对场外招了招手，高声喊道："老苟，把我的大刀捎来！"

场外老苟答应一声，捎着一把木柄长刀上场。老苟从肩头取下大刀，双手交给王洪生时，嘴角微微斜咧，显得长刀很有分量。王洪生却轻轻一抓，操刀在手，随即摆出一个漂亮的造型。老苟对众人说：

"这把大刀重十八斤，是王经理家代代相传的宝贝！甘谷的王把式很有名望，王把式家历史上出过武状元，王经理就是武状元的后代！"众人又响起了掌声。

王洪生抡着大刀耍起来。

这里是严河小学的校址。这学校曾有二三十名学生就读，县上整合教育资源，将这所小学撤掉后，教室和操场一直闲置。地区教委投资严河金矿开发项目，这里就成为项目部的大本营。王洪生将校长办公室改成"地区教委金矿项目部经理办公室"，将教职工办公室改为员工宿舍，将小教室改为大灶，大教室改为餐厅和库房，为开发金矿建好了基地。

王洪生的武术表演刚刚收场，一辆拉砖的大车开进操场。王洪生正要叫老苟去喊人卸砖，却看到合伙人路彩霞从驾驶室内钻了出来。

王洪生用满脸微笑迎接了路彩霞。他惊喜地说："路姐今天来得太及时了！"路彩霞指着大车司机说："正好碰着王师，说给严河金矿上拉砖哩，我就跟上来了！"王洪生说："今天矿山谈判签协议哩，你正好碰到了点子上！"路彩霞说："都请了谁？"王洪生回答："支书，社长，还有杨家弟兄三个！"路彩霞说："我还有个生意场合的朋友，叫马向前，也在严河哩，请他帮个腔！"王洪生说："多个朋友多一条路，请上！"随后，王洪生领着路彩霞，顺操场走了一圈，为她指点着堆放矿石和建氰化池的场地。路彩霞听了介绍，兴奋地说："兄弟你把啥都规划得井井有条的，与你合作，我放心得很！"王洪生说："关键在今天下午的谈判上看哩，成败在此一举啊！"路彩霞说："把席备好！到时候，你路姐两下就把他弟兄撂翻了！"王洪生就说："对的！走，大灶上给大师傅说一下，让他们把席备好些！"

大灶上热气蒸腾，年轻的大师傅正在炖鸡，散发着诱人的肉香味。案板上摆着几盘拌好的凉菜。王洪生问："准备得咋样了？"大师傅说："六凉六热么，简单！"路彩霞问："六个凉菜都是啥？"大师傅指着案板说："三荤三素！荤的是凉拌口条、凉拌牛肚、芳香排骨；素的是凉拌四片、椒盐平菇、油炸花生！"路彩霞又问："六个热菜都是啥?"大师傅扳着指头计算道:"清炖鸡、东坡肘子、松鼠鱼、香菇油菜、八宝饭,还有一个麻婆豆腐!"路彩霞说:"有点简单了!"王洪生说:"路姐你看还要增加啥?"路彩霞说:"应该是八凉八热!"大师傅为难地说:"安顿得太迟了,进城买去也来不及了!"路彩霞想了想,回头对王洪生说:"你安顿人到庄里买些核桃、蜂蜜、腊肉、土鸡蛋和干黄花菜去!"王洪生问:"增加啥菜哩?"路彩霞说:"凉菜增加个琥珀核桃仁、凉拌黄花菜,热菜增加个蒜苗炒腊肉、炒土鸡蛋。我亲自做!"王洪生立即安排人去采购。路彩霞又看了看案板上的一堆面,问道:"这是发好的面?"大师傅说:"发好的!准备蒸馒头哩!"路彩霞说:"不要蒸馒头了,我来炸油饼吧,算一道小吃!"王洪生拍着大腿,呵呵笑起来。

晚餐从下午开始。支书严解放、二社社长严旺才和杨超娃、杨建成、杨满才兄弟如约而至。派去邀请马向前的人来说:"马向前说他正忙着,等过一会,一定会来看望路大姐。"王洪生提出了一箱酒。他边打酒箱边说:"我今儿个请大家喝的是陇南名酒金红川,按照我们陇南规矩,招待最尊贵的客人,才喝金红川哩!这是纯粮酿造的好酒啊!"

打开鲜红的酒瓶后,王洪生为每人斟满第一杯酒。他脸上堆满和善的微笑,端起酒杯,宣布开席。他说:"为了落实国家的助学政策,为贫困地区和贫困学生筹集更多的资助经费,地区教委安排我们到严河投资开发金矿项目。来县上后,县上领导十分关心、高度重视这个项目,及时批准了我们的探采申请,还办好了采矿许可证。避风乡和严河村两级领导按照县上的安排,为我们解决了一大堆难题。下一步,还需要第二合作社和几位杨老兄的支持!为了表示感谢,我今天代表地区教委,给大家敬个酒吧!"几位连忙站起,与王洪生碰杯。王洪生仰头干了一杯,其他人也都干了杯。

王洪生斟满第二杯酒,脸上还是堆着和善的微笑,说道:"这第二杯酒,是我代表贫困地区和贫困学生敬给大家的!我刚才说了,国家的助学政策,主要是照顾贫困地区和贫困学生的!我们来严河开发金矿，就是为了把挣到的钱用到贫困地区的教育事业上，用到贫困学生的救济和资助上，落实国家的助学政策！所以，这一杯酒，大家无论如何都要喝了哩！"他又与众人碰杯，一起干了第二杯。

王洪生又斟满第三杯酒。他眯缝着笑眼说："这第三杯酒，是我个人的一片心意！常言道，在家靠父母，出门靠朋友！我王洪生走南闯北，最喜欢结交朋友。这多少年我能走过来，靠的就是朋友的帮助和支持！今天，我来到严河给单位办矿，更离不开各位朋友的帮助和支持！所以，这第三杯酒，你要认为我够朋友，你想交我这个朋友，你就喝了！"众人又站起来，与他碰了第三杯酒，一起干了。

刚放下酒杯，路彩霞高声说道："啊呀！这王总的一席话，把我感动了！"她对端菜的老苟说："老苟，去拿几只碎搪瓷碗来！我今个要放开，好好跟严河的几个朋友耍一下哩！"老苟颠颠地拿来几只小碗。路彩霞又说："把酒满上，我先给每人敬一碗！"几个人一听，吓得面面相觑。严支书说："路老板，不要用碗了！慢慢喝，慢慢喝！"路彩霞尖声高叫道："看严支书说的！我一个妇道人家都敢放开整，你们几个大男人家，还比我脸皮薄？我看都放开整！"说得几个男人羞红了脸，低了头嘿嘿地笑。路彩霞说："我是敬一碰一！先给每人敬一碗，我再跟大家碰一碗！咋样？"严支书说："那太猛了！碰一碗算了！"路彩霞又高叫起来，说："看严支书说的！我一个妇道人家，裤裆里比你们男人家少夹了一样东西，我能跟你喝一样多？"说得桌上几个人笑弯了腰。杨家兄弟三人直接将头埋到了桌下，满脸通红。一听这话，大家都不好推辞，第一小碗酒端来，只有干了。路彩霞又让人倒满第二碗酒，她主动端了一碗，要与几个人碰杯，那几人都不敢碰了。路彩霞又说："我是王总的朋友！王总这人重交情，讲义气，又武功高强，在江湖上闯荡多年，朋友无数！我觉得交这种朋友，值！他说他今个要请几个朋友喝酒，我一听，专门从城里赶到严河里，给大家亲手做了一桌菜，就是为了交朋友哩！你们几个看，要是感到我路彩霞够朋友，就把这碗酒碰了，今后大家都是朋友！"那几人一听，都说："这么栽巴的朋友，一定要交！一定要交！"就都与她碰了酒，一口饮下。

连喝两碗后，大家吃起了菜。两张课桌拼到一起，八个凉菜摆得满满当当。吃着荤素搭配、色香味俱全的凉菜，几个人连连点头，齐称赞路彩霞手艺不凡。吃了一阵凉菜，热菜逐个端上了桌，王洪生开始敬酒。老苟倒满了小碗，他端起来说："看到路姐这么打硬的，作为一个男人，我不能当个蔫棒！"话一出口，众人又齐声哄笑起来。王洪生接着说："干脆，我按照曹家乡甘谷的风俗，喝几敬几！我这里先喝两碗，再给大家每人敬两碗，咋样？"严支书连连劝说："太猛了，王总！我头都晕了，不敢喝了！"社长严旺才也说："王总！我乡里人平时都很不喝酒么，都没有酒量，喝醉了，就说不成事情了！"王洪生挥挥手说："今个主要是喝酒，跟大家联络感情，不谈啥事啊！"杨家兄弟们也都说："喝大了！再喝不成了！"王洪生说："好的！我跟大家喝得一样多，怕啥哩？你们都看着，我先把这两碗喝了！"他接连喝了两碗。路彩霞鼓着掌站起来，说道："看来这王兄弟今个打硬的，到底跟我妇道人家不一样啊！"众人在笑声中端起了酒。路彩霞双手叉在柔腰上，娇嗔地说："大家都喝！我监视着！"无奈之下，大家又连喝了两碗酒。

突然赶来的马向前使酒场气氛再掀高潮。路彩霞首先主持罚酒仪式，为迟到的马向前补罚了两碗，又让他为每人敬了一碗。就在马向前主动要求打关时，严解放摇摇晃晃地站起身，抢过酒盘，结结巴巴地说："你，打关，先慢着！我，我还要，代表村支部，敬，敬一杯哩！"严旺才也结结巴巴地说："对，对的！我二社里，也要敬，敬哩！"杨家兄弟们也都说："对，对的！严河里人，还，还都没敬哩！"等几方代表敬完，几个人都东倒西歪，语无伦次了。

王洪生见酒已喝出效果，将酒瓶抓到手里，说道："今个这酒，都喝得高兴！从喝酒上，能看出大家对贫困地区和贫困学生的支持！但这个支持，不能凭口空说，口说无凭啊！你说哩，严支书？"严支书说："口说无凭，立、立字为证！倒，倒酒！"见严支书眼神迷离，舌头发硬，路彩霞怂恿道："哈哈，严支书还清楚着呢！口说无凭，立字为证！大家都先立字据，咋样？"严支书又摆摆手说："先立字据！先立字据！"王洪生见时机成熟，暗暗为老苟示意了一下，老苟立即奔出去，拿进事先制好的协议书。王洪生说："大家要都支持国家的助学政策，愿意帮助贫困地区和贫困学生，就把字签这上头！"路彩霞吆喝道："签字！大家都签！我先签上！"她提笔在见证人处签了名，又递给了严解放。严解放在路彩霞名后签了名，又让社长严旺才签。严旺才在严解放名后签了名，又将笔递给了杨超娃。杨超娃接过笔，醉态十足地说："我，我瞎官接状子哩！我不、不识字么，把、把笔接下，不……不会写啊！"王洪生说："来，我把住你的手，把你的名字写上！"王洪生就把住了杨超娃的手。见严旺才名下没有签字的地方，他问王洪生道："签哪搭哩？"王洪生就把他的手拉到"乙方"两字下面，歪歪扭扭地写上"杨超娃"三个字。轮到杨建成签字时，他说："我，我只会写、写个我的名字啊！"说完在他哥杨超娃名下写上"杨建成"。杨满才接过笔，摇摇晃晃地站不稳身子，扶住桌子，身子不再摇晃，却说："咦？我、我不动弹了，这、这字……咋还动弹呢？"惹得大家一片哄笑。他在"杨建成"名下，潦草地签了"杨满才"三字。王洪生一看，吆喝道："啊呀！这字写得好啊！"严旺才说："杨、杨家弟兄里头，就他、他念了个初中毕业！"王洪生见签好协议书，高声吩咐道："敬酒！敬酒！"他面带微笑，收好协议书，交给老苟。

地区教委成为第三家进入严河金矿的探矿和采矿单位。批准的探采区域在三号矿区，包括西山里、大沟里的一道湾、一条沟、一面坡。主采区在矿带还没有受到破坏的大沟里。

第十七章　警灯闪烁

一

　　章工的报告获得 206 大队党委的批复，同意他们边探边采，收购零矿，收集弃置的贫矿，建立堆场，尽快投产。为了保证工作力量，大队还为严河金矿增派二十名年轻的地质队员。他们就决定在堆场边上搭建活动板房，建立生活区。

　　堆场建到了河坝里，206 大队向七社农户租用了二十多亩地。秋后收完蕾麦，地上正好没有青苗，地质队就将场地推平压实，将堆场建在中间，将活动板房建在堆场两侧。东侧的十几间板房里，分别安排了大灶、餐厅、库房、置换室、化验室、会议室等；南侧的十几间板房里，主要是男女队员宿舍、项目经理办公室、财务室等；北侧为一道土坎，高约两米；西侧为一条通道，各种车辆可以自由出入。

　　场地正中的堆场上，已经铺好地膜和防渗漏材料，开始往场地里运矿堆矿。周边各村凡有大牲口的农户，纷纷吆上牲口，为地质队驮矿。他们从山上坑道口装好矿石，驮到河坝的堆场上，往返一个多小时，一天可驮七八趟，每趟驮二百多斤，每斤运费五分钱，每回可挣十二三元左右。有人算账，这样驮一个月，就可挣回一头骡子。所以，没有牲口的农户，都借钱去买骡子，然后吆到严河驮矿。一时之间，驮矿队伍串成了线线儿，看不见尽头。曲折的山道上，骡马嘶鸣，尘土飞扬。为了多驮一回矿，他们都顾不上回家吃饭，拿着干饼子啃两口，再在水泉里呷一气凉水，就继续上路。这时候，河坝里来了卖面皮、油糕、漏粉鱼和凉粉的摊子，有时看见，驮矿的人就破费一回，吃上两口，上山接着驮。慢慢地，这小生意吸引了远近的商贩，都将摊子摆到严河的河坝里。在驮矿队伍经过的路口，很快形成一个小街道，有的还搭起简易帐篷。到后头，不仅有各种吃食，还有了水果、饮料、香烟，甚至出现了补鞋的摊位。

坑道里采出的矿石很快被驮光，地质队就对沟里的废石进行了采样。经过化验，废渣中的金品位基本有微量的矿，他们就将这些废渣驮回磨细，掺和到高品位矿石中。还有些无矿可采未建氰化池的村民，有时到废弃的坑道里刨些零矿，背到地质队，按每斤一毛的价格卖了。

驮矿的队伍每天行进在曲折的山路上，难免会出现一些稀奇古怪的事，也难免会出现一些奸人。

李河村的李社教就是其中的一位。

李社教每天从距离严河两公里的李河村赶来驮矿，起初并没有奸心。他从坑道口装了矿，地质队职工为他发一张票，他吆着牲口，老老实实驮到河坝里地质队的堆场上。到了堆场，他交了票，卸矿过磅。后来起了奸心，是他看到沿途沟渠里随意倾倒的废渣。见地质队并没有派人沿途巡查，他就在半路上拐了弯，把矿倒到亲戚家院里，又乘人不备，装一口袋通红的废渣，驮进206队堆场。过磅员只顾收票过磅，起初本没有发现不对。结果，有一回他刚解开口袋绳子，要往大堆子上倒矿时，过磅员喊住了他。过磅员搐着鼻子赶过来，抓起一把口袋的矿末，低头嗅了嗅，就对李社教说："你先别倒！等着！"他抬头喊来了一旁忙碌的徐工。徐工赶到磅秤旁，过磅员指着李社教刚从牲口背上卸下的口袋说："你闻闻这矿石啥味儿？"徐工低头一闻，顿时明白矿石已被李社教调包，换成氰化池里刚掏出来的废渣。

徐工就把李社教叫到了会计室。

进了会计室，徐工给会计安排道："你把李社教领走的转运费查一下，看领了多少，让他全部退回来，还要罚他的款！"李社教一听要对他扣钱罚款，立刻蔫了半截，连连哀求起来："经理！经理！我就倒腾了这一回，你把我饶了哟！"徐工说："你说实话！到底倒腾了多少回？倒腾到哪儿了？说实话！"李社教咬定只倒腾了这一回。这时，门外进来三位膀阔腰圆的地质队员，一进门就揪住李社教胸口的衣服，出手要揍他，吓得李社教抱头号叫起来，连声说："哥哥！哥哥！莫打了，我说实话！说实话！"徐工制止了几位年轻人，问道："你说，倒腾了多少回？都倒腾给谁了？"李社教怯怯地说："都倒到……我亲戚……院里了！不多……就几回啊！"徐工说："领上看去！"李社教就把地质队员领到了亲戚家。

刚进亲戚家院，就看见墙角堆了一堆矿，大约有一吨左右。徐工安排两名队员留守院内，督促李社教吆上牲口，将那堆矿石驮完，再做处理。驮完那矿，已到了傍晚时分，李社教请求放他回家，徐工说："要罚你哩！矿虽然驮来了，但影响恶劣，不罚不行！"李社教当即跪到徐工面前，苦苦哀求道："老哥，我错了！你莫罚我了！我妇人得的乳腺癌，一年要几万元看病哩！你把我饶了！"说着，他就抹起了眼泪。徐工说："我也不知道你老婆是真有病还是假有病，这样吧，少罚些，只罚一千元！可以了吗？"李社教连连磕头，说道："老哥！庄稼汉人，一千元也是个大数字啊！你把我饶了，就莫罚了！我真的要给妇人取药哩！"说罢他又抹起了眼泪。徐工见他眼泪下来，连声说："你起来！起来再说！"

这时，刚从县城返回的章工进了门，见有人下跪，向徐工问了情况。李社教估计章工是主事的头头，又连连为他磕头求情道："经理！我妇人得了乳腺癌，人快不成了。我就驮矿挣些钱，想给她置一副棺板买一身老衣哩！你把我饶了哟！"章工见他言辞恳切，问道："你老婆今年多大年龄了？"李社教流着泪说："今年才三十五，养了两个娃。她一走，我的……两个娃咋弄哩？"随即他哇的一声哭起来。看着李社教横飞的眼泪和圆张的大嘴，章工一时说不出话来。他拉拉李社教的胳膊，让他起来。半晌，他对李社教挥挥手说："你走吧！"

这事情过后，很快在严河里传开了。大家都在念叨着章工为人善良，心肠慈悲，就像菩萨下凡。从此，206队再没有丢过一回矿石。

自从206队的堆场建在河坝里后，金矿堆场又成了年轻人最向往的地方。傍晚时分，地质队的青年男女都会端着脸盆，到河边前洗衣裳。庄里的女子和媳妇也都到河边去洗衣裳，庄里的小伙子又都聚到河边，吹牛聊天，嬉笑打闹。哗哗的水声和咯咯的笑声汇成一片，为山窝子里带来了生气。

就在初冬的一个中午，206队举行了第一堆矿石喷淋仪式。前来观看喷淋仪式的人们摩肩接踵，兴高采烈。堆场上，上万吨矿石堆积如山，色彩鲜艳。当章工推起水泵开关的那一刻，矿堆中心绽开一朵美丽的水花。那水花四下喷溅，煞是好看。随着绽开的水花，震耳的爆竹声在山窝子里噼里啪啦地炸响。

这一刻，天空中飘下这年冬天的第一场雪。人们抬起头来，看到迷茫的天空上，雪花纷纷扬扬，轻轻地落到山窝子里，也落到那座巨大的红色矿堆上。倏忽间，落下的雪花即被喷溅的水花吞没，只听见哗哗的水声响。

二

严河村第一个进入看守所的村民七斤子，被支书严解放保释出来。

走出看守所的七斤子脸色乌青，步履沉重。看到迎面走来的严支书，他立马将头扭到了一边。对于严支书的保释，七斤子并未心存感激。他在憎恨支书，认为他没有打招呼就把碾子沟送了人，那是对自己权力的蔑视；他更憎恨严支书用碾子沟领了人情，致使警察抓了他，让他威风扫地，出尽了丑。他感到，这无疑是一场权力之争，而在这场较量中，他处在下风，吃了亏。这口气，他难以下咽！

严支书接出了七斤子，见面就对他说："为了三队里人的事，你受亏了！"七斤子鼻孔里"哼哼"两声，没有作声。严支书说："为了大家的事，让个家吃个亏，划不来得很！"七斤子又"哼哼"两声，没有作声。严支书就说："回去再莫胡挣扎了，看他谁咋闹腾去！"七斤子还是"哼哼"两声，没有作声。严支书又说："我们平头百姓么，跟那些人弄不过！鱼蛟龙有背景哩么！"七斤子扭头冷冷地望着他，只听支书继续说道："鱼蛟龙他爸就是公安局的副局长鱼鹏么！人家朝里有人哩么！"七斤子再次"哼哼"两声，扭转了头。见七斤子神情阴郁，气色不对，严支书扯着他的胳膊说："走！我请你吃羊杂碎走！"这时候，七斤子抬起头来，说道："我想当村主任哩！"严支书没有听清，问了一声："啥？你说啥？"七斤子提高语气，又说了一遍："我想当村主任哩！"严支书顿时愣住了。过了一阵，他微微露出笑容，捣捣七斤子的胳膊，说道："啊呀！你咋不早说哩？我咋把你忘了哩？"七斤子问道："你看能成吗？"严支书点着头说："我赶紧给潘书记汇报去！"

傍晚时分，刚回家不久的七斤子听见支书严解放的叫门声。打开大门，七斤子看见严支书站在门口，浑身扑满灰尘。他请支书进门，支书神秘地说："这里说话方便！屋里进去，女人家听着不好！"七斤子问："啥事？"支书说："就是你的事！我才从乡上回来，浑身的土都没扫哩！"七斤子拍着他肩头的尘土，问道："有啥眉眼没？"支书顿了一下，反问他道："你跟潘书记有啥成见没？"七斤子疑惑地回答："没啊！只是认识，没啥往来，能有啥成见哩？"支书又疑惑不解了，说："咦？那就不对了！"七斤子惊问："咋哩？"支书说："为啥我一提你的名字，潘书记一下拉下脸来，一句话都不说了？"七斤子又问："他啥都没说？"支书回答："他一句话都没说！到我走的时候，一字不提你！"七斤子摸着后脑勺，神情愕然了。支书想了想，又问他："你跟乡上哪个干部熟悉些？"七斤子说："要说熟悉，还要数老向熟悉！你知道的，他一到村上，吃住都在我屋里哩！"支书一拍大腿，连声说："对了！我咋把这人忘了哩，他跟潘书记是一个乡上的人，这几年不上班，全凭潘书记保着哩，俩人关系肯定不一般啊！"七斤子问："老向能说上话？"支书说："他肯定有办法哩！你赶紧寻一回老向去，看他给你出个啥主意哩。"七斤子点了点头。

七斤子一早就到了避风乡政府。为了避开潘书记，他在乡政府对面的小卖部里坐了很久。直到潘书记坐一辆帆布篷的吉普车出了大门，他才溜进门去找老向。

老向正好在房子里喝茶，见了七斤子，自然亲切。七斤子问："你驻的村调整了？"老向说："没有，还是严河！"七斤子又问："那咋不见你哩？"老向回答："我屋里修房哩，请的长假么，昨天才到期。"七斤子说："这半年多，严河热闹得很，你知不知道？"老向说："我昨天回来，晚上就听潘书记说了，真个热闹！"又问七斤子道："你没打矿？"七斤子就把碾子沟里的纠纷和打架被关的事说了。老向一听，说："这事情就算了结了，你幸亏没有打伤啥人！"七斤子说："金泰公司的鱼蛟龙是公安局副局长鱼鹏的儿子么，我肯定惹不起人家！"老向问："你知道是这关系，你还敢跟人家打架去？"七斤子说："唉！我才知道的！"老向突然神秘地说："还不光是这关系！你不知道，鱼鹏和潘书记是同班同学，铁杆弟兄！潘书记老早就跟严解放打了招呼，让他把金泰公司关照好哩！"七斤子不由倒吸了一口凉气，顿时恍然大悟了。他想起严解放问起他和潘书记关系的话，自言自语地道："怪不得严支书说潘书记对我的事情没表态，人家是这关系么，看来我的事情肯定黄了！"老向疑惑地问："你的啥事？"七斤子就把自己的打算告诉了老向。老向一听，连连顿足，叹着气说："啊呀，老弟！你老早死哪搭去了！人家昨晚夕刚把事情定下，你才提说哩！"七斤子惊问："定的谁？"老向说："我是驻村干部，书记叫我征求意见哩！党委会上定的事，没有发文，我不敢胡说啊！"七斤子便不再追问了。老向想了想，又问他道："你这事情，还谁知道？"七斤子回答："只有严支书知道，还有你！"老向问："严支书啥意见？"七斤子说："严支书同意，已经对潘书记汇报了！"老向沉吟了半晌，又抬头问七斤子："你这事情，想不想真正弄成？"七斤子急切地回答："咋不想弄成哩？我特别想当啊！当上村主任，人就值钱了，就没人敢把我不放在眼里了！"老向说："那就想办法争取！"七斤子问："用啥办法争取哩？"老向说："严支书向潘书记汇报了，潘书记不是没表态吗？这个态度太重要了！"七斤子又问："没表态就没表态么，重要啥哩?"老向喝口茶说:"你想想,如果表了态,潘书记就说党委会上要定谁谁哩,那就没办法争取了!没有表态,就说明可以争取!"七斤子急问:"咋争取哩?"老向又沉默不语了,连连喝着茶。七斤子急得来回踱步,催问老向道:"啊呀!你帮我想个办法么!"这时,老向抬了头,问他道:"严河里有金矿里,你弄那东西方便吗?"七斤子问:"啥东西?"老向用大拇指和食指圈了个圆圈,暗指这么大一块金,七斤子立马明白他的意思,回答道:"那东西,我肯定能便宜收拾一疙瘩么!"老向说:"有这么大一疙瘩就够了!"他又用手比画了一下。七斤子又问:"东西弄好,咋给潘书记往手里接哩?"老向哈哈一笑,说:"那就容易了!你说你在碾子沟里给乡上闯了祸,现今,你认识到自己错了,要交一份检查哩!到时候,把东西顺手一给,再把事情一说就对了么!"七斤子低了头。半晌,他头抬起,对老向说:"我弄去!"

七斤子感到一切都像命中注定一样。他按照老向策划的程序,从头到尾走了一遍。一切似乎都非常顺畅,一气呵成,没有半点拖泥带水。随后,他回到严河,装出一副若无其事的样子,静待结果。

大概到第五天上,终于等来了消息。支书严解放亲自上门通知他到村委会去开会。那天一进大门,严支书欣喜的声音就满院子响起:"艾花儿!艾花儿!"听到喊声,艾花儿答应着出了屋门。严支书指着院里乱窜的一只鸡公,笑嘻嘻地对她吩咐道:"就把这只大鸡公抓住,老早地杀了炖上!煮得烂烂的,听下了没?"艾花儿疑惑地问:"咋哩?有啥好事哩吗?"严支书说:"好事么!我跟七斤子先开会去,开毕会,你就知道了!"艾花儿又问:"给你炖鸡哩?"严支书说:"呵呵!我没那么大面子啊!是乡上的潘书记,还有你的老联手,老向!"艾花儿脸上一红,嘴里嚷道:"你胡嚼啥舌根哩!"艾花儿就去关了大门,撵着那只鸡公"咯咯"地满院乱飞。

会议在村委会会议室举行。乡党委书记潘天才和驻村干部老向出席会议,村支书严解放、文书田成子和各社社长参加了会议。会议由支书严解放主持。严支书先和潘书记低头悄悄交换了一下意见,随后宣布会议开始。他说："今个，潘书记和老向在百忙之中来到严河，宣布村委会班子，首先，由我代表村党支部，对领导光临表示感谢！"在大家的掌声中，严支书宣布了第一项议程："下面，请驻村干部老向代表乡党委宣读任职文件！"

会场上众人哄然起了议论。老向清清嗓子，众人平静下来，听老向有板有眼地念道："《关于严河村村委会主任人选的通知》，咳咳！严河村党支部：经乡党委会议研究，决定提名严七斤同志为严河村村委会主任人选。请按照法律程序，召开村民大会，完成投票选举，并将选举结果及时上报乡党委。咳咳！"

场上众人又哄然议论起来。所有人都将目光投向了七斤子，似乎感到意外。七斤子抬头偷看一眼潘书记，见他正低头在笔记本上写着什么。身旁坐的二社社长旺才子嬉笑着捣捣他的胳膊，他侧身躲着那拳头，只听严支书宣布了第二项议程："下面，请严七斤同志表态发言！"

七斤子听到点了他的名，胸内惶惶地跳动几下，随即干咳几声，保持镇静，便开口发言。七斤子首先说了几句感谢乡党委和潘书记的话，接着，他表态道，既然乡党委和潘书记关心他、信任他，提名他为严河村主任人选，他就要面对潘书记表个态。今后，首先他要服从乡党委、乡政府和村党支部的领导，主动与上级组织保持一致；其次，他还要跟班子的成员，尤其是严支书加强团结，决不撤台，决不暗箭伤人。今后，他更要一心一意地为严河的村民着想，为村民多办实事，多办好事，决不以权谋私，贪图私利。

七斤子表完态，会场上响起稀稀拉拉的掌声。他又偷看一眼潘书记，见潘书记微笑着点点头。这时，严支书宣布了第三项议程："下面，请潘书记做重要讲话，大家欢迎！"会场上响起了热烈而响亮的掌声。

潘天才招了招手，掌声停下来。他清了清嗓子，说道："我要先传达一个县纪委的处分决定。由于在严河矿山的集体打斗事件中，我、还有乡长雍文化、严河支书严解放等人负有不可推卸的责任，纪委决定分别给予我们三人党内警告处分！"会场上起了嗡嗡的议论声。潘天才接着说："今天是严河村委会主任人选的宣布会，我为啥要先传达这个处分决定哩？我的意思是无论担任啥职务，责任重于泰山！大家都清楚，严河的老支书病逝后，原任村主任严解放同志担任了村支书。这几个月以来，村主任人选一直没有提名。结果在这期间，恰巧发生了矿山打斗和乱挖滥采事件，县政府毕县长对我提出了严厉批评。经过这段时间的组织考察，又经过村支部严支书和驻村干部老向的大力推荐，经乡党委研究，提名严七斤同志为严河村主任人选。在这里，我要代表乡党委，对严七斤同志和支书严解放同志提几点要求！"

接下来，潘天才在讲话中为严河村两委班子成员提出加强学习、加强团结、爱民务实、廉洁高效等几条具体要求。最后，他强调了维护矿山秩序、保持农村稳定的问题。他说，据人反映，严河自从发现金矿这半年多时间以来，已发生集体械斗、兄弟仇杀、报复行凶、抢劫偷盗和娃娃中毒毙命等多起案件，严重影响了当地稳定。在矿山开采方面，最严重时无证开采坑道多达一百多个，严重违反了国家有关法律法规，也造成极大的安全隐患。现在，县上已正式批准三家企业持证开采，这就需要大家今后全力做好保障和服务工作。所以，目前一定要把村民法治宣传教育和农村稳定工作抓在手上。如果对这些工作不重视。严河肯定还要出大问题，乡上领导肯定还要再受处分。潘天才又咚咚地敲了敲桌子说，他再一次给大家敲敲警钟。

三

杨超娃刚走进大沟里，就看见地里有人影子晃。

满腹狐疑的杨超娃顺沟疾步上坡。走到承包地的坎子下面，他听到有个声音催促道："都麻利些！把人家的家什都收拾过，要赶紧把场地占了哩！"杨超娃顿时意识到情况不妙。刚一上坎，他就看到地教委金矿的老苟着一身保安服，正指挥两个精壮的汉子搬抬架子车。见杨超娃突然怒不可遏地出现在架子车前，老苟兀自吃了一惊。随后，他笑嘻嘻地迎上前来，手在杨超娃肩上拍了拍，说道："咋咧？兄弟，你协议书都签了，又想反悔了？"杨超娃莫名其妙地望着他，问："我签了啥协议？"老苟笑道："呵呵！我知道你反悔了，结果还真反悔了。呵呵！"杨超娃疑惑地问："我反悔啥了？"老苟说："请你喝酒时，你跟教委金矿签了协议，难道你忘了？"杨超娃问："是个啥协议？我咋不知道哩？"老苟说："你跟教委金矿签了协议，同意支持教育事业，答应他们在你承包地里开坑道哩！"杨超娃大吃一惊。"我签了这协议？"杨超娃瞪大眼睛问，"我咋不知道有这协议啊？"老苟又拍拍他的肩膀说："你到王总跟前看一下去，白纸黑字写得明明白白的！"杨超娃即转身走出承包地。

满脸怒气的杨超娃一进王洪生的办公室，王洪生就双目含笑，拿出一份合同复印件，给杨超娃看。杨超娃瞅一眼合同，大多数字不认识，只是在合同末尾，看到弟兄几人的签名，就问王洪生："这合同上都写了啥？我咋不知哩？"王洪生说："写得很清楚。你看么！"杨超娃说："我只认得个家的名字，不识字啊！"王洪生就眯缝着笑眼道："不识字没啥，认得钱就对了！今个你来，把大沟里你弟兄几个两亩地的赔产钱领了！"杨超娃问："啥赔产钱？"王洪生说："地教委在你承包地里开坑道哩，每亩地一年赔产一千五！"杨超娃又问："喝酒那晚夕，说的……是这事情？"王洪生笑道："本来我们每亩地只赔一千元，严支书还给你多争取了五百，就成一千五了！"杨超娃又问："承包地里有我弟兄几个的坑道哩，咋弄哩？"王洪生说："你没办开采许可证，就是非法开采，县上已经发了通知，关停了。你没收到通知？"杨超娃叫苦不迭，连声说道："这你把我弟兄哄了，老板！我庄稼汉人不识字，让你灌醉酒，糊里糊涂地把字签了！"王洪生微笑着说："你签了字，就要认账哩！从今个开始，教委的坑道正式开工，你要再闹腾去就违法了，小心警察来了，不认人啊！"杨超娃即刻吼声如雷，高声叫道："这我不服气啊！老板，你不能讹人啊！讹下人的没有好下场啊！王老板！"王洪生说："我们是地区教委，公家的单位，我们向来依法办事，从不讹人！你说我们讹人，你就告去！"说这话时，他的脸上还浮着微笑。杨超娃声嘶力竭地说："我一个庄稼汉，又不识字，又不懂法，没处告状去！我看你的坑道，还能不能顺顺当当地开成！"说完他扬长而去。"随便你咋闹，后果自负啊！"王洪生的声音跟着他出门。

杨超娃回去就对杨建成、杨满才说了经过。杨超娃咬牙切齿地说："我看王洪生双眼眯缝，满面笑容，还当他心地善良着哩！现在才知道他是个笑面虎，面善心不善啊！"杨建成说："这人套路深，不是一般人啊！"杨满才说："人家肯定后台硬！硬上硬地闹去，我们弟兄三个肯定要吃亏哩！"杨建成就说："想个办法，要不这口恶气没法咽啊！"杨超娃想了想，说："要不让我妇人和两个大人出面，先闹腾一回去，我们三个先退后一步，暗地里看着！"杨建成说："也对！先试试王洪生的手段到底有多硬！"

杨超娃的妇人水仙子领着六十多岁的公公、公婆来到大沟里，身着保安服的老苟将他们挡在坎下，不让他们进地。水仙子当即双手叉腰，厉声责问："咋哩？我家的地，为啥不让我进哩？"老苟指着地边一块牌子说："你看上面写了啥？"水仙子回答："我一个庄稼汉，不认得字，我只认得我的地！"老苟念着牌子上的字，说："正在施工，闲人免进！"水仙子说："我不管你施工不施工！这是我种了几十年的地，咋变成你的了哩？"老苟说："协议都签了，你回去问杨超娃！"水仙子说："啥协议？跟谁签的？老人名下的地，谁都没权利签！"两个老人就说："对的！这块子地是划到我老两口名下的，其他人做不了主啊！"老苟说："有啥意见寻王总反映去！我是看门的，不让进就不让进，说啥都是闲的！"杨家二老就强行上坎，声嘶力竭地叫骂起来。老苟见两个老人身子颤颤巍巍，不好出手，就退守一边，任其叫骂。随后上坎的水仙子一把拔了牌子，踩在脚下，踩个稀巴烂。老苟看到牌子被毁，逼近水仙子，责问道："你踩牌子咋哩？"水仙子挺身上前，恶声恶气地回敬道："我踩了就踩了，你把我咋哩！"老苟指着地上牌子的碎片说："你胡闹啥哩！"水仙子说："我就胡闹哩！"她又顺手揪住老苟的衣领。老苟说："你把我放开！我不愿意对女人家动手！"水仙子说："偏不放！偏不放！"老苟想转身甩开她的手，刚一转身，吱的一声，他前胸的三颗纽扣被撕掉了。老苟低头去看衣服，谁料水仙子一把摘下他的大盖帽，伸手一抛，圆圆的大盖帽打着旋旋飞到沟里。老苟双目喷火，逼视着水仙子。水仙子又伸手去抓他的脸，老苟连连后退几步。两位老人见状，从身后扑向老苟。老苟猝不及防，遂被三人围住。仨人又撕又扯，老苟的一身保安服顷刻被撕出几道口子。超娃子娘还朝老苟脸上呸呸吐几口口水，吐毕，又弯腰在地上抓一把土，抹到老苟脸上，为他涂了个大花脸。

在坑道干活的民工听到外面闹闹嚷嚷，奔出坑道，拉住杨家三人，老苟才抽身逃脱。老苟从大沟里仓皇跑出去时，那三人的叫骂声还在山沟里回响。水仙子和他公公、公婆骂得口干舌燥筋疲力尽，才从大沟里摇摇晃晃地走出来。刚走出大沟里，老苟领着两名警察挡在面前。其中一名警察掏出手铐，"咔嚓"一下就铐住水仙子，将几人一起带出了沟。见铐了儿媳，两位老人呜呜哭号起来。伴随着老人的哭号声，杨家三人被带到学校院内。

听说警察带走三位家人，杨超娃、杨建成、杨满才弟兄三人匆忙赶往学校。刚进大门，就看见水仙子被铐在院内旗杆上，两位老人蹲在一旁，面如土灰。弟兄三人顿时声如惊雷，满院狂吼。杨超娃顺手抓起墙角一把铁锨，朝门窗的玻璃砸去。杨建成奔向操场的氰化池，飞起脚来，将用砖刚垒的池帮踢倒。杨满才则径直奔向大灶，在厨房里，丁零当啷一阵乱打。两位警察听到动静，奔出门来，掏枪直指着杨超娃，喝令其放下铁锨。杨超娃正打得兴起，手操铁锨，与警察对峙，拒不放下。警察拉响了枪栓，超娃子大飞步上前，抱住了儿子，警察才下了他的铁锨，将他铐上。杨建成见他哥被铐，飞身跑出学校。一位警察撵到学校门口，早已不见他的踪影。杨满才在灶房里出尽了恶气，刚一出门，就被警察的枪口抵上，随即，双手被铐。

支书严解放听到杨超娃全家被抓，急忙赶到学校说情。一听警察要将杨家五口全部带走，严解放苦苦哀求。满脸含笑的王洪生说："把两位老人放了算了，关进去，万一有个一差二错，还交代不了！"

严解放说："把大媳妇子也放了吧！关进去，屋里两个碎娃娃没人管！"警察认为水仙子在大沟里闹腾得过分，不同意。严解放想了想，说："要不是这，我把逃跑的建成子寻来，把他嫂子换回去，让水仙子把屋里经管住！"几人又商量了一会，警察同意了。严支书就去叫杨建成。

傍晚时分，在警笛的尖叫声中，杨超娃、杨建成、杨满才弟兄三人被警车带离严河，成为严河村第二批被警察带走的村民。瓦窑台台上的几位老汉共同见证了杨家弟兄被警车带离的场景。

这个夜晚，每个人的心情都很沉重，每个人都感受到初冬的寒冷和揪心的战栗。伴随着谢牛儿寒风呜咽般的长笛声，这种感觉持续了很久很久……

第十八章　寒风怒号

一

冬天正是枯草季节，山窝子里满目荒凉，一片萧瑟。每年到这个季节，村民们不再把牛羊吆到山上放牧，只需每天添些草料，直到次年春天草芽生发。

谢牛儿却在这天将他的黄牛吆出牛圈。他看到堡子背后的涝池湾里和早已收获的蕃麦地里，撒满蔫头耷脑的蕃麦叶子和黄豆叶子；地坎上，枯黄的猫儿稗子、鸡肠蔓儿迎风摇摆。就为了省下一槽干料，他将牛吆到堡子背后，任由那牛在地里逛悠，自己跟几个老汉去掀牌。

那牛无人约束，在堡子背后的蕃麦地里独自溜达吃草，东遛西遛，竟来到涝池旁。由于数年前，涝池里蓄过水，从山上耕地回来的牲口都在这池里饮过水，所以，黄牛还是奔着那池清水去了。然而，此刻站在池坝上的黄牛，只看得到满池红色的矿渣，不见记忆之中的那池清水，于是，它失望地长叫一声。正当黄牛即将反身离开池坝，双眼突然瞥见池底那摊明汪汪的积水。喉内的干渴迫使它毫不犹豫地奔向那里，一头扎向那摊积水，一气咂得干干净净。刚咂完那摊水，还未转身，黄牛偌大的身子即轰然倒地。随着一声绝望的哞叫声，它口鼻间顿时流出了殷红的血。

找到黄牛的尸体时，已到了傍晚时分。谢牛儿见堡子背后蕃麦地里没有牛的踪影，发疯一般吆喝几位老汉去寻找。找到西山梁上，驮矿的人说未见那牛。谢牛儿以为是牛贩子盗走了牛，正想顺大路追赶，这时，有个老汉想到了涝池。刚走到池坝上，他们就看见黄牛横卧池底的尸体。走进涝池底部，望着黄牛鼓胀的肚皮和口鼻中的鲜血，又看看池底残存的液体，谢牛儿恍然明白了牛的死因。他痛苦地抽搐着鼻翼，狠命在牛肚子上砸了两拳。随着两声打鼓一般的闷响，谢牛儿猛然大放悲声，涕泗交流地号哭起来。那哭声在冬日的寒风中回荡，凄惨而悠长。

几个老汉太了解谢牛儿对这牛的感情了。承包到户后，当了半辈子饲养员的谢牛儿分到一头快老掉牙的黄牛。爱牛如命的谢牛儿对那黄牛百般呵护，但几年之后，那牛还是一命呜呼。幸好老牛死前，下了一只牛犊。在老牛死后，谢牛儿对牛犊备极护爱，让它长成大牛。如今，这牛已与谢牛儿相依为命多年。农忙时节，耕过他家的二亩地后，有谁家需要帮忙，只要上门打个招呼，他必定吆牛相助。有些人家，在他帮忙之后随便给几块零用钱，他就用来买点油盐；有些人家，帮忙之后只是管一顿饭，再给牛挖一碗麦麸，他就全当与牛混了个肚儿圆。在谢牛儿的全部家当里，就数这牛最值钱。谢牛儿半生未沾过女人，无儿无女，他最牵挂的，也只有这头牛了。

见谢牛儿抚着牛头，如万箭穿心一般痛哭不已，几个老汉就陪着他流泪。直到酱紫色暮气笼罩了山窝子，有个老汉劝说道："他谢爸，莫哭了！赶紧把牛埋了咱回！"谢牛儿抱住牛头，不忍心掩埋。这时，又有另一个老汉劝道："赶紧寻辆架子车，先把牛拉回去。要不黑了有野物哩，就把这牛撕掰了！"他才止了哭声，到庄里去借架子车。

推来架子车，几个老汉用撬杠将死牛撬到车上。有人向谢牛儿建议说："干脆直接把牛拉到村委会里，对支书、主任说，让涝池里倒矿渣的人家把牛赔了。"谢牛儿有些犹豫不决。跟前的人都附和道："对的对的！就往村上拉！"当下，几个人就把死牛拉到村委会院里。

刚刚上任的村主任七斤子正在办公室与206队的章工商量春节要社火的事。一听谢牛儿反映涝池里的矿渣残液毒死了牛，他连忙问道：

"死牛咋了?"谢牛儿捂着眼窝的泪,指着窗外的架子车说:"在院里架子车上哩!"七斤子随他出门去看。望着那牛死不瞑目暴凸在外的眼球和口鼻中的鲜血,七斤子半晌无语。他在架子车边蹀了两圈,对谢牛儿吩咐道:"今晚夕你先回去!明个一早,我挨个儿通知往涝池里倒渣的人,到村上开会商量。"

经清理登记,七社在涝池里倒渣的农户共二十四户。第二天开会时,家家都来了人。七斤子先简单说了矿渣残液毒死黄牛的经过,就让大家发言,说说自己的意见。结果,有些人眼睛盯着天花板,又有些人假装闭眼打起了瞌睡,没一个人发言。七斤子见大家一言不发,只好点名发言。他望望会场,指着右侧座位说:"从我右手里开始,一个接一个地说!第一个是马营子,你先说!"马营子舔舔嘴唇,嘟哝道:"这事情,咋说哩?放牛的人自个儿要把心操上哩么!"说完,不再言语了。七斤子追问道:"还有啥说的哩?"马营子回答:"说毕了!"七斤子就让跟前其他人接着说,跟前的人又重复了马营子的意见。一圈下来,二十几个人都说了同样的话,再也不愿多说一句。见无人愿意承担责任,七斤子最后表了态:"我把丑话说到前头!这次幸亏闹死的是一头牛,如果是一个人,闹死了,大家都不想担责任,法律把大家能放过吗?现在大家都是一句话,认为事情出下了,是谢牛儿自个没操心。依我看,谢牛儿有没有责任?有责任哩!但大家都莫往涝池里倒渣,牛能闹死?所以,我觉得,都莫太心私了,都把责任担上,每家分摊一点!咋分摊哩?我看,谢牛儿的牛,市场上一千五百元值哩!就按一千五算,二十四户人平摊,每户分摊六十元!剩余的,算谢牛儿的责任,由他承担!要都答应,就按这个账算给谢牛儿!要不答应,谁有啥意见,就告去!"说完后,他抬头看看众人,见大家都低着头,还是没一个人表态。七斤子就又问:"听清楚了么?"仍然没人回答。七斤子又逐一点名询问了意见,都说听清楚了。七斤子最后说:"谢牛儿到严河来,多少年了,又是个大善人,给谁家都帮过忙!严河里人做事情,不能把他亏了!今个把这事情定下,下来村上不再统一收钱,由谢牛儿自己上门要。大家都掂量着去,立马给谢牛儿赔了!"

结果,会后多日,还是没人给钱。谢牛儿不好上门去要,只是在路头路尾,碰上几个人问了问,那几个人都说:"我这几天金子没卖哩,手头上不方便,你先到别人家要去,要上了再说!"谢牛儿就觉得那些人都在推脱。从此,他再也不提要钱的事,免得招别人的白眼,或者惹得人家心里不爱。他长叹一口气,将死牛拉到瓦窑台台上,当众剥了皮,把牛骨牛肉埋到涝池里。随后,他把牛皮钉到墙上,天天在笼上火烤。他对众人说,烤干了,他要用这张牛皮鞔一只大鼓,天天打上,让庄里人听着大鼓的响声,永远莫忘他的牛是咋死的。

到了腊月里,谢牛儿鞔好了鼓。那是一只直径接近一米的大鼓。每晚夕,谢牛儿都要擂响那鼓,让腊月的寒风把鼓声传得很远很远。

二

这天,随着轰隆一声巨响,刚子的坑道被彻底炸毁,全部垮塌到选民子坑道内。

这一炮是选民子放的。

为了这一炮,选民子等待了几天。他早就预料到,这一天迟早要到来。因为矿带延伸到前方,似乎有人剪断一般,齐刷刷地消失了,他只有后退回采。回采时,他发现一味朝下挖,会越挖越深,而且开采条件越来越差。所以,他选择了朝上采。刚向上采时,他没有听到声音,后来低头扛矿时,发现安全帽上不时唰唰地淌矿渣。他仔细观察头顶的矿带,隐隐听到一种腾腾的声音。他即刻意识到,坑道随时都有塌下的可能,如果再不炸塌,就要停止采矿;如果强行采矿,风险太大,防不胜防。他决定先炸塌坑道,彻底排除安全隐患,再与刚子周旋。

选民子在等待放炮的时机。他发现,连续多日,刚子的坑道里一直不离人。腊月的天气滴水成冰,刚子和曹月亮在坑口撑起一顶绿色的帐篷,又在帐篷里生了煤炉,轮番值守。终于有一天,刚子回家去提饭，曹月亮随后又去山下背煤，选民子就让兄弟塌塌在坑道口瞭望，他自己神秘地溜进坑道，点响排炮。

等刚子和曹月亮回到坑道，选民子已在地边等候多时。刚一见人，选民子就喊道："刚子，你的坑道塌了！"刚子莫名其妙地问："你说啥？"选民子又说："我的坑道里没多少矿了，我想先把脚底里的一股子矿采了哩，就放了一炮。结果炮放毕，进去一看，头顶子上震塌了，把我的坑道垒满喽！"刚子和曹月亮急忙进坑道察看。

走到坑道尽头，刚子和曹月亮被眼前的情景惊呆：只见一个巨大的黑洞出现在脚下，黑洞的茬口处，有明显的爆炸冲击痕迹；爆炸之后的矿渣蓬蓬松松，正缭绕着丝丝缕缕的硝烟。浓烈的硝烟味充斥在坑道中，呛得他俩连连咳嗽。两人即刻意识到，坑道是被选民子故意炸塌的！

看到脸色阴沉的刚子和曹月亮走出坑道，选民子立马给站立一旁的塌塌打个暗示性的手势。塌塌假装随意地走到一把钢钎跟前，一屁股坐上去，听到那边几人吵了起来。刚子说："明明是你有意炸了坑道，为啥要说塌了哩？"选民子狡辩道："我没有朝上炸去！我朝下炸着哩，明明是震塌的么！"曹月亮怪声怪气地骂道："放屁的话！"选民子一愣，责问曹月亮："你说谁放屁？"曹月亮双手叉腰，靠前抵近了选民子，挺着胸脯说："说你哩！"选民子也不甘示弱，靠前抵近了曹月亮，指着他回敬道："你放屁哩！"曹月亮见选民子的手指伸来，张嘴咬去，随着咔嚓一声，选民子顿时吱哇哇叫起来。见手指出了血，他满地乱跳，左右寻找着趁手的工具，欲击打曹月亮。曹月亮也回头去寻找工具。这时候，一旁的塌塌手持钢钎，朝曹月亮偷偷奔来。曹月亮听见呼的一声风起，回头一看，塌塌手中的钢钎已朝他背部袭来。曹月亮飞步闪开，腾的一声，那钢钎戳入矿堆中。刚子尖叫一声，从背后抱住塌塌，夺过他手中的钢钎，断喝道："你想出个人命哩，是不是？"几个人即刻住了手，站在原地喘气。

刚子喘着粗气，问选民子道："你说！炸塌了咋了结哩？"选民子摆了摆头，说："你说哩？"曹月亮手指选民子，厉声说道："你把两家子坑道炸透了，那两家都在你的坑道里采矿！"选民子又将流血的手指指向曹月亮，说："你说的比唱的还好听！"曹月亮拧着脖子说："那你为啥要炸塌坑道哩？"选民子说："我再说一遍！不是我炸塌的，是震塌的！"曹月亮说："我不信！"选民子说："信不信由你！"曹月亮说："现在我没坑道了，只有两家子一搭采！"选民子说："偏不让你采！"曹月亮又顺手操起一把铁锨，气愤不已地说："那就武力解决！"他抡了抡那锨，锨刃子亮光一闪。选民子和塌塌一看，也拾起了工具，一个抓着洋镐，一个提着钢钎，都说："解决就解决！谁害怕谁哩！"见刚刚平复的冲突再次起来，刚子又奔过来，隔在双方中间，喝令几个人都放下工具。他苦口婆心地劝说道："商量着弄！商量着弄！莫让人看笑话了！"选民子兄弟和曹月亮还是阴着脸对峙，互不相让。

坎下争吵的声音，坎上的雕子听得清清楚楚。他本来要进坑道背矿，听见争吵和扑打声后，便点上一锅烟，坐在矿堆上听。旺旺说："我赶紧解劝去，要不出了人命咋办哩？"旺旺欲往坎子下走，雕子叫住他，说："你少管闲事，把该干的事情干！"旺旺就止了步，也坐在矿堆上听。一阵子，他们听争吵声又缓下来，几个人正在叽叽咕咕地协商着，就估计这仗打不起来。协商一阵，又听曹月亮吼声如雷，协商无结果。"你弟兄俩一搭上，我把你俩的小命同时要了哩！"随后又是一阵叮叮咣咣的扑打声。旺旺就去地坎边偷看。

这时，旺旺看见曹月亮手持铁锨，正在迎战选民子和塌塌俩人。刚子站在双方中间，左面说几句，又扭头去右面说几句，身子被两面的人推来操去，十分危险。只见曹月亮隔着刚子，凌空劈下一锨，刚子身后的选民子和塌塌跳闪到一边。避开后，选民子又隔着刚子，一镐挖下，被曹月亮以锨抵挡。随即，塌塌绕过刚子，斜挥一钎，正中曹月亮肋下。曹月亮尖叫一声，躬身揉了揉肋骨，恼羞成怒地舞动铁锨，绕过刚子，直击塌塌。塌塌击中曹月亮，未及挥钎，就见曹月亮凶神恶煞一般猛扑过来。他拖钎疾走，未料曹月亮随后赶上，手起锨落，一锨铲中站在上坎的塌塌的后腿。塌塌惨叫一声，滚落坎下，被曹月亮照脸连砍两锹。选民子还未反应过来，就见塌塌被砍翻在地，遂大叫一声，挥镐奔向曹月亮。刚子见塌塌脸上血肉模糊，翻倒在地，即朝曹月亮高声喊道："咋不快跑哩?"曹月亮随手抛掉铁锹，疾步跳上坎，朝大湾里跑去。选民子挥着洋镐，上坎去追，见曹月亮已经遁入碾子沟里，知道再追不上，遂返身回来，抱起血泊之中昏迷不醒的塌塌，连声呼叫。刚子紧步赶上，对选民子说："赶紧抬村医室走!"即与选民子抬起塌塌，向山下走去。

三

腊月里风苍子真硬。夹棉的帆布帐篷，似乎难以抵挡凄厉呼啸的寒风；四面矿渣围成的坎塄，也似乎难以抵挡夜晚山窝子里肆虐的寒意。尽管帐篷里生了煤炉，行军床上铺了厚厚的褥子，盖着厚厚的棉被和军大衣，雕子还是感到了刺骨的寒冷。

雕子屈指算来，从秋到冬，他已有几个月没有回家睡觉了。那个秋夜，他睡到屋里的最后一个夜晚，伤了他的心，也断了他的欲望。他就把坑道当家，把帐篷当屋，睡过了一个秋天，又睡进了冬天。除了吃饭，或者家里干活需要回去，其余时间，他都在圆坡子上。

他熟悉了圆坡子上夜晚的蟋蟀声。那凉凉的晚风吹着，满山遍野的蟋蟀唱了一曲又一曲，把山窝子的秋夜唱成一首凄婉的歌。有时候，他在帐篷外撒尿，听见蟋蟀在脚下唱，刚有响动，蟋蟀似乎换了地方，又在另一片草丛间唱。他朝蟋蟀鸣唱的草丛移步，那灵性的声音倏忽又止，似乎又在远处的坎子上唱。他只听那美妙的声音一直在响，却永远见不上那黑色精灵的踪迹……

他熟悉了圆坡子上冬日的风语。初冬的风声，宛如新婚夫妇绵绵的情话，絮絮叨叨，却又甜甜蜜蜜，缠绵不尽，袅袅不绝；深冬的时分，风声像赶过来一群羊，噼里啪啦，杂乱无序，又像零落的雨滴，纷纷乱乱，冲击着幽静的水面，使人意绪难安，心乱如麻；到了隆冬，凄厉的风声带了呼哨，在大湾梁上一路尖叫，俯冲而下，又一头扎进碾子沟里，鼓荡出嗡嗡的回音，随后从碾子沟窜出来，扯着长音，掠过圆坡子上空，使人心内惶然，惊恐不宁……

他熟悉了圆坡子上特有的土腥味。秋天的时候，泛着铁腥的泥土味里，掺杂着令人难耐的焦煳味、荞麦林的腥甜味以及洋芋蛋儿的土腥味；冬日的时候，浓郁的铁腥中，一股潮湿发霉的气息强烈地刺激着他的神经，使他快要疯狂了……

他记得，每次回家吃饭，他都要面对荷包儿毫无表情的脸；每次都是荷包儿将饭碗重重地撴到他面前，然后冷冷地转身离开。他从她转身拂动的煤烟里，能够感到她的情绪；从她扯出的长长鼻息中，能够感觉出她的心绪。然而，每到这时候，他都将快要出口的话语咽下。偶尔间，他抬头看看荷包儿，除了满脸嫌弃外，他没有看到过欣喜，更没有看到过交流的眼神。他明显地感觉到，她似乎要通过回避疏远他，最终远离他。这些念头，偶尔在他心头闪现以后，就如蛇一般紧紧地纠缠着他，噬咬着他，使他有一种被乱箭穿心了一样的痛苦……

他记得，马向前和荷包儿每次从城里归来，都有说不尽的话，以及掩饰不住的兴奋和欣喜。那天下午，马向前和荷包儿从县城返回时，他正好驮矿回家，见倒了一杯水喝。马向前跟他打过招呼，就去耳房里歇息。荷包儿脱去外套，从手提袋里掏出一件黑色皮衣，套在身上，径自去了耳房，让马向前看。她一进耳房，俩人的笑声就从里房传出来。那笑声像马蜂一样，追着他的耳朵叮。他还听到，马向前兴奋地评论衣裳上身的效果："这件夹克跟你的身材太搭配了，显得你的腰细了，脸也白了！"他听荷包儿说："就是的！这皮夹克比那件红色风衣打扮人啊！"这时，他又听马向前称赞道："这一下，你跟电影《庐山恋》的女主角越像了！你不信，过去让雕子看一下去！"荷包儿即刻变了口气，气呼呼地说道："我才不让他看哩！看他那德行，也看不来个瞎好，谁为他打扮去了？"听了这话，他简直要崩溃了。望着扭动腰肢进门的荷包儿，他额上的青筋突突跳动几下，他将水杯重重地在桌子上一撴，吆着牲口出了门……

他记得，有多少个夜晚，他身子发胀，燥热难当。想起荷包儿光滑如鱼的身子翻腾扭动的情景，他就在行军床上辗转身子，直压得床上弹簧咔嚓嚓响。偶尔一回的以手相戏，虽使他在舒畅的喷射里放飞了身心，排泄出懊恼已久的燥热，却让他又陷入新的失落和烦闷之中。有时候，他被燥热折磨得无法入眠，就一个人钻入坑道，套上背篼，疯狂地奔下圆坡子……

此刻，在这个寒冷而孤寂的夜晚，痛苦和焦灼感又在噬咬着雕子的心。尽管他在竭力控制着自己的心绪，但荷包儿光滑如鱼的身子，总会不由自主地浮现在他的眼前。恍惚中，他似乎又来到荷包儿身边。荷包儿雪白的软身子强烈地诱惑着他，他伸手去抱，却抱了个空。正在焦急中，那个白身子却又在他的前方出现。他疾步上前，再次想将那身子抱住，却见马向前从旁边闪出来，张开双臂，将荷包儿掳掠而去。旋即，他似乎看到荷包儿的软身子在马向前怀里像蛇一般扭动起来……他拼命向马向前的身影扑去，却感觉脚下发虚，无力前行。他伸手向荷包儿够去，却怎么也够不着她的身子……情急之下，他"啊"地叫出了声，猛地惊醒，一身冷汗。

醒来后，雕子无法入睡。梦里的情景，从他脑海反复掠过，让他胸口不由得一阵阵绞痛。听到旺旺吆着骡子进了矿场，他穿衣起身，对旺旺说："今晚夕，你好好睡一觉，我驮矿去！"旺旺问："坑道的矿都背出来了？"雕子说："坑道里没矿了。明早起再打眼子，今晚夕你歇下！"他接过了缰绳。

荷包儿做梦也没有想到雕子会半夜回来。那晚她等旺旺去坑道驮矿，就半夜爬起，虚掩住上房门，悄悄进了耳房，钻进马向前的热被窝。

马向前其实也正想着荷包儿，只是他听到驮矿的骡子出出进进，不便去推荷包儿的门。抱着荷包儿光滑如鱼的身子，他惊奇地问："你咋知道我正想你着哩？"荷包儿嘻嘻地说："我耳朵烧得很，就估摸着你想我了，正念叨我哩！"马向前说："我两个前世里肯定结了缘，所以，这辈子不是夫妻也要走一搭哩！这叫心有灵犀一点通啊！"荷包儿说："我当女子的时候，就成了你的人，这肯定是缘分啊！"马向前喃喃地道："这辈子，恐怕我两个，扯不离身了！"荷包儿动情地说："向前哥，今晚夕，我对你有话说哩！"马向前问："啥话？"他紧搂荷包儿的双臂一抖。荷包儿羞答答地说："我……十有八九，怀上了……你的娃！"马向前双臂又一抖，"啥？"他惊喜地问，"你说的真话？"荷包儿在马向前怀里沉沉地点点头，说："向前哥！我没有胡说！我身上没来，已经有一个多月了！这几天，我试着恶心得很！"马向前扳正荷包儿的身子，让她仰面躺了，手抚她的肚子说："哈哈！老天爷，我马向前有后了！"听着马向前激动的声音，荷包儿又紧搂住他的脖子，娇媚地说："向前哥！只要你……不嫌弃我，我还要给你……养……几个娃哩！"马向前感到肩膀上一片湿，知道荷包儿掉了泪，边搂紧荷包儿不放，边激动地说："荷包儿，你这一辈子都是我的人了！泡毕了矿，我要领上你，远走高飞哩！"两个身子又紧搂到一起。

雕子一脚踹开耳房门时，马向前和荷包儿还搂在一起。雕子大喊一声："奸夫淫妇！终于让我抓住了！"吓得马向前推开荷包儿，急忙提过脚下的衣裤，匆匆忙忙往身上套。雕子一把拉亮了电灯。"狗日的马向前！我把狼叫锅里屃屎来了！"灯光下，五官变形的雕子狂吼道。随即，他凶神恶煞一般挥舞着拳头，向坐在床沿的马向前扑来。见雕子扑向马向前，裹着被子站在床下的荷包儿惊叫一声，不顾一切扑过去，挡在雕子面前。荷包儿说："你不许打人！一切与他无关！"雕子见披头散发的荷包儿护着马向前，怒火中烧，一个巴掌扇向荷包儿。"婊子！"他狂骂道。随着响亮的巴掌声，荷包儿一个踉跄，身子扑倒在床。马向前伸手扶起了荷包儿，逼视着雕子说："你不许打她！有话好好说！"雕子见两个人嘴硬，又飞起一脚，朝马向前踢来。马向前胸脯上挨了一脚，歪倒在床。雕子即又扑到马向前身上，拳头狠狠地在他背上擂起来。

荷包儿见雕子突然变成一头野兽，情急之下，一步奔向墙角，在药剂袋上抓过一把剪刀，横在自己脖子上。对雕子尖叫道："住手！你再打他，我就死给你看！"雕子吃惊地盯着荷包儿，被剪刀上闪动的寒光逼退。他起身退后，指着马向前，呵斥道："你做这猪狗不如的事，欺人不欺人？啊？"荷包儿抖着剪刀，又挡到马向前面前，说："你不能怨他，都是我的事！我自愿寻的他！"雕子气急败坏地问："你为啥把我不当人哩？"荷包儿说："你去牛蹄子窝窝里尿一泡尿，把你照一下！"雕子说："照一下咋哩？你看不上我，为啥要跟我结婚哩？"荷包儿说："你再闹腾，再闹腾，我两个就离婚，各走各路！"雕子气得粗气直喘，无言以对。荷包儿又说："今晚夕的事情你也看着了，我也不想多解释！都说家丑不可外扬，这话你慢慢掂量着去！以后，你跟马向前配合上，好好地把矿泡着，这日子就还能过成！你要再计较今晚夕的事情，这日子就过不成了！要么我死，要么我走！你掂量着去！"荷包儿正说着，只听门槛沉重地响了一声，她抬头一看，雕子已夺门而出，身影消失在无边的黑暗中。

第十九章　社火禳灾

一

那一刻，雕子万念俱灰。他深一脚浅一脚地走出篱笆大门，来到圆坡子上。

帐篷里，旺旺鼾声如雷，雕子没去叫醒他。看到行军床床头扣着一只背篓，雕子就将背篓翻过，坐到上面，掏出纸烟，一支接一支地抽。帐篷外，骡子喷了声响鼻，他没有去解鞍，任由那骡子喷着响鼻，尾巴甩得唰唰响。

他最怕发生的事情，终究还是发生了。就在刚才，面对荷包儿手里闪光的剪刀，他选择了沉默，因为他怕荷包儿真出意外。如果他继续追究两个人的奸情，她真有可能将剪刀扎进脖子里，让鲜血满屋子喷溅。他曾领教过荷包儿的暴烈。就在他俩结婚一年左右时，为了一件小事发生口角，正在做饭的荷包儿气愤不已，手持切刀，剁向自己的胳膊。此后，他轻易不惹她，遇到她撒泼，他就会选择沉默。这一次，他虽然选择了沉默，却难以平复心头的怒火。不经意间，一个自杀的念头浮上他的心头。

"把这人有啥活头哩？"雕子自言自语道。

他想，他要一死百了！死了之后，他就化成了大湾梁上的那道烟雾，没有人去关注那烟雾的飘散游移，也没有人评论那烟雾的来去聚合。而他的灵魂，还可以隐到那烟雾后，看世上的人如何为了利益打架斗殴，如何为了情爱厮杀拼命；或者他要化成碾子沟出入的那一缕风，来无影去无踪，只把冰冷的感觉和凄厉的声音带给世人，再也不用在刺骨的冰冷中瑟瑟发抖，更不用听着凄厉的吼叫声心烦意乱。

他走出帐篷，拍了门口站立的骡子一把。那骡子知趣地为他让开一条路，他径直走进坑道去。

坑道里一片漆黑。矿灯没有充电，电量微弱，光线显得模糊而昏暗。雕子摸索着地走到采矿区域，仰头向顶部看去，只见一个巨大的采空区像倒扣头顶的大锅，黑咕隆咚，望不见顶。他站在采空区下方，闭上双眼，盼望着有个牛大的石块砸下，就可以一了百了。他在黄渚关背矿时，亲眼见过石块砸人的情景。当时，他距离那人仅仅一步。就这一步之差，他幸免于难，而轰然坠下的巨石将那人砸成了肉泥。所以，他知道这种死法干脆利落，不哼不哈，毫无疼痛，在一瞬间即可了断尘世，抛却烦恼。然而，这坑道在每次爆破后，他都要搭着梯子上去清理块，此刻，不会有石块落下，砸到他的脑袋上。他又借着昏暗的灯光，举目环顾，希望找到那个岌岌可危的矿柱。只要挥动大锤，砸毁矿柱，冒顶的矿渣也可能将他吞噬。但是，落下的矿渣埋没了矿柱。见矿灯灯光愈来愈暗，他失望地叹一口气，又踽踽走出坑道。

黎明时分，逼人的寒气在山窝子里游走。雕子嘴里呼出的热气，很快在他的胡须和眉梢上凝结成白霜，像结成两道硬壳，使他很难利利索索地张嘴睁眼。他在矿场上来回踱着步，心里突然又想起一个去处。在那里，他可以轻松地了结自己，便抬腿朝堡子背后走去。

他径直来到那个家家都倾倒矿渣的涝池。涝池里冻结的矿渣，成了一块块硬板，他的脚踩上去，咯嘣咯嘣响。前段时间，谢牛儿的黄牛在这里饮了残液，顿时四蹄朝天。他如果找到残液，只需一口，就可以追随黄牛，永无烦忧。他顺着矿渣而下，来到涝池底部，四下搜寻，却未见到残液的影迹。有人已将池顶的矿渣挖到池底，拥平积留残液的坑凹。他再次失望地叹息一声，重新回到圆坡子上。

旺旺已经睡醒，在帐篷里响亮地咳嗽。骡子还驮着鞍子，规规矩矩地在帐篷门口喷着响鼻，甩着尾巴。雕子进了帐篷。看到旺旺用惊奇的目光望着他，还问他道："哥，你咋顶了一身的霜，驮了一晚夕矿？"雕子嘴里含混地应付了一声。旺旺见他神思恍惚，气色不好，又问："哥，你咋了？"雕子又含混地回答道："没啥！"旺旺说："今个是大年三十了！我要赶紧回去哩，初五一过，我就来了！"雕子这才记起今天的日子。他对旺旺说："你回吧！我正好趁着过年，歇上几天！"旺旺说："也好！反正坑道里没人给你帮忙打炮眼，你回去好好缓几天！"雕子叹一口气，说："唉！我回屋里做啥去哩？我住帐篷里算了，还要有人看坑道哩！"

旺旺吆着驮矿的骡子，从圆坡子上走下。见旺旺的身影融入晨曦之中，雕子便一头栽倒在行军床上。傍晚时分，听着寒风中传来打鼓的声音，以及碎娃娃偶尔点响的"二踢脚"声，强烈的孤寂感向他袭来。

往年，大年三十的这天，他总要进城赶一回年集，回到家里，在炕周围糊一圈新买的炕围纸，再撕掉旧亮窗纸，糊上新亮窗纸，贴上新买的"喜鹊闹梅""连年有余"窗花，又在门框上贴上红艳艳的春联，新年的气氛就会浓郁而热闹地显现出来。准备年夜饭时，荷包儿要将面揉了又揉，直到揉出面的筋丝，才晃悠着好看的腰身去擀面。擀好后，她将面切得又细又长，再切一大碗红肉，还有洋芋、菠菜、胡萝卜、豆腐丁，炒成香喷喷的臊子。面条捞到碗里，再舀两勺臊子汤，油花就在碗里转圈。吃饭之前，要先敬老天爷和先人。荷包儿将捞出的第一碗饭，恭恭敬敬地献在院里的小供桌上。这时他要点燃一串鞭炮。在噼里啪啦的鞭炮声中，他端起饭碗，在写着"天地三界各诸神位"的天爷牌位前，洒汤祭奠。荷包儿又将捞出的第二碗饭，恭恭敬敬地献到"严门三代宗祖之神位"的牌位前，由他敬先人。他毕恭毕敬地为先人上香点蜡，又焚化三张黄表纸，而后，端起碗来，洒汤祭奠……而今年这个大年三十哩？雕子想到这里，眼里已经滚出两行清泪。

这时候，谁家响起了一串鞭炮。雕子知道，这是有人开始敬天爷和先人，敬完要吃年夜饭了。紧接着，严河村里，鞭炮响成一片。在炒豆子一般的鞭炮声中，还夹杂着钻天哨的嗖嗖声和二踢脚的噼啪声。包裹在严冬之中的山窝子，顷刻被杂乱的爆竹声炒热。雕子再也无法在冰窖一般的帐篷里安睡，他要回家去，为老天爷和先人磕头上香。

走进熟悉的篱笆大门，迎面扑来一股死寂的悲凉气氛。门框上，去年贴上的春联已经褪色变白，有几处撕碎的破片，倒挂在门框上，在寒风中瑟瑟抖动。亮窗纸破了几个黑洞，褪色的"喜鹊闹梅"和"连年有余"窗花，如同旧衣服上的破补丁一样刺眼。进门后，荷包儿从枕头上抬起长发蓬乱的头，用浮肿的眼睛慵懒地看了他一眼，又倒头睡去。刚睡下，剧烈的咳嗽催得她浑身抖动不已。咳嗽一阵，她又吃力地起身，朝炕下吐了一口黄水。炕的周围，去年糊的炕围纸已经褪色发白，四边卷起了筒，脊背经常摩擦的地方，泛着亮晶晶的黑光。团桌上、炕琴柜上、床板上和窗台子上，明显地落了一层灰尘。进了灶房，一根柴还在炉膛里冒烟，揭起锅盖，半锅连锅面仍在煮泡儿，面条的汤汁已煮成糨糊。他恍然明白，马向前已经回家过年，这是荷包儿为他备好的年夜饭。

雕子强忍着满腹酸楚，舀了一碗连锅面，敬献到院内一块台板上，又点燃三张表纸，跪在地上，磕了三个响头，算是敬过天爷。他又舀了一碗面，敬献到团桌前，随后，点燃香蜡表纸，重重地磕了三个响头，算是敬过先人。表纸的纸灰还在团桌前缭绕，他就提着一罐连锅面，起身出门，向黑魆魆的圆坡子上走去。

这一刻，天空中飘起纷乱的雪花。在家家大门口红灯笼的映照下，下雪的夜空通红透亮，营造出浓浓的新岁气象。瓦窑台台上，又响起谢牛儿的打鼓声，在咚咚作响的打鼓声中，有人唱起了欢快的社火曲《雪打灯》："正月里来雪打灯，绣球单打小罗成。二月里来龙抬头，王三家出妆上彩楼，上了彩楼往下看，绣球单打薛平安……"听着激越亢奋的社火曲，雕子眼中的热泪扑簌簌地流了出来……

二

严河村的两委班子决定，这年春节里，要组织村民热热闹闹地耍一场社火，一则由于金矿开发以来，村民的光景开始红火了，值得好好地欢闹一场；二则由于一年来庄里刀刀杖杖，一直不太平，需要耍场社火扫除晦气，乞求平安。

支书严解放和村主任严七斤就通知各社社长和206队金矿、教委金矿、金泰公司负责人，来村委会会议室开会，共同商量耍社火的事。

会议开始后，七斤子清点了一下人数，发现教委金矿负责人王洪生没有到会。七斤子就对文书田成子说："你把教委金矿的王总请一下，他就在村委会隔壁哩，咋不见人哩？"田成子就去学校通知王洪生。等了一阵，田成子领着老苟进了会场。七斤子问："王总知道今天要开会商量耍社火的事哩，他咋没来哩？"老苟回答："他进城给领导拜年去了！"七斤子冷笑一声说："哼哼！王总拜年去了，你能做得了主？"老苟疑惑地问："你是说……做啥主哩？"七斤子又说："他明明知道村上耍社火，要掏钱哩，就打发你来，这主你能做？"老苟舔着嘴唇说："嘿嘿，这就要我给领导汇报哩！"七斤子又冷笑两声说："哼哼！你汇报去，要把钱落实了哩！"随后，他对支书严解放点点头，说："你先说！"

严支书一本正经地开了腔，说："今个是1993年鸡年的最后一天，眼看着一年就要到头了！这一年里，全庄的人，大部分沾了金矿的光，光景比以往好多了！但是，这一年里，庄里也一直不太安然！从明个开始，就是狗年，为了辞旧迎新，也为了解禳灾星，祛除恶煞，给全庄人带来和顺平安，按照自古以来的规程，今年庄里要耍一场社火哩！今个通知大家来，就是跟大家商量，把这台社火耍好哩！我跟严主任商量过，意思是不耍则已，要耍，就要有力的出力，有钱的出钱，靠大家的力量，把社火耍好！要出严河人的威风，要出严河人的水平哩！"

听支书说完，大家七嘴八舌地起了议论。几个年长的社长说：

"耍社火是好事！严河里已经几十年没耍过了。今年一耍开，按规程要连上耍三年哩，不能耍一年就停下，停下对庄里不好！"严支书说："这规程，大家都知道！那就连耍上三年么！"还有人说："耍场社火好！正月十五的一晚夕，一定要'万庄'哩！社火绕庄一圈，就能把凶神恶煞清扫干净，让庄里太平！"几个年轻的社长说："今年的社火，一定要绑两条几十米长的龙哩！让金矿上发了财的暴发户多出点血，把龙绑好，到时候好好地耍个人！"

七斤子就说："掏钱的事，主要让206队、教委金矿和金泰公司三家金矿承担！几家金矿的人都来了，大家在这搭给个声气，看一家能掏多少？"他话音刚落，206队的章工站了起来，他竖起一个指头，对大家说："我们出一万元！活跃群众文化生活嘛，好事！我们出一万，以示支持！"严支书和七斤子带头鼓起了掌。事先对章工压了话的七斤子见206队配合得很好，就去瞅老苟和鱼蛟龙，希望那两家也能在206队的带动下，踊跃集资。老苟满脸通红，站起来说："我要对王总汇报哩！"众人又将目光投向金泰公司经理鱼蛟龙。见大家瞅他，鱼蛟龙表态道："金泰公司摊子小么，效益也一般，我们支持两千元！"七斤子说："有人说，碾子沟里金矿品位是最好的！你掏两千，恐怕说不过去啊！"听七斤子这样说，曾与他交手的鱼蛟龙脸一红，说道："你看着安顿算了！"就低头不语了。

七斤子最后做了具体安排，说："大家既然都支持耍社火，我就给大家分个工。下来，按照分工，从今个开始，大家就各行其是，该准备的准备，该排练的排练去！计划从正月初六开始，先在每个社里各耍一场，再给206队、教委金矿和金泰公司各耍一场，十五的一晚夕，耍毕先'万庄'，结束就卸妆！这一次的总社火头，是严支书和我，各社社长是各社的社火头！谢牛儿当伞头！谢牛儿嘴皮子利索，还能编几句段子，到时候还要他耍人哩！每个合作社各出十个拿花儿，各出两名马牌子。一社里出牛，二社里出旱船，三社里出大头娃娃，四社里出狮子，五社里出纸马，六社里出四把牌灯和一个老妖婆，七社里出两条龙，还有一把伞。各社里谁出啥，谁就准备啥，到时候场子里耍啥！经费的事，206队已表态要出一万，我的意思，教委金矿和金泰公司各出五千！老苟给王总汇报去，让他掏五千！金泰公司的鱼经理在这搭哩，你看五千咋样？"鱼蛟龙点了点头说："能成能成！五千就五千！"七斤子说道："那就这样定下！"

村委会里还在开会，耍社火的事情已传遍全庄。大家都说，严河里几十年没有耍过社火，过年耍一下，是好事情。当谢牛儿的大鼓在瓦窑台台擂响时，大人娃娃都拥到瓦窑台台上唱起了社火曲。大姑娘、小媳妇都扯长嗓子跟着吼。塌塌的妇人刘春儿一边唱着，一边还在欢快地跺着脚跳。七斤子的妇人艾花儿看见刘春儿，捣捣身旁女伴的胳膊，说："你看刘春儿的腔势！"跟前的女人问："她咋啦？"艾花儿神秘地说："跟上206队的工人跑了，你不知道？"那女人吃惊地说："没听谁说啊！"艾花儿又说："塌塌寻七斤子来告状了，说刘春儿让206队里的人拐跑了！"那女人又问："她咋又来了哩？"艾花儿撇撇嘴说："没皮没脸的骚货么！跟上206队里的工人在城里睡了三晚夕，又回来了！回来时，那人还给她买了一件新衣裳穿着哩，让塌塌给撕扯了，还把她狠狠地捶了一顿！"那女人叹口气，说："唉！不过她跟上塌塌，确实有些可惜了！"艾花儿说："塌塌这一回在矿山上跟人打捶，叫人破了相，鼻子越塌了！我看，他的妇人迟早要跟别人哩！"身旁女人又说："就是的！她能安安心心地跟上塌塌过，不离婚，就算好啊！"

她俩还在悄声议论，那边刘春儿突然跟上社火曲调扭起了身子。只见她嘴里哼着曲子，不停地扭动着柔软的腰身和圆圆的臀部，两只胳膊抬起来，如同张翅欲飞的大鸟。看到她的动作，年轻人都痴痴地笑，年老的刚纷纷扭转了头，假装没有看见。

三

这年的社火从正月初六晚上开始耍，一直耍到了正月十五元宵节。

前几天，从一社到七社，挨个儿耍一场。正月十三，为金泰公司耍。碾子沟场地小，耍不开，但那地方阴气重，社火头就商量着派去了两条龙，在碾子沟里绕了两圈，算是冲了阴气。正月十四，为教委金矿耍。小学校的操场里砌满氰化池，就在教室门前的小院子里围着旗杆唱了几支社火曲，算是为他们迎了喜。规模最大，也最为热闹的一场社火，正月十五晚上在206队金矿的堆场旁上演。

十四名身背铃铛令旗、左手提马灯右手甩麻鞭、头系白毛巾身穿黑马夹的"马牌子"依次进场时，场内观众感到了震撼。年轻帅气的"马牌子"们威风凛凛地跑步进场，一个个抡圆胳膊，一道道麻鞭甩得爆响，场子里像卷起了一阵旋风。场内观众纷纷后退，形成一个偌大的空场。"马牌子"身后，社火队领队谢牛儿手撑一把圆伞入场。谢牛儿头系白毛巾，身穿黑棉袄，剃净胡须的腮帮子在灯光下闪着青光，整个人显得十分精神。他轻轻转动着手中的圆伞，跋着小碎步缓缓前移。随着他的脚步移动，圆伞边缘的条条纸幡，飘飘舞动。紧随谢牛儿入场的是四把牌灯，牌灯后，依次排列着七十个拿花和大头娃娃、老妖婆、牛、纸马、狮子、旱船。旱船之后，两条长龙闪亮登场。这两条长龙一红一绿，尖角利爪，眼球暴凸，虬须飘飘，活灵活现。龙刚一上场，就直奔场中，凌空飞舞起来。此刻，场外锣鼓齐鸣，激烈火爆；牛角号高吼，声遏行云；鞭炮炒豆子一般燃响，热闹劲爆；礼花弹空中开花，流光溢彩。场上观众齐声欢腾，拉开耍社火的序幕。

场上的两条龙正欲退场，锣鼓点子突然变化。随即，社火头严解放响亮地吹了声哨子，拿花队伍中，四位手持手灯的队员，分别从不同方位跋着碎步扭动身子上场。扭到场地中央，四人两两相对，身子交替穿插着花子。随着载动的碎步和扭动的身子，手灯上的花束起伏翻腾，摇闪不已。几个回合后，严解放又吹一声哨子。四人顿时变化步伐，组成一个圆圈，踩着十字步，唱起《进状元》的曲子："正月里要唱正月里莲，杀猪宰羊过新年，这个新年过得好，保佑儿孙进状元；二月里要唱二月里莲，报子报在府面前，大报二哥为丞相，三报四哥进状元；三月里要唱三月里莲，清明它在谷雨前，人家上坟拜先祖，我家上坟进状元……"一直唱到了十二月。唱到热闹处，满场的人跟着唱，山窝子里回音震荡。唱完十二个月，严解放又喊一声：
"家具啊——哎！"锣鼓号角随即响起来，四位拿花又载动碎步，分头
从四面退场。

拿花正退场，严解放又喊一声："放牛娃娃——把牛吆来！"一社
的黑娃大头上系着白毛巾，赶着黑角弯弯的黄牛入场。黑娃大扬起鞭
子，在牛背上狠抽一鞭，牛儿在场内转起了圈。黑娃大扬头哼唱道：
"解放区呀么，嗬咳！大生产呀么，嗬咳！军队和人民呀，西里里里，
嚓拉拉拉，嗦啰啰啰太，齐动员呀么，嗬咳……"牛儿走满一圈，黑
娃大回头又喊："引生子大！把绳拿来，把这块子地量一下，看得多
少升麦子？"引生子大应声拿上一卷麻绳。俩人拉开绳，各执一头，在
场内比画着丈量。黑娃大喊道："簌溜溜，一角子！"引生子大喊道：
"簌溜溜，两角子！"黑娃大又喊："簌溜溜，三角子！"引生子大便
喊："三六一十八角子！"黑娃大就喊："四六二十四角子！"看到他
俩滑稽的动作和诙谐的表演，场内观众哄然大笑起来。引生子大收拾
了绳，在笑声中退场而去。

黑娃大即端起地上一只木升子，做撒子动作。他边撒边说："一
撒风调雨顺！"观众齐声附和一句："风调雨顺！"他又说一句："二
撒万子归仓！"观众又附和道："万子归仓！"黑娃大又说："三撒五
谷丰登！"观众又附和道："五谷丰登！"黑娃大又说："四撒六畜兴
旺！"观众附和："六畜兴旺！"黑娃大继续说："五撒清平吉祥！"观
众附和："清平吉祥！"黑娃大最后说："六撒国泰民安！"观众最后
齐声吆喝道："国泰民安啊！"越喊到后面，附和的声音越大，场内观
众的激情齐齐地被调动起来。

放下怀里的木升，黑娃大回头又向场外喊道："掌柜的，把饭送
来！"黑娃娘在场外答应一声："来了！"她头包帕布，身着大襟棉袄，
左手抱一个塑料娃娃，右手提一只瓦盆上场。她边走边说："磨子安
在敝河坝，风又刮来雨又下。三升麦子推不哈，老天爷见天浪浪地下。
锅眼里没一把干柴架，怀儿里抱着碎娃娃，吱吱哇哇扯不哈，生水锅
里把饭下，不成疙瘩能成啥？唉！这山又大来路又远，我喉咙涩着叫

不喘么！"黑娃娘作喊叫状，高声喊道："唉！掌柜的，吃饭来！"黑娃大笑嘻嘻地上前答应着说："来了！来了！"他从女人手里接过瓦罐，朝瓦罐里面望了望，戏谑道："啊？擀哈的像楼板，切哈的像牛鞭，下在锅里定底喽，捞在碗里撅起喽！唉，这是个啥饭么？"黑娃娘佯装生气地说："你还样样儿多得很！你要不吃，我就提走了！"黑娃大赶紧笑着说："哎哎！我吃哩！我吃哩！"黑娃娘遂扭着腰身甩着胳膊下场。

场外的引生子大这时高喊道："他爸爸！饭吃了，子撒上了！我两个吃一锅烟，歇一哈！你再慢慢地耕！"黑娃大说："能成！我没带火镰，你给我寻个带红线线的白间石去！"引生子大手捏一块石头，递给黑娃大。黑娃大问："你寻的这是个啥石头？"引生子大回答："我寻了个马牙石！"黑娃大顺手撂了那石头，说："撂了，再寻个去！我要的是红线线的白间石么！"引生子大低头再去找石头，找到一块，递给黑娃大，说："我又寻了个马皮泡啊！"黑娃大又说："重寻重寻！寻个红线线的白间石来！"引生子大低头再去找石头，找到一块，又递给黑娃大。黑娃大又问："你又寻了个啥？"引生子大回答："我又寻了个你妇人的脚趾甲！"黑娃大哈哈笑道："哐唧！你先吃！"引生子大也哈哈笑道："哐唧！你先吃！"观众又哄然大笑起来。

黑娃大说："吃一锅烟，我俩就耕地！"引生子大说："好！就耕地！"黑娃大一扬鞭子，抽到"牛"背上，高声喝道："啾！吃屎的他大！麻利耕！""牛"儿在场地里悠悠地转圈。黑娃大又扯长嗓子唱起来："解放区呀么，嗬咳！大生产呀么，嗬咳……"引生子大跟在"牛"后转了半圈，突然双腿一跨，骑上了"牛"背。装扮黄牛的黑娃和引生子撑不住他重重一压，双双颓然倒地。场内爆发出更加强烈的笑声。这时候，严解放又高喊一声："家具啊——哎！"场外的锣鼓号角又响起来。

锣鼓声中，又有四位拿花跋着碎步，扭动身子上场。在一番碎步穿插花海翻飞之后，又形成一个圆圈。听到严解放尖利的哨子声，场外锣鼓和号角声停了下来，几个人踩着十字步，又唱起《十二花》的曲子："正月里看灯花儿打头开啊，鸟为食来人为财。蜜蜂它只为缠花死，赵巧儿只为送灯台。二月里柳木子开花七寸红啊，杨大郎困在柳州城。一无粮草二无银，阵阵不离穆桂英……"唱满十二个月，严解放高喊道："家具啊——哎！"四人又在锣鼓号角中退场。

随着锣鼓声，人群里闪出了谢牛儿。他转动手中的圆伞，走到场子正中间。在听到严解放的哨子响后，锣鼓号角戛然而止。谢牛儿清清嗓子，观众即刻鸦雀无声，屏声敛息地听他打茬。谢牛儿仰起头来，眼盯圆伞，抑扬顿挫地高声诵道："进了场子四四方，金盆养鱼的好地方。206队地方大，金银财宝放不下！206队的章经理，能人里头就数你！满山的金来满山的银，横财不发命穷人！章经理的福气重，一堆矿炼了金一吨！章经理的身材胖，严河庄里开金矿。金矿开了一大山，206队抱金砖。狮子上场绣球滚，206队的生意稳。严家大山一顶轿，206队的生意冒。206队讲义气，他给严河谋福利。206队能人多，他给严河垒金窝。狮子摆尾口大张，妖魔鬼怪滚出庄！妖魔鬼怪滚出庄，家家吉祥又安康！"诵完一段，谢牛儿高喊一声："家具啊——哎！"又响起锣鼓号角声。这时，场外走进了章工，他笑嘻嘻地捧出一条红缎被面，披到谢牛儿身上。随即，场外响起了喝彩声。

锣鼓声里，四位拿花又上场。待锣鼓声一停，他们唱起了《十杯酒》的曲子："一杯酒儿一点红，桂花吃酒买点心，两面笑盈盈。二杯酒儿二道媒，我跟亲家吃高杯，身穿蓝衫衣。依儿哟依哟，两面笑盈盈……"一直唱到了十杯酒，又响起锣鼓声。

锣鼓之后，四社的劳儿子手持五尺棍，牵一头威风凛凛的狮子上场。刚一上场，狮子就地打一个滚，一下滚到场地中间。劳儿子一个亮相后，即操那棍，舞将起来，直奔狮子而去。狮子灵巧地腾挪躲闪，避开那棍。劳儿子横空直扫，棍声呼呼作响。几个回合，狮子俯首就擒。劳儿子手攥狮子项铃，高声吟道："狮子听，狮子听，狮子本身是天上神，狮子下凡降妖精。狮子头上一片麻，今年的媳妇肯养娃。狮子狮子抖一抖，种一升来打一斗。狮子狮子战一战，种一升来打一担。狮子狮子口一张，妖魔鬼怪赶出庄！赶出十万八千里，永年永世不上庄!"

舞完狮子，拿花又出场，唱起《织手巾》的曲子："石榴子开花叶叶青，年年栽花花不成；今年栽花花成了，我给妹妹织手巾。妹妹绑的好细线，只差一个巧匠人。大哥哥江南背基子，二哥哥江南带匠人。匠人哥哥快些走，妹妹家里等手巾……"直到锣鼓又响起。

接下来上场的耍旱船是杨超娃大的拿手好戏。虽然他已六十有余，又因为年前三个儿子被警察关押，心情不好，但耍旱船的艄公只有杨家代代相传，别人无法代替。严支书给超娃子大做通了思想工作，让他再耍一回，他就装扮上场。头戴艄公帽、身披蓑衣、腮上挂着大麻髯口的超娃子大一出场，观众中有人惊呼起来。

超娃子大手把船舷，脚步悠悠地领着那船上场。上场即以艄公的口气开了腔："啊呀！好大的水！"他说，"船摆了三摆，甩了三甩。山中有了熊了，船舱里有了人了！请问何人上我花船?"船内的姑娘回答："是大姑娘上了花船了！"艄公问道："大姑娘是想走哪里去?"姑娘回答："想走八水绕长安！"艄公问："干啥去?"姑娘答："吃肉喝酒为朋友去！"艄公捋动长须，叹一口气，说："啊呀！我船公活了九十九，没见过女娃子为朋友！我看水大路远，还是不去为罢！"姑娘说："一定要去！一定要去！"艄公说："长安路途遥远，沿途有四十里的黄金峡，五十里的蛇倒退，六十里的阎王砭，七十二道脚不干啊！人到冰，铁到针，水上行船倒担惊！我劝姑娘还是不要去了！"姑娘说："一定要去！一定要去！"艄公见姑娘执意要去，说道："那就是这！我老汉昨晚做了几个梦。现在，我让姑娘解几个梦，要是解开了，再去如何?"姑娘说："请讲来听听！"艄公问："梦见海干?"姑娘答："海干龙出现！"艄公又问："梦见花落?"姑娘又答："花落结贵子！"艄公再问："梦见水大?"姑娘再答："水大好行船！"艄公还问："梦见君臣?"姑娘答："君臣万万年！"艄公问："梦见木板?"姑娘答："木板钉千钉！"艄公说："上边一树花?"姑娘说："花开二神仙！"艄公又说："下边一树花?"姑娘又答："琵琶对三弦！"艄公再说："中间一树花?"姑娘再答："刘海撒金钱！"艄公又捋动长须，哈哈一笑，朗声说道："哈哈！全对上了！姑娘坐好，老夫开渡了！"

艄公双手划桨，船身起伏摇晃，随着船行，艄公随口吟诵起来："严河的稠水，长不断；南阳古渡，九千年……汉中府相连的，宝成县；黑龙江里，摆渡船；庙台子，赛北京；庙台子坐的，黄石公；黄石公，把道判；地下的人马，千千万；一眼照着，汉中坝；由不得人来，笑一哈；一眼照着，指头关；眼泪淌着，擦不干……东扶风来，西扶风；两个扶风，夹武功；武功县里，一口钟；打一捶来，响三声……"一直吟到了八水环绕的长安城内。这时，艄公直起身子，开言道："啊呀！姑娘，长安到了！长安虽好，不是久居之地！现在天色已晚，找几个大姑娘来，给你唱个《十盏灯》的曲子，欢乐欢乐，你看如何？"姑娘高兴地答道："好啊！"艄公即高喊一声："家具啊——哎！"将花船撑出场外。

几个拿花踩着十字步，又唱起《十盏灯》的曲子："正月十五灯盏开，二位姑娘观灯来。观了头灯观二灯，一盏一盏观分明……"唱完了第十盏灯，严解放的喊声又响起："家具啊——哎！"密集的锣鼓声中，两条巨龙又开始在场中舞动。那凌空横飞的气势和翻腾起舞的姿态，满场的观众为之震撼。

璀璨的烟火腾空升起，震耳的爆竹响彻山窝子，场上的巨龙还在舞动，"马牌子"的铃铛声和啪啪炸响的麻鞭声，已将社火队领出场外。谢牛儿撑起圆伞，带着长长的社火队，向严河庄边走去。所有的人都看到那条缓缓流动的灯河，正顺着庄边环绕，将山窝子里的严河圈绕了一遍。大家都隐隐感到，这种俗称"万庄"的古老仪式，将把一切妖魔鬼怪和凶神恶煞驱除出界，让祥和与幸福的阳光，永远普照严河。

第二十章　惊雷震耳

一

　　高高被教委金矿抓走的消息，是包家娃告诉雕子的。

　　雕子当时正在矿堆上抽烟，他这段时间心情不好，经常一晚夕睡不着觉，早上起来，头脑昏昏沉沉的。等给骡子驮上矿，旺旺吆着骡子走出圆坡子后，他就坐到矿堆上，让风吹吹发昏发胀的脑袋。阳春的微风，带着丝丝暖意，从大湾梁上掠下，又掺杂正在复苏的泥土气息、返青的野草气息和满山遍野矿石的铁腥气息，吹到圆坡子上。雕子正在感受这气息，突然听到矿台外传来包家娃的声音："雕子！雕子！"他直起了身，答应一声，听包家娃又说："高高让教委金矿的人抓走了！"他心内顿然一惊，站起身子，望着矿台外包家娃急切的脸，问道："啥事情？"包家娃说："我才往坑道里走时，在大沟门上碰着哩！老苟和他手下的保安，俩人把高高抓走了！"雕子问："为啥啊？"包家娃回答："老苟说高高在教委金矿上偷矿哩，让他抓住了！还逼高高脱了鞋，精脚片子背着矿，往学校院里走着哩！"雕子听了这事，脸色骤然阴沉下来。

　　高高比雕子大两岁，跟雕子是一个祖爷的堂兄弟，又是一起玩土土面长大的发小。小时候，有人欺负老实憨厚、胆小怕事的雕子，高高经常为他打抱不平。现在听高高出了事，而且受人虐待，雕子自然心中愤恨。犹豫片刻后，他对包家娃说："走！我俩看去！教委金矿的人要是把他叫学校里，关教室里头，一顿就把他捶扁了！"就跟包家娃一起赶到学校。

进了学校门，看见教室门前挤满了人。有间教室的门窗紧闭，门口放着一背篓矿，摆了双高高的胶鞋。七社的十几个小伙子都在门口，群情激愤。雕子和包家娃挤到教室前，问高高的妇人满月子："人被抓哪搭去了？"满月子指指紧闭的教室门，说："在这间房里哩！"雕子隔门喊道："开门！开门！把人关屋里，是不是偷着打哩？"房内没有回应。满月儿抬脚踢门，门扇咚咚地响了几声，仍然没有回应。雕子又挥动胳膊，开始砸门。随着咚咚的砸门声，门扇哗啦啦摇了起来。雕子喝道："快开门！不开，我就要把这门踢烂哩！"这时，门扇哗啦一声打开了，保安老苟从屋内走出来。见身着保安服的老苟出门，院内的人都围了上去。还有一帮人挤进教室，去看教室内的高高。

老苟见一帮精壮小伙围了上来，有些胆怯了。他故作镇定地说："你们想干啥？都想干啥？"有人指着他的鼻尖，厉声责问："高高就是背了一背篓矿么，你为啥要把人圈下往死里打哩？"老苟说："没打！你问他去，没人打他！"愤怒的雕子一把揪住老苟胸口的衣服，又问："没打为啥关门哩？"众人跟着质问道："说说！为啥关门哩？"老苟身子扭了扭，没有挣脱雕子的大手，含混地回答："……反正没人打他！"雕子又抓紧他的衣服，指着他的鼻尖说："放了！你这阵子就把人放了！"老苟说："领导人不在！还没处理哩，不能随便放！"身旁众人跟着喊："放人！赶紧把人放了！"老苟又说："不能放！"雕子攥紧他的衣服，勒得老苟喘不过气来，老苟气喘吁吁地对雕子说："你把我放开！你放尊重些！"雕子攥得更紧了，他怒不可遏地说："你就是一只狗！你不配穿这身衣裳！"老苟又激将雕子道："你敢动一下？你动一下试试！"雕子一巴掌打飞他的大檐帽，骂道："去你娘的！还激将我哩，我就动一下，咋哩？"老苟恼羞成怒地说："你还打人哩，你再打一下，再打一下！"雕子又迎面一拳，打到他脸上。老苟中了一拳，将头一仰，随即，双手捂脸，蹲到地上，鼻血顺着他的指缝往出滴。雕子龇着满嘴黄牙，恶狠狠地说："我打就打哩！你把我能咋？"

挤进教室的一帮人看见高高双手被绑，蹴在教室角落上，面如死灰，即将屋内的另一位保安团团围住。此刻，那位保安正坐在板凳上，吓得两股战战。见众人围拢上来，他连声解释道："没打他！不信你问，没人打他！"有人揪住他的衣领，一把将他从凳子上揪起来。凳子哐当一声，倒在地上。众人齐说："放了！赶紧把人放了！"那保安颤颤地说："不敢啊！不敢放啊！王总不在，要，要等他来哩！"满月子就去撕扯他的衣裳，那人手压胸前衣裳，不让撕扯，两个人就在教室里推来搡去。有个人说："先掏钥匙！把手上的铁链打开！"满月子便去掏他的衣兜，那保安又去压衣兜。跟前几个人上前，捜住他的手，他仍然扭动身子，不让掏钥匙。情急之下，满月子将一口浓痰吐到他脸上。那保安伸手去擦脸上的痰，跟前其他人就都跟着往他脸上"呸呸"地吐。吐了几口，有人将门口高高的臭鞋提进来，鞋底在地上浮土中狠狠地蹭几下，随后，使劲地抹到他脸上。那保安吱哇吱哇地吼叫起来，脸上就被抹得污浊不堪。满月子顺手从他衣兜里掏出钥匙，为高高打开链子。

这时候，院子里一片混乱。雕子又朝蹲在地上的老苟踢了一脚，咬牙切齿地说："把狗日的办公室给砸了！"他操起一把铁锨，朝教室里走去。众人也都顺手拿起工具，朝玻璃、门扇一阵乱砸乱打。在一阵叮里咣啷和乒乒乓乓的声音中，办公室里里外外被砸得七零八落，狼藉一片。还有人想去砸氰化池，正往池边走，却隐隐响起了汽车发动机声。雕子喊道："警察来了，大家都走！"众人就一哄而散，跑出了学校。

下午时分，两名警察来到圆坡子上雕子的坑道里。在坑道门口，他们问雕子："你是严雕子？"雕子回答："我是严雕子！"警察说："你早上到地教委金矿办公室里去了，我们想了解一些情况哩！"雕子说："去的人多，又不是我一个！"警察问："去的人都是谁？打人的又都是谁？你到村委会办公室里跟我们说走！"雕子疑惑地问："我要详细说了，你们就要按我说的抓人？"警察说："那倒不一定，谁犯了法抓谁！"雕子说："那我就跟你们走！人是我打的！东西是我砸的！"警察说："先到村委会里走，去了再说！"雕子恶声恶气地说："我连人都不想活了，怕啥哩？你们干脆把我抓走，一枪崩了算了！我没意见！"警察莫名其妙地望着他。雕子一面走，一面又对警察说："我跟上你俩走！人是我打的，东西是我砸的，与任何人无关！"

到村委会门口，警察没有叫雕子进去，却掏出一副锃亮的手铐，咔嚓一声，铐住他双手，将他推上警车。警笛呜哇呜哇地响起来，警灯在车顶上闪烁。瓦窑台台上几位老汉都看到这令人心惊胆战的一幕。坐进警车后，雕子又说道："人是我打的，东西是我砸的，与任何人无关！"警车就呜哇呜哇地开出了严河。

雕子成为严河村第三批因金矿发生冲突被警察带走的村民。

这时候，阴暗的天空上，轰隆隆响起了一阵春雷。严河的人都听到了。它是这年的第一声春雷。

二

旺旺回去对荷包儿说了雕子被抓的消息，荷包儿大吃一惊。

听旺旺说，雕子是主动随警察离开坑道门口的。他离开时，很镇定，也很坦然。他不仅把一切责任揽在自己身上，把所有参与闹事的七社的人都背过了河，还催促警察赶紧带他走，将他关押，给他判刑，甚至将他枪毙，他都没意见。荷包儿随即明白雕子的心思。显然，他是一种破罐子破摔的赌气心态。荷包儿望着马向前，马向前也能够猜透其中的内情，就对荷包儿说："要赶紧想办法，把雕子救出来哩！"荷包儿又问马向前道："你说想啥办法救哩？"马向前思忖半晌，说道："让严支书帮忙说话，咋样？"荷包儿低头不语了。马向前又说："让严支书对王洪生多说些好话，王洪生就可以去公安局把雕子保出来！"荷包儿说："听说这回大家把教委金矿闹腾得劲大了，万一王洪生不愿意保去，咋办哩？"马向前说："你先求情去，王洪生不愿保，我们再想办法么！要不然，坑道立马要停工哩！"旺旺一听，便着急地说："要赶紧把我姐夫救出来哩！这几天，几家子上下都抢矿着哩！包家娃从上头把咱坑道的矿截了，还想把顶子放透哩！再从脚底里往下挖，坑越来越深，也采不出多少矿了！"荷包儿就说："我就寻严支书说去！"临出门前，荷包儿梳洗打扮了一番。马向前诧异地问："你打扮那么光堂的，做啥去哩？"荷包儿说："我现在的脸势，谁一看都不正常！总不能让人看出啥来，胡说去么！"马向前就对她嘱咐道："小心些啊！"

严支书在村委会办公室一见到荷包儿，就满脸含笑地望着她，打趣道："心疼媳妇来了？"荷包儿一脸愁容，说道："支书，我没心情跟你开玩笑！你知道雕子的事情吗？"严支书说："我听说了！雕子这回像个男子汉，他把所有的责任一身担了！要不然，庄里这回要抓走几个人哩！"荷包儿吞吞吐吐地说："唉！支书，你……不知道情况啊！"严支书问："啥情况？"荷包儿说："这一向，雕子可能……心情不好，情绪不正常，他赌气着哩！"严支书又问："情绪咋不正常哩？"荷包儿支支吾吾地说："他，跟我……闹矛盾着哩！"严支书惊问："为啥事哩？"荷包儿叹着气说："唉！夫妻之间的事情，说不清啊！"严支书琢磨着她的话，问道："夫妻之间，就那些事么，有啥说不清的哩？"荷包儿就岔开话题，说："唉！莫问了！我今个来是请你向王总求个情，把雕子放了哩！"严支书说："王洪生今个正好在学校里哩！我试着说去，但没多大的把握啊！"荷包儿苦苦哀求道："你对王总好好说，我记你的好着哩！"严支书起身出门时，望着荷包儿的脸问："你今个气色咋不好啊，是不是有啥病了？"荷包儿慌慌地低了头，连声说："没病没病！你快寻王洪生去！"严支书就让荷包儿在村委会里暂等片刻，他去找王洪生。

不一会，严支书又返回办公室。见严支书眉头紧锁，荷包儿就知道没有结果。严支书气呼呼地说："这些干部，真不是好屌！"荷包儿惊问："咋哩？"严支书说："刚开始想在严河里开矿，求我帮忙的时候，给我能许半个天爷！现今把坑道弄到手了，有了靠山，就把我正眼不看了！"荷包儿就说："就是的，还是乡里人厚道！"严支书说："我刚一提说雕子的事，王总不但没答应，还把我收拾了一顿！"荷包儿问："咋收拾哩？"严支书骂骂咧咧地说："狗尿骂我把村民没教育好！听他的口气，好像他是我的领导！"荷包儿又问："那就是说他不答应保雕子去？"严支书说："那狗日的不但不保去，还说这回把他闹腾得劲大了，让雕子坐牢去哩！"荷包儿一听，绝望地瘫坐到椅子上。

半晌，荷包儿起身要回去，严解放又望着她说："你真的没病，气色咋跟平时大不一样啊！"荷包儿回答："真的没病啊！"严支书笑着说："要不你就是怀孕了，反正不正常啊！"荷包儿吃惊地望着他，说："你可不能对别人乱说啊！"严支书说："你怀孕也是正常的，怕啥哩？"荷包儿顿时面色绯红，说："反正不能让别人知道！"严支书惊奇地瞪着她，说："你是说……难道你跟马……"荷包儿知道他要说啥，打断他的话头，说："嚼你的舌根去！"严支书估摸着事情的原委，苦口婆心地对荷包儿说："雕子是个老好人，你跟他闹矛盾，你可不能……胡闹，把他给甩了！"荷包儿又嗔怪道："嚼你的舌头去！"

荷包儿回去，对马向前说了经过。马向前一听，叹口气说："唉！那就只剩最后一步棋了！"荷包儿问："啥棋？"马向前说："求路彩霞去！"荷包儿惊喜地说："对啊！我咋没想起这个人哩！"马向前说："正好泡金的材料也没了！我进城寻她求情去，再顺便进些材料！"荷包儿问："你看我去有用处吗？"马向前看着她的肚子说："现在还不太明显，没人能看出来！我俩一搭走吧！"

在县城的彩霞金矿材料店里，马向前和荷包儿见到了路彩霞。马向前把求她帮忙放了雕子的事一说，路彩霞半天低头不语。马向前和荷包儿捉摸不透她的心思，只听路彩霞抬了头说："这事情我知道，王洪生跟我说了。但我不知道这个与你俩有关！"马向前就又哀求道："路姐，麻烦你向王洪生求个情，让他把雕子饶了，保出来吧！"路彩霞直截了当地说："那不行啊！不是我给你不帮忙，是我给王洪生张不开这个口！"马向前和荷包儿疑惑地望着她，听她又说："你们想么！我跟王洪生是合作关系，现在有人破坏我俩的金矿，王洪生想把这人关了，我是不是应该跟王洪生态度保持一致？如果态度不一致，王洪生还能跟我合作吗？"马向前不好意思地笑起来，连声说："嘿嘿！确实是这个道理啊！理解理解！路姐，难为你了！难为你了！"他朝路彩霞连连拱手。

见最后一步棋失败，马向前和荷包儿买好材料，垂头丧气地走出材料店。路彩霞将他俩送到店门口，突然叫住荷包儿说："妹子，你等一下，我问个话哩！"马向前见她俩有悄悄话要说，躲到了一边。路彩霞问荷包儿："妹子，你是不是……有了？"荷包儿吃惊地看着她，欲言又止。路彩霞说："妹子，大姐是过来人，你实话实说！"荷包儿犹豫地点点头说："……三个多月了！"路彩霞就叹息一声道："唉！女人到了这一步，跟前没个男人家，确实可怜啊！"荷包儿鼻子一酸，抹开了眼泪。路彩霞看着她毫无血色的嘴唇，拍拍她的肩说："妹子，路姐我想办法去，能把这忙给你帮了就帮了！"荷包儿从绝望中抬起头来，说："路姐，我就是再没良心，也会记住你的好，给你补心哩！"路彩霞招手叫来马向前，说道："在公安局里我还有一条路哩，我试一下去，看能不能把人搭救出来！"马向前喜出望外，说："那太好了，路姐！"路彩霞举起一只巴掌，说："你俩先准备这个数去，准备好了我试去！"荷包儿试探地问："五百？"马向前捣了一下她的胳膊，说："莫胡说了！五千！"路彩霞点点头。马向前连连说："马上准备！马上准备！"路彩霞看了一眼手表，说："准备好，就给我拿来！他这阵还没下班，等下班之前就有话了！"

马向前带着荷包儿往银行里走。到银行门口，荷包儿停了脚步，犹豫地说："这五千给她，万一撂了咋办哩？"马向前说："如果事情不成，她就不敢接你的钱啊！"荷包儿又说："路彩霞会不会口张得大，她再落一些哩？"马向前说："依我对路彩霞的了解，她不是那号人！再说了，到这个时候，人家张多大的口，你都要出哩。这事情咱还能跟人家讲价钱？"荷包儿走了两步，又停下来，问马向前道："你说！要是这五千元不掏，雕子能关多长时间？会不会判刑啊？"马向前生气地说："你看你，问的这话！你想一下，雕子早出来一天，要挖多少矿哩?"荷包儿就掏出存折,进了银行。

将钱交给路彩霞后,荷包儿和马向前一起去了公安局。到了公安局门口,路彩霞就让马向前和荷包儿在门口等着,她说自己很快就出来,出来就有结果了。说完,路彩霞进了大门。

大约两支烟的工夫,路彩霞笑嘻嘻地走出公安局。马向前和荷包儿老远就看到她的表情,估计事情已经摆平。果然,路彩霞一到跟前,就兴奋地说:"明早起,就让严支书到公安局里领人来!"马向前一把抓住路彩霞的胳膊,激动地说:"到底是路姐啊!"荷包儿也激动地说:"老实啊!"这时,路彩霞对他俩说,到庄里后,千万别跟人说是她帮的忙,尤其不能让教委金矿的人知道底细。两人连连点头。

第二天,严解放一早进城,到公安局治安大队办理了领人手续。雕子一见到严支书,就满脸惭愧地说:"我给你闯麻达了,让你操心了!"严支书说:"是马师和荷包儿想的办法,把你搭救出来的。我只是把你往出领一下,你要感谢他俩去哩!"雕子一听,脸色阴沉地望着支书。治安大队的尹队长过来对雕子严肃地说:"严雕子,今个就把你放回去,是对你的特殊照顾!要不是你媳妇怀孕了,谁来保都不放你,一定要把你关十五天哩!你想想,你给教委金矿造成了多大的损失?回去如果再干扰人家合法经营,就再也不饶你了!这次本来还要给你罚款哩,也免了!这些都是对你的照顾,你记下了没?"尹队长说完,看到雕子突然脸色发青,浑身瑟瑟抖动起来。他又问了一句:"你记下了?"却见雕子噘着满嘴黄牙,带着哭腔问道:"你是说,我妇人她……怀孕了?"尹队长点点头道:"就是啊,这就是照顾你的理由啊!回去好好伺候媳妇去!"他又看见雕子的身子摇晃了一下,就被严解放搀走了。

严解放用摩托车载着雕子刚到严河坝里,远远就看见了一堆人。摩托刚一靠近,人还未跨下来,身旁就响起一阵噼里啪啦的鞭炮声。雕子匆忙跳下摩托车后座,躲避着炸响的鞭炮。这时高高和妇人满月子手捧一条红缎被面过来,披到他身上。刚一披上,就听旁边有人说着吉利的话:"现今就灾星过去了!好人相逢了,恶人远离了,邪恶除净了，以后事情就顺当了，平安吉祥了!"

鞭炮声中，满月子奔到雕子身边，手搀着他的胳膊，嘤嘤地哭起来；高高也用手背捣着眼窝，泪流不止。雕子回头想安慰他俩几句，咧了咧嘴，却不知道说啥话好。还未开口，一股子热泪突然从他眼里涌出，随即，他扯开喉咙号哭起来，似乎要将满腹心事尽情释放掉。他张着满嘴黄牙，像一只受伤的公狼，仰头号叫，叫声凄惨而瘆人。望着雕子汹涌的眼泪和嘴角垂下的涎水，众人齐齐露出悲怆而诧异的神情。

三

那年的第一声春雷过后，时令像进入疾驰的快车道，倏忽之间，就来到漫长而燥热的夏季。

进入夏季的严河似乎更不太平。抓人和关人事件刚刚告一段落，伤人和死人事件又接踵而至。这年，严河的夏天成了鲜血淋漓、哭声震天的季节。

发生在同一天的两起坑道死人事件，成为这个夏天一系列死人和伤人事件的引子。

哭声首先从东河沟里响起。

东河崖下，本来就坑道密布。打进去后，大家又顺着同一条矿带采矿，所以，早就互相贯通。经常在那些坑道出入的人，进去还能勉强摸出来；如果生人进去，就如同进入迷魂阵，很难找到出路。最为危险的是坑道内的采空区，万一一脚踩下，就如跌入陷阱，摔得血肉模糊。虽然这些坑道早已将成形的矿带采完，但零星矿和残矿回采一直未停。加之206队一直收购零矿，所以，经常有人进坑道回采矿底，收拾残矿。从坑道背出一背篼矿来，有时能在206队换取一两元现金，这样的回报，自然会使许多人铤而走险。这天，就有人钻入东河崖下的坑道里刨矿。

钻入坑道的是六社的马各子。他背着背篼，提着短把的洋镐铁锹，从一个废弃的坑道里钻了进去。刚进去时，他还能勉强直立行走，走了一截，只能弯腰行走。他艰难地蜷曲身体，往前摸索。直到看见一个仅能容身的洞口，他犹豫了，因为要从那狭窄的洞口通过，只能爬行。他侧着头，将头顶的灯柱照向洞口，没有照见底部，他立即胆怯地退身。刚想顺路返回，突然听到洞内隐隐传出一个咳咳的声音。他听出那是有人用力挖掘的声音，遂卸下背篼，拖在身后，像一条蛇一样钻入洞内，爬了一截，那个声音越来越清晰。他估计，就在不远的地方，那人可能找到一条被人忽视的矿带。这个念头强烈地刺激着他，诱使他继续往里爬。终于，在不远处，他隐隐看到一束亮光。他朝亮光的地方爬了几步，洞口突然开阔起来。他重又直起身子，背上背篼往前走。刚走两步，他听到扑通一声，即刻跌入一个巨大的深渊。他感觉身子直往下坠，身后又响起轰隆的坍塌声。随着那声轰隆的巨响，黑暗的潮水迅速吞没了他。

在坑底采空区刨挖的任铁匠听见了那轰隆声，吃惊地抬起头来，正好看见坠落下来的那束矿灯光柱。只见那光柱一闪，即被坍塌的矿渣吞噬。落下的矿渣携一股巨大的力量，重重地砸在采空坑道的底部，他的身子被矿渣卷起的灰尘吹出了数米远。待灰尘渐渐散尽，他眼前堆起一座矿渣的小山。看着突然坠落的矿渣，他即刻明白有人被埋到了里头。他骇然后退，边跑边喊："人被埋了！人被埋了！都救人来！"幽深的坑道里，只有任铁匠焦急的声音回响。见无人赶来，他撂下工具，奔出坑道去喊人。

听到任铁匠的呼唤后，东河沟里所有的人都蜂拥到东河崖下的坑道里，大家都拼命扒着那矿渣。直到中午时分，有人扒出一只砸扁的背篼。顺着那背篼，有人看到被埋者的一只胳膊。等扒开那人身上的矿渣，任铁匠从他血肉模糊的面部轮廓上，认出他是同社的马各子。

这马各子本来在东河沟右侧开了一个坑道，与任铁匠的坑道相距不远。见矿不久，他家的坑道与任铁匠的打穿了，马各子只有退出回采。结果，采着采着，又有东河崖下的坑道延伸过来，与他的坑道贯通；而东河崖下的坑道，还与黑湾里的坑道互相贯通。从互相贯通的坑道中，分析出这条矿带既延伸到黑湾里，又延伸到东河崖下，他便从自家坑道进入东河崖下的坑道。进去后，他发现那里的情况更为复杂，不仅左右贯通，而且上下打穿。高品位的矿带已经采完，好多人还都在里头刨挖。偶尔之间，还可以遇到一段零星的矿条。所以，他想钻入东河崖下的坑道里碰碰运气。

得到马各子被埋的消息，他大、他娘和结婚三年的媳妇儿慌慌张张往东河沟里赶。由于预感到情况不妙，几人在路上就哀哀地起了哭声，刚走到东河沟口，就见任铁匠带人用架子车车厢将马各子抬了下来。一看马各子被矿石砸烂的脑壳和车厢缝隙间渗出的血，三个人即刻呼天抢地地悲号起来。马各子娘刚哭了一声，就昏死过去，人事不省。

马各子家的哭声还在持续，傍晚时分，西山梁上又传来撕心裂肺的哭吼。

事故发生在西山梁上最高的一个坑道里，坑道的主人叫李改林。

三十多岁的李改林是四川籍的上门女婿。他虽然个子瘦小，却长得精精干干，头脑灵活，为人活泛。他入赘严河十年来，硬把一个人力单薄、生活困顿的家庭，发展成人丁兴旺的殷实之家。西山里刚发现金矿时，他家靠近山顶的承包地里并没有看到露头矿。看到同社的黑娃、引生子、丑蛋儿都在他的承包地下部打出了矿，他就以帮工为名，到每个坑道去查看矿带走向和方位。等那几家坑道一见矿，他家地里的坑道也开了口。有人说他太冒险了，矿带不可能延伸到山顶上去。他分析自家的地里不但能打出矿，而且进尺还比下面坑道浅。果然，他才挖了三天，就挖出了高品位矿石。还有人发现，见矿后，他的坑道总是比别人坑道采矿量大，耗材少，问他是啥秘诀，他却笑而不答。有人就去他坑道里取经。看了他打的炮眼和装的炸药后，那人吸溜着口水说："哎呀！那炮眼儿，那炸药，那导火线，只有李改林敢那样弄，别人都不敢！四川人到底精明啊！"

出事的这天，李改林还跟往常一样，在打好的炮眼里填装了炸药，打发帮工的小伙子先跑出坑道。他点燃一支烟，叼在嘴上吸了两口。估计那小伙儿已经跑出坑口，他回头点燃了导火索。看见导火索嗞嗞地冒出青烟，他即拔腿往洞外跑。谁料到，刚一回头，脚下的大锤啪地一下绊倒了他。由于他回头奔跑的速度快，没想到脚下有东西，等绊上大锤，就摔得很重了。只听扑腾一声，他重重地扑倒在坑道内，身子又往前蹿出半米远。等他撑起身子再次爬起，一只摔伤的膝盖已使他疼得挪不开步。情急之下，他手扶着坑道壁，一蹦一跳地往洞外跑。刚跑出来几米，轰隆的炮声在他身后响起。伴随着一股浓烟，他瘦小的身子飞出了洞外。

坑道外，帮工的小伙儿不见李改林出来，还以为炮眼受潮没有点燃。他正想转身去察看，却听到沉闷的爆炸声在坑道响起。待那股浓浓的硝烟腾出坑口，他看到一些衣服碎片和李改林的断肢残臂飞出坑道，　散落到坑口的矿堆子上。

这时候，瓦窑台台上几个乘凉闲谝的老汉正在议论东河崖坑道的事故，突然看到一社的黑娃从西山梁上匆匆赶下。见黑娃气色不对，一个老汉就问："黑娃，你急燎燎地咋哩？"黑娃面色苍白，气喘吁吁地说："坑道里出人命了，爸爸！"那老汉惊问道："咋哩？"黑娃边跑边说："一炮把李改林炸成末末了！我赶紧给他屋里说去哩！"几个老汉顿时大惊失色，互相对视，张口结舌地说不出话来。也不知过了多长时间，有人哀叹道："今个是啥日子啊？咋齐茬茬地要人命哩？"跟前的人跟着说："就是啊！连今年的天气也怪不拉拉的，热得有些不正常！这怕老天爷收人价！"谢牛儿一听，就摇头叹气地说："唉！不是老天爷要收人哩！像今个这接二连三的事情，都是人祸啊！"几个老汉都思量着他的话，附和道："对的！归根结底，都是人祸么！"

正说着，西山梁上响起撕心裂肺的哭声。

第二十一章　夏日如火

一

一个疯子出现在严河。

有人看见他时，他已经走到河坝里。只见他年龄六十左右，长发凌乱，胡须满脸，衣衫褴褛，戴一副脏兮兮的眼镜，一只镜片上明显有一道裂痕，手提一根歪歪扭扭的打狗棍，步履蹒跚地顺河而上，来到严河。当时是正午时分，夏日的阳光映照着满山的土雾，山窝子里一片昏黄迷离。驮矿的牲口，正成群结队从山上走下。吆牲口的人看到，疯男人脖颈上汗光闪闪，正站在村委会院墙边，四下逡巡，似乎在寻找丢失的记忆。站了一会，疯男人嘴里嘟嘟囔囔的，说了一些别人听不懂的话，就缓缓离开河坝，向山上走去。

那疯子似乎在漫无目的地游走。在通往大山的路上，他走走停停，时而提起打狗棍朝山上指指点点，时而呜里哇啦说着含混不清的话语。路过的人见他神志不清，只是瞥一眼他，就匆匆而过，没有人留意他的神情，更没有人问他从何而来，因何上山，任由他东游西逛，比比画画。他走在驮矿的路上，不大一会儿，原本脏污的裤腿上就扑满灰黄的尘土，满脸汗水顺着杂乱的胡须往下滴。然而，他没有停，一直顺山路往上走。

当疯子走到大沟沟口的时候，他再次放缓脚步，抬头望望西山梁，又顺着西山梁移动目光，望到了大湾梁、盘山沟梁、东河崖和黑湾梁。他似乎在辨识着方位。最后，他手中那根打狗棍指向西山，嘴里嘟囔道："那里！那里！"随即，他拖动沾满灰尘的双腿，向西山梁攀去。

刚刚进沟上坡，他来到一个地方，那破眼镜片后，原本呆滞的目光里即刻闪出一道亮光来。他看到，一堆乱石间，汩汩涌出一股泉水，在乱石前冲出一个锅底大小的坑凹。水坑边，有几丛低矮的小草，正欢快地摇晃。他身子晃了晃，似乎想起了什么，就势在水坑边蹲下去，仔细看着水面倒映的那张胡须丛生的脏脸。胡须间，有几颗汗滴滚下，在泉水表面激起几道细小的波纹。一会儿，他又俯下身，撅起油污闪亮的圆臀，咕咕地喝了一气。喝完了水，他手捧泉水，哗哗地撩在脸上，洗着他污浊的汗脸。洗完，他起身朝坡上走去。

疯子走到第一个坑道前停了下来。他望着坑口的架子车、圆圆的一堆矿石和散乱丢弃的两只背篓，缓缓摇摇头，又上了地坎，走到第二个坑道前。在第二个坑道前，他又站了一会儿，再次摇摇头，即上坎走向第三个坑道。当疯子站在第三个坑道前，他的破眼镜片上再次闪动出一丝亮光，他似乎捕捉到记忆之中的那块碎片。伴随着微微的战栗，他径直上坎，来到第四个坑道前。

此刻，他伛偻着身子站在坑道口，粗气直喘。看着这个似曾相识的洞口，以及洞口前微微泛黑的矿渣，他埋在胡须里的嘴唇不停地抖动起来，两股浊泪顺着他的脸颊唰唰流下。"这里！就是这里！"他含混地吐出这几个字。随后，他身子颤颤地接近坑口，伸长脖颈，向黑洞洞的坑道里窥探。一股潮霉又混合着硝烟味的气息迎面袭来，逼得他连连退步。他倒腾着脚步，在洞前的矿渣上颓然坐下。

不知过了多久，疯子的身影又出现在西山梁上。随后，他绕梁而行，从西山梁走到大湾梁，又从大湾梁走到盘山沟梁，最后，来到了东河崖梁。这个时候，已近傍晚，没有人注意到他的行踪。他站在东河崖梁上，看到遥远的西山里已经笼罩在昏黄的迷雾下，模糊不清。他痴痴站在那里凝望着，半晌，嘴张了张，似乎在呼唤一个人的名字，却没有喊出声来。随即，两串浊泪顺着他的脸颊汹涌而下，在夕阳映照下，亮光闪闪。

又不知过了多久，疯子来到东河崖边。看着脚下齐如刀削的悬崖，他的神情显得十分平静，也十分坦然。他先将手中的打狗棍扔了下去。只听那打狗棍咣当一声，就不见了踪影。随后，他抬起头来，最后看了一眼西山里，即高喊一声："啊——"在长长的喊叫声中，他张开双臂，像一只黑色的大鸟，从东河崖上飞了下去。

村支书严解放和村主任严七斤听到东河崖下发现一具男尸的消息时，已经是第二天早上。当时，他俩正在办公室里商量事情，有人来说在东河崖下看到一具男尸，好像是从东河崖上摔下去的，男子已摔得血肉模糊，难以辨认。两人立即赶往东河沟里。

老远就看到东河沟里聚拢了一堆人。严解放和七斤子赶到那死尸前，听人说，那人像昨天顺河上来的那个疯子，还戴了一副眼镜哩。"我在村委会门前见过这人哩！"又有人说，"就是的！昨天他在村委那搭站了一下，我亲眼看着他上山了！"见死尸摔得面目全非，严解放说："把他身上的包包掏下，看能不能找到啥线索？"跟前的人就去翻死尸的衣兜，又有一个人在死尸跟前捡了一副眼镜腿，交给严解放说："这是他的眼镜腿！"严解放接过那眼镜腿，仔细辨认着。这时，跟前那人已从死尸上衣口袋掏出一本带血的证件，交给严解放。严支书翻开证件一看，念出了一个名字："陈天启！"在场的众人顿时瞪圆了眼。

弄清死者的身份，严解放当即安排人对现场进行了保护，同时派人拿上陈天启的证件，到避风乡派出所报案。

中午时分，报案人带着乡派出所长毛大斌和一位干警来到东河崖下。毛所长看了看尸体，对严解放和七斤子说："这人正是凤县铅锌矿退休工程师陈天启，陈大林就是他儿子。我们已经跟凤县公安局取得了联系，凤县那面还专门查找了陈天启的家属，结果发现陈天启老伴早就病逝，他儿子陈大林已于去年年底自杀身亡，家中再无亲人。"严解放问："那咋办哩？他的单位管不管？"毛所长说："凤县公安局还与凤县铅锌矿取得了联系，答复是铅锌矿早已改制，现任企业法人代表是个私营老板，说陈天启早在国有企业里退休，后来再没有跟改制企业签订新的用工合同，他们不便出面了结陈天启的后事。"严解放又问："那咋办哩?"毛所长说："凤县那边的答复是查明死因后，将死尸就地处理!"

严解放将七斤子叫到一边，对他说："让毛所长取证去，我俩商量一下，这死尸咋处理哩?"七斤子说："我也正思量着哩，我看这人的尸体，不能随便软埋了!"严解放说："对的!我想要给这人弄一副棺板哩!"七斤子就说："能成!你细细想去，这父子俩的死，虽然都是自杀，但都跟严河里脱不了干系啊!"严解放就说："嗯!给这人弄副棺板，再买身老衣，也用不了多少钱么!"七斤子说："要社火的经费，还剩几千元哩，一副棺板一身老衣，花不上两千元么!"严解放说："好，弄去!这人毕竟死在严河了，要让外人都知道，严河人做事情，还是讲究人情礼仪的!"当即，他俩就安排人进城去置办老衣和棺材。毛所长听了村上负责人的处理意见，连连点头说："对的对的!这样做事，对啥人都能说得过去啊!"

二

这年夏天的天气有些古怪。每天，瓦窑台台上聚集乘凉的老汉们都会议论起这个话题。他们说，这太阳成天价像个鸡蛋黄仁一样，不红也不艳。天气也灰不溜秋的，不明也不暗，但无论白天黑夜，总使人热汗涔涔的。人不仅汗不离身，而且行走几步，都会气喘如牛，不想动弹。做活的人感到这样，没做活的也有这种感觉。隔上几天，天上雷声磕巴巴响一起子，空中乌云翻滚，势头很恶，却不见落下一滴雨来。有人就说："这像天爷收人的天气啊!你看这时候人的命都脆得很么，几天子就要出个事死个人哩!唉!怕天爷要收人哩!"每每说到这里，谢牛儿都要摇头叹气，他丢下一句话："唉!都是人把人害了!说到底，出啥事情，都是人祸啊!"

这天发生的一起祸端，更加证实了几个老汉的揣测。

去年被双管子堵在河坝抢走矿石的两个娃娃，是四社里帮帮子的娃。老大叫大环，十三岁，刚上小学六年级；老二叫二环，十二岁，是小学五年级的学生。这帮帮子是个倒霉蛋，那年在黄渚关矿山打工，被一块矿石砸伤了腰，随后就半瘫在床，下不了地，靠在炕上编竹笼子和背篓挣钱。帮帮子的妇人金盏子是个半瓜子，清醒时还知道做活，犯病时，只知道瞅着人笑。窘迫的家境迫使两个小男孩过早地成熟起来，挑起家庭重担。自从矿山见了矿，弟兄俩就背着背篓上山拾矿。拾的矿背回去，攒上一堆，低价处理给泡矿的人家。后来，206队开始收零矿，弟兄俩就将拾的矿石交给206队。上山拾矿时，都知道这娃的家境，遇到好心人，就把弟兄俩叫去，矿堆子上揽两背篓。大部分坑道采空后，矿堆少了，弟兄俩就钻入弃置的坑道里刨挖残矿。有时候，很容易刨满两背篓；有时候，为了两背篓矿，要钻好几个坑道。六社的马各子在坑道里刨矿出事后，有人就劝弟兄俩不要再去冒险，但几个月来，帮帮子编的竹编没人要，学校里还要交学杂费，给他大还要买药治腰，弟兄俩就又背着背篓上了山。

　　这天，大环带着二环进了东河沟里。由于大部分坑道已经采光矿石，撤走人员设备，只剩206队民工在回采低品位矿，所以，山上已经显得十分冷清。弟兄俩随便钻入一个废弃的坑道。这坑道十分低矮，两个娃娃瘦小的身子往进钻时，个别地方很难抬头。大环在前面走，二环打着电筒后面照路。在微弱的光线下，他们的脚下微微泛着青光。那是爬出爬进磨成的光。好不容易，他俩才钻完狭窄的通道，进入一个较为空旷的采矿区域，勉强抬起了头。大环在昏暗的光线里仔细观察坑道的洞壁，试图从洞壁上看到夹层矿。察看一圈，他发现根本没矿，甚至连脚下的矿渣都被扫得干干净净。他失望地叹一口气，对二环说："没矿了！往出走喽！"就在弟兄俩即将转身离开时，大环看到采空区边缘那根粗细不匀、歪歪扭扭的矿柱。他又叫住二环说："等一下！我看这矿柱上有没有矿。"说着就伸手去抓那矿柱。在矿柱底部，大环抓起满满一把矿末，兴奋地接过手电去照。手电光中，那猩红的矿末里隐隐闪着亮光。大环欣喜地说："哎哟！好矿！"二环也激动地凑过去。大环说："把背篓放倒，直接往背篓里刨！"弟兄俩就在矿柱底部开始刨矿。

刨了半背篓，矿柱底部的细矿被俩人刨完了。二环手提洋镐，在矿柱上挖。他挖一下，俩人头顶就往下掉一溜渣，吓得大环惊叫起来："挖不得了！挖不得！那是矿柱，挖断了有危险哩！"二环即停了手。大环打着手电，抬头又去看顶部，黑咕隆咚的，看不到顶。二环见再无动静，说："好的，挖！挖下来要背好几回哩！"大环也没有再看出异常，就狠了狠心，说："挖啊！"他从二环手里接过洋镐，对二环说："你先把背篓提过，我两下挖倒，你再往背篓里刨！"二环提过背篓，闪身到一旁。大环抡圆胳膊，朝矿柱最细的地方狠命挖去。大环挖得很用力，采空区里回荡着哐哐的声音。每响一声，他头顶就唰唰往下溜下一撮矿，吓得二环心惊胆战。大环挖到气喘吁吁，仍然没有停手。直到将矿柱完全放断，他才爬到矿末上，粗气长喘。

看着眼前那堆好矿，弟兄俩兴奋地尖叫起来，手提背篓往里面刨。就在这时，他俩同时感到身下动了一下，接着头顶传来一声巨响，一堆矿渣轰然垮下，瞬间吞没两个瘦小的身影。

直到下午时分，炕上编着竹笼的帮帮子仍然不见两个娃回家，不禁心里发了慌。他一遍又一遍地朝亮窗外望，一直看不见娃的影子，就对半瓜子的妇人金盏子说："你快给金改哥说去，让他帮忙叫些人，赶紧去东河沟里把娃寻一下！"金盏子就急急地赶到社长金改子家，连说带比画地请求金改子帮忙。金改子一听，急忙召集十几个村民，朝东河沟里齐去。

跑到村委会门口，一帮人碰见了支书严解放。严支书问："跑啥哩？都急呼呼地干啥去哩？"金改子喘吁吁地回答："帮帮子，帮帮子的两个娃，去东河沟里背矿了，一天时间了，没见回来啊！"严支书顿然一惊，对金改子说："你赶紧往东河沟里走，我到206队问一下去，他们在东河沟里采矿着哩，不知看见两个娃娃了没。"严支书就赶往206队堆浸场。在堆浸场外，他见到徐工，问道："今个下午，你的职工在东河沟里见到两个十来岁的碎娃娃了没？家里人说两个娃娃拾矿去了，到现今没个音讯啊！"徐工吃惊地问："是不是这么高的俩小孩儿?"他用手比画了一下。严支书又问:"你见了?"徐工说:"我们职工还都议论说,这么大小孩儿怎么也来捡矿了,见他俩从东河沟最下边的坑道进去了,还没出来吗?"严支书说:"社长带人去寻了,我要赶紧跟他们说去哩!"严解放转身就去追赶金改子几个。徐工一听有人出事了,当即组织了十几名年轻职工,带着工具,往东河沟里赶。

几十个人相跟着奔往东河沟里,很快就到了两个娃娃钻入的坑道。他们先派了两名精干的年轻人进坑道察看,等俩人爬出坑道,天色已近傍晚。那俩人说在采空区见到了砸扁的背篓,还说现场有一堆坍塌的矿渣,估计两个娃娃埋在下面了。听到这话 当场就有人起了哭声。

大家赶紧商量搜寻的办法。有人说要连夜扩大洞口,让更多的人进去搜寻;又有人说不必扩大洞口,能进几个是几个,轮换着出渣;还有的说从别的地方打绕道,钻到这个坑道的采空区搜寻。见众人争论不休,徐工发话道:"都不要争了!这种情况的搜救,过去我们遇到过,我最有经验,大家听我安排!要不然,被埋的没有救出来,又出现二次事故!所以,现在最关键的,是看采空区里会不会出现新的冒顶。我的意思,采空区里只能进去一个人,还要站在采空区外围,戴上安全帽,腰里还要系上绳子,让外面的人攥住绳子,这个人的任务就是用长杆儿的搂耙子往出搂矿渣,他把渣搂出来,让第二个人装筐,装好,推给第三个人,再依次往出推,一直到把渣推出坑道!"严支书说:"这样安顿的话,坑道里一次只能进十几个人啊!"徐工又说:"对的!一次进十几个人,沿坑道摆开!第一拨人先进去干!三十分钟后,让第一拨人出来休息,再换第二拨人进去干!这样倒腾着干,效率比较高,也比较安全些!"按照徐工的安排,搜寻工作开始了。

见到第一个孩子的尸体时,已是午夜时分。金改子一看,是二环子。只见那娃满脸乌青,耳朵、鼻孔和口腔里塞满了矿末,双手还攥着两把矿。又过了半小时,大环的尸体被推出坑道。从大环的遗容看,比二环更为吓人,他除了满脸乌青外,还大张着嘴,嘴里填满了矿。显然,他在被埋的瞬间狂喊了一声,有可能是惊呼,也有可能是提醒二环子躲开……这一刻，在游荡着闷热气息的东河沟里，又被一股悲痛的气息笼罩。终于，有人失声痛哭起来。

哭声首先传到瓦窑台台上几个老汉耳里。傍晚时分，他们就知道四社里有两个娃娃被埋的消息。随后，他们就聚到瓦窑台台上，一直等待搜救的结果。直到午夜时分，东河沟里传出了哭声，他们估摸搜救队找到了娃娃的尸体。此刻间，几个老汉心里都像压上秤砣一样沉重。老汉们的身子浸泡在闷热的气息里，想着"天爷收人"的揣测，不禁长吁短叹起来。在长吁短叹中，他们又想起了谢牛儿的话。对啊！说是老天爷收人，但归根结底，还都是人祸啊！

大湾梁上突然又传来一阵闷雷，就像有位巨人在空中推响了石磨。伴随那瘆人的闷雷声，遥远的天际上又跳出几道炫目的闪电。这个夜晚里，几乎家家都听到了东河沟里的哭声，也听见了这瘆人的闷雷和炫目的闪电。

三

关键时刻，严河村两委班子的成员挺身担当，帮助帮帮子了结了大环和二环的后事。

商量两个娃娃的后事时，支书严解放数度哽咽，其他成员也都黯然垂泪。按严支书的提议，两委班子在全村发起安抚和救助严帮帮一家的倡议。班子成员每人带头捐款一百元，206 队、教委金矿、金泰公司三家企业各捐两千元。早上刚刚开了会，中午时分，各社社长就拿着现金和捐款花名册到村委会办公室汇总。全村总计收到现金三万二千八百八十元。

当严支书带领班子成员将钱送到帮帮子家时，瘫倒在炕的帮帮子死活不收。他推开严解放的手，泪流满面地说："解放爸！全庄人的情意我心领了，这钱我收不成！就是收了这钱，我也花不成！我一看这钱，就想起我的娃！人都没了，我要下这钱做啥哩?"大家都劝他想开些，往长远里看，才四十几岁的人，女人只是放了个环，又没结扎，说不定有一天老天爷睁了眼，给他再添两个儿子哩。帮帮子头摇得像拨浪鼓，清鼻眼泪都随着摇头洒落到炕席上。他说："啊啊！我上辈子亏下人着哩！生了一对儿子，齐茬茬地让天爷给收了！我以后咋过哩？娃没了，妇人又是个瓜娃，我还有啥活头哩？啊啊！"大家又劝说："你把牙咬住活，有人生万物哩。只要活下，啥都慢慢地会有的，千万莫想不开。"见他死活不收钱，严支书把捐款交给了四社社长金改子，让他以严帮帮的名义，把钱存了，折子交给帮帮子。

从帮帮子家出来时，几位班子成员看到金盏子正在院里嘿嘿傻笑，她的衣裳前襟丢了几颗纽扣，露着锅底一样黑的肚皮。众人一看，都不由得以手拭泪。

在大环和二环的埋葬问题上，村上的负责人也用尽了心思。按理说，两个娃娃都不是成人，是不能安埋的，只能弃尸于碾子沟里。但碾子沟已被金泰公司挖了个底朝天，不能弃尸。村上的人也不想将两个娃娃弃尸荒野，就商量为他们各做一口简易的棺材，在出事的那个坑道口，挖两个墓穴，按成人的葬礼进行安埋。

安埋的那天早上，严河村几乎家家都去了人。大家满含悲痛，为两个娃娃送行。当东河沟口出现两个圆圆的坟堆时，上百人扯开嗓子齐声痛哭。一时之间，东河沟里哭声震天，悲声遏云，流水呜咽，草木含悲。随后好长一段时间里，大环二环事件都像一块磨盘，重重地压在严河人的心里。此后，大环二环的故事，成为抽打严河人内心最残酷的皮鞭，随时拷问着每个人的灵魂，挞笞着每个人的良心。以至于多年以后，严河的大人领着娃娃走过这两个圆圆的坟堆时，都会想起上百人为两个娃娃痛哭送行的情景，都会为娃娃讲起这一对苦命兄弟的悲惨故事。两个娃娃的故事，无形中成为严河人年少持家、崇尚孝道的励志教材。

这时候又发生了一桩意想不到的悲剧，与大环二环的悲剧形成鲜明对比，同样在严河人心中激起难以平静的波澜。

那天，天气依然闷热难当。山窝子像一只巨大的鳌锅，把所有人都装到里头，锅下似燃着一盆无形的熊熊大火，灼烧起来，直烧得大家口干舌燥，心烦意乱。正当大家粗气直喘、神情倦怠时，七社里的方向，突然响起一阵悲切而憋气的哭声，像是有人捂住嘴在哭，虽则悲伤，却哭不出声来，只听抽抽噎噎，伤心欲绝。这段时间里，严河人听到了太多撕心裂肺的哭喊，也看到了太多淋漓的鲜血，对凄惨的哭声，已不觉得诧异。但对今个这种奇怪的哭声，还是激起了他们的好奇心。大家纷纷朝哭声传来的地方奔去。

哭声是从杨禄才家传出来的。杨禄才家院里已站满了人，众人齐齐抬起了头，看着耳房黑洞洞的门口。杨禄才的妇人东花子正瘫坐在院里梨树下，疯疯癫癫地手拍着院子地上哭。她的嘴里咬着一块毛巾，哭声从喉咙里挤出来，又被那毛巾憋回去。她双手在地上使劲地拍，眼泪混合鼻涕从鼻尖流下，丝丝缕缕洒落到衣襟上。几个女人正围着东花子，陪着她手捣眼窝，掉着眼泪。杨禄才此刻如中了邪魔一般，脸色乌青，在院里疯狂地奔窜。他奔窜几步，又指着树下痛哭流涕的妇人东花子，厉声呵斥道：“不许哭！不许给这样的女子淌眼泪！这样丢人现眼辱没先人的女子，死上十个算五双，死了就死了，等于我没养！不许哭！”东花子又将喉咙里滚动的哭声咽下。随着悲戚的抽泣声，东花子的头不停地点着。

吼了几句，杨禄才嘴里又哇哇乱叫着，在院里发疯地奔窜。院里人群中，有人在咬着耳朵议论。一个问：“啥时候上吊的？”另一个说：“可能是昨晚夕哩！听东花子说，今早大晌午的时候都不见粉兰了起来，就打门揭窗地叫哩，没听着答应。过了大半天，东花子觉得不对劲，才叫人抬门哩。门抬开，就看着一根绳吊在窗扇子上，粉兰子舌头都吐出来了！”一个又问：“怀孕几个月了？”另一个回答：“都能看出来了，估计四个月有了！”

这时，漏儿大和高高大从耳房门里抬出了粉兰子的尸体。抬到门口时，她的身子还在软溜溜地闪，长长的黑发从头上垂下，扫到了地上；两条尖笋一样的细胳膊斜拖在身子两侧，随着走动晃晃悠悠；那惨白如雪的脸上，圆睁着一双大眼，翻出瘆人的眼白，舌头从嘴里吐出来，将嘴唇憋圆。院里的人齐齐“啊”地叫了一声。

漏儿大和高高大抬着粉兰子朝正堂里走，疯狂奔窜的杨禄才突然停下来，冲着那尸体喊："软埋了去！我给她没棺材，也没准备下板！"东花子看见女子的尸体，疯狂号叫起来，要起身奔过去看，旁边几个女人抱住了她的身子。东花子双手在地上疯狂拍打，院子里腾满了灰尘。

乡邻们连夜从县城买回棺材后，将粉兰子入殓，又连夜抬到东河沟里，在大环二环墓穴附近下葬。东河沟里又多出一座新坟。

就在粉兰子墓穴封土的同时，一个传言在严河庄里神秘而迅速地扩散开来：206队一个小伙儿老早就与粉兰子有了关系，曾有人看见他俩从荞麦地里钻出钻进。严河里就有人去206队金矿上闲逛，想从某个小伙的表情中观察出一些蛛丝马迹。这时又传出消息来，说206队只剩徐工和几名职工处理最后一堆矿石，其余人员已全部撤离严河。有人看见，206队的多数职工在某个夜晚爬上了一辆大卡车，在呜呜的声音中离开了严河。

四

自雕子从公安局出来，马向前每晚都处于失眠状态。除了天气的原因，一些更泼烦的事情困扰着他，使他夜难成寐。

连续出现的死人事件，使他的良心受到沉重的谴责。他曾想，假如他没有来严河采矿泡金，这个古老而宁静的村庄，也许不会出现这么多悲剧。他的出现，虽然使庄里人新房越来越多，穿着打扮越来越亮堂，但随之而来的种种灾难以及受到严重破坏的生态环境，又使庄里陷入新的困惑、新的灾难。他不知道他的出现对严河来说意味着什么，他为自己的角色感到羞愧。尤其近来大环二环弟兄俩殒命坑道后，他感到有人在他的良心上戳了一刀，内疚像无尽的潮水一般吞噬了他。内疚至极时，他觉得自己成了那张着黑洞洞大口的坑道，是自己一口吞掉了两名少年……

与荷包儿的感情纠葛，又使他陷入另一个难以自拔的漩涡。他已暗下决心，准备带着荷包儿，带着自己还未出世的骨血离开严河，到另一个新的环境里，寻求一种全新的生活。但面对默默忍受的雕子，他不知道如何摊牌。他知道，自从他来到严河，荷包儿就与雕子仅剩夫妻之名了。他也知道，自从捉了他和荷包儿的奸，雕子早已心灰意冷。令他琢磨不透的是，雕子已知道荷包儿怀孕的消息，却为何对此只字不提呢？他曾想说服荷包儿与雕子通过离婚这一合法渠道解决矛盾，他再带荷包儿离开严河，到其他地方去登记结婚。但是，他后来才知荷包儿与雕子本来就未办理结婚登记，更未领取结婚证，这婚该如何离呢？他又一想，万一这事情挑明，雕子不同意与荷包儿分手，再闹腾起来咋办呢？望着荷包儿日渐隆起的小腹，他在这些问题的漩涡里，无法自拔……

坑道里越来越难收拾的乱局，使他感到了收场的复杂和对前景的迷茫。章工在离开严河的前一晚，对他说到了坑道里危机四伏的现状，劝他早做安排，见好即收，不要过于贪婪，以免引火烧身。他夜夜回想着章工的话，选择着全身而退的契机。早在一个月前，旺旺就说坑道已经采空，只有向下回采。现在回采已超过一月，出来的矿石越来越少，从近来提炼的金子看，只能达到去年的一半。他隐隐感到，这出轰轰烈烈唱了一年多的大戏，该到收场的时候了。他希望坑道里不要再生波澜，他将这最后一池矿泡完后，就要收场走人……

又是一个燠热沉闷的夜晚，睡不着觉的马向前又开始翻动身子。一直关注着他的荷包儿就说："向前，你踏踏实实地睡，再莫想那些泼烦事了！"马向前叹一口气，说道："唉！恐怕再不敢耽搁了！"荷包儿说："这一池矿泡出来，我们就走！"马向前算了算矿石入池的日子，说："再泡五天时间，就能捞锌丝了！"荷包儿说："好！那就再等五天！"马向前说："我俩总不能把钱一卷，跟雕子连招呼都不打，就跑了吧？"荷包儿说："我想好了！给雕子留些钱。这一年时间，他就是打工去，也要挣几万元哩！给他留点钱，我俩就走！"马向前说："再给旺旺留些钱，他今年腊月里要结婚哩！"荷包儿说："我都准备好了！给雕子和旺旺，每人留五万！钱先给旺旺，我俩一走，让旺旺给雕子!"马向前问:"你的意思,事先给雕子啥都不说,到时候,我俩一走就对了?"荷包儿说:"不能说!一说,他肯定要先闹腾哩!一闹腾,我俩就走不脱了!"马向前就问:"我俩走了,雕子会不会追来?"荷包儿说:"我俩在县城里租一间房,先把娃生下!他去县城里寻,肯定寻不着我俩!"马向前想了想,说:"那我就明天进城,先偷偷地把房租下!不提前租,进城不方便啊!"听了这话,荷包儿就激动地抱住马向前,说:"向前哥,我的娃幸亏遇了你这个大大,要是遇了雕子,就只能在严河里窝一辈子了!"马向前抚摸着荷包儿隆起的肚子,动情地说:"唉!我的娃,你是我的希望和未来啊!"他说这话时,差一点掉下了眼泪。

从城里租房回来,马向前就和荷包儿偷偷做着撤离严河的准备。恰在这时,地里麦子黄了,看到家家户户开了镰,荷包儿就知道雕子牵挂着木家湾里的三亩麦子。荷包儿就和马向前商量再推迟几天,等雕子将麦收回,俩人再进城。

这天中午,旺旺和雕子从圆坡子上返回。一进门,雕子就一声不吭地磨着刃镰,收拾起背麦的背夹子。旺旺说:"这几天没顾上割麦去,别人家都已割完了!"荷包儿就问:"马台子上的麦多不多?咱大咱娘两个人,人手够不够?"旺旺说:"马台子上只种了两亩麦。上回我回去时,大说了,他和娘能收回来,要我莫管!"荷包儿就说:"那你就给你姐夫帮忙去,赶紧把木家湾里的麦收了!"旺旺就跟上雕子去割麦了。

麦收回来,摞到院里,雕子和旺旺又匆匆地要去圆坡子上。旺旺说:"坑道里的矿不多了,铲瓜瓜着哩,要赶紧都背出来,要不全让包家娃采走了!"荷包儿说:"让你哥头里先走,我有话对你说哩!"见荷包儿表情神秘,旺旺就停下了,问荷包儿道:"咋哩?"荷包儿望着满脸疑惑的旺旺,反问道:"这一向,你看你姐夫的情绪咋样?正常不正常?"旺旺低头想了想:"咋没见他有啥情绪啊!就是一天不说一句话,一晚夕睡不着觉,还常常唉声叹气的。"荷包儿又问:"你没听他说啥?"旺旺又想了想,说:"割麦的时候,好像话里有话哩!"

荷包儿追问道："说了啥话？"旺旺说："割麦的时候，他连着出长气哩！我问他咋出长气哩，他说割这麦哩，没人吃这麦！"荷包儿惊问："他说割这麦哩，没人吃这麦？"旺旺点头回答："就是的！我不知道他说的啥意思，就问他啥意思，他又连着说了几遍那话！"荷包儿就说："他说这话，是不是知道我要走了？"旺旺便惊奇地望着她，问："你要走？走哪搭去哩？"荷包儿这时神情凄然地说："你也知道，咱大给我说的这门亲事，我死活不愿意，这两年我一直跟雕子凑凑合合过着哩，自从马向前来了后，我俩就……好上了！现在，马向前爱我，我也……有了他的娃，我想跟上马向前……一搭过去哩！"听了荷包儿的话，旺旺吃了一惊。他试探地问："马向前真的爱你？"荷包儿眼里闪动着泪花，对旺旺点了点头。旺旺又问："这事情，大和娘知道吗？"荷包儿摇着头说："不能让他俩知道！我个人的事，我个人做主！"旺旺就说："只要马向前真心待你，我也就放心了！就怕他跑江湖的人，把你耍了哩！"荷包儿就说："马向前这人，心肠好着哩！再说娃都有了，他对我不好，也要对娃好哩！"旺旺说："其实你跟马向前的事，我老早就看出来了。我想我姐夫他心上也有个数哩！"荷包儿从衣兜里掏出一把钥匙，对旺旺说："今晚夕，我要跟马向前连夜走哩，你暂时不要对雕子说，这一把钥匙是门上的，过几天你给雕子去！"旺旺接过了钥匙。荷包儿又掏出一把钥匙，打开炕琴柜，对旺旺说："这里有十万元钱！五万给你，你拿回去给咱大，年底把你的媳妇接进门！还有五万给雕子，过几天你再给他！"旺旺点点头。荷包儿又说："我跟马向前城里头租了房，你对雕子莫说了！再过几个月，我把娃生下，就抱回娘家，看咱大咱娘去！"

夜深人静时分，马向前和荷包儿离开了严河。荷包儿坐在摩托车的后座上，紧紧搂着马向前的腰，沿着河坝里坎坷不平的路，跌跌撞撞地往前走。有风从河坝里吹上来，却吹不开那闷人的热气，也吹不干俩人身上的汗。这时候，马向前感觉到后背上那颗紧贴着他的心脏怦怦地跳，就问荷包儿："你这阵子想啥着哩，咋不说话了？"荷包儿鼻腔里带着哭音，说道："我想……哭啊！"不一会，马向前就感觉他的背上湿了一片。

第二十二章　鼓声阵阵

一

起先，那些隐隐的闷雷声是在大湾梁上响起的。事后有人回忆，那天起先的闷雷声其实并不大，就像半夜三更里一群老鼠在头顶的楼板上跑。所以，这些闷雷声并没有引起大家的注意。因为这年自第一声春雷响过后，隔三岔五就会听到几声隐隐的雷声，而每次响过闷雷之后，没见过一滴雨。久而久之，人们听了雷声后也懒得急急忙忙地往回跑；麦场上摊了麦捆的人家，也不会在听到闷雷声后急急忙忙地起场；场院里晒了粮食的，也没有人听到雷响，像以往一样，急急忙忙地提着扫帚扫粮食。

那天的闷雷声是啥时候变大的？事后有人回忆，说闷雷响着响着，就由楼板上老鼠跑动的声音，变成磨坊里磨扇空转的声音，但它也没有引起众人的注意。因为，大家都觉得这种雷声是不会下大雨的"干雷"，不像轰隆隆从头顶上滚过的"雨雷"。据回忆的人描述，"干雷"响过，大概有半袋烟的工夫，响声又变了，又由磨扇空转的声音，变成磨扇碾着粮食转的声音。响声不大，却轰隆隆地碾在人心上。这种声音持续了一会，响声再次变化。回忆的人说，那雷就像有人拉着碌碡，从大湾里轰隆隆地跑到西山里，又从西山里轰隆隆地跑到大湾里，再到黑湾里，来回奔跑着响哩。据说几个来回之后，响声再一次变化，雷声不再顺着山顶上跑，而是窜到山窝子上空炸响，如同一个特大的礼花弹在当头开花。伴随震天的炸响声，天空紧接着又闪过一道炫目的闪电。这时候，才惊得所有的人抬起头来，往天上看。大家一看，才感觉到这回的雷声咋与前头的雷声不太一样。

果然，山窝子里的人都在雷声响起的大湾梁上，看到了一片阴沉沉的雨云。这雨云的脸势很恶，让人一看就心头发颤，浑身起鸡皮疙瘩，恨不得寻个老鼠窟窿钻进去。伴随着大湾梁上卷来的一股风，那雨云的来势愈来愈猛，刚刚还在大湾梁上翻腾，转脸一看，又从西山梁上黑压压地翻腾过来；再一转脸，黑湾梁上和东河崖上空、盘山沟上空都有黑云翻滚。随着云雨的四面合围，山窝子上空有块巨大的黑帘子瞬间铺展开来。大湾梁上卷下的那股风，也很快从碾子沟里窜出来，搅起了漫天的黄沙土雾。渐渐地，严家大山的嘴脸模糊了，坡上蕎麦林和洋芋地的嘴脸也模糊了，房屋树木的嘴脸也模糊了，就连脚底下山道和沟岔的嘴脸全都模糊了。这一刻，山窝子里的人都像掐了头的苍蝇，脚底下磕磕绊绊地满山窝子乱窜起来。"发白雨了！"有人一面奔窜，一面吆喝道。随即，奔窜的人群在杂沓的脚步声中，都惊恐万状地喊叫起来："发白雨了！发白雨了！"

天空的黑帘子还在铺展，山窝子慢慢泡进一只昏黑的染缸。偶尔晃过的一道闪电，将那阴沉沉的黑帘子撕开几条缝，照见了大湾梁和西山梁的轮廓，也照见了庄里的房屋和房前屋后随风摇晃的树梢。在此起彼伏的雷声间隙里，怪兽般的风发出呼呼的啸叫。啸叫声中，望得见满山遍野的灰在飞，土在跑，人的身子也跟着衣襟和裤腿在跑，模糊之中，所有的蕎麦叶子和洋芋蔓也疯狂地奔跑起来。随着满山遍野惊慌失措奔跑的踪影，密密麻麻的雨脚自空中蹦蹦跳跳地砸下来，砸得山窝子噼里啪啦响。

刚开始，豌豆大小的雨点直直地砸到地上，在山道的浮土里砸出无数的坑，随着噗噗的声音，腾起阵阵土雾。山窝子里，飘浮出一阵呛人的土腥味。随即，在一片土雾后，浮土里又渗出一朵朵深色的花。那深色的花朵渐来渐密，直到灰白的浮土在雨点中消失。等山道上纵横流淌出一道道浑黄的泥浆，那雨点又突然结成无数白色的冰雹，朝山窝子里疯狂地砸下。冰雹刚下的时候，漫山遍野奔奔窜窜的白色颗粒，只有指头蛋大小；转脸之间，噼里啪啦的声音变成了密匝匝的鼓声，鸡蛋大的甚至拳头大的冰雹自天而降，重重地砸在山窝子里。顷刻间，蕃麦叶子被撕成纷乱下拂的马尾，只剩了光秃秃的秸秆；随风起伏的洋芋蔓被齐茬茬打折了筋骨，紧贴在洋芋地里。

山窝子里的人都被眼前疯狂的景象吓得目瞪口呆：鸡蛋大甚至拳头大的冰雹砸在院里水坑中，击溅起朵朵水花；墙角的梨树叶子随着冰雹坠落一地，满树青皮梨儿也被砸落，追着冰雹满院跳窜；房顶像有群叫春的猫儿极速奔窜，瓦片子一阵乒乒乓乓乱响，偶尔还溅起几片碎瓦，飞落到院里的泥坑中。很快，院里的冰雹盖住了打落的树叶，盖住了溅落的碎瓦，又埋没了门口的踏步台子。望着如此疯癫的硬雨，所有人隐隐感到不安和恐惧。

恐惧之中，有些老人就匆匆下炕，揭开柜盖，抓一把蕃麦，一扬胳膊，慌慌张张地泼门撒出去。蕃麦颗儿飞落到满院冰雹中。只听老人声嘶力竭地喊道："老天爷——发到深山旷林里去！发到深山旷林里去！"撒完喊完，老人就迎门长跪，重重地磕着响头。

冰雹狂下了一个时辰，满山遍野一片惨白。鸡蛋大甚至拳头大的冰雹又变成疯天疯地的白雨。开始时，透过雨帘，还能模糊地看到严家大山的影子。下到后头，密密的雨帘阻隔了众人的视线，模糊的严家大山早已不见踪影。老人们坐在炕头，忧心忡忡地望着屋外的雨，一会儿，还能看见门前邻居家房顶的瓦槽；过一会儿，竟然看不见瓦槽的影子，只看见房顶的雨水翻。房檐下，一道道滴水挂成了帘，哗啦啦地落到院里，院里成了一片汪洋。有个八十多岁的老人一看这场景，惊叹地说："嘎——我自打出世到现今，还是头一回见这么大的白雨！这怕是老天爷收人价！"

白雨发来的时候，雕子和旺旺还在坑道里。他俩在坑道部位下挖回采，已挖出一个几米深的坑。刨挖出一堆矿，雕子就用铁锨铲，旺旺用背篓往出背。雕子给旺旺铲满一背篓矿，旺旺先爬着梯子出了坑，来到平巷里，又顺着平巷往出走。他刚背着矿走出坑道，就被坑道外面的景象吓呆。只见大雨如注，矿场里已经积水成潭；那积水已越过坑口的矿堆，慢慢向坑道流去；被狂风吹倒的帐篷陷在水潭里，露出那张简易行军床，床上的铺盖已被雨水泡胀，丝丝缕缕地往下滴水。旺旺赶紧踩着积水，倒了背篓里的矿，向坑道里跑去。还没有赶到坑道尽头，旺旺急切的声音就在坑道里响起："哥！哥！"听到旺旺急切的呼叫声，雕子吃了一惊。他连忙答应一声，问旺旺道："咋哩？"旺旺气喘吁吁地说："赶紧撤！雨大得很，大水进来了！"雕子立刻提了工具，爬上梯子，与旺旺匆匆钻出坑道。

赶到坑道口，雕子与旺旺俩人望着外面的倾盆大雨发呆。矿场的积水已淹没矿堆底部，开始往坑道里灌。渐渐地，水已湿到他俩的脚面。透过密密的雨帘，俩人向遥远的东河沟望去，只见山上模模糊糊的坑道口上，不时有大块泥土垮下，激起一道道泛白的水花。正在吃惊，他俩头顶的坎塄上突然响起嘎嘎的声音。他俩急忙抬头去看，一股子山水已冲垮顶部的坎子，汹涌而下，迎头浇到俩人身上。俩人急忙奔出洞口。刚一出去，就见坑道顶部轰然垮下。等回头去看时，刚才还站着的坑口已不见踪影。俩人顿时骇得脸色发黄，连忙蹚水奔到帐篷跟前。

雕子用力去拽泥水中的帐篷，想把帐篷重新扶起，旺旺高声叫道："走！哥，我俩赶紧回！"雕子摇摇满头的水珠，执拗地说："我回去做啥哩？来帮我把帐篷撑起，你再回！"旺旺说："赶紧回！看雨下的这阵势，好像要出事情哩！"雕子又摇摇头，说："死了就死了么，我不回去！"他又去扯水中的帐篷。旺旺将水淋淋的被子顶在头上，大声对雕子说："走，哥！我姐和马向前走了，屋里没人，我俩赶紧回！"他一把扯住雕子，用另一半被子将他裹住，俩人在泥水中跟跟跄跄地走下圆坡子。

回到家后，俩人像两只刚从洪水中爬上岸的狗，抱着湿淋淋的身子，喘息不止。院里的积水已抵膝盖，靠院墙摞起的麦垛，也已浸到水里。旺旺一看，赶紧去捅水窗眼。雕子脱了上衣，在房檐下拧着水，对旺旺说："旺旺，先把衣裳上的水拧干，莫管那了！泡了就泡了，没泡也没人吃那么！"旺旺说："麦一泡雨，就长芽了，太可惜了！等天晴过，你要赶紧把麦垛拆了，把麦捆子晒干哩！"雕子叹着气说："唉！我也不晒了，我也不管了，我也不吃了，芽了芽去！"旺旺捅开水窗眼，又取出一块塑料布，苫到麦垛上，才脱了衣裳去拧水。

旺旺拧干衣服上的水，在火盆里笼上火，又将火盆抬上炕，两人围着烤。这时候，旺旺拿出那两把钥匙，放到雕子面前，说："这是我姐走的时候放下的，让我交给你哩！她说炕琴柜里还放了五万元，是给你的！"雕子瞅瞅那钥匙，用舌头舔着嘴唇，望着旺旺，说道："噢？还给我放了钱？唉！我要下那钱做啥哩？"旺旺看着他的脸，没有说话。雕子又低了头，似乎在沉思。半晌，他咧着黄牙外翻的嘴，嘿嘿地笑起来。旺旺惊奇地望着他外突的黄牙，觉得他笑的表情十分古怪。突然，那笑声戛然而止，旺旺看到，雕子眼里的泪如同决堤的河水，哗哗地洗过了脸面。

院子里，大雨的声音还在持续，一阵紧似一阵。

二

碎蛋子是看到大雨下个不停，才想起那件事的。他对大人们说："前天我东河沟里放羊去咧，爬上卧牛石一看，牛蹄子窝窝里干邦邦的，没看着一滴水啊！"大人们一听，就说道："你当时咋不说哩，一说大家就知道发白雨咧，心里都有个准备了！那牛蹄子窝窝里干邦邦的，肯定会下大雨，那灵得很！"

果然，那雨从白天下到晚上，又疯疯癫癫地下了半夜。严河里人睡在炕上，听着雨声，心惊肉跳，无法安睡。他们听到，忽而，那雨的声音就像一支队伍行过，千军万马脚步杂乱地往一个地方奔；忽而，那雨的声音又像刮狂风，呜呜地扯着呼啸，把雨点子噼里啪啦地往门窗上甩；忽而，那雨的声音又像是炸碎石，雷声轰地一下，点燃那炮，雨点就像自天而降的碎石，稀里哗啦地洒落到地上。那雨下了半夜，严河里人听了半夜。直到接近午夜时分，听到瓦槽里落下的滴水声不再急骤，才昏昏睡去。然而，半夜时分，一阵急骤的鼓声，又将大家从酣睡中惊醒。

鼓声是从瓦窑台台上响起的。

望着疯疯癫癫下个不停的白雨，谢牛儿忧心忡忡。

他的记忆里有场疯疯癫癫的白雨。就是那场白雨，像一个面目狰狞的恶魔，吞噬了他家辈辈祖传赖以栖身的三间偏厦房，吞噬了他白发苍苍的老娘，吞噬了他生娃还未出月的媳妇和褓褓中的孩儿，吞噬了他对生活的全部希望和对家乡的依恋，致使他背井离乡，到处流浪，最终来到严河。

那是来自三十多年前的记忆，当时仅仅二十多岁的他刚刚当了父亲。那时的他，常常会望着褓褓之中儿子那张胖乎乎的圆脸，对未来充满了美好的希望。那天下午，他告别正在奶娃的媳妇和正在扫院的他娘，揣着一根绳，提着一把镰刀，上了坡。他去坡上的林子里砍柴的时候，天色虽然阴沉，却并没有下雨的迹象。他正在砍柴时，天空突然响起几声炸雷。他刚刚抬起了头，就看见黑压压的乌云恶狠狠地扑过来，罩住山窝子，随即，噼里啪啦地下起了冰雹。鸡蛋大的冰雹从天而降，将林子里的树叶齐齐打落到山坡上，他头上也被打出了两个青包，急忙奔到一块大石头下躲避。等冰雹下完，一场骤雨接踵而至，直下得天昏地暗，疯疯癫癫。雨下了一个时辰，他就听到山水咆哮而下，顺着乱石嶙嶙的荒沟，向沟外奔涌而去。

那是他从未见过的山水啊！只见那水卷着大树，卷着巨石，横起一堵墙高的黑身子，粗暴地怒吼着，在沟里横冲直撞。想到他家山外沟口的三间偏厦房，还有房里的他娘和媳妇儿子，他顾不得大雨淋头，撒腿就踩着乱石和泥泞往回赶。老远地，就看见奔涌的水头冲进了他家院落。只见那房在洪水中摇晃了两下，就被汹涌的洪水冲倒。一些黑椽破檩在水里翻腾了几下，即被洪水吞噬，不见踪影……就在房子倒塌的瞬间，他隐约听到他娘和媳妇凄惨的呼喊，听到褓褓中儿子尖利的哭叫，但很快，那些声音就被洪水吞没。当时，他只觉得眼前一黑，就声嘶力竭地狂吼一声，扑入洪水，追逐那声音而去……也不知过了多长时间，他被洪水冲出了堤岸。从洪水中爬出的他，顷刻间就失掉了一切……他在他家房后的小山坡上，堆起三座乱石垒成的空坟堆，就离开那个养育他家几辈人的山庄，踏上了流浪之路……

而眼前这场白雨，似乎比三十多年前那场白雨更凶更猛。谢牛儿听着纷乱的雨声，坐卧不宁。大概到了午夜时分，牛槽旁的山墙角上突然轰隆响了一声。随着那声音，一股凉风吹到他头顶上，连那灯光昏暗的电灯，也被吹得摇摇晃晃。他吃了一惊，以为是雨水冲倒山墙，急忙起身去察看。一看，他才发现是耍完社火架到墙角台板上的那面大鼓掉到地上。他满腹诧异，仔细去检查，原来是山墙被雨水淋透，担着台板的木橛掉下，大鼓连同台板一起掉到地上。

看到大鼓掉落在地，谢牛儿心中狐疑，吃惊不小。按庄里的规矩，凡春节耍社火用过的家具器械，必须放置在平时不动的地方，一年之内，不能碰它，直到第二年春节再耍社火，才能搬出来使用。如果平时谁碰撞了那些家具器械，庄里必然不会太平。而此刻掉下的大鼓，不由使谢牛儿疑虑重重。明明他将木橛钉得很深，台板支得很稳，百十斤重的鼓压上去，完全能放得稳抬得住，它怎会自己掉下哩？就是山墙受潮，台板上又再未增加重量，木橛怎么会压脱哩？谢牛儿越想越觉得蹊跷。他想起三十多年前的那场白雨下来之前，他家一直在鸡圈里养的鸡，突然全部上了树，赶不进圈，当时并未引起他的注意。事后想起这事，他慢慢知道，鸡的奇怪举动跟那场白雨和洪水有关。而眼前这只掉落的大鼓，是否预示着这场白雨会给严河带来灾难哩？他又想起那头被氰化钠残液毒死的黄牛，莫非这面用它的皮鞔成的大鼓里，还有那牛的灵性？它是想把灾害预告大家，引起众人的警觉吗？想到这些，谢牛儿难以入睡。他一面收拾那只鼓，一面竖起耳朵，听着屋外的响动。

他将大鼓滚到炕下，又怕下雨地气太湿，以致大鼓受潮变形，遂使劲将鼓拖到炕上。热腾腾的火炕很快烘干了鼓上的潮气，鞔鼓的牛皮在噌噌的爆响声中，逐渐恢复着它的干燥和清亮。

谢牛儿还在惊疑大鼓掉落的事，突然听到严家大山上隐隐传来一阵隆隆的声音。由于他住得高，那声音自然听得亮。他骤然一惊，急忙出门去看。站到瓦窑台台上，他听到那个奇怪的隆隆声像是卷起的狂风，又像奔驰的火车，正渐来渐清晰。他明显地感到，那绝对不是河坝里暴涨的河水在狂吼，似乎有一股巨大的洪流，正以排山倒海之势，从遥远的严家大山俯冲而下，迅速向严河的山窝子里奔涌而来！

谢牛儿骤然大惊！他马上想到应尽快向庄里人报警。即刻，他扯长嗓子，向昏昏沉睡的堡子背后疯狂地喊叫起来："哎——大家麻利起来，山水来喽！哎——山水来喽！"轰然奔涌的洪水声隐没了他的声音。他一遍又一遍疯狂地呼喊，直喊得嗓子发哑，声嘶力竭，但声音被无边的黑暗吞没，听不到一丝回应。

见无人回应，谢牛儿急得在瓦窑台台上疯狂奔窜。这时候，他突然想起那面鼓，那面用黄牛皮鞔成的大鼓！情急之下，他转身进门，从炕上拖下那面大鼓，咕噜咕噜地滚到瓦窑台台上，狠命擂响……

午夜乍响的鼓声，就像晴天里的一声惊雷，骤然惊醒所有人的酣梦。山窝子里人都从被窝里抖然坐起，当明白是洪水袭来的报警声后，一齐慌忙起身，奔出门外。

事后，严河的人回忆起这事，都说着同样的话："啊呀！那晚夕，要不是谢牛儿打鼓，严河里的二三十户人，齐茬茬地就没了！虽然泥石流下来，这些人家的房没了，但人都跑脱了！二三十户，近百十口子人哩！"又有人说："啊呀！严河里人的氰化钠残液把谢牛儿的牛闹死了，结果又是那牛皮鞔的鼓，把大家的命救下了，你说这咋说哩？"

众人一听，恍然回应道："对啊对啊！"随后，众人都陷入沉思之中。

三

一天多时间的倾盆大雨，使野外工作经验十分丰富的徐工难以入睡。他知道堆场和工作板房建在河坝里，一旦发生暴洪灾害，必将面临灭顶之灾。所以，他安排职工轮流值班，如果听到风吹草动，火速报警，并通知所有人迅速撤离。半夜里，恰好轮到徐工值班。他一面叮咛交班的小伙子不要睡得太死，也不要脱了衣服睡，一面出门去察看堆场。

徐工打着手电绕堆场察看了一圈，没有看到意外状况，就径直走上堆场。这时候，狂下一天的大雨刚刚停歇不久，只听见零星的雨滴滴在雨衣上啪啪作响。小河已经暴涨，正粗野地狂吼而下。他又用手电照照河面，感到河水虽然上涨了不少，但不会漫上河床，冲进堆场。他抽了抽鼻子，嗅着雨后泥土的气息和河水的腥味，在矿堆上警惕地巡视着。

突然，严家大山方向传来一个奇怪的声音，虽然隐隐约约，却立马攫住了徐工的心。他站在矿堆上竖起耳朵，极力去捕捉那个来自大山的声音，明显感到那声音愈来愈清晰。是泥石流！这个判断刚一闪现，警觉的徐工就急切地从矿堆上奔下，冲着活动板房内的职工，连声高喊起来："大伙赶紧起来！泥石流来了！赶紧起来！"他将五位酣睡的职工叫起，一起奔往置换室里，搬抬出装着吸附剂的置换槽。正当他们急急忙忙往高坎上撤离时，听到了谢牛儿敲响的惊天炸雷般的鼓声。

跟 206 队职工相比，碾子沟金泰公司、大沟里教委金矿的人，就没有那么幸运了。

出事的当晚，金泰公司经理鱼蛟龙不在碾子沟里，由人称"老鱼"的鱼蛟龙堂兄管事。老鱼见冰雹加大雨下个不停，不由得心中发了怵。坑道在碾子沟的一侧开口下挖，坑口旁边不远处，就是碾子沟里排洪的水渠。望着渠里渐来渐大的浑浊山水，老鱼即通知坑道停工，将人员撤了出来。半夜里，沉睡的老鱼突然被一阵巨大的轰轰声惊醒，急忙起身去察看。出了帐篷，他感觉那声音来自头顶，即用手电朝高处去看，却没有看到任何可疑迹象。这时候，那个声音却越来越大，越来越使人心惊肉跳。他以为山体滑坡了，就连声吆喝道："都起来！山垮了！山垮了！赶紧起来！"迷迷糊糊中，听到吆喝的几个民工手忙脚乱地从铺板上爬起来，奔出帐篷。

沟里一片漆黑，只有帐篷门口挂着的马灯，映出一小块光亮。几个人站在昏黄的马灯灯光下，听着那个渐来渐大的轰轰声，惊慌失措。

老鱼竖起耳朵听了一阵，还是听到声音从大湾梁上传下，就说："大湾里的山好像垮下来了，赶紧往沟外头跑！"几个人就打着手电，往沟外头撒腿。刚到沟口，前头那位止住脚步，拽住老鱼的胳膊说："不对啊！赶紧停下！声音好像在外头响哩！"老鱼又竖起耳朵去听沟外，果然沟外的轰轰声更大，好像已响到了身边，就惊恐地说："麻利往沟里跑！是盘山沟里的响声啊！好像盘山梁上的山垮下来了！"几个人又匆忙退回到帐篷前。

他们失魂落魄地站在帐篷前，正在犹豫，脚下的地面突然轰隆隆震动起来，就像突如其来的地震。只见帐篷哗啦啦抖动着，帐篷门口昏暗的马灯也剧烈摇晃起来，骇得几个人一齐打开手电，四下乱照。这时候，他们看到碾子沟上头，有一股气势汹涌的洪流，正擦着碾子沟左右两边的山畔，携着震耳的巨响，朝沟门口翻卷而来。

看到来势汹汹的洪流怪兽咆哮而来，几个人失声叫道："嘎呀呀！麻利往外头跑！"又撒腿奔向沟口。还没到沟外，盘山沟里涌出的洪流已到了面前，截断他们的逃路。脚下的震动更甚更烈，他们在摇摇晃晃中，原地打转，不知所措。

慌乱中，老鱼望望帐篷后面黑乎乎的陡坡，扯扯跟前人的衣襟，说："两面沟里都有水哩！赶紧往坡上跑！"即从帐篷后绕过，往坡上爬。由于坡上没有长树长草，还尽是大小不一的溜脚石，山皮又被洪水泡涨，有几个人爬出几步，就被滑落下来。刚一滑落，咆哮而至的洪魔就将几个身子席卷而去。只听几个"啊"的喊声刚刚发出，就被卡在喉咙里，身子已不见踪影。另有几个人手脚并用，拼命地往坡上爬，未爬出几步，就听头顶上也起了轰轰声，未及抬头，就感觉有股巨大的力量裹挟着轻飘飘的身子，从山坡上翻卷下去。

随即，无边的黑暗吞没了他们。

这一刻坑道之外的情形，大沟里教委坑道的几个人浑然不觉。如果是往常，老苟肯定在帐篷里睡觉，但这晚雨下得猛，帐篷里漏了雨，老苟戴顶草帽坐在里面，被帐篷上噼里啪啦的雨声搅得泼烦，就进了坑道，带着几个人，分头在两个掌子面上打炮眼。打到半夜里，炮眼子才打了一半，跑肚的老苟就去坑道口解手。刚到坑口，听到一阵巨大的响声在西山湾里轰然响起。他诧异地走出坑道，去外面察看。听到那响声自西山湾而下，向大沟里靠近。老苟就估计发了山水，正往下淹来。他打开手电，往坑道下的水沟里望了望，黑咕隆咚地看不见底，就感到山水下来，也填不满那沟，肯定不会漫上沟来，淹了坑道。

老苟又放心地进了坑道。

坑道里头，几个人提着大锤，掌着钢钎，还在叮里咣啷地打眼，对坑道以外洪水的声音毫无察觉。转身进洞的老苟在几个掌子面上来回走动，说着笑话，那几个人就在嘻嘻哈哈间，将手中大锤抡得更欢。

当洪水涌进坑道的时候，正在打炮眼的几个人毫无察觉。还是老苟首先听见了轰隆隆的响声，他回头一看，洪水已经擦着坑道顶部汹汹涌入。老苟惊得大吼一声："啊呀呀，水来了！"撒腿就往坑道深处跑。那几个人也都撇了大锤钢钎，本能地跟着老苟跑。等急喘喘几步跑到坑道尽头，才发觉方向不对，又掉头朝坑道口跑。即刻间，迎面扑来的泥石流狂魔吞噬了他们的身子。

从大沟里、碾子沟里、盘山沟里、东河沟里四条沟奔涌而出的泥石流汇集到一起，顺着山谷，一路狂吼着往下奔。黑暗中，泥石流漫上沟坎，漫过荞麦林和洋芋地，又漫过两面坎上的几十户人家，发疯一般冲向河坝。进入河坝，洪流先漫过206队的堆场，又顺河而下，冲毁学校里教委的氰化池，冲毁村委会围墙，带着震天的呼啸，向下游冲去。

半夜被鼓声惊醒的严河人齐齐地聚到瓦窑台台上，望着黑咕隆咚的严家大山，望着黑乎乎的山窝子，被地动山摇的洪流声震得心惊肉跳。等洪流距离瓦窑台台最近的时候，他们齐感到脚下在震颤。这声音从半夜里一直持续到傍明时分。

随着天色渐渐透亮，一幅残破的景象出现在严河人面前，让每个人都感到触目惊心。从河坝到山上，到处都是一片瘆人的猩红色。严家大山像一只剥了皮的羊，东西横卧，体无完肤，血迹斑斑。四条沟如同羊的四爪，也被剥得鲜血淋漓，惨不忍睹。四条沟以下，那条出山的大沟，早已不见踪影，两坎淤平，满眼猩红。残破的竹笆、椽檩、门窗、烂背篼和死猪、死羊的尸体在红淤泥里醒目地撅着，令人胆寒。河坝里，206 队的堆场已被洪流夷为平地，学校和村委会办公室只望得见屋顶，其余部分已陷身红泥，不见踪迹。

那大沟两边的二三十户人，顺着淤平的沟渠看了几个来回，不但没有看到自家房屋的影子，甚至连房屋的位置都无法确定了。见此景象，众人放声大哭起来，顷刻间，瓦窑台台上哭声一片。

第二十三章　魂断石崖

一

　　泥石流过后，山窝子里弥散着令人作呕的腥臭味。无数的绿头苍蝇追逐着那味道，在红淤泥里嗡嗡乱飞，行人路过时，碰着人的鼻尖和额头，仍然不散。时间不长，庄里人开始出现拉肚子的症状。有人一天要去五六趟茅厕，刚一坐下，肛门里就喷出黄水。后来又有好多人出现同一症状。田成子的村卫生室已经被水淹掉，庄里人就往返数十里，到邻近的姚河村取药或输液。姚河的村医见好多严河人都来就诊，而得病又是同一症状，就惊奇地问严河里是不是出现了瘟疫。一时之间，吓得村民人心惶惶，不可终日。

　　原来水泉湾里那眼冒冒水泉的位置，现在堆积着小山一般的乱石废渣，水泉已经埋没到下面，不再出水。庄里人为了吃水，又在河坝里开挖了一眼新泉。水虽清澈，却飘散着浓郁的铁锈味。吃了一段日子，庄里有几个老汉得了同一种疾病亡故，死时肚子鼓胀，死后七窍流血。有人就说是水中有毒，几个老汉是中毒身亡。又过了几个月，有小孩鼓着肚子夭折，夭折之后，也是七窍流血。庄里人就不敢再去河坝里挑水。大家纷纷吆着牲口，到大沟里进去驮水。

　　这一天，瓦窑台台上有人看到村主任七斤子领着几个小伙，推着满满一架子车白石灰，顺着河坝和大沟的红淤泥撒。那人就问："严主任，撒石灰干啥哩？画线打记号哩么？"七斤子就回答："消毒杀菌哩！乡政府拉来一大车石灰，让在洪水淹过的地方撒哩！还让各家各户领一袋，在猪圈、鸡圈和牲口圈里都撒上哩！"众人一听，都去河坝里大车跟前领石灰，每人提了一塑料袋，回去在圈里撒了。山窝子里，立马腾起一道道白色粉雾，空气中弥漫着呛人的石灰味。

正当山窝子里石灰飘散形成一片白雾时，哼子在瓦窑台台上说出一个惊人的消息。他说："雕子疯了！我亲眼看见的！"几个老汉听到这一意外的消息，吃惊地望着他，问："真的？"哼子说："真的！今早起我去大沟里驮水咧，碰着雕子了。他一个人正往沟里走哩，扯着个破锣嗓子，还唱山歌着哩！"明理子大说："那人媳妇让人拐跑了，心上熬糟，唱了个山歌么，咋能说疯了哩？"哼子又说："我一听，雕子嘴里哇哩哇啦的，好像唱的是'苦苣叶子馇酸菜，小哥哥你把良心坏'！我问雕子做啥去哩，雕子说寻荷包儿去哩，我说荷包儿做啥去了，雕子说荷包儿山上去了。我一看他的表情，就看出他不正常啊！"漏儿大说："啊呀！他要说这话，可能就真的是疯了！"哼子接着说："我就叫雕子回走，莫上山去了，荷包儿没在山上，在屋里哩！雕子死活不听，腰弯下往山上走了！"明理子大问道："上山咋弄了？"哼子回答："我就赶紧把他胳膊扯住，硬把他往回扯哩，他又说去山上给荷包儿拿钱哩。说着他还从怀儿里掏出了一疙瘩钱，让我看哩！我一看那钱扎得紧紧的，有一拃厚哩！"几个老汉就惊奇地问："有那么多的钱？"哼子点头说："真的一拃厚哩！他把我扯脱，硬往山上走了！"明理子大说："啊呀！一个人疯疯癫癫地上了山，还揣了那么多钱，怕没好事啊！"漏儿大说："就是的！我也谋着没好事，要给他屋里人说一下，让安顿人去山上寻一下哩！"选民子大说："向他屋里谁说去哩？只有弟兄俩，为了圆坡子上的地，哥俩早就成仇家了！"高高大说："雕子替高高坐下监狱的！我给高高安顿一下，让他去山上给寻一回！"说罢，起身去找高高安顿。哼子大叹口气说："唉！雕子是个好娃娃么！哼子，你看着雕子哩，知道他走的路线，你跟高高寻一下去！"哼子答应一声，就随高高大一起去找高高。

这时，谢牛儿一听，起身穿上屁股下那只破胶鞋，说道："我也跟上他们寻一下去！"他起身要走，刚挪开脚，明理子大叫住他说："你先莫忙！让高高和哼子一路，去西山上寻！你先跟刚子说一下去，他俩毕竟是亲弟兄么！你跟刚子从黑湾里上去寻去，分两路走！"几个老汉都点头道："嗯嗯！这样安顿好！兵分两路，一路从西往东，一路从东往西！"谢牛儿就去了刚子家。

谢牛儿刚走，几个老汉又商量，说雕子家没人了，刚子还不知道认不认这个兄弟，这事情恐怕要向支书、主任两个领导说一下哩，让多发动些小伙子去寻。当即，按照商量的意思，明理子大去找支书严解放，漏儿大就去了主任严七斤家。

谢牛儿到了刚子家。正在吃饭的刚子一听雕子疯了，饭碗一推，沉吟不语。月娥子过来收拾碗筷，听刚子说了情况，眼盯着刚子，也半响无语。过了一会，刚子问："咋办哩？我寻不寻雕子去？"月娥子说："我说，你应该寻去！荷包儿让人拐跑了，就剩下你是雕子最亲的人！你又是当哥的，你不寻去，该谁寻去哩？"刚子沉沉地点点头，当即向月娥子竖起一个大拇指头。月娥子说："拿上手电筒，万一天黑了用哩！"刚子就拿了手电和可能要用的麻绳、镢头等工具，与谢牛儿上了黑湾梁，自东向西开始搜寻。

山上下饱了雨，路又湿又滑。刚子穿着高腰水鞋，在泥水里踩下去，又拔出来，扑哧扑哧，艰难地行走。谢牛儿穿着破胶鞋，滑得站不住脚，就手拄着铁锨走。太滑的地方，他就用铁锨铲两下。俩人好不容易才走到黑湾梁上，一道缠山而来的浓雾，吞没了他俩的身影，又把黑湾梁罩定。在翻腾的浓雾中，俩人辨不清方向，仅凭着感觉，朝东河崖的方向走去。

也不知道走了多长时间，俩人隐隐约约听到有人在唱山歌。那声音时断时续，似有若无，就如那浓雾一般飘忽变幻，立马引起了俩人的注意。他俩静静地站在原地，继续去捕捉那个声音。大约过了半袋烟工夫，那个声音又响起来："哎——苦苣的叶子（哎哎）馇酸（的）菜（啊），哎——小哥哥你把（那）良心（着）坏！"刚子说："我听着了！声音在我俩头上哩！"谢牛儿听了听，也说："嗯，对的！声音就在头上哩!"俩人就估摸着朝声音传出的方向靠拢,但走了半天,总有一面陡峻而高大的石壁挡在他们脸前,找不到迂回而上的道路。

雾更浓更重了,几乎几步之外就看不到另一个人的影子。刚子举目四望,难以辨清方位,就对谢牛儿说:"这不对啊!我俩走到啥地方了?咋走不出这一道崖啊!"谢牛儿也望着那陡峻的山崖,疑惑地说:"这里是不是东河崖底下?"刚子就说:"好像就是的!这里像东河崖底下!"谢牛儿突然看到浓雾中出现了一座坟堆,从坟堆的土色看,像是一座新坟。谢牛儿顿时想起为陈天启埋坟的情景来。他对刚子说:"对的!我俩到东河崖底下了。你看,这是上回给陈天启埋的坟么!"一句话提醒了刚子,他连连说道:"瞎喽瞎喽!雕子在东河崖上哩!"谢牛儿着急地说:"那咋办哩?我俩又一时上不去,他一个神经受了刺激的人,万一跳下来,咋办哩?"刚子说:"我叫他,他听着我的声音,或许就能亮清些,不往下跳了!"随即,刚子仰头朝崖上高声喊叫道:"雕子!雕子!"崖上没有了动静。刚子又仰头朝崖上喊:"雕子!你等着,我跟牛儿爸上来了!"刚子的声音在崖下回响。浓重的雾气翻滚过来,将崖下刚子和谢牛儿的身影包裹到里头,也将刚子的呼喊包裹到里头。

刚子和谢牛儿又往前挪动脚步,摸摸索索地寻找着上崖的路径。这时候,崖上突然传来一阵瘆人的狂笑声。听到那笑声,刚子边走边喊:"雕子!你候着!我就上来了,上来我把你搀回家!"雕子没有回应刚子的喊叫,又在崖上扯长声音吆喝一声:"刘海撒金钱喽——哎!"刚子和谢牛儿吃惊地仰头去看,半晌,浓雾中飞下一些花花绿绿的票子,就像一只只彩蝶,在悬崖上翻飞,飘落。刚子又狂吼一声:"雕子!"崖上的雕子仍然没有回应,只是朝崖下一把把地撒钱。随着抛洒的动作,他欢快地发出"啊啊"的声音,似乎在玩一个舒心而愉悦的游戏。

刚子见雕子仍然没有回应,捣捣谢牛儿的胳膊说:"赶紧走!"俩人顺那石崖往前走。这时候,听崖上的雕子怪异地喊道:"荷包儿——我给你——送钱来了——"随即,俩人头顶有道凄厉的风声呼呼而下。惊骇间，一个重重的声音在崖下砸响。刚子和谢牛儿疾步奔跑过去，看到雕子已经面目全非、血肉模糊地躺在浓雾里，无声无息了。"雕子——"刚子声嘶力竭地喊叫一声，直扑上前。

泣不成声的刚子和谢牛儿抬着雕子的尸体正要起步，浓雾中钻出了一帮人，支书严解放、主任严七斤带领高高、哼子和十几个小伙子齐齐围上来。听谢牛儿说完经过，严支书当即决定带着刚子、高高、哼子和谢牛儿几人抬尸体下山，其余人员由七斤子带领，在东河崖上下把钱捡净，要一张不少地捡回来，给雕子办理后事。

等尸体抬到雕子家门口，篱笆门前已经聚拢了许多人。望着雕子鲜血淋淋的身子，众人都满脸悲戚，唉声叹气。

由于雕子无子无嗣，严解放叫来社长土改子，与刚子夫妇商量雕子的后事。严支书说："把你的两个儿子叫来，让他俩给他二大柱根拐棍么！"刚子说："我跟月娥子商量了，就把我的碎儿二安子过继给他二大，让娃给雕子把门门开了！"土改子就说："对的！一门有子，九门不绝么！都是一祖之后么，应该的！"严支书说："那就赶紧把大安子、二安子叫来，给他二大坐草铺来！"刚子说："两个娃娃都在避风湾的学校里住校着哩，我安顿人骑摩托去学校里叫了，估计来得快了！"严支书又问："坟看在哪搭哩？要让侯阴阳搭个针，赶紧叫人挖哩！"刚子说："就葬圆坡子上算了！"土改子就说："也好！雕子死哩活哩都离不开圆坡么，也好！"严解放又给刚子说："你要倒下身子，把雕子的后事办好哩！雕子打矿泡矿挣了些钱，家也失了，命也没了，最终自己也没花上一分。就用这些钱，把他的后事办体面些！他给你留的那五万元，你要是谋着都落下，庄里人肯定戳你的后背哩！"刚子就拍着胸脯说："你放心，支书！我安顿人城里买板去了，我让把最好的柏木板子买上哩！我还要把兄弟的墓用砖砌了，在他的坟前头立一块雕花刻字的墓碑哩！"严解放拍拍刚子的肩膀说："这就对了么！"

二

那场疯疯癫癫的白雨发来时，蜗居在县城出租房里的马向前立刻产生了一种不祥之感。听着哗哗的雨声，马向前对荷包儿忧心忡忡地说："这么大的雨，要下得时间长，肯定会出现洪灾啊！"荷包儿挺着个大肚子，气喘吁吁地说："千万莫发洪水啊！乡里人割了麦，有的还没顾上碾哩！"马向前说："其实我最担心的，还不是麦。严河里的大山已经挖了一年多了，到处都挖通挖透了！如果白雨发到严河里，时间一长，情况就严重了！"荷包儿吃惊地"哦"了一声，圆瞪大眼盯着马向前，半天说不出话来。

次日清早，一阵轰隆隆的声音将酣睡的马向前惊醒。他一个激灵，睁开了眼，竖起耳朵静静地听着那个声音。待他听清那声音来自河坝里后，急忙起身穿衣，匆匆赶到西汉水边。

此刻，出现在马向前眼前的是一条疯狂的西汉水：红色的洪水擦着堤坝，汹涌而来，正发出震耳欲聋的怒吼。被洪水冲下的树木，房屋上的椽、檩、大梁、柱子和门扇、窗扇等各种材料，簸箕、筛子、木杈等各种农具和草垛、麦捆，以及死猪、死牛、死羊的尸体，正在滔滔浊浪中翻腾起伏。随着河水的咆哮，一阵刺鼻的腥味满河坝挥洒，令人作呕。马向前即刻感到十分震惊。河堤边上，观看河大水涨的几个中年人正指着河面议论纷纷，听其中一个说："这是多少年少见的洪水啊！我记得一九八四年那场大水，石家关冲走了几十个人，河水都没有擦着堤坝淌啊！"另一个人接着说："昨晚上下了一晚夕，那雨确实大啊！估计把南乡里人冲得狠了！"马向前随即想到了地处县城南面那个遥远的严河村，又有一种不祥之感袭上心头。

马向前是多么希望严河村面对灾难能够逢凶化吉、遇难呈祥啊！那个村庄使他收获了财富，也使他收获了差点失去的爱人。但是，他觉得，是他给那个村庄带来了灾难和不幸！如果这次洪灾洗劫了严河，将会使他的内心更加不安，良心备受煎熬。他在不安和煎熬中暗暗地为严河祈福。然而，洪水过后的一天，在与房东的闲聊中得知，这次洪灾中，漫过村庄的洪水不仅将严河村几十户人家夷为平地，还将好几个金矿的民工埋没在坑道。听完这话，他的心内战栗了好久。他感到，虽然他是灾难中侥幸逃离的一员，但始终难以逃离令人惊恐的噩梦。他对荷包儿复述这一消息时，仍然战栗不已，就如同猎人枪口下惊慌逃生的一只野物，显得惊魂未定。他想更多地了解严河在洪灾袭来时的情形和洪灾之后的现状，但是以他目前的特殊处境，无法获得更多的内容。

忽然有一天，马向前想到了路彩霞。他偷偷溜到城南的"彩霞金矿材料店"，想从路彩霞口中获知更多的消息。当他骑着摩托到了店门口，却看到店门紧闭，一把大大的黑锁横在门上。他愣愣地望着那只黑锁，顿时满腹狐疑。

就在马向前即将离开材料店时，一辆白色的"141"汽车在他身后"嘀嘀"压了声喇叭。他刚一回头，即看见路彩霞从汽车驾驶室里跳了出来。他连忙迎上前去。

眼前的路彩霞使马向前吃了一惊。那个原本浑身光鲜的路彩霞，此刻完全成了一副失魂落魄的模样。那曾高束脑后的发髻，松松垮垮地垂在脖后，臃肿的眼袋间，零乱地拂过几缕长发；脸上皮肤松弛而泛白，双眼里浮满通红的血丝；皱皱巴巴的藕荷色直筒裤上，两个脏污的膝盖痕迹清晰可辨，裤腿上沾满灰黄的浮土。见到马向前，她先是一愣，随即，疑惑地问道："啊呀，马兄弟，你咋在这里哩?"马向前上下打量着她，对她说："路姐，我来把你看一看!"路彩霞望着他惊奇的眼神，说道："唉! 我刚从避风乡上回来，这几天，在乡政府差点让民工的家属把我和王洪生撕着吃了!"马向前问："咋了? 路姐!"路彩霞说："这回洪灾，我们严河的坑道里一共埋了五个人，挖了五天，才把尸体挖出来。主家要把人抬到城里闹事来哩，乡政府的干部就把他们挡在乡上，通知我和王洪生去商量赔偿的事。闹了几天，不让埋人，差点把我俩撕着吃了!"马向前又问："现在商量好了?"路彩霞无力地点点头，惨白的嘴唇间吐出一句："唉，就算好了吧!"马向前问："咋商量了?"路彩霞长长地叹一口气："唉! 要用几百万了结哩！这一下，我半辈子挣下的光阴，就撂得光光的了！我把这个金矿材料店都给人转让了。刚才叫了个车，想把材料拉走哩！"

路彩霞边说边打开店门的黑锁，指挥车上下来的几人去搬材料。马向前安慰她道："路姐，你心上想开些！事情一过，凭你的本事和为人，几下又折腾起来了！"路彩霞苦笑道："嘿嘿！我折腾啥哩？快五十岁的人了，又是个女人。这回事情结束，我就回去，跟娃娃把两亩承包地种好，本本分分地过！"马向前又说了些宽慰的话。突然，他想起一件事，问路彩霞道："路姐，金泰公司的坑道咋样了？"路彩霞说："他们的情况比我们地教委金矿更惨！让泥石流冲走了六个人，至今连尸体都寻不着啊！不过你知道，人家有背景哩，有人一出面，把啥事情都能摆平啊！"马向前"哦"了一声，又问："206队那面哩？"路彩霞回答："听说206队只是冲走了板房和矿堆，人都跑脱了！"马向前又"哦"了一声。

路彩霞还在指挥人搬着材料，马向前与她告辞，跨上摩托正欲离去，路彩霞在身后叫住了他。马向前停止发动摩托，等她赶上来，听她又说："你听人说了吗？那个跟你搭伙泡矿的雕子出事了！"马向前心里一惊，瞪着眼睛问："出啥事了？"路彩霞回答："听人说，他跳崖摔死了！"马向前眼前骤然晃过一道闪电，脸上的表情即刻凝固了，半晌，才似乎回过神来。他上唇的短髭跳了跳，问道："你听谁说的？"路彩霞说："我估计没人对你说这件事情！我听避风乡的潘书记说的。他说，自打雕子的媳妇跟你走了以后，雕子突然就疯了，嘴里叫着媳妇的名字，净说一些别人听不懂的话。还说前几天，他叫着媳妇的名字，一个人上了山，到一个悬崖前，从怀里掏出一把钱，满坡撒开，然后从石崖上跳了下去，摔成了肉饼！"马向前听路彩霞说完，即刻脸色乌青，双眉紧蹙，沉吟不语了。

良久，路彩霞望着马向前紧蹙的双眉和紧绷的嘴角，试探着问："马兄弟，你俩……在城里租了房？"马向前对路彩霞点点头，轻轻地说："荷包儿马上要生了，我就把她……带到城里来了。离开严河，再不想回去了！"路彩霞说："路姐冒昧地问你个话，你敢肯定荷包儿肚子里的娃……是你的?"马向前沉沉地点了点头,对路彩霞说:"是我的。其实,我跟荷包儿早就认识了,本来我俩约好要结婚哩,但当时一分开,就失去了联系,荷包儿才嫁给了雕子。谁知道,后来雕子和荷包儿打矿泡金,又遇上我了,我俩就……又到一搭了!我想着,我俩再次相遇,又有了娃,就不能分开了!也许,这就是缘分,是命里注定的!"路彩霞恍然明白了真相,动情地说:"我能理解你,兄弟!荷包儿我只见过三次。实际上,第一次在北道见面,就感觉雕子迟早留不住她。第二回,你跟她来我店里买材料,我就看出你们两个肯定有啥哩!我也说不上为啥有这种感觉。既然是缘分,你就好好珍惜去!"马向前又对路彩霞沉沉地点点头,突然伤感地说:"唉!我真没想到,这雕子疯了,还跳了崖。看来我又干了一件损德的事啊!"望着马向前自责的神情,路彩霞宽慰他道:"他要跳崖是他的事。你带上荷包儿一走,尽管说啥话的都有,但我认为,人的感情历来都是自私的!所以,我还是那句话,我能理解你,你再也不要怨恨自己了,跟荷包儿好好过日子去。今后的路,每走一步都要盯准踏稳啊!"马向前呷摸着路彩霞话里的意味,感到鼻腔里有些发酸。

回到出租房里,马向前回避着荷包儿的目光,没有心思与她说话。荷包儿让他洗几颗洋芋,他匆匆地洗净洋芋,搁在案板上,就躺在床上去,眼盯天花板出神。荷包儿看了看床上的马向前,听着他长长的叹气声,察觉出他的反常情绪,就试探地问:"向前,你是不是出门碰见谁了?这半天,我看你的心上有事哩!"马向前又长吁短叹了一阵,遂将路彩霞告诉的消息一五一十地告诉了她。

马向前说完情况,听不见荷包儿应答的声音,他抬头一看,荷包儿斜倚着门扇,正望着屋外出神。迎门的日光照过来,照在荷包儿臃肿的身子和惨白的面孔上。他清楚地看到,有两行清泪正在荷包儿脸颊上闪着亮光。

晚上睡下,马向前和荷包儿都在长长地叹气。不知过了多久,马向前耳边响起荷包儿悲戚的声音:"向前,明天一早,你赶紧买上一道纸,寻个十字路口,给雕子烧了去!"马向前轻轻答应了一声。此刻间，他感到自己温热的手掌下，荷包儿的心脏正在咚咚地跳动，跳得十分急促。

三

雕子出殡的那天，几个老汉又聚到瓦窑台台上，远远地观看送葬的阵势。在一阵密集的鞭炮声响过后，他们看到十几个小伙抬着雕子乌黑发亮的棺材，往圆坡子上走去。雕子的两个侄子拄着拐杖、身穿孝袍、头戴孝帽走在灵柩前面。护送灵柩的，除了和雕子一起长大的发小，还有庄里一起挖矿泡金的年轻人。

几个老汉正感觉这送丧没有哭声，显得有些冷清，雕子家门口突然响起一个女人撕心裂肺的悲号。悲号声中，那人随着抽泣不断念叨着"命苦的兄弟啊"，大家遂听出那是月娥子的哭声。

听着月娥子抽抽噎噎的哭声，有人就说："唉！这雕子确实命苦啊！他一辈子人，到底落了个啥啊？"有人附和道："就是的！他是严河里第一个打矿泡金的，又是挣钱最多的，但他没用一分钱，落了五万元，还来了个'刘海撒金钱'！人一辈子，也就这样了结了！唉！"静默了半晌，谢牛儿望着山窝子里的破碎惨相，缓缓开腔道："唉！他能落个啥哩？你看这庄里的烂场样样儿，又落了个啥哩？"随后，又是连连的叹气声。

这一刻，众人的心里都像压上了一块沉重的磨扇。

2019 年 7 月 10 日至 2019 年 9 月 4 日晚 10：20 完成一稿
2019 年 9 月 5 日至 2019 年 10 月 6 日晚 11：00 完成二稿
2019 年 10 月 7 日至 2019 年 10 月 24 日午 11：00 完成校改